यू.आर. अनन्तमूर्ति

कन्नड़ के प्रख्यात उपन्यासकार और कथा-लेखक यू.आर. अनन्तमूर्ति का जन्म 21 दिसम्बर, 1932 को गाँव मिलिगे, जिला–शिमोगा, कर्नाटक में हुआ था। उन्होंने मैसूर विश्वविद्यालय से अंग्रेजी साहित्य में एम.ए. किया और बर्मिंघम विश्वविद्यालय, इंग्लैंड से पी-एच.डी. की उपाधि ली।

सन् 1975 में आयोवा विश्वविद्यालय और 1978 में तुफ्त्स विश्वविद्यालय, अमेरिका में विज़िटिंग प्रोफेसर रहे। 1985 में आयोवा विश्वविद्यालय द्वारा आयोजित अन्तर्राष्ट्रीय लेखक सम्मेलन में हिस्सेदारी की। 1987 से 1991 तक महात्मा गांधी विश्वविद्यालय, कोट्टायम के उप-कुलपति और 1980 से 1992 के बीच मैसूर विश्वविद्यालय में अंग्रेजी के प्रोफेसर पद पर कार्य किया। नेशनल बुक ट्रस्ट, नई दिल्ली के चेयरमैन और साहित्य अकादेमी के अध्यक्ष-पद पर भी कार्यरत रहे।

देश-विदेश में आयोजित अनेक साहित्य-सम्मेलनों में व्याख्यान और अनेक संस्थाओं की मानद सदस्यता। 'अवस्था', 'संस्कार' आदि उपन्यासों पर फिल्मों का निर्माण हुआ। अंग्रेजी, रूसी, फ्रेंच, हंगेरियन, हिन्दी, बांग्ला, मलयालम, मराठी, गुजराती आदि भाषाओं में उनकी रचनाओं के अनुवाद हुए।

हिन्दी में उनकी प्रमुख अनूदित कृतियाँ हैं–'संस्कार', 'अवस्था', 'भारतीपुर' (उपन्यास); 'घटश्राद्ध', 'आकाश और बिल्ली' (कहानी-संग्रह); 'किस प्रकार की है यह भारतीयता' (निबन्ध)।

उन्हें 'भारतीय ज्ञानपीठ' सहित साहित्य, संस्कृति और फिल्म क्षेत्र के अनेक प्रतिष्ठित पुरस्कारों से सम्मानित किया गया।

निधन : 22 अगस्त, 2014

भारतीपुर

यू.आर. अनन्तमूर्ति

अनुवादक

भालचन्द्र जयशेट्टी

तिप्पेस्वामी 'पुनीत'

संशोधक

शानी

राधाकृष्ण पेपरबैक्स

पहला पुस्तकालय संस्करण
राधाकृष्ण प्रकाशन प्राइवेट लिमिटेड द्वारा
1979 में प्रकाशित

राधाकृष्ण पेपरबैक्स में
पहला संस्करण : 2011
पहली आवृत्ति : 2024

राधाकृष्ण पेपरबैक्स : उत्कृष्ट साहित्य के जनसुलभ संस्करण

राधाकृष्ण प्रकाशन प्राइवेट लिमिटेड
जी-17, जगतपुरी, दिल्ली-110 051
द्वारा प्रकाशित

शाखाएँ : अशोक राजपथ, साइंस कॉलेज के सामने, पटना-800 006
पहली मंजिल, दरबारी बिल्डिंग, महात्मा गांधी मार्ग, प्रयागराज-211 001
1, अनमोल सोराबजी संतुक लेन, धोबी तलाव, मरीन लाइंस, मुम्बई-400 002
वेबसाइट : www.radhakrishnaprakashan.com
ई-मेल : info@radhakrishnaprakashan.com

राजकमल प्रकाशन प्रा. लि.
नई दिल्ली-110 002
द्वारा मुद्रित

मूल्य : ₹ 299

BHARTIPUR
Novel by U.R. Ananthamurthy

ISBN : 978-81-8361-466-5

1

जब भी अकेले चलना होता है, जगन्नाथ राह में आनेवाले पोखरों के चक्कर नहीं लगाता, बल्कि उन्हें फलाँगकर निकलना चाहता है।

दिसम्बर की सरदी और उस पर खिली हुई धूप। वह सुबह के नाश्ते के बाद, श्रीपतिराय से मिलने के बहाने बाज़ार की ओर निकला था। आसपास के पेड़-पत्तों की खुशबू को अपनी साँसों में भरता हुआ, पहाड़ी से उतरता हुआ जगन्नाथ सोचता जा रहा था कि पिछले महीने-भर से मन में जो बेचैनी करवटें ले रही है, उसे श्रीपतिराय के सामने वह कैसे और किस तरह रखेगा!

तभी सामने से बेलतगड़ी के नरहरिराय आते दिखाई दिए और उनसे भेंट हुई। नरहरिराय के सिर पर पगड़ी थी और कानों में बुँदकियाँ। उनका चेहरा झुर्रीदार और आँखों में कातरता भरी हुई थी।

"चल दिए भगवान के दर्शन के लिए?" कहते हुए नरहरिराय ने हाथ जोड़ दिए–थैली और छाते को हाथ के साथ ही उठाते हुए। छप्पन पैबन्द लगे छाते का रंग झुलसकर भूरा हो रहा था। धूल में सने उनके पाँव नंगे थे।

"नहीं, बस यूँ ही बाज़ार तक...।"

कहकर जगन्नाथ उनकी प्रतिक्रिया के लिए रुका। नरहरिराय अपनी बग़ल की जेब में हाथ डाले कुछ टटोलने लगे और जगन्नाथ इस दुविधा में पड़ गए कि क्या करें? उन्हें घर ले जाकर नाश्ता कराए बिना अधबीच में इस तरह चले जाना कहाँ तक ठीक होगा?

"आप घर पहुँचकर नाश्ता कर लीजिए, मैं दोपहर तक लौट आऊँगा।" अपनी धोती के सिरे को ऊपर उठाकर जल्दी से उँड़सते हुए जगन्नाथ ने कहा।

नरहरिराय अपनी दोनों जेबों की खोजबीन में उलझे हुए थे। पहले जगन्नाथ की समझ में कुछ नहीं आया। आखिर बीसियों काग़ज़ों में से एक चिट्ठी निकालकर नरहरिराय ने दिखाई और अपराध-भाव से बोले, "मैं आपके पिता से लिया हुआ ऋण नहीं चुका पाया, शायद इसीलिए नाराज़ होकर आपने ऐसी

चिट्ठी लिखी है। लेकिन मैं क्या करता? पाँच-पाँच बच्चों का ब्याह करते-करते मेरी कमर टूट चुकी है। इस बार तो साल की फ़सल भी हाथ नहीं लगी।''

नरहरिराय की आँखें ही जगन्नाथ को समझाने के लिए काफ़ी थीं। जहाँ एक साथ सौ-डेढ़ सौ चिट्ठियाँ लिखनी हों, वहाँ अपने को समझाना कितना कठिन होता है!

''छीः—छीः! यह बात नहीं, नरहरिरायजी,'' जगन्नाथ बोला, ''आपको ऋण चुकाने की ज़रूरत नहीं, यह चिट्ठी तो मैंने इसीलिए लिखी थी। दरअसल, यह कारोबार पहले पिताजी और फिर हमारे कारिन्दे चलाते आए थे। कर्ज़ देना, ब्याज वसूल करना और फिर मंजुनाथजी को उतारा देना—यह सब मुझे बिलकुल पसन्द नहीं। इसी तरह की चिट्ठी मैंने औरों को भी लिखी है, लेकिन आप घर तो चलिए!''

नरहरिराय के चेहरे पर असमंजस और हीनता का भाव था। वह बहुत दीनता से हँसे और छाता-थैली अभी तक जुड़े हाथों में ही थामे उसी तरह खड़े रहे। आखिर घर जाकर सुस्ताने की बात कहकर जगन्नाथ ने उनसे विदाई ली।

प्रॉमिज़री-नोटों को फाड़ते हुए जगन्नाथ ने सोचा था कि ऋण की कड़ी तोड़ने का मतलब होगा, इन लोगों के साथ अपने सम्बन्ध तोड़ लेना। चलो कोई और सम्बन्ध पैदा कर लेंगे...।

मौसी के हाथों से चाय पीते हुए नरहरिराय अचरज में पड़े होंगे, जगन्नाथ ने सोचा। नरहरिराय सोचते होंगे कि भला जगन्नाथ ने हज़ारों रुपये से क्योंकर हाथ धो लिए? और फिर आगे ज़रूरत पड़ी तो कहाँ जाएँगे? चिन्तित तो मौसी भी है। जगन्नाथ के तकिए के नीचे गंडे-ताबीज़ रखती है, मनौतियाँ मानती है। मन्दिर में महन्त-पद से उसने त्यागपत्र दे दिया है, यह वह जानती है। गाँव-भर में चर्चा है। भगवान मंजुनाथजी के दर्शन के लिए जब राष्ट्रपति आए थे तब उनसे मिलने का निमन्त्रण जगन्नाथ के पास भी आया तब मौसी को विश्वास नहीं हुआ था, लेकिन जब उसने राष्ट्रपति से मिलने जाने से इनकार कर दिया तो मौसी तो हैरान हो गई थी। उसी दिन उसने महन्तगिरी से त्यागपत्र दे दिया था।

जगन्नाथ पहाड़ी से उतरकर सड़क पर आ गया।

फ़र्लांग-भर की दूरी से बाज़ार शुरू होता है। चुंगी-घर के आगे एक दुर्गन्ध की दुनिया है। चैलों के धुएँ से भरे होटल। राहगीरों के चेहरे को लम्बे-चौड़े बनाकर दिखानेवाले नाइयों की आइनोंवाली दुकानें। जगन्नाथ इधर-उधर देखे

बिना बिलकुल अपनी नाक की सीध में चला। कोई उठ खड़ा होता है, हाल पूछता है। कोई कहता है–"कार छोड़कर पैदल ही कैसे निकल पड़े?" कोई चुप खड़ा रहता है, या कुछ दूर तक चलता है। हर कोई यह पूछ ही लेता है कि क्या वह भगवान के दर्शन के लिए निकला है?

जगन्नाथ वाक्कलिगा छात्रोवास को पार कर गया। उसी की बग़ल में मंजुनाथ-कृपा-पोषित हाई स्कूल है, जहाँ उसकी पढ़ाई हुई थी। बच्चे गेंद खेल रहे थे। आज भी हाई स्कूल की प्रगति नहीं हुई–दो-एक कमरे बढ़े होंगे, बस। अपनी माँ के नाम से एक विंग बनवा देने के लिए, एक सप्ताह पहले एम.एल.ए. गुरप्पाजी ने अनुरोध किया था। जगन्नाथ ने कहा था–"देखा जाएगा।" वह उनसे कहने गया था कि राष्ट्रपति के आगमन के निमित्त सड़कों पर लाल बजरी डलवाना अपव्यय नहीं तो और क्या है? स्कूल के ऊपर पहाड़ी पर डाक-बँगला है। कहा जाता है कि पहले कभी गांधीजी आए थे, तो उन्हें वहीं ठहराने की व्यवस्था की गई थी। पर सुना है कि गांधीजी आए तो सीधे हरिजन-कॉलोनी चले गए थे। जगन्नाथ के पिता को गाँव के चौधरी होने के कारण, हरिजन-कॉलोनी जाना पड़ा था। फिर पंच-गव्य कर लिया था...श्रीपतिराय से सुनी हुई कहानी...! गांधीजी ही ऐसे थे, जिन्होंने मंजुनाथजी के दर्शन नहीं किए। अब मन्दिर का प्रसाद छोड़कर चला जाए, ऐसे कलेजे का तो कोई मन्त्री भी नहीं है।

बदबू-भरी गलियाँ। ढाल पर बाज़ार है। श्री मंजुनाथजी के कारण निर्माण हुआ है। अनायास बेढंगा बढ़ा है। गलियों के मोड़ पर पेशाब की बू। दीवारों पर ज़माने से दिखाई पड़नेवाला 'लीवर क्योर' का विज्ञापन। एक ओर लिखा है–"वोट गुरप्पा पाटल को।" दुकानों के सामने फिरनेवाले कुर्मी, धीवर औरतें, घुटनों तक धोती, कानों में फिनिया, नाक में बेसर, ढेर-भर फूलों से जूड़ा-बँधा सिर...मन्दिर में किसी के विवाह के निमित्त या भूतनाथ से मुराद माँगने या धोती-चोली के लिए कपड़ा खरीदने–गाड़ी में आकर बाज़ार में घूमनेवाले देहाती...कोई लड़का किसी दूसरे लड़के के मुँह में बैलून देखकर बाँस के बाजे के लिए अपनी माँ को तंग कर रहा है...लोग सारे कामों से निपटकर, होटलों में पकौड़ियाँ खाकर और चाय पीकर और कुछ बँधवाकर ले जाते हैं...इंग्लैंड में पाँच वर्षों तक रहने पर भी जगन्नाथ को हर बात याद है। क्या यहाँ परिवर्तन हुआ ही नहीं? या उसे कुछ दिखाई नहीं पड़ रहा है?

दुकानों में बैठे लोग इस दुविधा में थे कि कहीं देख न लिए जाएँ; देख लेगा तो खड़ा होना पड़ेगा।

जगन्नाथ जल्दी से निकल गया। कहीं-कहीं चुस्त पतलून भी दीख पड़ते थे। भगवान के दर्शन के लिए आए हुए यात्रियों के बच्चे होंगे। पर, दुकानों की बेंचों पर बैठे ये सभी लोग काफ़ी पुराने ही हैं–सबेरे नाश्ते में खाए हुए चिड़वे, या चिलों को हज़म करते बैठे हुए हैं। धुएँदार चूल्हे के सामने इनकी औरतें दिनभर बैठी रहती हैं। यहाँ हाट-बाज़ारों में परस्पर सान्निध्य का मज़ा लूटते, भगवान के दर्शन के लिए आनेवाले नित नए चेहरों पर आँख गड़ाए रहते। इसी तरह हर रोज़ एक-दूसरे की हाज़िरी लेकर, भोजन के समय अपने-अपने घर–या घर में सुविधा न होने पर मन्दिर–को भोजन के लिए चले जाते हैं। ग़रज़ कि मंजुनाथ के भरोसे जीते हैं। किसी देहात में इनकी ज़मीन है, उसे कोई किसान जोतता है। भूतनाथ के डर से इनका लगान बराबर देता है। कद्दू, ककड़ी, केला–सबकुछ ला देता है। किसी तरह इनका गुज़ारा चलता रहता है। कोई जन्मता है, कोई मरता है। वर्ष में कम-से-कम चार-पाँच की बरकत, चार-पाँच का अशौच, दस-पाँच शादियाँ–किसी तरह दिन कटते हैं, बाल पकते हैं और दाँत झड़ते हैं।

जगन्नाथ घबरा गया। मन-ही-मन लिखी जानेवाली चिट्ठी के बीच में ही उसने मार्गरेट से कहा–जहाँ मंजुनाथजी इस जीवन के कैन्सर हैं वहीं यह बाज़ार उस भगवान के लिए कैन्सर बना हुआ है।

'श्री मंजुनाथ बस सर्विस कम्पनी' की पहली बस शिवमोगा से धूल उड़ाती हुई आकर, गली के छोर में जा रुक गई। इसी प्रकार हर गली पर रुकती है। चोटीधारी, दुपट्टा ओढ़े हुए ब्राह्मण-बच्चे घेर लेते हैं। यात्रियों को तंग करते हैं–"हमारे घर चलिए, हमारे घर चलिए।" कन्नड़ न जाननेवाले यात्रियों को हिन्दी में तंग करते हैं। यात्रियों के ठहरने के लिए जगन्नाथ के पिता की बनाई कई धर्मशालाएँ हैं, पर वे पूरी नहीं पड़तीं। मोल-तोल की बात तय होने पर बच्चे यात्रियों की अटैची ढो लेते हैं। नदी में स्नान, भगवान के दर्शन, पितरों का तर्पण, पुण्य स्थलियों के दर्शन, पहाड़ी पर भूतनाथ की मनौती चढ़ाना, फिर लौटने का रिज़र्वेशन–सभी का ठेका लेकर यात्रियों को पंडा अपने घर ले चलता है। पाजी लड़के यात्रियों को चकमा भी देते रहते हैं। बाल-बच्चों के साथ, धुएँ से भरे, छत के कमरे में यात्री चले जाते हैं। दो-एक दिन रहते हैं। इसी तरह नए-नए चेहरों को देखता आया है वह बहुत पुराना बाज़ार।

"राम-राम! जगन्नाथजी! क्या भगवान के दर्शन के लिए निकले हो?"

जगन्नाथ ने दाईं ओर मुड़कर देखा। हाथ जोड़कर मुसकराते खड़े थे–गाँव के ख्यात पंचांग के रचयिता नागराज जोयिसजी। उन्होंने राष्ट्रपति से भेंट के समय

संस्कृत में उनकी प्रशंसा के श्लोक रचकर उसे छपवाया था। उनके सुपुत्र शिवमोगा के वकील हैं। आए दिन वह खीसें निपोरकर बताया करते हैं कि पुराने ढंग से ग्रह-गणना छोड़कर, अंग्रेज़ी ढंग अपनाने के आरोप में जब मठ के महन्त ने उनका बहिष्कार किया था, तो उन्होंने किस तरह उनसे टक्कर ली थी और किस तरह संस्कृत में श्लोक रचकर उनकी खिल्ली उड़ाई थी। वह आधुनिक विचारोंवाला है; पाजी जोयिस इसे जानता है। निरीश्वरवाद के समर्थन में भी दलील पेश करना नागराज जोयिस खूब जानता है। मंजुनाथजी के प्रधान पुजारी सीतारामय्या इसकी बिरादरी के हैं; अतः सहज ही इनमें ईर्ष्या है।

बहुत अनुरोध पर जगन्नाथ उसकी चौपाल में गया। नागराज जोयिस का छोटा बेटा अकेला ही घर लौट आया था। उसके साथ कोई जजमान नहीं था। जोयिस का चेहरा फीका पड़ गया। बेटे ने बताया कि बल्लारी से एक परिवार आया था, सो उडुपा के घर चला गया। दूसरी बस की प्रतीक्षा करने की हिदायत देकर वह, जगन्नाथ के लिए भीतर से कुर्सी मँगवाने जा रहे थे, पर जगन्नाथ ने कहा, "दरी ही ठीक है।" चाय के लिए बिलकुल मना किया।

शिवमोगा में उनके बड़े बेटे की वकालत के बारे में पूछताछ की। "इस इलाके में भूतनाथ को उतारा दिया जाता है न; फिर वकीलों की वकालत कैसी चलेगी?" जोयिस ने शिकायत-भरे स्वर में कहा। वह चमकती लाल बुँदकियों और पीले दाँतोंवाला मुँह लेकर उसकी बग़ल में ही बैठ गए। बड़ी आत्मीयता से बातें शुरू कीं। दाढ़ी और सिर साफ़ घुटे-मुँडे। गले में सोने में मढ़ी रुद्राक्षों की माला। जजमान को लुभाने के लिए–बुँदकी, रुद्राक्ष, बातों का यह ढंग, पास बैठकर बतियाने की वह आत्मीयता काफ़ी है।

"मंजुनाथ की स्थापना परशुराम ने की थी, यह बात सरासर झूठ है, जगन्नाथजी। कोई शोधक शिवलिंग को उखाड़ देखे, तब पता चलेगा। अभी दरार भी पड़ी है, और गहराई भी तीन इंच है। जानते हो, यदुतीर्थ महाराज ने उसकी स्थापना की थी। मुझसे पूछिए; बिरादरी का बैर समझकर, भले ही कोई मेरी बात का विश्वास न करे...।"

नागराज जोयिस और भी पास सरक आए। आँखें फाड़कर कानों में और भी मर्म की बात कही, "जगन्नाथजी, आप पढ़े-लिखे ठहरे, अच्छी तरह जानते हैं। अद्वैत सिद्धान्त में कहीं भूताराधना की गुंजाइश भी है? अब वास्तव में पूजा किसकी होती है–सच, आप ही बताइए!"

जोयिस की आवाज़ और भी दब गई। उनकी आँखें जगन्नाथ को घूर रही थीं।

"बताइए, लोग किससे डरते हैं? राष्ट्रपति का भोग किसको चढ़ाया गया था? आप जानते हैं, मंजुनाथजी के उतारे की पंचायत करनेवाला कौन है?"

जोयिस ने एक पल जगन्नाथ पर आँखें गड़ाकर देखा।

"मंजुनाथजी के नाम पर यह सारी पूजा होती है, भूतनाथ की। सच या कि झूठ? उसे लाल अन्न का भोग क्यों चढ़ाया जाता है भला? भैरव लाल कपड़े क्यों पहनने लगा है? मंजुनाथ का प्रसाद कहकर, यह भूतनाथ अपने माथे, छाती पर मल लेता है? बताइए, भभूत छोड़कर सिन्दूर को प्रसाद बनाने का क्या मतलब है भला?"

कहकर जोयिस ने अपने माथे पर लगा सिन्दूर का तिलक दिखाया। थोड़ी देर मौन रहे; फिर खुद ही कहने लगे, "भूतनाथ को रक्त की बलि दी जाती है। तब प्रश्न उठता है कि मंजुनाथ और भूतनाथ का क्या हुआ?"

जोयिस ने चौपाल की दीवार में टँगा मंजुनाथ का चित्र दिखाया। मुट्ठी-भर के शिवलिंग पर सजाया हुआ सौम्य भाव का मुखौटा। मुखौटे पर बालिश्त-भर का मुकुट।

चित्र पर टकटकी लटकाए जगन्नाथ को देखकर, जोयिस ने कहा, "अब इस मुकुट को ही लीजिए। जब आप बच्चे थे, तब बालग्रह की पीड़ा आ पड़ी थी। तीन दिनों तक होश नहीं था। अपनी गोदी में ही सुलाकर मैंने ही मृत्युंजय का जप किया था। साथ में, सुब्राय अडिगजी भी थे–चाहे उनसे पूछ लें! काटने पर भी जब आपको होश नहीं आया, तब आपकी माताजी को मैंने ही सलाह दी थी कि मंजुनाथजी को सोने का मुकुट पहनवाने की मनौती करें। मन्दिर की उन्नति से यदि ईर्ष्या होती तो क्या मैं आपकी माताजी को ऐसी मनौती की सलाह देता? इसलिए मुझे वह सब कहना पड़ा था कि मंजुनाथजी के सिर पर मुकुट भले चढ़ा हो, आपके प्राण बचाने के लिए, सारे भोग उस भूतनाथ को ही लगाए गए थे। श्रोत्रिय होकर इस भूतनाथ की पूजा करना कहाँ तक उचित है।"

मुकुट के उदाहरण से, जगन्नाथ की माँ ही अपराधी सिद्ध होती थी। जोयिस खुद ठिठक गए। आगे की बात एकाएक समझ में नहीं आई। कहने लगे, "बस, लोगों की श्रद्धा है। यदि देशभर में यह श्रद्धा न होती तो क्या राष्ट्रपति यहाँ तक आ सकते? उन्हें हृदय-रोग का भय था। यहाँ से लौटते समय उनका चेहरा कैसा खिला हुआ था! मेरा संस्कृत-काव्य देखकर निहाल हो उठे थे। अपने साथ हवाई जहाज़ में ले गए।"

जगन्नाथ को हँसी आ रही थी, पर उसे रोककर बोला, "आपने मंजुनाथजी और भूतनाथ का कुछ सम्बन्ध बताया था न। बताइए, फिर सही बात क्या है?"

"इस इलाक़े के आदिवासी हैं, घुटनों तक धोती काछनेवाले, भेड़-बकरी खानेवाले—उनका स्वामी है भूतनाथ। ब्राह्मण यतियों ने इस भूतनाथ की रीस में ही मंजुनाथ की स्थापना की है और इन आदिवासियों को अपना अनुयायी बना लिया।"

"अच्छा, तो यों कहिए कि इसी वजह से भूतनाथ आजकल कुर्मियों के विरुद्ध अपना फ़ैसला सुनाया करते हैं।"

जोयिस बड़े चालाक ठहरे। जगन्नाथ के व्यंग्य को समझते हुए बोले, "पर उस देव में भी बड़ा चमत्कार है, बड़ा चमत्कार। पूजा करनेवाले को अपनी निष्ठा बनाए रखनी चाहिए, बस! मेरा मतलब तो केवल इतना ही है कि मंजुनाथजी केवल बहाना न बनने पाएँ।"

जगन्नाथ उठ खड़ा हुआ और बोला, "इस बारे में आपको एक लेख लिखना चाहिए, शास्त्रीजी।"

"आपकी प्रेरणा-भर चाहिए, बस। मेरा लिखा 'श्री मंजुनाथ महिमा' का प्रकाशन आपकी माताजी ने ही किया था। उसकी एक प्रति आपको दूँ?"

"न, घर पर है।" जगन्नाथ चलने को उद्यत हुआ।

"बिना चाय पिए ही चले जाएँगे?"

"कोई बात नहीं।" कहता हुआ वह सड़क पर उतर आया।

चक्रव्यूह जैसी गलियां। मंजुनाथजी की महिमा के साथ-साथ परस्पर बाँहें डालकर बढ़ती गई बिना नालियों की गलियाँ। भंगियों को सिर्फ़ एक सप्ताह मल ढोने से इनकार करने दीजिए, फिर देखिए। इन गलियों की दुर्गन्ध से मंजुनाथजी का गर्भ-गृह भी भर जाएगा। जगन्नाथ का शरीर सिहर उठा। ब्राह्मण और बनिये जिस बाज़ार में इकट्ठे हों, वहाँ किसी सुन्दर चीज़ की कल्पना नहीं की जा सकती।... क्यों? भारतीपुर से दस मील के पार ही शिल्पकार हैं, चन्दन की मूर्तियाँ बनानेवाले। सिर्फ़ दो मील की दूरी पर ही कठपुतली नचानेवाले हैं। पर भारतीपुर के बाज़ार में कभी कोई आकर्षण नहीं रहा, क्यों? कभी-कभी सजनेवाले बन्दनवार राष्ट्रपति के आगमन के समय डाली गईं—और फिर कीचड़-सनी लाल बजरी को छोड़कर था भी क्या? बच्चों के गू से बचता हुआ, बड़ी सतर्कता से जगन्नाथ रथ-मार्ग पर आ गया।

इस बाज़ार की रचना शायद नागराज जोयिस की अनुष्टुप्[1] छन्द की मंजुनाथ-महिमा होगी। जगन्नाथ को हँसी आई।

---

1. 32 अक्षरों का एक प्रसिद्ध छन्द।

अपनी माँ द्वारा प्रकाशित दस पैसे की उस पुस्तिका में जगन्नाथ के प्राण-रक्षक उस मुकुट का बखान था। मुकुटधारी श्री मंजुनाथजी पर इस बच्चे के लिए प्रार्थनापरक श्लोक था। फिर मंजुनाथजी की आज्ञा को सिर-माथे लेकर चलानेवाले भूतनाथ के प्रताप का गान था। रंगोलियों से, बन्दनवारों से, गजगामिनियों से भूतनाथ के स्फुरद्रू पी भक्त किरात-किरातिनियों से, महातपस्वियों से, अनाथरक्षिका जगन्नाथ की माता सीतादेवी के सारे भूमंडल के शोभनप्राय इस भारतीपुर के वर्णन से एक पूरा अध्याय भरा था।

मार्गरेट के नाम की चिट्ठी में एक और पैरा जुड़ गया :

"कुछ दिन पहले दिल्ली गया था, डीयर मार्गरेट! हैदराबाद से विमान उड़ने ही वाला था कि देशभर में विख्यात शिर्नाली बाबा नामक एक व्यक्ति चढ़ आया। उसकी बग़ल में एक नामी विज्ञानी बाबा का बड़ा चेला था। विमान में सम्पन्न व्यापारी और किसी गोष्ठी में भाग लेने निकले हुए बीस कुलपति भी थे। शिर्नाली बाबा की करामात पर विश्वास करने के लिए, तुम्हें खुद अपनी आँखों से देखना होगा। विज्ञानी चेले ने बत्ती जलाने के लिए हाथ ऊपर उठाया तो बाबा ने रोक दिया। चार-पाँच अमरीकन हिप्पी लड़कियों ने जाकर बाबा के पाँव छुए। बाबाजी के मायाजाल से उनके हाथ में भभूत आ गई। उन्होंने उसे फाँक लिया। एअर-होस्टेसों ने भी पालागन किया। शहद से भी मीठी मुस्कान बिखेरते हुए बाबा हाथ आगे बढ़ाता है तो भक्त के हाथ में सोने का मंगलसूत्र, या कुछ भभूत आ जाती है। इसी तरह सभी राजभवनों को उसने घेर लिया है। कंगाल से लेकर राज्यपाल तक सभी लोगों का श्रद्धापात्र है यह बाबा। प्यारी मार्गरेट! भगवान को धता बताए बिना हम हर्गिज़ रचनाशील नहीं बन पाएँगे। हम सब भगवान के गर्भ-पिंड की तरह हैं, अभी पैदा ही नहीं हुए। इतिहास के मन्थन में नहीं फँसे। इसे चीरना होगा।"

"एइ, बासू!"

जगन्नाथ ने हाथ पकड़कर खींचा। दस वर्ष से भेंट नहीं हुई थी। होटल में घुस रहा था। वही दरार-पड़े दाँत। लट्ठ-सा चेहरा। हिटलरी मूँछें। बाल झड़ चुके हैं। माथे पर तिलक लगा है, यह विश्वास ही नहीं होता।

इंटर में पढ़ते समय सारी रात बैठकर, रसेदार पूड़ियाँ खाते, काका के होटल की चाय पीते दोनों क्रान्ति की बातें किया करते थे। किसी भी त्याग के लिए कमर कसकर तैयार रहनेवाला बच्चू! बयालीस के आन्दोलन में पुलिस के लाख जूते खाए, पर डाक का डिब्बा कहाँ छिपाया था, उसके बारे में बासु ने ज़बान

तक नहीं हिलाई थी। भावावेश में जगन्नाथ ने उसका कन्धा दबाया। माथे का सिन्दूर तिलक निहारते हुए बोला, "क्यों रे सूअर, यह क्या शौक के लिए लगाया है, या कुछ बात है?"

सँभलते हुए बासु ने कहा, "तू जग्गू भैया है न?"

बासु ने पैंट और बुश्शर्ट पहनी थी।

"चल, घर चलेंगे।" जगन्नाथ ने कहा।

जगन्नाथ भूल ही गया था कि वह श्रीपतिराय से मिलने जा रहा है।

"क्यों रे बासु, तू इतना नीचे उतर आया है? यहाँ कब आया? कहाँ ठहरा है?"

पर बासु का ध्यान कहीं और था।

"कुछ काम है, यार! बाद में मिलूँगा।"

जगन्नाथ को निराशा हुई। जो खुशी उसे हुई थी वह बासु में नहीं थी। वह बहुत उदास भी था। उसके माथे का मंजुनाथजी का प्रसाद शायद यों ही नहीं था। जगन्नाथ को लगा कि उनके बीच एक दीवार खड़ी है। फिर भी उसने उसे व्यक्त नहीं होने दिया।

"चल, चाय पिएँगे।" उसने कहा।

"तू इस होटल में आएगा?"

"क्यों नहीं आता...?"

जगन्नाथ को देखते ही होटल का मालिक उठ खड़ा हुआ। चाय पीते बैठे हुए कुछ किसान भी खड़े हो गए। जगन्नाथ के जाने-पहचाने कारिन्दे भीतर जा बैठे। "चाय"—बासु ने कहा तो चाय लाने खुद मालिक ही चले गए।

"अब तो जान गया कि तू इस गाँव में कितना बड़ा आदमी है!" छेड़ने के लहजे में बासु ने कहा तो जगन्नाथ को खुशी हुई।

"बता, अब क्या कर रहा है?" चाय की चुस्की लेते हुए जगन्नाथ ने पूछा।

"तू जानता है कि मैं बी.ए. पूरा नहीं कर पाया। पिताजी ने घर से भगा दिया था। तब तू इंग्लैंड में था। मैं नाटक में भर्ती हुआ। फिर अपनी ही मंडली बनाई। तीस हज़ार की पूँजी कमाई। पर उसे गँवा दिया। दारूबन्दी का एक ज़माना था। चोरी-छिपे दारू तैयार करता रहा। पैसा फिर खूब कमाया। एक बनिए की लड़की से सिविल-मैरिज की। मुँह काला करने के लिए पिता ने कहा—मुँह न दिखाना। अब तीन बच्चे हैं। क्रान्ति की बात पर लाख बहस करते रहिए—घर आने पर यदि बीवी आटे-दाल का हिसाब माँगने लगे तो भला क्या कर लेंगे? ड्रग स्टोर्स के नाम पर कुछ दिनों तक मैं ब्रांडी बेचता रहा। फिर बॉम्बे में शो किया। मेरी मंडली

की लड़कियों के कारण, व्यापारी, पोलिटिशियन–सभी मेरे मित्र बन गए। फिर इस भड़वागिरी के काम से तौबा कर ली। अब एक जगह टिके रहने की इच्छा हुई है। इसलिए यहाँ आया हूँ। हलुवे की दुकान रखने के लिए भूतनाथजी ने उम्मीद बँधाई है। करने जा रहा हूँ।''

''तेरा जीवन भी एक दिलचस्प नावेल हो सकता है। देख, क्या तू भूतनाथ को सच-सच मानने लगा है?''

''क्या तू नहीं मानता कि यह एक मिस्टरी[1] है?''

बासु उठकर जाने की हड़बड़ी में दिखाई पड़ा।

''जीवन, यार, है बड़ी टेढ़ी खीर। बता, तू क्या कर रहा है? तेरा विलायत से लौटना, यहाँ काश्त करवाना, आदि बातें तो मालूम हुई थीं। पर यहाँ यह बात फैली है कि तूने किसी अंग्रेज़ लड़की से शादी कर ली है। क्या सच?''

बासु ने चाय ख़त्म की और एक सिगरेट जलाकर, उत्तर की प्रतीक्षा करने लगा।

''एक लड़की के साथ था, सो तो सच है; पर मैंने उससे शादी नहीं की।''

''बड़ा चालाक है, यार! इंग्लैंड में तूने बड़ी मौज उड़ाई है।''

बासु के मुँह से 'मौज' शब्द सुनते ही जगन्नाथ की भावनाओं को धक्का लगा। जो कभी आत्मीय था वह बासु कोई और है। वह और मार्गरेट पति-पत्नी की भाँति रह चुके थे–यह बात बिलकुल सच है! शादी नहीं हुई थी, यह भी सच है–पर वह केवल मौज उड़ाने के लिए नहीं। यह चालाकी भी नहीं, पर बासु को कैसे समझाए?

''फुरसत मिलने पर घर की ओर आना।''

जगन्नाथ उठा। होटल-मालिक ने पैसे नहीं लिए। बाहर हाथ मिलाकर बासु चला गया।

जगन्नाथ, श्रीपतिराय के घर की ओर बढ़ा। नई कड़ियों को ढूँढ़ना होगा। इसी बाज़ार में बाज़ी मारनी होगी। दूसरा रास्ता नहीं। फिर शंका होने लगी। यहाँ काम जम सकेगा? इतिहास में गिने जाने का। गिनाए जाने का काम। चीरकर बाहर निकलने का, समय के लिए उत्तरदायी बनने का काम। फिर खिली धूप में नया बनने का, फूल बनने का, फल बनने का काम। इस आम के पेड़ की तरह फूटते जाने का काम। धुआँसे में जगन्नाथ को दिखाई देनेवाले धुँधले चेहरे, बिखरे बाल, मल ढोनेवाले सिर थे। सामने मंजुनाथ के मन्दिर का चमकता शिखर। उसके पीछे सदा बहते रहनेवाला शुभ्र जल। बाज़ार की सारी गन्दगी को

1. रहस्य।

छिपानेवाली सफ़ेद बालू की ढेर, शिला-खंड, जिन पर उसके नन्हें पाँवों ने फुदकना सीखा था।

मन्दिर के ऊपरी पहाड़ पर बिखरे गीले बालोंवाले माथे पर सिन्दूर पुते, हाथों में परिधान लिए, थर-थर काँपनेवाले भूतनाथ, गर्भगृह में मुकुटधारी मंजुनाथ। गाँव-भर में गूँजनेवाला अपने पूर्वजों का लगवाया घंटा। इन सबकी कुहेडिका को चीरकर बाहर निकलने की चेष्टा करता हुआ एक विचार। रह-रहकर इस विचार को अनेक पहलूओं से देखने का जगन्नाथ ने प्रयत्न किया है। श्रीपतिराय से सबकुछ बता देने के इरादे से, खुले किवाड़ के भीतर, अँधेरे से भरे माँझ-घर में वह जा खड़ा हुआ।

पूछा–"रायसाहब हैं?"

2

श्रीपतिराय जगन्नाथ के पिता आनन्दराय के बाल-सखा थे। पति के मरने के बाद माँ सीतादेवी के भी आत्मीय। पढ़ाई के लिए जगन्नाथ के मैसूर जाते समय माताजी के विश्वासपात्र कारिन्दे कृष्णय्या का भी देहान्त हो चुका था। तब श्रीपतिराय की सलाह के बिना माताजी एक तिनका तक न हिलाती थीं। बी.ए. के पश्चात् पढ़ाई के लिए जगन्नाथ के इंग्लैंड जाने में भी श्रीपतिराय ही कारण थे। इकलौता बेटा, माँ को छोड़कर विदेश जाने में जगन्नाथ हिचक रहा था। साथ ही अपने अनुभवों को बढ़ाने की उमंग भी थी। तब श्रीपतिराय ने माँ के साथ परामर्श करके इंग्लैंड भेजना ही ठीक समझा था। मन का चैन तथा कर्तृत्व शक्ति को बिगाड़ सकने लायक़ पुश्तैनी जायदाद काफ़ी थी। अब फिर उसी में वृद्धि करने की चेष्टा में जगन्नाथ के व्यक्तित्व को सीमित रखना श्रीपतिराय को पसन्द नहीं था। माँ भी इससे सहमत हुई थीं।

जीने की कला में अनुभवी माँ ने उसकी अनुपस्थिति में, बड़ी कुशलता से घर-सम्पत्ति की देख-रेख की थी। कारिन्दे कृष्णय्या की मौत के बाद, इस भार को हलका करने में श्रीपतिराय ने, माँ का हाथ बँटाया था। अचानक माँ के चल बसने का समाचार सुनते ही जगन्नाथ भागा आया था। भविष्य के बारे में वह विचलित हुआ था। पर श्रीपतिराय ने जगन्नाथ को फिर इंग्लैंड वापस भेज दिया। कहा था–"पहले पढ़ाई खत्म कर लो, यहाँ की चिन्ता छोड़ दो। तुम्हारे जन्म के समय से, तुम्हारे घर आ बैठी हैं न मौसी, बाल-विधवा। बहन का बेटा, क्या उनका निजी बेटा जैसा नहीं? फिर घर में पटवारी हैं, मैं हूँ, तुम्हें काहे की चिन्ता–जाओ।" मौसी भी मान गई थी।

यहीं नहीं–अब तो उसकी मानसिक स्थिति बनी है, उसके लिए भी कई प्रकार से श्रीपतिराय ही उत्तरदायी हैं। बयालीस में 'भारत छोड़ो' आन्दोलन के समय जगन्नाथ मैट्रिक में पढ़ता था–श्री मंजुनाथ कृपा-पोषित हाई स्कूल में। मन्दिर के व्यय में से इस स्कूल की स्थापना करानेवाले श्रीपतिराय ही थे। इस

इलाके के कांग्रेस-नेता श्रीपतिराय ने ताल्लुका-कचहरी के सामने जो सत्याग्रह किया था, वह आज भी जगन्नाथ की आँखों में ताज़ा है। स्वयं वह भी खद्दर की टोपी और खद्दर की अचकन पहनकर, जै का नारा लगाकर दो दिन जेल हो आया था। चन्दन के पेड़ काटे थे। शराब की दुकानों के सामने पिकेटिंग किया था। इंगर्साल, शॉ, रसेल को पढ़े हुए श्रीपतिराय ने उसके मन में शंका के बीज बोए थे। पिताजी तो खद्दर पहनते ही थे। अब माँ ने भी सफ़ेद खद्दर की साड़ी पहन ली थी। घर में 'हरिजन' पत्रिका आने लगी थी। शाम के समय श्रीपतिराय घर आकर 'हरिजन' पढ़कर समझाया करते; माँ, मौसी, कारिन्दे, कृष्णय्या और वह सुनते।

श्रीपतिराय के बिना इस मध्य युग में भारतीपुर में मंजुनाथजी से बाहर की दुनिया, जगन्नाथ को मिल ही न पाती। बचपन में सर्वथा न मिलती। मैसूर के प्रमुख कांग्रेस-नेता श्रीपतिराय स्वतन्त्रता-आन्दोलन में अपनी सारी सम्पत्ति फूँककर, स्वतन्त्रता-प्राप्ति के बाद हाथ बाँध बैठ गए थे। इधर कई दिनों की वैचारिक उथल-पुथल के बाद जगन्नाथ आज श्रीपतिराय से चर्चा के लिए ही निकला था। जगन्नाथ को विश्वास था कि गांधीजी के संकेत मात्र पर अपनी दुकान का हज़ारों रुपयों का कपड़ा जलवानेवाले श्रीपतिराय अवश्य उसकी बेचैनी को समझेंगे।

रसोई में पति-पत्नी में तीखी बातें हो रही थीं। जगन्नाथ ने और एक बार रायसाहब को आवाज़ दी। माँझ-घर के धुआँसे में धीरे-धीरे आँखें जम गईं और वहाँ की बेढंगी बिखरी दुनिया धीरे-धीरे दृष्टि के सामने खुल गई।

दाहिनी दीवार से सटा हुआ बेंच। उस पर मैले रंग का बिस्तर। गर्द में डूबे सूत की मालाएँ पहने गांधी, नेहरू, सुभाषचन्द्र बोस के चित्र। दूसरी दीवार पर मंजुनाथजी का चित्र। दीवार-भर में मेखें। उन पर रायसाहब के चार पाँच बच्चों के कपड़े। लाल रंग की देहरी पर सफ़ेद रंगोली—शायद रायसाहब की बड़ी बेटी की सजाई हुई। आँखों को कड़वा कर गुँगवानेवाला धुआँ। धुएँ की दिशा से प्रायः मुँह बचाकर, घर में चलना-फिरना पड़ता है। गली अँगोछे से, पहनी हुई कमीज़ से, कम्बल से—हर कहीं से धुएँ की बू। रायसाहब की श्रीमतीजी कुछ बड़बड़ा रही थीं। रायसाहब ऊँची आवाज़ में कुछ कह रहे थे। फिर एकदम सन्नाटा, फुँकनी से रायसाहब की पत्नी चूल्हा फूँक रही थीं। लोहे की फुँकनी की फिर उसे ज़मीन पर पटक देने की आवाज़। धुआँ-भरे गले से खाँसी।

"रायसाहब!"—जगन्नाथ ने फिर आवाज़ लगाई। और अधिक धुएँ के घिर जाने से जगन्नाथ की आँखें मन्द पड़ गई थीं। माँझ-घर में, शायद रायसाहब की

बड़ी लड़की सावित्री आई। फिर उसके भीतर चले जाने की आहट। माँझ-घर में धुआँ न आए, शायद इसीलिए किवाड़ बन्द किए जाने की आवाज़।

"कौन, जग्गू भैया?" कहते हुए और उत्तरीय से आँखें मलते रायसाहब आए। "निगोड़ा धुआँ! चलो, ऊपर चलें।"

अटारी पर ले गए।

अटारी पर धुआँ भरे रहने पर भी काफ़ी प्रकाश था। रायसाहब ने किवाड़ बन्द कर लिए। बन्द खिड़कियों को खोला। पलंग पर पड़े कपड़े हटाकर बैठने को कहा। पलंग के पास ही छोटी-सी अलमारी में उसके बचपन की ही चिर-परिचित रायसाहब की कुछ पुस्तकें देखने को मिलीं : बहुत ही बारीक अक्षरों में, दो कॉलमों में मुद्रित रेनाल्ड्स के तथा स्काट के उपन्यास, गोल्ड्स्मिथ का 'विकार ऑफ़ द वेकफ़ील्ड,' 'लाइट ऑफ़ एशिया,' शॉ के नाटक। दीवार पर जगन्नाथ की माँ की तस्वीर–शादी के तुरन्त बाद की, शायद मेले में उतरी हुई। कालान्तर में रंग धूमिल पड़ गया था। फलस्वरूप उनका कोमल गोल चेहरा और भी कोमल दिखाई दे रहा था। घने काले बालों के बीचोंबीच माँग निकालकर माँ कैसे कसा जूड़ा बाँधा करती थी।

रायसाहब चुप रहे। प्रायः जगन्नाथ के मिलने पर वह बोलते नहीं। जगन्नाथ भी नहीं बोलता। यों ही साथ रहना-भर काफ़ी है। मुँह में पान भरकर रायसाहब, मुस्कुराते हुए कोई अर्थगर्भित बात कह देते हैं। दस-पाँच वाक्यों का निचोड़, एक बात में रख देते हैं जिसे जगन्नाथ तुरन्त समझ लेता है।

"गांधीजी ने क्या कहा, यह भले नेहरू... ।" इतना-भर रायसाहब का कह देना काफ़ी है; वर्तमान अर्थनीति आदि सभी बातों के सम्बन्ध में रायसाहब के इशारे को जगन्नाथ ताड़ लेता है। "भावना की दृष्टि से हम सब भारतीय हैं। पर विचारों में पाश्चात्य प्रभाव ही है... ।" इस तरह शुरू कर जगन्नाथ बात को अधूरा छोड़ देता है। छोटी-सी कड़ी रायसाहब के मस्तिष्क में सारा दिन काम करती रहती है और दूसरे दिन और विचारों के साथ बाहर निकलती है।

जगन्नाथ ने अन्दाज़ा लगाया कि रायसाहब की आज की चुप्पी शायद मन की उद्विग्नता के कारण होगी। खद्दर के बटुए से पान-सुपारी निकाली, सुपारी मुँह के हवाले कर पान में चूना लगाते बैठ गए। जगन्नाथ ने सिगरेट जलाई और राख झाड़ने के लिए कोई डिबिया ढूँढ़ने लगा। कोने में एक पुरानी सुँघनी की डिबिया मिली। रायसाहब की पत्नी को सबसे छिपाकर, अपने पति की भी नज़रों की ओट में सुँघनी की आदत थी, जो हर कोई जानता था। हर माह एक डिबिया लाकर खुद रायसाहब ही ऐसी जगह रख देते, जहाँ से उनकी पत्नी को आसानी

से मिल जाए। जब रायसाहब जेल गए थे तब सुँघनी पहुँचाने की यह गुप्त ज़िम्मेदारी जगन्नाथ ने ही सँभाली थी। अब लड़का बड़ा हो गया है और सावित्री भी मिडिल स्कूल में काम करती है, इसलिए रायसाहब को अब सुँघनी ला देने की ज़रूरत नहीं पड़ती।

बारीक कटे हुए सफ़ेद बाल, घनी भौंहों के नीचे लड़कपन की शरारत-भरी आँखें, कानों में रोम-राशि, नाटा क़द, दुबला बदन, फुर्ती से चलने-फिरनेवाले व्यक्ति थे श्रीपतिराय। चाहे कुर्सी पर ही क्यों न बैठे हों, उमंग आई कि झट पाँव मोड़कर पद्मासन में बैठ जाएँगे, या उठकर चहलक़दमी करने लगेंगे। पर उन्हें घर पर चैन नहीं मिलता, सदा खोये-खोये रहते हैं। इसे जगन्नाथ जानता था, इसलिए कहा—"चलिए रायसाहब, चलें।"

"ज़रा ठहरो!" उन्होंने कहा।

दरवाज़ा खुला। रायसाहब की पत्नी भाग्यम्मा पीतल के दो गिलासों में चाय लाईं। रायसाहब के घर में अभी स्टेनलेस-स्टील के युग ने पदार्पण नहीं किया था। किसी ज़माने के बेढंगे गिलास। कालिख का संग्रह किए पिचके हुए किनारे, गिलास को गरम कर ख़ुद ठंडी पड़ जानेवाली गुड़ की चाय।

"कुशलमंगल तो है?" चाय की चुस्की लेते हुए जगन्नाथ ने पूछा।

"ठीक है। दस-पन्द्रह दिनों से इधर दिखाई ही नहीं पड़े।" भाग्यम्मा ने आँचल से अपनी आँखें साफ़ करते हुए उदासी से कहा।

भाग्यम्मा दुहरे बदन की महिला थीं, छोटा-सा ललाट, छोटी-छोटी आँखें। उनको मुस्कुराते हुए किसी ने नहीं देखा था। जवानी की उमंगें धुआँ उगलते चूल्हे को फूँकते-फूँकते, बच्चों को जन्म दे-देकर, कहीं उड़ गई थीं। पर श्रीपतिराय अभी भी इमली के पटसन की तरह कैसे ऐंठे हुए हैं! शीत-युद्ध घर में वर्षों से चलता होगा—इसीलिए बाहर निकलते ही रायसाहब कैसे अँकुराते हैं? यह सोचते हुए जगन्नाथ ने भाग्यम्मा को निहारा। भाग्यम्मा पास के खम्भे से टिककर खड़ी थीं, रायसाहब बेचैन दीखे। जगन्नाथ का अन्दाज़ा ठीक निकला।

"मेरे तो सिर पीट-पीटकर नाक में दम आ गया है, जग्गू भैया।" वह बोलीं, "ज़रा तुम ही समझाओ। मुँह खोला कि बस शेर की तरह झपट पड़ते हैं। सावित्री की बदली शिवमोगा की हुई है। गाँव-भर का काम करते फिरते हैं, क्या डी.इ.ओ. साहब से कहकर बेटी को यहीं नहीं रखवा सकते? शिक्षामन्त्री इनके जेल के साथी रहे हैं। सभी ने अपनी-अपनी खिचड़ी पका ली, पर हमें पूछनेवाला कोई नहीं। मायके से लाई चार रेशम की साड़ियों को इनकी बातों में आकर मैंने आग में फूँक दिया। चाहे जो बकते जाओ, पर यह कानों में तेल डाले बैठे रहते हैं।"

अधीरतापूर्वक श्रीपतिराय ने कहा, "बस, बस, अब भीतर भी जाओ।"

"पिछली बार म्युनिसिपलिटी के चुनाव में खड़े थे न; सुना होगा कि क्या हुआ? जब रत्ती-भर कोई अहसान नहीं मानता तो आप ही सारे गाँव की झंझट क्यों अपने पल्ले बाँधते हैं? अपनी बेटी को गाँव के स्कूल में बसाए रखने की बिसात तो है नहीं और चले हैं...!"

"कुछ करेंगे माँजी, मुझे यह बात मालूम ही न थी।" धीरज बँधाने के लिए जगन्नाथ ने कहा।

सहसा भाग्यम्मा की आवाज़ ऊँची हो गई।

"जवान लड़की की शादी नहीं की। इनके जेल हो जाने के बहाने, या घर में नेम-निष्ठा न होने के बहाने कोई मँगनी लेकर ही नहीं आता। वह कमाएगी नहीं, तो घर में चूल्हा कैसे जलेगा? घूस खिलाने की नौबत आ पड़ी तो, झिझक किस बात की! बेटी की कमाई खाते झिझक नहीं होती?"

गुस्से में तमतमाकर, विवशता से रायसाहब को छटपटाते हुए, जगन्नाथ से देखा ही नहीं जा रहा था। सांत्वना देते हुए कहा, "कुछ करेंगे, माँजी। हो सका तो मैं खुद शिवमोगा हो आऊँगा...।"

जगन्नाथ की बातें शायद भाग्यम्मा के कानों नहीं पड़ीं। वह लगातार बोलती रहीं, "जिसको एक जून का खाना नसीब न हो और बालों में मेंहदी लगाए घूमे तो कौन भला उसकी दाद देगा? बेटे का हाई स्कूल हुआ। उसकी नौकरी के लिए भी इन्होंने क्या किया? दूसरे बच्चों की तरह यात्रियों को घर ले आने के लिए परसों मैंने ही बस के पास भेजा था। हाथ में कौड़ी न हो तो गुजारा कैसे हो? रंगप्पा जाकर एक परिवार को ले आया। पूजा-पाठ कराने मन्दिर ले गया। घर में क़दम रखते ही यह ऐसे नाचने लगे कि मानो सिर पर भूत सवार हो गया हो। पेट की खातिर मैंने जो किया, क्या वह मेरी गलती है? इतने सालों से मुँह पर ताला लगाकर इनकी सेवा जो करती रही, उसके बदले में इन्होंने ऐसा पीटा, जग्गू भैया, कि क्या कहूँ! मेरी पूछताछ करनेवाले माँ-बाप कोई नहीं। इसलिए, यह मुझ पर इतना रोब दिखाते हैं। चित्रदुर्ग के यात्री थे। जैसे ही पूजाकर लेकर आए, उलटे पाँव उन्हें घर से भगा दिया। उनके लिए बनी रसोई घूरे में गई। रंगप्पा को बेतहाशा पीटा...।"

फूट-फूटकर रोती हुई भाग्यम्मा ज़मीन पर लुढ़क गईं। दरवाज़े की आड़ में बेचैन खड़ी सावित्री ने बाँहें पकड़कर खींच लिया।

झुंझलाकर श्रीपतिराय जाने के लिए उठ खड़े हुए। पशोपेश में पड़ा जगन्नाथ भी उठ लिया और गली में उतरते ही जान-में-जान आई। सामने ही मन्दिर। कुछ

दूर पर बहती नदी की आवाज़ सुनकर बोला, "नदी की ओर चलें, रायसाहब?" रायसाहब से आँखें मिलाना कठिन था, लेकिन अकेला छोड़ देना भी ठीक नहीं लगा।

कुछ दूर तक दोनों चुप्पी साधे चलते रहे। नदी के कगार पर रुके। मल-मूत्र की भभक, टीलों और सफ़ेद बालुका पर तपती धूप। आँखों को ठंडक पहुँचानेवाला शुभ्र बहता जल। पत्थरों से टकराते जल का फेन। वहाँ नहाते बच्चों का उल्लास। सतर्कता से पानी में उतरते यात्री, मन्त्र-पाठ करते उन्हें हिम्मत बँधाते, गोता लगाने के लिए प्रेरित करनेवाले पंडे। नदी के उस पार हनुमानजी का मन्दिर। कगार के दूर-दूर तक आम, कटहल, पलास के पेड़। जहाँ कुछ छाया थी, वहाँ की मल-मूत्र की सख़्त कड़ी बू से ऊबकर जगन्नाथ ने कहा, "दुकान की तरफ़ चलें?"

"चलो!" श्रीपतिराय ने कहा।

"आपसे मिले क़रीब दो-तीन सप्ताह हो गए होंगे न?" जगन्नाथ ने बातों की शुरुआत की।

"इन दो-तीन सप्ताह में नरक-यातना झेली है। कभी-कभी मन करता रहा है कि क्यों न पानी में डूबकर मर जाऊँ, भैया?"

रायसाहब के मुँह से ऐसी बातें सुनने की बिलकुल आशा नहीं थी। जगन्नाथ को दुख हुआ कि यदि उसके सामने भाग्यम्मा ऐसा कांड खड़ा नहीं करतीं, तो शायद रायसाहब यह न कहते।

बात बदलने के लिए बोला, "जानते हैं, परसों क्या हुआ? कन्नडा ज़िले में मेरे कारोबार की देखभाल करनेवाले राजप्पा हैं न–वह सख़्त बीमार होकर यहाँ आए। डॉक्टर को दिखाने नहीं, मंजुनाथ को मनौती चढ़ाने। पाँच-सौ रुपये आरती-अभिषेक आदि में फूँक दिए। मैंने डॉक्टर को दिखाया। कैन्सर का शक हुआ। पर बेंगलूर जाने के लिए उनके हाथ फूटी कौड़ी नहीं थी। मुझे देना पड़ा, क्योंकि वह मौत की देहरी पर बैठे थे। उस आदमी को सारे पैसे मंजुनाथ पर उड़ा देने से मना करने की मेरी हिम्मत ही नहीं हुई।"

"देखो भैया, अपना बेटा रंगू जब बस से यात्रियों को ले आया तो मुझे इतनी घिन हुई मानो मेरी बेटी बाज़ार में बैठ गई हो। कभी ग़लती से भी हाथ न उठानेवाला, उस दिन मैंने अपनी पत्नी को पीटा। अगर सावित्री रोक न लेती तो शायद मैं उसे मार ही डालता। पता नहीं था कि मुझे भी उतना गुस्सा आ सकता है। देखा, इस भगवान ने मेरी कमज़ोरी देखकर, किस तरह निगलने की चेष्टा की है!"

आख़िरी बात कहते हुए श्रीपतिराय हँस पड़े। जगन्नाथ को खुशी हुई कि वे दोनों एक ही विचारभूमि पर आ गए हैं। फिर भी रायसाहब ऐसी मानसिक स्थिति में हों, ऐसे समय उनके सामने अपनी योजना रखना ओछी बात लगी।

"इस भूतनाथ की बात आप जानते हैं, रायसाहब?"

"कैसे-कैसे भूत हैं, भैया! पँजुली, जुमादि! बैदर, कल्कुड़, बोव्वर्य, जाट्टिट–वग़ैरह-वग़ैरह। ये सभी शूद्रों के भूत ठहरे। पंचमों का भी एक भूत है–कोर्दब्बुसन्धि या ऐसा ही कुछ। सुना है, उस पर एक साँड है। इन सारे भूतों का स्वामी है भूतनाथ और इस भूतनाथ के स्वामी हैं मंजुनाथ। यदि हिन्दू धर्म को जानता हो तो इस मन्दिर में आए।"

"पर शूद्रों के इस भूतनाथ को तथा इन कुर्मियों को अपने क़ाबू में रखकर उनसे काम जो लिया करते हैं–यह चालाकी भी देखिए।"

श्रीपतिराय हँस पड़े। पूछा कि, "नागराज जोयिस से भेंट हुई कि नहीं?" उसकी योजना अभी तक रायसाहब के कानों तक नहीं पहुँची है। पता लगाने पर, जो एक समय अपना सबकुछ जलाकर आन्दोलन में कूद पड़ा था, ऐसा आदमी शायद घबराएगा नहीं। अभी तो इनकी बेटी का तबादला रद्द कराना होगा। बेटे को अपने ही दफ़्तर में काम देना होगा। वरना भाग्यम्मा उसे यात्रियों को घर लाने ज़रूर भेजेगी। यों ही पैसा देने पर तो रायसाहब नहीं लेंगे। "फिर कभी लौटाइएगा।" कहकर उन्हें पैसे देने को जगन्नाथ का मन बहुत करता है, पर साहस नहीं होता।

चौक के खादी-भंडार तक आए। रंगप्पा दुकान खोलकर बैठा था। दुकान में अनबिके धूल-भरे खद्दर के थान; ऊपर टँगी सफ़ेद टोपियाँ, टूटे करघे, बे-दाँत के हँसते हुए गांधी की तस्वीर, गांधी के छापे की खद्दर की थैलियाँ थीं। तकिए पर टेक लगाकर जगन्नाथ बैठ गया।

कभी इसी दुकान में बैठकर रायसाहब ने आन्दोलन शुरू किया था। नई विचारधाराएँ उस जैसे युवकों में भरी थीं। जैसे ही रायसाहब ने पान-सुपारी का बटुआ निकालकर पान में चूना लगाना शुरू किया, तो लगा कि घर में हुए कांड को प्रायः वह भुलाने जा रहे हैं। फिर से उमंग, मसखरी, शरारत के लक्षण, उनकी घनी भौंहों के नीचे चमकती आँखों में नाचते दिखाई पड़े। कभी बस में न आनेवाले इस प्राणी से भाग्यम्मा की जलन कितनी सहज थी!

बाज़ार आए हुए सारे शूद्र हड़बड़ी में मन्दिर की ओर जा रहे थे। उन पर टकटकी लगाए जगन्नाथ से रायसाहब ने कहा, "इनके लिए बाहर की पंगत, लाल

चावल का खाना! खट्टी दाल! भीतर ब्राह्मणों का भोजन। दाल, सब्जी, खीर, पूड़ी। तुम्हारे घर से भी प्रायः आठ-दस थैला चावल मन्दिर को जाता होगा?"

जगन्नाथ ने हामी में सिर हिलाया।

"मेरे बीवी-बच्चों को थाली लेकर मन्दिर जाने की नौबत न आए, ऐसा कुछ करना होगा, भैया।"

रायसाहब के परिहास में टीस थी।

"इस मंजुनाथ की अध्यक्षता में जीवन सिर्फ़ कालातीत में चलनेवाला संभ्रम मात्र है–है न गणेश? तुम्हारे पिता का भी यही कहना है न?" दुकान की देहरी पर खड़े युवक से रायसाहब ने मसखरी से कहा।

हाथ में दवा की शीशी और पुराना उपन्यास लिए गणेश ने अर्थहीन हँसी हँस दी। चेहरे पर उभरी हड्डियाँ, आयु क़रीब पच्चीस वर्ष की होने पर भी बच्चे-जैसे उस गणेश को जगन्नाथ ने कुतूहल से देखा। छोटी-सी शिखा को छिपानेवाला अँगोछा और धोती, माथे पर विभूति, कानों में बड़ी बुँदकियाँ। कहीं इसे पहले भी देखा है? जगन्नाथ याद करने लगा।

"बहन की तबीयत ठीक नहीं है रे, क्या अंथोनी डॉक्टर के पास आया था?" फिर जगन्नाथ की ओर मुड़कर बोले–"इसे पहचाना नहीं? मन्दिर के पास प्रधान पुजारी हैं न, सीतारामय्या–उनका बड़ा बेटा।"

"अच्छा!" जगन्नाथ ने कहा।

"आज्ञा हो!" गणेश ने 'पायलागूँ' किया।

"जीते रहो।"

गणेश चला गया।

जगन्नाथ ने रायसाहब से कहा, "चलें, अपने घर ही भोजन कर लेंगे।"

"दुकान का ध्यान रखना।" रंगप्पा से कहकर रायसाहब पान-सुपारी का बटुआ उठाकर खड़े हो गए। तभी वहाँ बासु आ धमका।

साथ चलते हुए बासु ने कहा, "क्या तुम नागराज जोयिस के यहाँ गए थे? गाँव के महाजन को लेकर उसकी शेखी क्या कहूँ! हर्गिज़ उस पर भरोसा मत करना। चाहे रायसाहब से पूछ लो। बूढ़ा हो गया, लेकिन कमीनगी नहीं गई। सता सताकर बीबी को खा गया और अब बहू को। हैवान बहू को रखैल बनाए हुए है। बेचारा लड़का शिवमोगा में काम करता है। बहू को बेटे के पास नहीं भेजता? बहाना बनाता है, घर आने-जानेवालों के लिए रोटी सेंकनेवाला कोई नहीं। मैंने तो खुल्लमखुल्ला रजिस्टर्ड शादी की है। इस ढोंगी की तरह व्यभिचार

तो नहीं करता। सुना है, मन्दिर की पूजा का अपना हक़ जताकर नालिश करनेवाला है। इस इलाके का जब एक भी मामला तक भूतनाथ अदालत तक जाने नहीं देता, तो इस आदमी को गाँव बरबाद करने की नीयत क्यों हुई? दूसरों को चैन की नींद सोते देखा नहीं जाता, इस गाँव के हरामज़ादों से। इन ब्राह्मणों की गली से तो चांडालों की गली सौ-गुनी भली। हाथ में पंचपात्र लिए, चले मन्दिर पेट भरने के लिए...! कमर झुकाकर, पसीना बहाना पड़े तो तब पता चले।''

बासु बेकार गरम होता जा रहा है। कहीं-न-कहीं उबल पड़ने की ताक में बैठी हिंसा। "लाठी की मार को भी पीठ न दिखानेवाला वह कोई और था और यह कोई और। जीवन की क्रिया में अविकृत बने रहना क्या सम्भव है?''

जीवन के सुख-दुख से घिरे रहकर भी इतिहास के चक्र को चलाए रखने की क्रिया कब हमें प्रमुख लगेगी? क्या वह श्रीपतिराय को अपनी बात समझा सकेगा?

जब पिल्ल, माद, करिय सिर उठा पाएँगे, जब भीतर एक क़दम रख सकेंगे, जब सदियों को एक पग में दुतकारकर फिर चक्र को घुमा सकेंगे–इसके महत्त्व को रायसाहब तक कैसे पहुँचाएँ? कोई कीचड़ कुचलता हुआ खेत जोते, कोई यहाँ बैठा-बैठा खाए। मंजुनाथ के अन्न क्षेत्र की चिकनाहट में अलसानेवाली प्राण-शक्ति, इस व्यवस्था के पोषण के लिए बँधा हुआ भूतनाथ नाचता है, बेकार।

इधर बड़ा घंटा बज रहा है। अपने पूर्वजों के दान का घंटा। उसकी गूँज टेढ़ी-मेढ़ी गलियोंवाले बाज़ार में भर रही है। भूतनाथ नाच रहा है, प्रसाधन लिए हुए। हरे मुकुल जैसे पत्रों को धारण किए मंजुनाथ की मंगल आरती। अपनी गुज़र के लिए बाज़ार के डग नापनेवालों में भी घंटे की आवाज़ से कैसा सूक्ष्म परिवर्तन! ख़रीदी जानेवाली नई बाल्टी में छेद की परीक्षा करनेवाला यह गँवार, बाल्टी को वहीं छोड़कर पलभर के लिए स्तब्ध होता है। पर इस घंटा-नाद में कैसा लुभावना भ्रम है? दोपहर के भोजन के लिए भूख की याद मात्र दिलाता है। चिकनाहट को धोनेवाला भगवान, लगान वसूल करनेवाला भगवान, हृद्रोगी राष्ट्राध्यक्ष को शतायु का वरदान देनेवाला भगवान, अपनी प्राण-रक्षा का मुकुट धारण किए भगवान, माथे पर सिन्दूर-तिलक बना भगवान, हज़ारों पत्तलों पर हाथी-दाँत के लाल चावल का तथा बासमती का खाना बनकर पड़नेवाला पेटुओं का भगवान–जगन्नाथ के चेहरे पर मुस्कुराहट की लहर दौड़ गई।

और एक बस आकर चुंगी-घर के पास रुकी। यात्रियों को ब्राह्मण-लड़कों ने घेर लिया।

“बड़े आराम का काम सिर्फ़ यही एक है।” बासु ने कहा।

बस से उतरते हुए एम.एल.ए. गुरप्पा पटेल ने कहा, “नमस्ते महाजनजी को, नमस्ते रायसाहब!”

धोती, अचकन, छोटा-सा पेट, नेताओं की सारी अदा पटेल साहब में थी। माथे पर मंजुनाथजी का सिन्दूर का टीका था।

“जस्टिस पार्टी में रहकर अंग्रेज़ों का पक्ष लेनेवाले ये सारे लोग अब कांग्रेस के एम.एल.ए. बन गए हैं।” पटेल साहब के ओझल हो जाने पर रायसाहब ने बड़े तीखे से कहा।

जगन्नाथ जानता था कि ऐसी बातें किस प्रकार धीरे-धीरे ब्राह्मणों के पक्ष में और शूद्रों के विरोध में राजनीति खड़ी कर अर्थहीन बन जाती हैं, इसलिए वह मौन रहा।

पहाड़ चढ़कर घर पहुँचा, तब तक पत्तल बिछ गए थे। भूख लगी थी। रोज़ की भाँति बाज़ार के लिए भगवान के दर्शन के लिए, आए हुए बीसियों लोग भोजन के लिए आए थे। रायसाहब को भोजन के लिए देखकर, मौसी को बड़ी खुशी हुई।

“आपको आए महीना-भर हो गया।” कहते हुए मौसी ने रायसाहब को तौलिया दी।

3

बिस्तर पर पाँव फैलाकर जगन्नाथ ने लालटेन की बत्ती मद्धम की। इतना थक गया था कि हाथ-पाँव ढीला कर सोने में बड़ा सुख मिला। दोपहर के भोजन के बाद श्रीपतिराय से अपने मन की सुनाने के लिए निकला था, पर उनकी अन्यमनस्कता को देखकर चुप रह गया था। साँझ को हमेशा की तरह मातंग (हरिजन) आए थे! पर दस युवकों में से क्या एक की खोपड़ी में भी उसकी बात उतर पाई थी? आँगन से दूर खड़े रहनेवालों को आँगन के छोर तक लाने में एक सप्ताह लगा था, पर आँगन को पार कर चबूतरे के बोरिए पर बैठने के लिए शायद वह हर्गिज़ तैयार नहीं होंगे। जब वह बच्चा था, तब इस 'पितरम' का बाप 'मर्म' रास्ते में कभी मिलता था तो झट रास्ते से हटकर, किसी पेड़ के पीछे छिपकर अपने काले अँगरखे को उतारकर, सड़क के किनारे झुककर, यों सलाम करता था मानो उसकी नज़र में आना ही कोई अपराध हो।

रात का खाना खाकर पैन ले मेज़ के सामने बैठ गया।

जगन्नाथ ने समाचारपत्रों के लिए एक छोटा-सा लेख लिखा। तीन बार लिख कर फाड़ा। उसे वह रोमांटिक आदर्शवाद जैसा लगा। लोगों का विश्वास है कि यदि मातंग लोग मंजुनाथजी के मन्दिर में प्रवेश करेंगे तो रक्त वमन करके मर जाएँगे। कहा जाता है कि भूतनाथ उनकी टाँगें पकड़कर घसीटते हुए रक्त वमन करवाता है। राष्ट्राध्यक्ष का भी विश्वास है, उस देवता की महिमा को ठेस लगे बिना भारत की जनता अपने पैरों पर नहीं खड़ी हो सकेगी।

लेख भाया नहीं, फाड़ डाला। दूसरा लिखा : "यह मन्दिर वैज्ञानिक दृष्टिकोण का परम शत्रु है। भूत, चुड़ैल-मोचन करानेवाला भूतनाथ, ज़मींदारों को लगान दिलानेवाला भूतनाथ–इस भूतनाथ का पालक है मंजुनाथ। हमारे जीवन की सृजनशीलता में अवरोध बनकर, हमें इतिहास का उत्तराधिकारी बनने से रोककर, बन्धन में बँधे इस भगवान के गुमाश्ते का नाश किए बिना कुछ नहीं बन सकता। देवता को नाश करने का प्रयत्न ही शहद के छत्ते में हाथ डालने के बराबर है।

इस भारत में मंजुनाथ ने ही समाज के लिए सार्थक कार्यों को असाध्य बना रखा है। इससे सामाजिक जीवन अर्थहीन बन गया है। भौतिक यथार्थ को माया का नाम देकर, उसकी भर्त्सना करते हुए, हम आत्म-प्रवंचना में जी रहे हैं। इसलिए यदि हम महान क्रान्ति चाहते हैं, तो इन दीन-हीन मातंगों को सीना तानकर सिर उठाना होगा। सदियों के सत्य का केवल एक पग में परिवर्तन ये मातंग ही कर सकते हैं। ऊँची जातिवाले कितने ही ऊपर क्यों न उठें, हम प्रगति के भ्रम में ही जीते रहेंगे, न कि...।''

जगन्नाथ ने फिर से फाड़ डाला। केवल कार्यक्रम के रूप में ही लिखना होगा। बातों का अम्बार लगता जाएगा तो आप बावला जैसा दीख पड़ेगा। अपने निहित सारे मिथ्यात्व से मुक्त होकर, जब ठोस आदमी बनने के लिए इस कार्य में हाथ लगाया है तो अपने को इस बातों का महल नहीं बाँधना चाहिए। ऐसा सोचकर जगन्नाथ ने अपने संकल्प का निर्देश करनेवाली छोटी-सी चिट्ठी लिखीः ''मान्यवर, सारे भारत-भर में प्रसिद्ध मंजुनाथजी के मन्दिर में हरिजनों का प्रवेश करवाने का मैंने निश्चय किया है। इसके लिए मेरी राय में अमावस के मेले का तीसरा दिन ठीक है। क्योंकि भारत-भर के भक्तगण उस दिन भारतीपुर आएँगे। उन सबके सामने यदि सिद्ध हो जाए कि मन्दिर-प्रवेश करनेवाले मातंगों का रक्त वमन करके मर जाने की बात सरासर झूठ है तो मेरा विश्वास है कि जनता में एक नए विचार का स्फुरण होगा। इस कार्य के लिए सभी प्रगतिशील व्यक्तियों के सहयोग की कामना करता हूँ—जगन्नाथ, भारतीपुर।''

एक अंग्रेज़ी में तथा एक कन्नड़ में चिट्ठी लिखी। बेंगलूर के दो समाचारपत्रों के पते लिखे लिफ़ाफ़ों को लेकर रात में ही घर से बाहर निकला। टॉर्च की रोशनी में पहाड़ी से उतरकर डाकखाने जाकर जगन्नाथ ने डाक के बक्से में चिट्ठी डाली तो उसका जी हलका हुआ। बड़े उल्लास के साथ घर लौट आया। उछलता हुआ छत की सीढ़ियाँ चढ़कर बिस्तर पर लुढ़क पड़ा।

जाड़े में भी उसका शरीर पसीने से तर था।

अब वास्तव में उसे डर लग रहा है। चिट्ठी छपेंगी, उन्हें पढ़कर भारतीपुर के सारे लोग उसे कुत्ते की नाईं देखेंगे। डाक में चिट्ठी डालते समय जो उमंग थी, वह उतरती जा रही है। पर निष्क्रिय, हाथ बाँधे बैठना भी उसके लिए दुस्सह बन गया था—अपने मन की छानबीन करने की ठानकर जगन्नाथ मेज़ के सामने फिर जा बैठा। खिड़कियों के बाहर, पहाड़ियों के पार चन्द्र-रेखा, झींगुरों का झींझाख, जाड़ा।

इंग्लैंड में छह वर्षों तक उसने क्या किया? व्यक्तिगत जीवन को ही सच मानकर अस्तित्ववादी बना रहा। उसने अपनी काली आँखें, काले बाल, इतालवियों का रंग, बातों की अदा–सभी का बड़ी चतुराई से उपयोग किया था। लिबरल बना, 'गार्डियन' पढ़ा। किसी एक से न बँधकर, कई लड़कियों से दोस्ती करनी चाही। यह वांछा पूर्ण न होने पर काम-स्वच्छन्दता का समर्थक बन गया। अंग्रेज़ों की प्यूरिटन मनोवृत्ति का कड़ा विरोधी बन गया। फ्रांसीसियों के मौजी जीवन को सराहा। लड़कियाँ फँसाने में लगे हुए मित्रों का हीरो बना। उसका एक भारतीय मित्र, जो किसी अंग्रेज़ लड़की से तिरस्कृत होकर मन-ही-मन कुढ़ रहा था, यूरोपीय संस्कृति के उसके खंडन से प्रसन्न हुआ था। भीतर की दबी हुई आकांक्षाओं पर इस प्रकार वह विचारों का बाहरी पोशाक बना रहा। सारांशतः बहुरूपिए का जीवन रहा।

एक दिन लंदन यूनिवर्सिटी यूनियन के पब में मार्गरेट से परिचय हुआ। साथ में चन्द्रशेखर था। बेंगूलर के मध्यवर्गीय जीवन से ऊबकर लंदन आया था। स्लम स्कूलों से टीचिंग, इवनिंग कॉलेजों में पढ़ाई, एकाकीपन से ऊबकर पब के बन्द होने तक बीयर पीना। बेंगलूर में ब्राह्मणवादी, लंदन में उग्र साम्यवादी। अंग्रेज़ों की वर्णनीति का खंडन करने के लिए कुछ करना होगा, 'प्रोटेस्ट' नामक मासिक पत्रिका निकाली जाए तो कैसा रहेगा? हर रोज़ की बातचीत में रूबेन्स नामक यहूदी मित्र साथ रहता था। पर उस दिन वह नहीं था। फ़ोर्स्टर पर अपने थीसिस की रूपरेखा सोचता हुआ जगन्नाथ जब लायब्रेरी से बाहर निकला तो लगा कि उसके पास लिखने को कुछ है ही नहीं। वह उदास बैठा था। अपने अंग्रेज़ अध्यापकों की उपेक्षा से क्रुद्ध होकर चन्द्रशेखर लेक्चर दे रहा था कि इंडियन जीनियस कितना महान है। ये स्लम के बच्चे कैसे कुन्द-ज़हन हैं। हमारी प्रतिभा को नव-उपनिवेशवाद ने कैसे कुंठित किया है। जगन्नाथ को उस दिन उसकी बातें अच्छी नहीं लग रही थीं। उठकर बाहर से एक-आध पाइंट बीयर, चीज़ ऐंड अरुनियन, फ़्लेवर्ड क्रिस्प्स खरीद लाया। पाइप सुलगाई। चन्द्रशेखर बोलता ही जा रहा था। एकाएक जगन्नाथ को लगा कि वह कभी मौलिक नहीं बन पाएगा, केवल एक नक़ल है। उसकी बातें झूठी, विचार झूठे। फ़ोर्स्टर के सम्बन्ध में उसे एक नई बात तक नहीं सूझी थी। विद्रोह की आकर्षक बातें कहते हुए, सभी को खुश करनेवाले विनय का बाना पहने, विचारों में जंगली जानवर बनकर, आचरण में गर्म कोने को ढूँढ़ने निकलनेवाली बिल्ली बनकर अन्दर खोखला होने पर भी ऊपर मौलिकता का लबादा–छीः! अपने पर घिन आ गई। ईल की जाति का प्राणी! मौलिक विचारों का लबादा ओढ़े सभी बातें झूठी, सच यही है कि मन में अतृप्त आकांक्षाएँ भरी पड़ी हैं। रईस घर में जन्म लेने के कारण कोई चूँ

करनेवाला नहीं। अपना रोब जमाने के लिए ही यह सारी खटपट, क्रान्ति की बातें, साहित्यिक गोष्ठी–ये भाँति-भाँति के आईने, पर अन्दर कोई निष्ठा नहीं। अपनी बातें अपने को ही सच लगें, ऐसे ऑडियंस को ढूँढ़ना अपना ही सत्य है।

जगन्नाथ जब अपने पर घिनाता बैठा था, मार्गरेट उसकी जगह चली आई थी। हाथ में बीयर लिए, ''क्या मैं साथ दे सकती हूँ?'' कहती हुई कुर्सी खींचकर बग़ल में बैठ गई थी। गालों पर बिखरी काली केशराशि, काली-काली आँखें, मनमौजी लगनेवाला दुहरा बदन, कोमल होंठ–उठकर कोट उतारा और दूसरी कुर्सी पर फेंक दिया था। गले में बड़े-बड़े रुद्राक्षों की माला थी। हलके नीले रंग के कपड़े पहने हुए थी। बालों को गालों से हटाती हुई, मस्ती से हँसती हुई, 'मैं मार्गरेट' कहकर हाथ बढ़ाया था। जगन्नाथ अपना परिचय देने लगा तो उसने कहा था–'मैंने तुम्हें देखा है–आपने यूनियन में ब्रिटेन के भारतीयों पर जो भाषण दिया था वह काफ़ी सीरियस तथा मूविंग था।'

जगन्नाथ ने कहा था कि काले और गोरों के बीच जीनेवाला भारतीय कैसा सूक्ष्म विद्रोह करता है, अपने देश में जात-पाँत बरतनेवाला भारतीय, इंग्लैंड में विद्रोही बनता है, इसके पीछे क्या मनोवृत्ति हो सकती है? विश्लेषण किया था कि, नेहरू भावना से भारतीय होने पर भी विचारों में क्यों पाश्चात्य हैं? अपने व्यक्तित्व के सूक्ष्म विद्रोह को ही मानो विश्लेषित करके कही गई बातें, भीतर के उफान के कारणों की प्रामाणिक खोज, और मार्गरेट की प्रशंसा-भरी बातों में जगन्नाथ को अपना मर्म दीख पड़ा। उसकी मॉड ड्रेस, पीठ पर तक बिखरे बाल–लगा कि सहज में मोहित होनेवाली औरत वह नहीं है। उसकी बातों में व्यंग्य के तीखेपन को ताड़कर जगन्नाथ को उसकी प्रशंसा से खुशी हुई थी। बैरन और नेहरू को अपने सच्चे पूर्वज मानकर अपनी भर्त्सना कर लेने पर भी मार्गरेट की आलोचनापरक दृष्टि में अपना-आप और भी आकर्षक बन पाया था। चन्द्रशेखर का भी परिचय करा दिया गया था।

मार्गरेट ने बताया कि वह अध्यापिका है और छुट्टियों में लंदन यूनिवर्सिटी से इतिहास में एम.ए. की तैयारी कर रही है। 'ओह कितनी प्यास लगी थी' कहते हुए, उसने गटागट आधा पाइंट बीयर पीकर हाथ से होंठ पोंछ लिए। संवेदना के लिए उतावली बताकर, साथ ही अपने को स्वतन्त्र बतानेवाली उस लड़की के व्यक्तित्व से जगन्नाथ के दिल और देह दोनों जाग्रत हुए। ख़ाली तीन गिलासों को लेकर जगन्नाथ उठा। मार्गरेट भी उठ खड़ी हुई। कहा, ''मुझे चुकाने दीजिए।''

मना करके जगन्नाथ काउंटर के पास गया। भरे गिलासों को ट्रे में लाते समय, ''कम-से-कम मुझे मदद करने दीजिए,'' कहकर वह उठ आई। सिगरेट

ख़रीद लाई। उसकी सिगरेट सुलगाकर जगन्नाथ ने बातें शुरू कीं। एक नवेली से परिचय होते ही, उसके दिल पर क़ब्जा करने के उसके पैंतरों को वह तुरन्त ताड़ गया था। कुछ ही क्षण पहले वह कितना उदास था। पर अब अपनी झुकी हुई गरदन, परीक्षक दृष्टि, गहराई से बातें, हाव-भाव, आदि मार्गरेट को प्रभावित करने की ताक में थे। सम्मति, विरोध, आत्मालोचन–सभी शिकार के साधन बने। गालों पर पड़े बालों को हटाती, बदन को अँगड़ाती, निस्संकोच अपने मन और बदन को जगन्नाथ की नज़रों में फैलाती, अब मानकर, फिर दूसरे ही क्षण अनमनाकर परस्पर बातों का मज़ा लूटती रही। ईर्ष्यालु चन्द्रशेखर ने उग्रता से कहा कि यूरोपियों के लिबरल विचारों को हिजड़ापन और धोखा कहकर चे गुएवारा की तरह ख़ूनी क्रान्ति करने से ही यूरोपीय लिबरलों के छलछन्द का भंडाफोड़ हो सकता है। मानव की चरम तुच्छता की बातें करना और अपनी न्यूनताओं का विश्लेषण करना डिकेडेंट लोगों का मनोविनोद है। फिर व्यंग्य किया था कि तुम दोनों, आराम के साथ बैठकर इतनी क्रूरता से मानव की जो आकर्षक आलोचना कर रहे हो, क्या वह लुमुम्बा के अफ़्रीका में सम्भव थी?

बीयर का सरूर चढ़ा हो, या दिल का बुख़ार निकल रहा हो–चन्द्रशेखर जो कह रहा था, प्रायः जगन्नाथ और मार्गरेट में भी कुछ ऐसी ही बातें हो रही थीं। मार्गरेट ने बताया कि उसके पिता भारतीय गुजरात के रहनेवाले और माँ अंग्रेज़ है; पर उसे पिता से ही अधिक लगाव रहा है। कहा कि जगन्नाथ की हर बात वह मानती है। चन्द्रशेखर ने व्यंग्य किया कि पब में बैठकर मानना बड़ा आसान है। यदि जगन्नाथ इसी तरह बातें करता रहेगा तो नेहरू की सरकार में एम्बैसेडर बन जाएगा। जगन्नाथ जैसे वाक्पटु भारत में बहुत जल्दी ही ऊपर उठते हैं। नेहरू, कृष्ण मेनन की सफलता का रहस्य और क्या हो सकता है? क्षणभर पहले जगन्नाथ ने भी यही कहा था।

पब के बन्द होने पर ही वे लोग उठे थे। 'बाइ' कहकर चन्द्रशेखर चला गया। जाते हुए मीठी तहज़ीब से पेश आने की चेष्टा की थी। मार्गरेट ने "तुम्हारी कुढ़न की मैं दाद देती हूँ," कहते हुए हाथ मिलाया था। चन्द्रशेखर की तानेबाज़ी और ईर्ष्या में व्यक्त प्राणशक्ति से जगन्नाथ का दिल उलटने लगा। उसकी कड़वी बातें, ईर्ष्या में जली दुर्बलता ने मानो मार्गरेट के स्त्रीत्व को प्रबोधित किया हो। चन्द्रशेखर के चले जाते ही जगन्नाथ ने कहा, "बकता है। पौंड की कालाबाज़ारी करके बेंगलूर के जयनगर एक्सटेंशन में बँगला बनवा रहा है।"

मार्गरेट की नज़र में शायद चुटकी में ही चन्द्रशेखर लाश बन गया होगा। पर अपनी इस जीत से खुद लजाकर कहा, "चन्द्रशेखर ओछा कंगाल है। इसलिए उसकी समझ में आनेवाली पीड़ा मेरी समझ में नहीं आती।"

"मैं इस क़िस्म के लोगों को पहचानती हूँ।" उसने कहा था।

ब्रूम्सबरी में मार्गरेट के फ़्लैट तक दोनों चलते गए।

"आओ," मार्गरेट ने बुलाया।

दरवाज़ा खोलते हुए कहा कि उसकी लैंड-लेडी बड़ी शक्की है। दबे पाँव आने के लिए कहकर हाथ पकड़कर ऊपर ले गई। 'रिलैक्स' कहकर सोफ़ा-कम-बेड की ओर इशारा करते हुए कोट उतारने में मदद की। रविशंकर के सितार का रेकार्ड लगाकर रसोई में चली गई।

जगन्नाथ मार्गरेट के बेड-कम-सिटिंग रूम का कौतूहल से मुआयना करने लगा। उसके कमरे में उपयोग में लाई गई सजावट की वस्तुएँ अधिकतर नीले रंग की थीं। मेज़ पर लटकते स्तनोंवाले नंगे बदन, हाथ ऊपर उठाए खड़े रामकृष्ण परमहंस की तस्वीर थी। दीवार पर गोगाँ की पेंटिंग। कोने में एक पुराना रेडियोग्राम। खाने की मेज़ पर पड़ी तश्तरियाँ और पत्रिकाएँ। सुरुचि के साथ-साथ काहिली के चिह्न। पाप-चित्र बता रहे थे कि अपने को अच्छी रुचि है, पर आप बूर्जुवा नहीं। वियतनाम के युद्ध की भीषणता को दर्शानेवाले चित्रों की कतरन। दरवाज़े के स्टैंड पर उतारकर रखा डफल कोट। देखने में साधारण पर, बहुत ही मुलायम आरामदेह सोफ़ा। गैस के चूल्हे के सामने जगन्नाथ हाथ सेंकता बैठ गया। भीतर से मार्गरेट ने कहा कि ह्विस्की वहीं रखी है, वह ले ले।

पुस्तकों की अलमारी पर रखी ह्विस्की उँड़ेलकर जगन्नाथ ने पूछा, "तुम?"

उसने कहा, "न!"

रसोई के भीतर जाकर जगन्नाथ ने फ्रिज खोलकर बर्फ़ डाल लिया, सासेज तलती हुई मार्गरेट से कहा कि वह अधिक कष्ट न करे।

"एक मिनट!" मार्गरेट ने कहा।

"तुम्हें परमहंस पर श्रद्धा है?" जगन्नाथ ने पूछा।

"हाँ, तुमने ईशरवुड पढ़ा है? वह मेरी पसन्द का लेखक है।"

"फ़ोर्स्टर की तरह का लेखक, है न?"

"हाँ; परमहंस, ह्विटमेन सबकुछ मान लेते हैं। किसी का निराकरण नहीं करते। सृष्टि की सारी संकीर्णता को भी आत्मसात् करनेवाली हस्तियाँ हैं।"

"मनमानी भरी जानेवाली अटैचियाँ। उनकी हस्ती खीर की भाँति है।"

"मैं नहीं मानती।" हँसती हुई मार्गरेट ने ब्रेड, चीज़ और सासेज को टेबल पर रखा।

खाने के बाद काली कॉफ़ी पी थी। मना करने पर भी तश्तरियाँ धोने में जगन्नाथ ने मार्गरेट का हाथ बँटाया। मार्गरेट ने कहा, "मेरी माँ ने मेरे

पिता को निकम्मा बना दिया है। इसलिए मैं उसे हेट करती हूँ।'' फिर जाते समय बोली, ''कल इतवार है, लंच के लिए आ जाना। पिताजी से मिलेंगे। यहीं हैं।''

निहाल होकर जगन्नाथ अपने फ़्लैट को लौट पड़ा। उसके सम्पर्क में आई सभी लड़कियों से, मार्गरिट उसे एकदम सच्ची लगी थी। लगा कि उसके साथ रहने में उसका व्यक्तित्व निखर जाएगा।

दूसरे दिन इतवार था।

सवेरे से ही बारिश, कीचड़ और जाड़ा। बस से जगन्नाथ मार्गरिट के यहाँ पहुँचा था। उसने अभी-अभी स्नान किया था। कमरा गरम और आरामदेह था। मेंटल पीस के सामने बैठा।

मार्गरिट ने पूछा, ''चाय या कॉफ़ी!''

''मैं बनाऊँगा।'' कहते हुए मार्गरिट के साथ किचन में पहुँचा।

जगन्नाथ को ख़ुशी हुई कि उसके आने को ध्यान में रखकर ही मार्गरिट ने कमरा बिलकुल साफ़-सुथरा रखा था।

टी-पॉट में गरम पानी उँडेलते समय वह उसके पास खड़ा था।

शैम्पू किए हुए उसके बालों की भीनी ख़ुशबू प्यारी लगी थी। ''जूड़ा बाँधने लायक़ लम्बे बाल हैं,'' कहते हुए उसके बालों को पकड़कर उसने उठाया। वह मोरों का बार्डरवाला ढीला लहँगा और ब्लाउज़ पहने हुए थी। उसके शरीर से शरीर सटाकर वह खड़ा था। कन्धे पर हाथ रखकर, अपनी जिस थीसिस के लिए ज़मीन-आसमान एक कर रहा था उसके बारे में बातें कहीं। चाय पीते हुए माँ और भारतीपुर के बारे में बताया। श्रीपतिराय द्वारा अपने और इंगरसाल को पढ़वाए जाने की बात कही।

''इंगरसाल कौन है?'' मार्गरिट ने जिज्ञासा से पूछा। वह बिलकुल सहज हो गई थी। बातें करते-करते दोनों पूरी एक बोतल वाइन पी गए थे। खाने के लिए उसने चिकन-करी और चावल पकाए थे। जगन्नाथ ने अपने उपनयन आदि का विवरण देते हुए कहा कि उसे वेजिटेरियन खाना ही भाता है। खाना खाकर फ़िन्सबरी–मार्गरिट के पिता के घर–गए।

डॉक्टर देसाई देखने में अपनी बेटी से मिलते थे। जगन्नाथ से हिन्दी में बोले। जगन्नाथ ने कहा कि उसे हिन्दी नहीं आती।

सीधी नाक, गोल चेहरा, मलिन आँखें, दुहरे बदन के व्यक्ति थे, देसाईजी। गंजे सिर को मलते हुए भारत के बारे में पूछा। बताया कि उन्होंने बेंगलूर देखा

है। उनकी अंग्रेज़ी का लहजा गुजराती ढंग का था। जगन्नाथ ने पूछा, ''आपसे गुजराती बोलनेवाला कोई नहीं मिलता?''

''मिलते हैं।'' उन्होंने संक्षिप्त उत्तर दिया।

भीतर से टी-ट्रॉली ठेलती हुई मार्गरेट अपनी माँ के साथ आई। उसकी माँ ठंडी बातोंवाली, नीली आँखोंवाली, ब्लांड (भूरे) बालोंवाली औरत थी। उसके झुर्रीदार चेहरे में देसाईजी से भी अधिक उम्र दीख रही थी। घर में पाँच भारतीय छात्रों को बेड एंड ब्रेकफ़ास्ट के लिए रख लिया था; उन भारतीय छात्रों की गन्दी आदतों की शिकायत की; कहने लगी कि भारतीय भगवान या देवताओं के गुलाम होते हैं।

माँ-बेटी में काँय-काँय हुई। पिता उदासीन थे। अपने पति के प्रति उसकी विरक्ति व्याप्त करते रहने के ढंग को समझकर जगन्नाथ ने भी अपना मुँह बन्द रखा था। मार्गरेट ने दलील पेश की कि भारत की दरिद्रता के लिए अंग्रेज़ ज़िम्मेदार हैं। पर माँ कैसे बाज़ आती? उसने बकना शुरू किया कि यदि अंग्रेज़ न होते तो भारतीयों में इतनी भी वैज्ञानिक दृष्टि नहीं होती। अंग्रेज़ों के घरों में इंडियन-करी पकाकर भारतीय सारे मसाले की बू फैला देते हैं। हमेशा परदे डाले ही रहते हैं, आदि।

फिर काम का बहाना बनाकर भीतर चली गई। माँ के साथ रसोई में शायद कड़वी बातें कहकर मन का गुबार निकालने मार्गरेट भी गई। देसाईजी ने खड़े होकर एक लम्बी साँस छोड़ी, ''मैं बहुत दुखी हूँ। मेरी बेटी से पूछो, बताएगी।''

''ज़्यादा दिन यहाँ मत रहना। भारत चले जाओ। मुहल्ले से बाहर निकलने पर, मुझे यहाँ कौन पहचानता है? कहेंगे कि शायद कोई इंडियन कंडक्टर है।'' बड़बड़ाते वह कमरे में चहलक़दमी करने लगे थे।

मार्गरेट जब बाहर आई तो उसकी आँसू चू पड़नेवाली आँखों में गुस्सा भरा था। ''रेचड् कंट्री, रेचड् पीपल!'' कहती हुई जगन्नाथ का हाथ पकड़कर निकल पड़ी। उसे वहीं गले लगाकर सांत्वना देने की इच्छा हुई थी।

बस पर चढ़कर मार्गरेट के फ़्लैट आने तक किसी ने बातें नहीं कीं। साँझ हो गई थी। किवाड़ बन्द करते ही जगन्नाथ ने मार्गरेट को बाँहों में भरकर चुम्बन लिया। उसकी आँखों से पानी चू पड़ा। सीने पर सिर रखकर सिसकने लगी। जगन्नाथ ने पूछा कि क्या मैं रात यहीं रहूँ? उसने हामी में सिर हिलाया।

उस रात जगन्नाथ को मार्गरेट ने बेहद उत्ताप के साथ प्यार किया था। उसके दुख-भरे बचपन की स्मृतियाँ, उसकी कमियाँ, उसकी करुणा, और उसके दहकते

बदन की दरारों में छिपी हुई तृप्ति—सब उसने अपना लिए थे। अपनी बाँहों में सोई मार्गरेट के गरम नंगे बदन को टटोलते हुए उसने घड़ी देखी। दो बजे थे।

सबेरे जल्दी उठकर चाय बनाकर मार्गरेट ने जगाया। लैंड-लेडी के अनजाने में वहाँ से खिसक जाने को कहा। ड्रेसिंग-गाउन पहले मार्गरेट को दोनों बाँहों में उठाकर चुम्बन लिया, गरागर घुमाया।

"मुझे स्कूल के लिए देरी होगी; अब तुम जाओ।" कहकर वह हँस पड़ी थी। एक नटखट लड़की की हँसी।

मार्गरेट के अन्तराल में जड़ें फेंककर जगन्नाथ जैसे खिल उठा था।

"ब्याह करेंगे।" कहने पर उसने कहा था कि शादी-ब्याह में उसे विश्वास नहीं। "देखो, मेरे पिता को माँ ने कैसा बना रखा है! पिता की हैसियत ही नहीं।"

वास्तव में जगन्नाथ को भी शादी की चाह नहीं थी। मार्गरेट को खो देने के भय ने उससे शादी की बात कहलवाई थी। वह जानता था कि उसे एक-न-एक दिन भारतीपुर लौटना ही होगा। तब सच्चाई का क्या होगा? भारतीपुर में मार्गरेट के साथ वह नहीं रह सकेगा। एब्सेंटी लैंड-लॉर्ड बनकर बेंगलूर में रहना होगा—अंग्रेज़ी में रैडिकल बातें करते हुए, पार्टियाँ देते हुए, कहीं ऐसे लोगों के साथ जिनकी जड़ें कहीं नहीं है। रविशंकर का संगीत, कोणार्क का शिल्प, रेशम की साड़ी, ड्राइंग-रूम में दीप-रहित काँसे का दीपाधार, नटराज, कथक्कली मूर्ति, कलात्मक ऐश-ट्रे, बाल मुँडे, चिकनी आँखोंवाली, कटे बालोंवाली, साड़ी पहनी औरतें, आई.ए.एस. अफ़सरों की सालियों या मिलिट्री अफ़सरों से शादी करने की प्रतीक्षा करनेवालियाँ।

"कुछ लीजिए।"

"नहीं!"

"क्यों? आर यू डाइटिंग?"

मार्गरेट उस क़िस्म की नहीं थी, पर भारत आने पर वैसा बने बिना नहीं चलेगा—यह वह जानता था। फिर भी जब प्रणय की तन्मयता का सरूर उतरने लगा था, तब शादी की रट लगाकर पीछे पड़ा था।

धीरे-धीरे प्यार में प्रारम्भिक तन्मयता नहीं रही। बाँहों में बँधी मार्गरेट किसी-न-किसी सोच में डूबी रहती। जगन्नाथ उसकी उदासी, जूठे फैले बर्तन, या बिखरे पड़े कपड़ों की शिकायत करता। वह भी कहती कि हर किसी को प्लीज़ कहने की वह क्यों चेष्टा करता है। जगन्नाथ को बुरा लगता। हमेशा क्रूर बनकर दिल में आग छिपाये रहनेवाले चन्द्रशेखर के साथ जब मार्गरेट खुलकर बातें करने

लगती तो उसके दिल में फफोले पड़ जाते। पर बाद में पता चलता कि चन्द्रशेखर, मात्र एक मोहरा है जिसे चलाकर मार्गरेट जगन्नाथ में ईर्ष्याजनित, उत्तेजना पैदा करती थी, ताकि अधिक उत्ताप-भरे सम्भोग का आनन्द लूट सके।

फिर उद्देश्यपूर्वक ही जगन्नाथ ने स्वयं चन्द्रशेखर के साथ सौहार्द से रहना शुरू किया। उसके गुणों के पुल बाँधने लगा। मार्गरेट ने आगबबूला होकर भर्त्सना की, ''उसकी हर बात सह लेते हो न? तुममें मर्दानगी नहीं?'' धीरे-धीरे जगन्नाथ को लगा कि वह मार्गरेट की दैहिक भूख मिटाने का एक साधन मात्र बन गया था। आसानी से छुड़ा लेनेवाली उसकी देह की आसक्ति भी अब कम होती जा रही थी। उनींदे में उसके हाथ से आदतन की जानेवाली हरकतें एक बला बन जाने के कारण उन्हें हटा देता। जगन्नाथ की हर मानसिक हलचल और तीव्रता की ओर मार्गरेट ने उदासीनता दिखाना शुरू कर दिया था।

इतवार की एक सुबह, धूप थी। पिछवाड़े के बाग़ में सेब के नीचे, देह में जैतून का तेल मलकर, सिर्फ़ चड्डी और ब्रेसरी पहने, वह दरी पर सोई थी। शर्ट-पैंट पहने जगन्नाथ आरामकुर्सी पर बैठा था। धूप ही खाने मार्गरेट पीठ ऊपर किए औंधी लेटी थी।

''जगन्, ज़रा मेरी ब्रेसरी के हुक तो खोल दो,'' उसने कहा।

उठकर जगन्नाथ ने हुक निकाला। कुछ सोचता बैठा था, कुछ भूल गया। धूप बड़ी प्यारी थी। इतवार की चुप्पी। औंधी सोई हुई मार्गरेट ने एकाएक कहा। उसकी आवाज़ में तीखापन नहीं था।

''जगन्, तुम्हारी नोबिलिटी से चन्दर की ईर्ष्या ही अधिक असल लगती है। वन कांट रियली फ़ील यू आर देयर। तुम ठोस नहीं लगते। तुम्हारी यातना भी होगी; पर चन्दर ज़्यादा सफ़र करता है।''

याद है : सेब का पेड़, धूप, हरी घास, ब्रेसरी बँधी जगह मात्र मार्गरेट की गोरी पीठ। उसकी भावनाशून्य बात...उसकी ओर बिना मुँह किए उसने सिगरेट जलाई। उस दिन उसने जो यातना सही थी वैसी कभी नहीं सही होगी। घास देखता बैठा रहा। धूप में चमकता हुआ उसकी ब्रेसरी का हुक देखता ही बैठा रहा। यों ही देखते-देखते अपने प्राणों को विसर्जित कर देना चाहा था। पर मार्गरेट ने सिर उठाया ही नहीं। बिखरे बालों पर तथा पीठ पर सूरज की गर्मी झेलती, अलसाती, हाथ-पाँव फैलाए, यह निश्चिन्त सोई थी। उसकी बग़ल में हथेली टिकाकर बैठे अपने को उस हालत में देखना उसे पसन्द नहीं था। बड़ी देर बाद मार्गरेट ने सिर उठाया। उसे देखा। उस समय क्या उसकी आँखों में आँसू थे?

वह उठकर आई। बिना बोले उससे लिपट गई। लिपटकर लुढ़क गई। चुम्बन लेकर उसके गालों को गीला किया। वह भीतर से सूख गया था। उसकी कमीज़ खोलकर गला और सीने को चूमा। उसकी आँखें खुली ही थीं। चूमते समय उसने उससे आँखें बन्द कर लेने का आग्रह किया था। बातें सारी सूख गई थीं। धूप, घास, औरत का बदन–किसी को न ठेलते, किसी की चाह न करते हुए भी बहुत देर तक वह वहीं बना रहा।

दूसरे दिन प्रोफ़ेसर के पास जाकर कहा, ''दस पन्ने से ज़्यादा फ़ॉरस्टर पर लिखने लायक़ सामग्री उसके पास नहीं। मेरा एक लेख 'एसेज़ इन क्रिटिसिज़्म' में छप रहा है। वह काफ़ी है। डिग्री नहीं चाहिए।'' उन्होंने उसे बिठाकर कहा, ''तुम ऐसा क्यों सोचते हो? मेरे छात्रों में तुम प्रतिभाशाली छात्र हो।''

'थैंक्स!' कहकर चला आया। एक सप्ताह में बोरिया-बिस्तर बाँधकर सीधा वापस भारतीपुर रवाना हो गया था।

दो बजे थे। बाहर नीरवता थी। जगन्नाथ ने मार्गरेट को लिखा पत्र फाड़ डाला। और कुछ ठोस बनने पर लिखूँगा। ठोस बनने के लिए, जानवरों की तरह जीनेवाले मातंगों को सिर्फ़ एक क़दम उठाने की हिम्मत करानी होगी। उनकी क्रान्ति में ही उसकी सफलता है। उनके मन से जूझना होगा। इसी के द्वारा उसके व्यक्तित्व को निश्चित रूप मिल सकेगा। चिकनाई पिघलेगी। इस प्रकार यहाँ कुछ करके फिर लिखेंगे।

बत्ती बुझाकर, शाल ओढ़कर सो गया। बिस्तर के नीचे मौसी द्वारा छिपाकर रखी गई मंजुनाथजी के दूत भूतनाथ की ताबीज़ की याद आई तो हँस पड़ा। जाड़ा था, एक कम्बल ओढ़ लिया। नींद नहीं आ रही थी। पता नहीं, कब आई! बहुत बुरा सपना दिखा। भाग्यम्मा सिर के बाल बिखराए सिन्दूर लिए खड़ी हैं। रंगण्णा को पीटा जा रहा है। रंगण्णा छटपटा रहा है। भाग्यम्मा रुकती नहीं। श्रीपतिराय स्तब्ध बैठे हैं, मानो टोना लगा हो। भाग्यम्मा पीटती ही जाती हैं, रंगण्णा बेहोश होता है। फिर भाग्यम्मा ऐसे पीटने लगती हैं, जैसे चिड़वे कूट रही हों। बच्चे की नाक और मुँह से लहू निकलता है। रंगण्णा को यों उठाने जाती हैं मानो निचुड़कर रखे कपड़े उठा रही हों। रंगण्णा की गरदन टूट पड़ती है। इस सबके लिए श्रीपतिराय को ही ज़िम्मेदार ठहराकर, एकाएक भाग्यम्मा रोने लगती हैं। यह सब देखते खड़े अपने हाथ में सिन्दूर देखकर आश्चर्य होता है।

जगन्नाथ की आँखें खुलीं। उसकी देह पसीने से तर थी।

4

इंग्लैंड से भारतीपुर लौटे जगन्नाथ को क़रीब छह महीने बीत गए। उसे शिवमोगा स्टेशन से लिवा लाने मौसी ने कार भेजी थी। बड़े सम्भ्रम के साथ उसकी अटैचियों को कार में रखते हुए ड्राइवर वुडन ने उदास होकर कहा था, "आशा थी कि इंग्लैंड से आप नई कार लाएँगे। आपकी माताजी के चल बसने के बाद यह कार शेड से बाहर निकलती ही नहीं, साब! मौसी तो हमेशा घर में ही रहती हैं।"

रास्ते में उसने घर के बारे में रिपोर्ट पेश की थी। भारतीपुर के प्रवेश-स्थान पर बन्दनवार बँधे थे। मन्दिर के प्रधान पुजारी सीतारामय्या, गाँव के सम्भ्रान्त व्यापारी प्रभुजी, एम.एल.ए. गुरप्पा पटेल, श्रीपतिराय, घर के पटवारी विश्वनाथ शास्त्री, सफ़ेद कुर्ता और ख़ाकी नेकर पहने गाँव के स्कूल के बच्चे, ढीला पैंट, तिलक और अक्षत धारण किए हुए मुख्याध्यापक–ऐसे कई लोगों को बन्दनवार के नीचे आगवानी के लिए खड़े देख उसे बड़ा संकोच हुआ था। जगन्नाथ की आँखें भीड़ में कहीं पीछे खड़े श्रीपतिराय को ढूँढ़ रही थीं। तभी मन्त्राक्षता पड़ी, माथे पर सिन्दूर का तिलक लगा, और सीतारामय्या के मुँह से आशीर्वचन के मन्त्र अबाध गति से फूटने लगे। भूतनाथ के प्रसाद सिन्दूर को, शायद सीतारामय्या ने हाथ में धराया था। गुरप्पा पटेल ने हाथ में नींबू देकर हार पहनाया था; फिर हाथ जोड़कर गाँव के सौभाग्य की और मंजुनाथजी की कृपा की प्रशंसा करते हुए उसने छोटा-सा भाषण ही जड़ दिया था। इस तरह पहले से ही निश्चित अपने स्थान, मान, कर्तव्य की दुनिया में, पानी में पड़े चने की तरह अपने फूल जाने के डर से जगन्नाथ घबरा गया था। मन्त्राक्षता के अपने सिर पर पड़ते ही जगन्नाथ को लगा कि इस जाल से निकलने के लिए पहले मंजुनाथ का तिरस्कार करना होगा, अर्थात् मंजुनाथ के प्रति लोगों की श्रद्धा के मर्मस्थल में गहरी ठेस पहुँचानी होगी।

मुँह में पान भरे, धोती की कोर हाथ में पकड़े, कहीं दूर श्रीपतिराय मुस्कुराते खड़े थे। उनकी मुस्कुराहट जगन्नाथ की समझ में आई थी। घनी भौंहों के नीचे

आँखें, यों हँस रही थीं, मानो कह रही हों कि प्रधान धर्मदर्शी होने के कारण तुम अपने निरीश्वरवाद को पीकर जिओ, जैसे मैं जी रहा हूँ; विश्वास के साथ।

मुँह का पान थूककर, हाथ बढ़ाए आए और बाँहों में भर लिया।

"यात्रा में थकावट हुई होगी," जैसी गुरप्पा पटेल की शिष्टाचार की बातों में उसने सुर मिलाया। उम्र ढलते-ढलते जीवन के साथ समझौता करके आदमी कैसे लिबरल बनता है! जगन्नाथ का दिल धड़क उठा कि कहीं यह समझौता, हर आँख को आईना समझनेवाला स्वभाव, क्या उसके पल्ले भी एक-न-एक दिन नहीं पड़ेगा?

जगन्नाथ उस दिन से आज तक खोजता रहा कि इस मुस्कान या हार के पीछे क्या अब भी कोई विद्रोह इस व्यक्ति में बचा है या नहीं? बयालीस के दंगे में अकेले दफ़्तर के सामने अनशन करनेवाला, उससे पहले गांधीजी के आह्वान पर कपड़े की दुकान में आग लगानेवाला यह घनी भौंहोंवाला आदमी अब फालतू बन गया है। देश की इस गलाघोंटू परिस्थिति के बारे में जगन्नाथ गम्भीरता से सोचने लगा था।

सभी को छोड़कर रायसाहब के साथ घर आया था। सकेशी[1] होने के कारण मौसी ने मुँह नहीं दिखाया था। दूसरे घर की लड़कियों ने देहरी पर पानी छिड़का था। माँझघर में जाकर रायसाहब के साथ बातें करने लगा। वह जानता था कि कुलदेवता को माथा टेककर, ठंडा दूध माँगकर पीए जाने की प्रतीक्षा में मौसी बैठी है। कहा जाता है कि यह नरसिंह शालिग्राम हज़ार वर्षों से घर में पूजा जाता रहा है। माथे पर चौड़ा सिन्दूर का टीका लगाए, टोपी काँख में दबाए पटवारी भीतर-बाहर चक्कर काटता रहा। पर, भगवान को माथा टेकने के लिए कहने की किसी की हिम्मत नहीं पड़ी। जगन्नाथ ने 'मौसी' कहकर पुकारा। माँझघर में आकर मौसी ने दूध दिया था। प्यार से उन्हें देखा। बातों की आवश्यकता भी नहीं। हालाँकि बोलने का मन हुआ था। वह कहना चाहता था—क्षमा करना मौसी, अगर 'भगवान' पर भरोसा होता तो मैं भी इसी घेरे में बन्द हो जाता। मौसी, भगवान से निर्लिप्प रहे बिना इस गाँव का उद्धार नहीं हो सकता। यह गाँव उबरे, इसके लिए कुछ करना होगा। सुनो मौसी, मैं वही करने आया हूँ। कुछ सही बनने के लिए...।

पर कुछ कहे बिना, प्यार से देखते हुए उसने दूध पिया था।

देखने में माँ जैसी ही। पर, बाल कुछ कम। ललाट भी कुछ छोटा ही। मुँह तिरछा कर बातें करना तो बिलकुल माँ की भाँति ही। सफ़ेद साड़ी, सफ़ेद चोली।

---

1. ब्राह्मण विधवाओं को सिर मुँड़ाए रहना पड़ता है। जो नहीं मुँडातीं वे अशुभ मानी जाती हैं।

अपने भाग की सारी जायदाद को इस घर में ही छोड़कर, जब वे बाल-विधवा हुईं तब से यहीं पली हैं। उसे भी पाला है। दूर से देखने पर भारतीपुर के सभी लोग मंजुनाथ की रिआया लगने पर भी पास से देखने पर हर किसी की खिचड़ी अलग ही पकती है। पर मंजुनाथ किसका शासन करता है–इनकी अज्ञानता का, या...? जगन्नाथ का सोचना कठिन हुआ।

गाँव की राजनीति के बारे में रायसाहब बड़ी फुर्ती से बातें करने लगे। रायसाहब के लिए राजनीति चबैना है।

''जानते हो, यह गुरप्पा पटेल कैसे जीता! पहले यह जस्टिस पार्टी का था न? 47 में कांग्रेस में आया। इस बार के चुनाव में थालियाँ भरकर मंजुनाथ का प्रसाद–सिन्दूर लेकर देहातों में घर-घर गया था। प्रसाद छुआकर वह शपथ करवाता था कि उसे ही वोट दें। पटेल का बच्चा जो ठहरा। फिर ऊपर से...।''

जगन्नाथ को यात्रा की थकावट थी, नहाने के लिए उठ खड़ा हुआ। रायसाहब से कहना चाहा कि चुनाव की बात छोड़ दें। इस घटिया राजनीति को छोड़ दें। सोचना यह है कि इस भारतीपुर में क्या भौतिक काम किया जा सकता है?

''नहा लीजिए,'' उसने कहा।

''नहीं, मैं नहा लिया हूँ।'' रायसाहब ने कहा।

''खाना खाकर जाना,'' मौसी ने कहा। रायसाहब ने बातें शुरू कीं कि इस बार नगरपालिका चुनाव में क्यों नहीं खड़े हुए? यदि खड़े होते तो पिछली बार की तरह हारना निश्चित था, इत्यादि। एक ज़माने के गांधी के अनुयायी बने लोगों पर जगन्नाथ को वितृष्णा-सी हुई। पर इंग्लैंड के 'पबों' के वातावरण में पले मार्क्सवाद से रायसाहब को नापना अनुचित समझकर, स्नानघर में घुस गया। टब में नहाने की बजाय जगन्नाथ को, मुँह पर साबुन लगाकर लोटे के लिए टटोलने में, मनमानी पानी उँडेलना अच्छा लगा। यह चमचमाता हुआ ताँबे का लोटा, भगौने में भीगने रखा साल का लुँदा, घर में ही पीसा हुआ शीकाई का चूर्ण और सन्दल साबुन ने बचपन की याद दिला दी थी। मल-मलकर गरम पानी से नहाकर रायसाहब के साथ खाने बैठा। अब तक जगन्नाथ की एवज़ में प्रभुजी महन्तगिरी का काम सँभालते रहे हैं, उन्हीं को आगे भी करने दें। सुनकर भीतर से मौसी ने कहा कि यह कैसे हो सकता है? रायसाहब भेद-भरी निगाह से उसको देखकर मुस्कुराने लगे थे।

गाँव आने के दूसरे ही दिन से जगन्नाथ अपने और भारतीपुर के बीच नया नाता जोड़ने की कोशिश करने लगा। हाई स्कूल के सभा-भवन में अपनी सम्मान-गोष्ठी में आए लोगों से 'रसेल' के विचार सम्बन्धी बातें की थीं, पर लोगों

के सिर हिलाने के ढंग से ही ताड़ गया था कि उसकी बातें बिलकुल बेकार गईं। नागराज शास्त्री ने तो उसकी विद्वत्ता की सराहना की थी। "यह कोई, हमारे लिए नई बात थोड़ी ही है? लोकायत मार्ग में ये बातें कभी की आ चुकी हैं।" उन्होंने कहा था।

लोगों के गुज़ारे के तौर-तरीक़े जानना पहली आवश्यकता थी। शिवमोगा से आते समय मार्ग में उसे इस प्रश्न ने उलझाया था। सामन्ती घराने में पैदा हुए और पले एक ब्राह्मण के लिए अपनी ही मिट्टी का कितना पता था? ज़्यादा-से-ज़्यादा फलों के दो-चार पेड़ों को पहचान ले, कुछ पक्षियों के नाम बता दे; गाँव से अपने असामियों की बस्तियों को जानेवाले दो-एक रास्ते बता दे—और क्या? मालिक होने के कारण, लोग उसके सामने रास्ते से हटकर खड़े होते हैं। ज़मीन में आँखें गड़ाए रहते हैं, ऐसा अभिनय करते हैं जैसे उसकी नज़र में पड़ना ही पाप हो—पर, है यह सरासर अभिनय। पीठ फेरते ही उनके चेहरे बदल जाते हैं। अपने आगे चल पड़नेवाले इन दीन शूद्रों को, जगन्नाथ जानता था कि, अगर आँखों पर पट्टी बाँधकर, वे भारतीपुर के आसपास के जंगलों में छोड़ दिए जाएँ तो केवल गन्ध और स्पर्श से ही वे वापस आ जाएँगे। स्वीकार करने के लिए उन्हें शिकार करना पड़ता है, ताड़ी पीनी पड़ती है, तम्बाकू खाना पड़ता है, लुच्चा बनना पड़ता है—किन्तु लगता है, इस प्रकार के परिवर्तन का कोई अन्त नहीं।

थोथे आदर्श की आयु बीत चुकी है। वह तीस पार कर गया है; अब कुछ ठोस काम करना है। पर कैसे? रह-रहकर जगन्नाथ सोचने लगा। उसे लगा कि यह सिर्फ़ सोचने से सुलझनेवाला प्रश्न नहीं है। क्योंकि सोचना मानो अतल कुएँ में टटोलने के समान है। बिना सोचे यहाँ का जीवन उसके इर्द-गिर्द चुपचाप लतास होता जा रहा है। शादी के लिए कर्ज़ा, खेती के लिए कर्ज़ा, दवा के लिए कर्ज़ा—मात्र विपत्ति में उसका और सामान्य लोगों का नाता, अपनी वास्तविकता को कभी न समझ पाने लायक मर्यादा की रक्षा, मंजुनाथ की रक्षा, उसके नियन्त्रण में रहनेवाले भूतनाथ के भय की रक्षा।

हाथ में सिन्दूर लिए, थर-थर काँपते हुए लोगों पर सवार भूतनाथ पूछता है: "यहाँ पर धर्माचरण निरान्तक चल रहा है?"

महन्त को जवाब देना पड़ेगा : "चल रहा है।"

क़तार में खड़े प्रश्नकर्ता एक के बाद एक, सामने आकर हाथ जोड़े खड़े होंगे।

पूछ लेंगे, बस। पाँच रुपये डाल, प्रसाद ले। दस रुपये डाल, प्रसाद ले। ऐसे न्याय के निर्णय में अपने जैसों की रक्षा की जाती है। जगन्नाथ के बदले, उसी

के नाम पर प्रभुजी महन्त बने थे।

जब राष्ट्रपति आए थे, तब जगन्नाथ के त्याग-पत्र देने पर, वह गद्दी प्रभुजी को ही चली गई। इस गाँव में उसका कोई स्पष्ट व्यक्तित्व नहीं था। मंजुनाथ, एक व्यक्तित्वहीन है और वह भी व्यक्तित्वहीन। इस बीच बँधा पड़ा भूतनाथ भी क्या कोई सत्य है?

इंग्लैंड में लम्बे बालोंवाले मित्रों के साथ अनायास पत्रों में छाँटी निरान्तक चर्चाएँ जीवन के लिए अर्थहीन थीं। केवल मन मात्र से मानव स्वतन्त्र है। किसी सामाजिक या राजकीय परिवर्तनों से भी मनुष्य की मानसिकता कभी परिवर्तित नहीं हो पाती इत्यादि। भारतीपुर में, जो मंजुनाथ का कुआँ है, ये सभी चर्चाएँ केवल मज़ाक जैसी लगती थीं। यहाँ हर दोपहर में घड़ियाल बजाते समय बीतता है। जन्म से मरण तक, जीवन पूर्ण-निर्धारित लीक पर चला जा रहा था।

लोगों को समझने का अभिप्राय क्या है? उनके साथ काम करने का अर्थ क्या है? धन के कारण, जगन्नाथ का भी पूर्वनियोजित सम्बन्ध है। उसकी समझ में आने लगा कि, भले ही छटपटा ले, पर इस सम्बन्ध में तनिक भी फ़र्क लाना असम्भव है। भारतीपुर में आते ही उसने सफ़ेद कुर्ता, लुंगी पहनना शुरू कर दिया था। लोगों ने तारीफ़ की कि महाजन कितने सीधे हैं। बातें चलने लगीं कि पटवारी ही महाजन जैसे लगते हैं। लोगों के मन में अपने को गड़ाने का ढंग क्या हो सकता है? कुछ न कर पाने पर लगता है कि कहीं आत्महत्या ही न कर ले। सबेरे उठना, हिसाब-किताब देखना, कर्ज़ देना, खाना, सुपारी के भाव की चर्चा करना, नये पौधे लगाना–कैसा अर्थहीन जीवन है! भीतर-ही-भीतर और भी निकम्मा होते चले जाने का भय। जगन्नाथ को लगा कि वह जितना भी नपुंसक बनता जाएगा, अजातशत्रु बनता जाएगा, हँसमुखी बनता जाएगा, सारी व्यवस्था के लिए निरापद, और प्रतिष्ठित–और फिर धीरे-धीरे मंजुनाथ की महिमा के लिए वह खाद बन जाएगा।

कारिन्दे कृष्णय्या के देहान्त के बाद घर के कारोबार की देखभाल करने के लिए विश्वनाथ शास्त्री नामक एक पटवारी नियुक्त हुआ था। जगन्नाथ जब इंग्लैंड में था, तब माँ की निगरानी में, और उनके मरने के बाद, मौसी की निगरानी में–यह पटवारी बड़ा घूसखोर बन गया था।

विश्वनाथ शास्त्री को वही घर मिला, जहाँ कारिन्दे कृष्णय्या रहते थे। घर की उत्तरी बग़ल में दफ़्तर (शास्त्री की भाषा में 'एस्टेट ऑफ़िस')। चूँ-चाँ करनेवाले छह बच्चे, बीवी, विधवा सास–यह था शास्त्री का परिवार। कारिन्दे कृष्णय्या के

मरने से पहले ही उनकी पत्नी मर चुकी थी। इसलिए अपनी माँ की इच्छा के अनुसार उनके इकलौते बेटे गोपाल की पढ़ाई की व्यवस्था जगन्नाथ ने ही की थी; अतः कृष्णय्या का अधिकार, घर, नरम गद्दीदार कुर्सी, काले आइल-क्लाथ लगी मेज़ आदि-आदि अनिवार्य रूप से विश्वनाथ शास्त्री को ट्रांसफ़र हुए थे।

शास्त्री को देखकर जगन्नाथ को दीवार से चिपकी लिजलिजी छिपकली की याद हो जाती। बिल्ली की तरह आँखोंवाला। मंजुनाथ का प्रसाद सभी लोग भौंहों के बीच लगाते हैं तो यह शास्त्री पुरानी सुहागिनियों की तरह ललाट के बीच लगाता है। जगन्नाथ ने एक बार रायसाहब से मज़ाक में कहा था कि वह तिलक इतना बड़ा था कि मंजुनाथ की महिमा को उद्घोषित करनेवाला, आँखों में चुभने लायक़। राष्ट्रपति की पत्नी के माथे से लेकर बेंगलूर में सब्ज़ी बेचनेवाली औरत के माथे तक इस सिन्दूर-प्रसाद के प्रसिद्ध होने के कारण—इस व्यक्ति के भारतीपुरवाला होने की बात बेंगलूर के महात्मा गांधी रोड में भी ऐलान करनेवाला था। तिस पर कारिन्दे कृष्णय्या की जगह आप आने के कारण इस सिन्दूर के साथ कच्छेदार धोती, उसमें खोंसा गया कुर्ता, टाई, गैबर्डिन का कोट, काली टोपी (शिवमोगा जाते समय ज़री की पगड़ी) के बिना, वह कभी भी दिखाई नहीं पड़ता। बिना टोपी और टाई के सिर्फ़ एक बार वह जगन्नाथ की निगाह में पड़ा था। एक बार—दिन-ढलते समय बाग़ में वेंकप्पा नामक नौकर की बीवी को पाँच का नोट लेकर, कामातुर और याचना-भरी मुद्रा में।

बातों में पटवारी शास्त्री बड़ा तेज था। सकपकाते हुए उसे जगन्नाथ ने कभी देखा ही नहीं। शिष्टाचार, पाजीपन, आवभगत, मुँह से लार टपकनेवाली उसकी बातों में 'हाँ' या 'ना' का अर्थ निकाल पाने की ताक़त किसी में नहीं थी। कभी तनता हुआ, कभी दनता हुआ, कभी बिल्ली बनकर, कभी छटपटाता चूहा बनकर, देने का लालच दिखाते-दिखाते एकदम हाथ खींच लेनेवाले शास्त्री की बातों के जाल का पूरा अनुभव सिर्फ़ कर्ज़ा माँगनेवालों को था।

केवल एकादशी के दिन जगन्नाथ, शास्त्री का मुँह देख नहीं पाता था; मंजुनाथ के सिन्दूर के बिना उसका सूना माथा उजड़ा हुआ-सा लगता। इस प्रकार मंजुनाथ के प्रसाद के रहने, या न रहने से ही लोगों के मूँड पर शास्त्री का प्रभाव पड़ते रहने के कारण ही शायद भारतीपुर-भर में उसे सिन्दूर के शास्त्री कहना अधिक समीचीन लगता था।

जगन्नाथ को फँसाने के लिए भी उसने मक्खन का किला ही खड़ा किया था। इंग्लैंड से लौटने पर जगन्नाथ के लिए जन-सम्पर्क का एकमात्र साधन उसकी जायदाद ही थी। किन्तु जगन्नाथ उसकी पकड़ से बाहर न जाने पाए, ऐसी

व्यवस्था शास्त्री ने की थी। बातचीत करते समय जगन्नाथ को सुना-सुनाकर ऊँची आवाज़ में उसकी प्रशंसा करना; जो जगन्नाथ को शनैः-शनैः निकम्मा बनाती जा रही थी। शास्त्री उसकी कमज़ोरी जानता है और उस कमज़ोरी का लाभ उठाकर वह अपनी स्थिति मज़बूत बनाता जा रहा है। यह जगन्नाथ भी समझने लगा था। अपने व्यक्तित्व के विकार का दूसरा पहलू बने हुए इस शास्त्री को खुद का प्यारा प्रतिबिम्ब पाने की चेष्टा करते हुए देखकर जगन्नाथ कुछ घबरा गया। इस चिकने, पिचपिचे बदनवाले कीड़े को यदि फटकार सका तो समझूँगा कि अपनी कमज़ोरी को जीतना शुरू किया है।

जब से शास्त्री को वेंकप्पा की बीवी के साथ खड़ा देखा था, जाने क्यों उसका हौसला बढ़ गया था कि शास्त्री अभेद्य नहीं है।

उस दिन दफ़्तर में आकर उसने शास्त्री की प्रतीक्षा की। माथे पर सिन्दूर लगाए मुस्कुराता हुआ गैस-लाइट जलाकर शास्त्री दफ़्तर में आया। टाई नहीं थी; पर टोपी थी।

"शास्त्रीजी, आपसे एक बात पूछनी थी। किस-किसका लगान रुका है, देखना है। खाता लाइए।"

जगन्नाथ को शक था कि शास्त्री झूठा हिसाब लिखता है। पकड़ा जाएगा तो ठंडा पड़ जाएगा—इस विचार से जगन्नाथ ने कुछ ज़ोर देकर पूछा।

"रात में खाता देखकर क्या आँखें ख़राब करेंगे? कल मैं ख़ुद आपको पढ़कर सुनाऊँगा। ऐसी बातों के लिए क्यों आप बेकार की तकलीफ़ उठाते हैं?" शास्त्री ने गरदन लचकाते हुए कहा।

जगन्नाथ ने कड़ी आवाज़ में सख़्ती के साथ कहा, "नहीं! क्या आमदनी है, क्या ख़र्च है—सबकुछ मैं खुद जाँचना चाहता हूँ।"

शास्त्री के चेहरे पर हवाइयाँ उड़ने लगीं; उसने एक खाता निकाल दिया था। उसके लहजे से व्यक्त हो रहा था कि ऐसे बड़े आदमी को ऐसी छोटी-सी बातों में नहीं पड़ना चाहिए। बही की धूल झाड़कर, फूँककर, बड़ी नम्रता से उठाकर हाथ में थमाए जाने के ढंग को देखकर, जगन्नाथ कुछ पिघल गया। बाग़ के दृश्य की याद कर फिर मन कड़ा किया।

दूसरे दिन सबेरे शास्त्री को बुलवाकर कहा, "यह क्या शास्त्रीजी, क़रीब तीस लोगों का सुपारी का बक़ाया है। जाकर उनसे मिलना होगा। पुडन से कहो दोनों चलेंगे।"

शास्त्री टसकता नहीं दीखा।

"उन्हीं को बुलवा भेजते हैं, साब। उनके पास हम क्यों जाएँ? उनको भी

संकोच होगा कि ऐसी मामूली बात के लिए महाजन खुद ही आए हैं।''

''कोई बात नहीं, शास्त्रीजी। हम चलेंगे।''

''न, न! मैं ख़ुद जाऊँगा। आज कुछ काम हैं। दवा छिड़कनी है। लोगों को लाने के लिए जनार्दन सेट्टी से कहा है।''

''टालमटोल ठीक नहीं, शास्त्रीजी, चलिए। ऐ! वुडन से कार बाहर लाने के लिए कह, रे!''

जगन्नाथ ने नौकर को पुकारकर कहा। शास्त्री के चेहरे को फीका पड़ते देखकर उसकी हिम्मत बढ़ गई थी।

शास्त्री ने कमरा बन्द किया। आँखें बन्द किए, हाथ जोड़कर कहा, ''बाल-बच्चोंवाला हूँ, हिसाब लिखने में कुछ भूल हुई है। बाद में उन्होंने लगान लाकर दिया है। खाते में वह दर्ज नहीं हुआ, वहाँ सारी सुपारी आपके नाम पर जमा हुई हैं या नहीं?''

जगन्नाथ ने मुँह पर सीधा कहा, ''शास्त्रीजी, आप यहाँ ढाई सौ वेतन पाते हैं न? बहुत कम है। आज से आपका वेतन चार सौ किया। आपने जो अपने नाम सुपारी जमा कर ली हैं, सारी-की-सारी लौटा दो। धोखेबाज़ी करना, बात बनाना, कृपया छोड़ दीजिए। इसी क्षण यहाँ से जाकर, मैंने जो कहा है कीजिए।''

इस घटना के बाद जगन्नाथ तड़के उठता और सफ़ेद धोती बाँधकर, जहाँ नौकर काम करते, वहाँ चला जाता। लोग क्या सोचते हैं, कैसे सपने देखते हैं, किन बातों से उन्हें बुरा लगता है या भला लगता है—वह समझने की कोशिश करने लगा। उसे यक़ीन था कि उसके सामने इतनी दीनता दिखानेवाले ये लोग वास्तव में उसकी क़द्र नहीं करते। आत्मीयता से बात करने लगा, तो शंका करते। साथ काम करने के लिए निकला, तो बातें होने लगीं कि मालिक को पैसों की बड़ी फ़िक्र है, नौकरों के कामचोर होने का शक है। उदारता से पेश आता तो—''बच्चा है, अभी पका नहीं, कच्चा है'' कहते। जगन्नाथ की समझ में न आया कि क्या करे?

बाग़ में केले के झाड़, काली मिर्च, सुपारी के गुच्छों की चोरी होने का जगन्नाथ को शक था। एक दिन रात को छिपकर वह बाग़ में जा बैठा। आधी रात में पैरों की आहट सुनकर कान खड़े हो गए। गहरे में भी आँखों ने दो की शक्ल देखी। एक ढली उम्रवाला और दूसरा छोटा। साँस साधकर बैठा। पास ही आए। उसकी उपस्थिति से बेख़बर बाग़ के केले और झाड़ और सुपारी के गुच्छों को बड़ा आदमी काटकर छोटे के हाथ में दे रहा था। अपनी प्रतीक्षा सफल होने की जगन्नाथ को खुशी हुई। सुपारी के झाड़ पर चढ़ता हुआ बड़ा आदमी कहीं

गिर न जाए, इसलिए साँस रोके रहा। उसे ऐसा अहसास होने लगा कि मानो वह खुद ऊपर चढ़ रहा है। लड़के के सबकुछ थैले में बटोर लेने के बाद दोनों सिर पर थैलियाँ उठाए चल पड़े। जैसे ही वे कुछ दूर गए, उनको पहचानने की इच्छा हुई। दबे पाँव उनका पीछा करने लगा। बाग़ से पहाड़ी पर जानेवाले इस चोर-रास्ते को जगन्नाथ जानता ही नहीं था। मातंगों के जाने-पहचाने, न जाने और कितने रास्ते होंगे! उन सबको जानने की उत्कंठा हुई। पहाड़ी के ऊपर तक बिल्ली की तरह उनका पीछा किया। वे सिरे पर पहुँचनेवाले ही थे कि दौड़कर बड़े आदमी का हाथ पकड़ लिया। टॉर्च जलाई।

वह शीनप्पा था। क़रीब पैंतालीस की अवस्था का हट्टा-कट्टा असामी, अपने छोटे बेटे गंगप्पा के साथ चोरी करने आया था। रँगे हाथ पकड़ने से जगन्नाथ का आत्मविश्वास बढ़ गया। गिड़गिड़ाते शीनप्पा से कहा, ''अब फिर कभी चोरी मत करना। इस बार तुम्हें छोड़ देता हूँ।''

''भूतनाथ को डाँड भरूँगा मालिक, मुझे छोड़ दो।'' उसने पैर पकड़ लिए थे।

''केले का एक झाड़ ले जा, बाक़ी घर पहुँचा दे। तुझे पैसों की ज़रूरत हो तो बताना—दूँगा।'' फिर लौट पड़ा। शीनप्पा थरथरा रहा था।

''आपको घर तक छोड़कर आऊँगा, मालिक।'' कहकर रास्ते-भर और कौन-कौन इसी प्रकार की चोरियाँ करते हैं, उन सबको पकड़वा देने की आदि बातें कहता हुआ, साथ चलता रहा।

इस ख़बर के पहुँचते ही नौकरों पर उसकी धाक जम गई। यह जानकर, वह एक और उलझन में फँस गया कि केवल भय से ही ज़मींदारी का काम सम्भव है। मिल्कियत को बढ़ाते रहने की चाह में ही मन फँस गया न? सम्पत्ति से बिलकुल अरुचि होने पर भी सम्पत्ति ही उसकी सारी शक्ति को बनाए रख सकती है—यह सोचकर वह घबरा गया। अपने तथा औरों के बीच जब तक सम्पत्ति खड़ी रहेगी, तब तक किसी भी नाते-रिश्ते की सम्भावना नहीं। सम्पत्ति के बराबर बँटवारे से भी इस नाते के प्रश्न को सुलझाया नहीं जा सकता। क्योंकि भारतीपुर में सम्पत्ति पर ही सभी नाते खड़े थे। या तो वह मालिक बनकर रहे, या असामी, या व्यापारी, या मंजुनाथ का दलाल, या सबकुछ छोड़कर अवधूत बन जाए। आखिरी बात को छोड़कर बाक़ी सभी अवस्थाओं में सम्पत्ति के द्वारा ही नाते जुड़ सकते थे। ज़मींदार बनकर मानवीयता खो दे; असामी बनकर नीम-ज़िन्दगी बसर करे, या व्यापारी बनकर काला धन्धा करे। सभी नाते-रिश्तों में सम्पत्ति ने जड़ें जमा रखी थीं, और मंजुनाथ का दूत भूतनाथ इसकी परवरिश करता है।

लोगों के भीतरी जीवन को समझने की इच्छा हुई। शीनप्पा जैसा दिखावटी

सज्जन भी चोरी करता है; इस भारतीपुर में सिर्फ़ मातंगों को कई गुप्त रास्ते मालूम हैं। भूतनाथ की हदबन्दी से डरनेवाले ये लोग भी नीति-नियमों को लाँघकर गुप्त रास्तों को ढूँढ़ लेते हैं—इस बात ने जगन्नाथ के विचारों को नया कोण दिया।

सभी नौकरों का मिस्त्री बना हुआ जनार्दन सेट्टी नामक एक बाँका जवान था। मिस्त्री होने के कारण ख़ुद हाथ गन्दे नहीं करेगा, इसे जताने के लिए वह दाएँ हाथ में घड़ी बाँधता है। ख़ाकी पैंट, चमकीली टैरिलीन की शर्ट, जेब में पेन, सिगरेट, दियासलाई, तिरछे बाल काढ़े, बम्बई शहर का वर्णन करने का उसका ढंग, मज़दूरनियों पर डोरे डालकर उन्हें लुभाते हुए उनमें होड़ उत्पन्न करना—इन सबके कारण वह दक्ष मिस्त्री कहा जाता था। वेशभूषा, बातें करने का शहराती लहजा। लेकिन माथे की अमिट मुद्रा ऐलान करती थी कि वह दक्षिण कन्नड़ ज़िले का देहाती है।

एक दिन जगन्नाथ को इस हमउम्र जवान से बातें करने की इच्छा हुई। नौकरों को काम का निर्देश करते खड़े उसको बुलाया। मालिक की हाँक सुनकर मुँह का सिगरेट फेंककर, आए सेट्टी को अपने बग़ल के लकड़ी के कन्दे पर बैठने के लिए कहा।

सेट्टी सविनय खड़ा रहा। जगन्नाथ ने कहा, "कोई बात नहीं, बैठिए।" सेट्टी बैठा नहीं।

"आप बता रहे थे न शीनप्पा को—उसके कितने बच्चे हैं?"

शीनप्पा के पकड़े जाने की बात शायद सेट्टी जानता होगा। अपने असामी के पकड़े जाने का उसे डर हुआ होगा।

"कहाँ तक पढ़ा है?"

"मिडिल स्कूल किया है, सर!"

बात आगे बढ़ाने के लिए कुछ न सूझने के कारण जगन्नाथ चुप रहा।

सेट्टी ने ही झेंपते हुए कहा, "शीनप्पा को मैंने भी डाँटा है, सर! आपने पूछा, उसके कितने बच्चे हैं? तीन लड़के और तीन लड़कियाँ। पहली बेटी यहीं काम करती है; मर्द को छोड़कर आई है। दूसरी, बाग़ में घास लाती है न कावेरी—वही। तीसरी भी यहीं काम करती है। गंगप्पा को छोड़कर बाक़ी दो बेटे अभी छोटे हैं। बाल-बच्चोंवाला है बेचारा। आप न होते, सर, तो काम से हाथ धो बैठता।"

शायद सेट्टी के लिए जगन्नाथ एक कौतूहल-भरी पहेली था। पर शीनप्पा की पारिवारिक हालत को जानने की जगन्नाथ की इच्छा जानकर ही दूर खड़ा हुआ

सेट्टी कुछ पास आया था। उसके पास आने के लहजे ने जगन्नाथ को पशोपेश में डाल देने पर भी सेट्टी की ज़बान को ढील देने के लिए जगन्नाथ ने प्रतीक्षा की। वह कहने लगा, ''इस शीनप्पा की बात छोड़िए, सुना है कि इसका एक भाई अपनी बहू को ही भगा ले गया था। बहू भी कुछ कम नहीं थी–हर किसी के लिए टाँग उठानेवाली!''

''हाँ! ऐसे कितने ही लोग होते हैं।'' जगन्नाथ ने कहा।

''उस बात को छोड़िए, सर! इस शीनप्पा के बारे में कहूँ, तो आपको विश्वास न होगा। जानते हैं, उसने अपनी बड़ी बेटी को ही रख लिया है। नहीं तो बेटी से मर्द का घर क्यों छुड़वाता? दूसरी बेटी कावेरी जो है–शीनप्पा ने उसकी शादी अभी क्यों नहीं की?''

हँसकर सेट्टी ने कहा था, ''शीनप्पा बड़ा लालची है, सर! पाँच सौ रुपया लिए बिना लड़की देने के लिए तैयार नहीं। कमानेवाली बेटी, फिर देखने में भी अच्छी है। हरामज़ादे को घमंड है–बस।''

सेट्टी और भी आत्मीय बनने लगा था।

''असल में लोगों के चाल-चलन ठीक नहीं, सर! दूर के पहाड़ देखने में सुन्दरवाली मिसाल है। पास से देखने पर ही पता चलता है। काला अक्षर भैंस बराबर। हरामज़ादों में ज़रा भी शील नहीं है। ख़ास बेटी को ही रख लेते हैं। बहू को रख लेते हैं।''

शास्त्री की बेइज़्ज़ती की बात शायद इस सेट्टी ने सुनी होगी। वह बड़ी संजीदगी से बोला, ''शास्त्री को आपने अच्छा पानी पिलाया, सर! आपके आने के पहले उसकी शान देखनी थी। वह क्या कम है, सर! वह बीवी बेचारी सिर्फ़ नाम के लिए है। गाँव-भर में कानाफूसी होती है कि उसने ख़ास अपनी सास को ही रख लिया है। बड़ा बेटा सास से ही पैदा हुआ है। बेचारी बेटी मुँह पर मोहर लगाए सब सहती बैठी है। और कर भी क्या सकती है, भला?''

घर आते ही जगन्नाथ, बौराया जैसा चुपचाप बैठ गया था। भीतर के जीवन को देखने चला, तो हर-एक की ज़िन्दगी कितनी उलझी हुई है! मंजुनाथ के गर्भ में कितने मंगलसूत्र बचे हैं! जीवन की सफलता के कितने चोर रास्ते हैं!

सेट्टी की आत्मीयता से जगन्नाथ और एक चक्कर में फँस गया। इस वार्तालाप के दूसरे दिन उसका कमरा झाड़ने तिम्मी के बदले शीनप्पा की दूसरी लड़की कावेरी आई थी। गोलमटोल लड़की। जंघे खुले। चिथड़ा पहनकर जूड़े में गुलाब खोंसे हुए थी। नखरे के साथ झुककर पलंग के नीचे झाड़ू लगा रही थी। बाग़ में काम करते समय भी उसी नखरे के साथ सहेली से बातें करती हुई बेकार

ही आँचल सँवारती रही थी।

जगन्नाथ को उसके प्रति ललक हुई थी। पर अपने वर्ग की लड़की की चाह जैसी नहीं। उसके साथ क्षणिक देह-तृप्ति से आगे कुछ सम्भव ही नहीं था।

एक दिन जब वह कमरे में आई तब जगन्नाथ आईने के सामने खड़ा हजामत बना रहा था। उसके पीछे ट्रंक पर दस रुपये का नोट था। आईने में वह दीखता था। बड़ी फुर्ती से झाड़ती हुई, कावेरी नोट के पास जाकर दो पल ठिठककर, ट्रंक के आसपास झाड़ी हुई जगह को ही बार-बार झाड़ती रही। जगन्नाथ मुँह में क्रीम लगाकर आईने में निरीक्षण करने लगा कि देखें वह आगे क्या करती है? कावेरी तीसरी बार झुकी। आईने की ओर देखा। बेशक उसको मालूम हुआ ही होगा कि वह सबकुछ देख रहा है। उसने देखा ही होगा कि भले ही मुँह में क्रीम लगाने में हाथ व्यस्त हों, पर आँखें उसी के हाथों पर जमी थीं। सहसा नोट उठाकर बड़ी सहजता से उसने कमर में खोंस लिया। और, आँचल को पूरा खिसकाकर स्तनों को खोल दिया। फिर यों ही झाड़ू लगाती हुई पास आई। उसकी कुर्सी के नीचे झाड़ने के बहाने अपने बाएँ स्तन को उसने जंघा में दबाया। फिर आईने की खिड़की की धूल झाड़ने के बहाने, पीठ के पीछे जगन्नाथ के बदन से सटकर झुकी–भरे हुए स्तनों से उसके गाल को दबाती हुई।

जगन्नाथ चुप बैठा रहा। जी में आया, कह दे कि क्षमा कर, पर कह नहीं सका। पसीने में नहाता बैठा रहा। फिर एक बार लगा कि मार्गरेट के साथ सेब के पेड़ के नीचे हार जाने का कैसा आभास हुआ था। लगा कि वह वास्तविक पुरुष नहीं है? कावेरी उसी नखरीली चाल से कमरे के बाहर चली गई थी। जगन्नाथ सँभलकर उठ खड़ा हुआ और सीधे स्नानघर में घुस गया।

दूसरे दिन से जब कावेरी झाड़ने आती, तब जगन्नाथ कमरे में नहीं रहता था। अपने से बतियाने आनेवाले सेट्टी से वह दूर रहने लगा। लोगों को समझने के लिए निकलना, दलदल में फँसने के बराबर है। बेटी को रख लेनेवाला बाप; बहू को रख लेनेवाला ससुर; सास को रखनेवाला दामाद; बीवी को पीटनेवाला पति; यह कमज़ोरी; यह रोग; यह घटियापन; रोज़मर्रा के सुख-दुख–इन सबको देखने से लगता है कि सारे ऐतिहासिक परिवर्तन ऊपरी सतही घटनाएँ मात्र हैं। गहराई में कभी कुछ परिवर्तन होता ही नहीं। जीवन में सहे जानेवाले दुख-सुखों का स्वरूप यदि सदा-सर्वदा यही रहता हो, दिन और रात का भ्रमण इसी तरह होता हो तो, किस क्रिया से किसको सिद्धि प्राप्त हो सकेगी? वह कैसे मान ले कि उसमें और उठी चाह कुरेदकर निर्वीर्य बनाकर जानेवाली कावेरी-जैसियों के जीवन का परिवर्तन, उन्हें ठीक कर देगा?

कई दिनों तक फिर जगन्नाथ सोचता रहा। बाग़ के काम से मन उचट गया था। घबरा गया था कि लोगों के भीतरी जीवन को जानने की जिज्ञासा न जाने कहाँ-कहाँ लिए जा रही है! लगा, असल में जीवन निरर्थक है। लेकिन अपने अतीत के आलसी जीवन को याद करके फिर से अपने को उसी माद्दे पर आते देख और भी घबराहट हुई। मन पक्का कर लिया कि समाज के भीतर रहकर ही, यदि वह सक्रिय नहीं हो सका तो जीना-मरना बराबर है।

एक शाम मन्दिर के पीछे के पत्थर पर बैठा था। राष्ट्रपति चले गए थे। सहसा शाम की पूजा का घंटा सुनाई पड़ा। तब एकाएक जगन्नाथ को सूझा कि मातंगों को मन्दिर के भीतर ले आया जाए। सदियों की वास्तविकता को डग-भर में बदल दिया जाए। मंजुनाथ के विश्वास को तोड़ दिया जाए। अपने जीवन के लिए, भगवान के बजाय अपने को ही उत्तरदायी बनाने के संकट से लोगों को परिचित कराया जाए।

उठकर सीधा लम्बे डग भरते हुए घर चला आया था। मातंगों के दस युवकों को चुनकर उनके साथ धीरे-धीरे बातें करनी शुरू की थीं।

उस दिन से हर साँझ, दूर पर छायाएँ दिखाई देने लगीं; पास आतीं; 'मालिक' कहतीं। जगन्नाथ 'आओ' कहता। वे आँगन के छोर तक ही आकर रुकतीं। जगन्नाथ बातें करता। सोचो, निश्चय करो। उठो। पर बातें अभी उसके मन में उतरी नहीं थीं। मंजुनाथ की जकड़ से चीरकर उन्हें किस तरह बाहर लाएँ!

5

दूसरे दिन तड़के ही उठकर जगन्नाथ अपने घर के पिछवाड़े चला गया। पहाड़ी पर घर था। घर के पीछे और एक पहाड़ी थी जहाँ उसका काजू का बाग़ था। जगन्नाथ जानता था कि आधे काजुओं की चोरी होती है।

काजू की पहाड़ी के सिरे पर चढ़कर सबेरे के समय भारतीपुर को देखने में उसे बड़ी खुशी होती थी। घनी हरियाली से भरे कटहल के पेड़, बौर-लगे आम के पेड़, घाटियों में डोलते खड़े सुपारी के बाग़, बीच में खरपैल के घर। ऐसे गाँव, जो न बस्ती हैं, न शहर। पूर्व में साँप की भाँति टेढ़ी-मेढ़ी बहनेवाली नदी, बग़ल में मंजुनाथ के मन्दिर का गोपुर, किसी भी ऊँची जगह से दीख पड़ते हैं। मन्दिर की बग़ल में ही भूतनाथ की पहाड़ी–जिनका मासिक धर्म नहीं रुका हो, ऐसी स्त्रियाँ इस पहाड़ी को चढ़कर भूतनाथ के मन्दिर नहीं जा सकतीं।

अमावस के मेले में क़रीब एक महीना बाक़ी है। तब तक अपने को तथा मातंगों को तैयार करना होगा। देशभर के भक्त आएँगे। कल-परसों तक समाचार-पत्रों में अपनी चिट्ठी आएगी। रायसाहब को आज ही बता दिया जाए।

पहाड़ी पर जगन्नाथ घूमता रहा। जाड़ा था, कत्थई रंग का स्वेटर पहना हुआ था। मार्गरेट का दिया हुआ स्वेटर। सारे भारतीपुर पर छाया हुआ कुहरा, सबेरे के सूर्य-ताप से ढलता जा रहा था। काजू की पहाड़ी के सिरे से गाँव बड़ा सुन्दर दिखाई देता है। चमकते हुए खपरैल के घर, हरियाली, जहाँ धूप पड़ी हो वहाँ आईना बनी हुई नदी। पहाड़ी पर हरी-भरी घास में बँधे छोटे-मोटे मकड़ी के जालों पर पड़े ओस-बिन्दु; सूर्य की किरणों से बनाए कोण में चमकते ये ओस-रत्न!

पहाड़ी से उतरकर गलियों में चलते समय मात्र मंजुनाथ के अन्नसत्र में केवल तोंदवाले लोग; बस आने पर भी गली छोड़कर न उठनेवाले पुष्ट कुत्ते; मन्दिर के अश्वत्थ वृक्ष में बेधड़क हाथ से केला लेनेवाले बन्दर; सिर्फ़ आकाश में सदा स्वस्थ रहनेवाले पक्षी। ऊपर से देखने पर कुछ और ही दीख पड़ता है; मूत्र की बू से

भरी गलियों में चलते समय कुछ और ही।

पहाड़ी से उतरकर आते समय प्रभुजी की चलाई जानेवाली 'मंजुनाथ बस सर्विस' की पहली बस शिवमोगा को जाती हुई नज़र आई। चौकड़ी भरते हुए पहाड़ी से उतरा। देह गर्म थी। नहाकर भोजनशाला को आया। क़रीब बीस पत्तलों के सामने कुछ परिचित और कुछ अपरिचित बैठे थे। यदुनाथ के दर्शन के लिए जाने कहाँ-कहाँ से आए हुए लोग। सभी दीन अपने ही घर आएँगे, या अपने पूर्वजों द्वारा निर्मित धर्मशाला में जाएँगे। पैसेवाले लोगों को रास्ते में ही ब्राह्मण बुक कर लेते हैं।

चुडवे की उप्पुमा खाकर, कॉफ़ी पीकर जगन्नाथ बाज़ार को निकला... रायसाहब से मिलकर बता ही देना होगा।...आप बहुत बुझ गए हैं...इसके द्वारा आपको भी चेतना आएगी...मातंगों के बढ़नेवाले पहले क़दम में हम सब मरकर जिएँगे। वरना मंजुनाथ के कुएँ में इसी तरह सड़ते रहेंगे। रायसाहब, क्या आपको नहीं लगता कि गाँव सदियों से सड़ता जा रहा है?

जगन्नाथ को लगा कि इधर वह मन-ही-मन बहुत बड़बड़ाता है। मातंगों के साथ बात सम्भव हो तो शायद यह बड़बड़ाना रुक जाएगा। रास्ते-भर यंत्रवत् प्रणाम करता चला। सार्वजनिक चौपाल में बैठे नागराज जोयिस को अनदेखा कर रथ की गली से रायसाहब के घर की ओर आगे बढ़ा।

रथ की गली में मुड़ने की जगह सब्ज़ी की दुकान, अर्थात् ककड़ी, लौकी, मीठा कद्दू, नारियल, तरह-तरह के केले, कुन्दरू आदि। यह सोचने का किसी ने प्रयत्न ही नहीं किया कि इस मिट्टी में और क्या उग सकता है? जैसे ही सुपारी का भाव बढ़ गया, धान की खेती सुपारी के बाग़ में परिवर्तित होने लगी। एक ओर मंजुनाथ, दूसरी ओर सुपारी; बस और कुछ नहीं। आश्चर्य कि सब्ज़ी की दुकान में सूखती हुई एक फूलगोभी थी। कौतहूल से जगन्नाथ ने दुकानदार से पूछा, ''कहाँ की है यह?'' छींट की तहमद पहने सब्ज़ीवाला अदब के साथ उठकर, खाली[1] थूककर, सिर पर बँधे कपड़े को कन्धे पर डालकर भौंचक्क खड़ा रहा। बेंच पर बैठने को कहना, क्या ठीक होगा—इस दुविधा में पड़े सब्ज़ीवाले से मुस्कुराते हुए जगन्नाथ ने फिर कहा, ''मैंने पूछा कि यह फूलगोभी भारतीपुर में कैसे आई?''

''शिवमोगा से कभी-कभी मँगवाता हूँ, साब। यह, गटर, गाजर—नैतिक लोग ही ख़रीदते हैं, बाक़ी कोई इन्हें नहीं खाता।''

जगन्नाथ की मुस्कुराहट गहरी हो गई। ''अच्छा, ठीक है।'' कहकर आगे

1. पान की बीड़ा।

बढ़ा। दुकान पर 'श्री मंजुनाथ प्रसन्न ब्राह्मण युवजन सभा' का बोर्ड टँगा था। इंग्लैंड से लौटे शुरू-शुरू में कौतूहल से जानने की कोशिश की थी कि इस सभा में चलता क्या है? कुछ-कुछ अमीर बने हुए लोगों के बेकार बच्चे वहाँ मिलते हैं। नाश्ते के बाद सारी दोपहरी ताश खेलते हैं। नाम के लिए कैरमबोर्ड है, खेलनेवाले नहीं। दस-बीस फटे उपन्यास हैं—बस। लकड़ी के बक्से में ये किताबें, बक्से के ऊपर कैमरबोर्ड, कमरे के बीच कूड़े से भरी ज़मीन पर ताड़ी का बोरिया, उस पर ताश खेलनेवाले बच्चे। दीवार पर मुकुट पहने मंजुनाथ का मामूली चित्र, भारत के नक्शे में सिर के बालों को हिमालय तक बिखेरे खड़ी भारतमाता, सूत कातते हुए गांधी।

नाली बदबू-भरी रहने पर भी, रथ की गली में प्रतिदिन सबेरे और शाम पानी छिड़ककर स्त्रियाँ रँगोली पूरती हैं, क्योंकि कभी-कभी पालकी में मंजुनाथजी का आगमन होता है। कुछ घरों को सुपारी के गुच्छे, धान की बालियों से सजाने की चेष्टा की जाती है। अमावस का मेला निकट आने के कारण धुले हुए काले चौपाल, आटे की सफ़ेद रँगोलियाँ, चूना-पुती दीवारें। चूर्ण से महकनेवाली आयुर्वेद ओझा की दुकान के बेंच पर कुछ बूढ़े। श्याम ओझा ने उठकर प्रणाम किया। दीवार पर सहसा 'बच्चे, दो ही अच्छे' का विज्ञापन। करीने से सजाए गए 'निरोध' के डिब्बे। अभी तक भारतीपुर में बिजली नहीं। गाँव के एकमात्र जैन, विशाल ललाटवाले जिनेन्द्र की दुकान में एक-पर-एक लदे ताँबे के बर्तन, स्टेनलेस लोटे और थालियाँ।

जगन्नाथ हर बार जब भी इस गली में आता है तो कुछ नवीनता की तलाश करने लगता है। इस बार दीख पड़ा कि हर दुकान में नंगे बदन मंजुनाथजी के सामने हाथ जोड़े खड़े राष्ट्रपति की आर्ट पेपर पर छपी फ़ोटो टँगी है। क़ीमत पचहत्तर पैसे। मन्दिर की आयोजक मंडली ने ही बेंगलूर से छपवाया था।

जगन्नाथ रायसाहब के घर के सामने खड़ा हो गया। चौक की अपनी खद्दर की दुकान में अभी रायसाहब नहीं पहुँचे होंगे। अभी नौ भी नहीं बजे। अँधेरे माँझघर में अभी रायसाहब को हाँक लगाई। अभी चूल्हा न सुलगाए जाने के कारण धुआँ नहीं था। भोजनशाला से मुँह पोंछते हुए रायसाहब के बदले कोई और ही आए। मँझली अवस्था के दुहरे बदन के आदमी। ज़री का दुपट्टा कन्धे पर। रूमाल से मुँह पोंछते आनेवाले उन सज्जन के साथ टेरिलीन की साड़ी पहने एक लड़की थी। वह भारतीपुर की नहीं लगती थी। रायसाहब के बेटे रंगण्णा के साथ वे दोनों उसकी ओर देखे बिना बाहर चले गए।

रसोई से ही भाग्यम्मा, "उडुपा नहीं मिल पाए तो राम जोसिय से कहना कि

मैंने भेजा है। वे ही तर्पण, स्नान, देवता-दर्शन वग़ैरह करा देंगे''–ऊँची आवाज़ में कहती हुई, बाहर आकर जगन्नाथ को देखकर एकदम झेंप गईं। बैठने के लिए कहकर, भीतर से काँसे के गिलास में कॉफ़ी लाकर दी। दो-एक पल किसी ने मुँह नहीं खोला।

फिर भाग्यम्मा ने ही बात शुरू की। ''सबेरे ही बस से शिवमोगा गए। कल शाम तक आएँगे।''

चौकी पर बैठे हुए जगन्नाथ ने कुछ नहीं कहा।

''कहते थे, भैय्या; एक साल इसे शिवमोगा में ही टीचर रहने दे। वहाँ दोस्तों के यहाँ रहने का प्रबन्ध कर आएँगे। उन्हें कुछ दिए बिना, उनके घर खाना क्या सम्भव है? अब मैं पूछती हूँ कि उसके वेतन में क्या बचेगा, तो यह जवाब ही नहीं देते। यदि डी.ओ. से बात करने के लिए कहती हूँ, तो एकदम काटने दौड़ते हैं। खुद कहा करते हैं कि शिक्षामन्त्री अपने साथ जेल में थे। क्या लाभ भला! इनके इशारों पर नाच-नाचकर मैं तो थक गई हूँ। जग्गू भैया, तुम्हारी माँ ज़िन्दा होतीं तो वह ही बतातीं। किसी से भी चाहे पूछ लेना कि जब इन्होंने अपनी कपड़े की दुकान में आग लगाई थी तो अपने पीहर से मिली रेशम की साड़ियों को, इनकी बातों में आकर आग में डाला था कि नहीं? अब बेटी बिना वेतन के घर बैठी है। गाड़ी जो चलानी है–क्या करूँ भला! मैं हर रोज़ इनसे कहती हूँ : एक भैंस दिलवा दो, दूध बेचकर गुज़ारा करूँगी, अपना दर्जा, अपनी इज़्ज़त देखते बैठेंगे, तो बस एक दिन पेट पर गीला कपड़ा डाल देना पड़ेगा। जग्गू भैया, अब तुम्हीं को मेरी लाज रखनी होगी। बचपन से तुम्हें जो देखा है इसलिए बेहया होकर कहती हूँ। अभी जो आए थे वे चिकमगलूर के हैं। ज्यादा-से-ज्यादा मैं दस रुपये कमा सकूँगी। तुम्हारी कसम–इन्हें लाने के लिए मैंने रंगण्णा को बस के पास भेजा नहीं था। उनको धोखा देने की बात मैंने सपने में भी नहीं सोची, पर करूँ भी क्या भला?''

अपनी सफ़ाई देने की भाग्यम्मा की कातरता दुस्सह थी। भीतर किवाड़ के पीछे खड़ी सावित्री को माँ को इशारा करते-करते परेशान होते देख, बात बदलने के लिए जगन्नाथ ने कहा, ''मैं इसलिए आया, भाग्यम्मा कि अपने दफ़्तर में हिसाब-किताब लिखने के लिए एक लड़का चाहिए। आपका रंगण्णा हाई स्कूल पास करके घर में ही बैठा है। उसी को क्यों न यह काम दें? आप ही से पूछने के लिए यहाँ तक आया था। मुझे भी एक भरोसे का आदमी चाहिए। अच्छा, चलता हूँ।'' कहता हुआ, उठ खड़ा हुआ। ''जल्दी ही भेज दीजिएगा। मुझे भी ज़रूरी काम से जाना है!'' कहकर तुरन्त वहाँ से चल पड़ा।

सहसा जगन्नाथ के सामने अँधेरा छा गया था। उसे लगा कि जीने की क्रिया

में कैसे सारे सपने ढह जाते हैं! प्रायः कोई भी फूल न उगानेवाली ज़मीन है यह। भूतनाथ के प्रसाद-रूपी सिन्दूर को कान में लगाए दीवरों का एक समूह पहाड़ी से उतरकर सामने पड़ा। केवल सुपारी यहाँ फूल उगाती है, हाथों में, कानों में, सिर पर, डोलते हुए ऊँचे पेड़ों पर। मन्दिर के लिए शुभ होकर आए पुरुषों के चेहरे प्रसन्न थे।...मैं जैसे सोचता हूँ, वैसे वे मंजुनाथ के प्रति सोचते ही नहीं। वर्षा होने की बात, न होने की बात, भैंस के पड़िया होने की बात, लगान का बक़ाया बढ़ने की बात करते हैं? फिर भुला देते हैं। लड़ते हैं। मनौती करते हैं। उन्हें जगाने के लिए मैंने हाथ लगाया है। सिर पर पाख़ाना ढोनेवाले, काले बदन के लोग भी क्या मेरे साथ, हाथ लगाएँगे—यही देखना है।

चौक तक जाकर टेढ़ी-मेढ़ी गलियों के रास्ते से घर की ओर चला। रास्ते में नागराज जोयिस का घर। सुपारी थूककर दुपट्टे को सँभालते हुए उन्होंने हाँक लगा ही दी। सोने में गुँथी रुद्राक्ष की माला, अन्दर से निकालकर ओढ़े हुए दुपट्टे के ऊपर डाल लिया। एक पान उठाकर उसको कतरते हुए बोले, "उस दिन स्कूल में आपने जो रसेल के बारे में कहा था—वही मैं सोच रहा था। मेरा विचार है कि हमारे यहाँ मन्दिर, अन्धविश्वास आदि वेदकाल में थे ही नहीं। सवितृदेव से, धी-शक्ति प्रदान करने की प्रार्थना करनेवाले हमारे सम्प्रदाय में मन्दिर, पूजा, व्रत आदि के लिए तनिक भी जगह नहीं। आपने महन्तगिरी छोड़ दी है। आप मेरी बात समझ सकते हैं, इसीलिए कहता हूँ—मैं सवितृदेव की ही प्रार्थना करता हूँ, मुझमें धी-शक्ति प्रेरित कर दे। धी-शक्ति से क्या मतलब है? वैज्ञानिक ज्ञान, आपका रसेल जो कहता है—वही।"

अंडे से तो मुर्गी की ही भाँति अपने विचारों में डूबे हुए जगन्नाथ को लगा, इतनी बढ़-चढ़कर बातें करनेवाले जोयिस को बता दूँ—देखूँ?

"अन्धविश्वास जब ग़लत लगते हैं, तो उसके विरुद्ध हम-आप जैसों को कुछ करना चाहिए न, जोयिसजी?"

जोयिस को कुछ और बात का ध्यान आया।

"अरे! कल आपको कॉफ़ी पिलाए बिना भेज दिया था।" नागमणी, नागमणी! कहकर पुकारा। माँझघर से चूड़ियों की हलकी आवाज़ आई।

"महाजन आए हैं, कल वह ख़ाली ही चले गए थे।" फिर जगन्नाथ की ओर मुड़कर कहा, "नागमणी मेरी बहू है। शिवमोगा में वकील है न मेरा बेटा। उसी की पत्नी! शिवमोगा में किराया ज़्यादा है, कमाई पूरी नहीं पड़ती। मेरी पत्नी के चल-बसने के बाद यहाँ आने-जानेवालों के लिए रोटी सेंकनेवाला कोई नहीं था। मेरी छोटी लड़की की अभी दस की आयु थी। इसलिए नागमणी यहीं है। क्या

करें भला! श्रोत्रियों का खानदान होने के कारण, लोग ढूँढ़ते हुए यहीं आते हैं। घर में पन्द्रह-बीस यात्री आ जाते हैं। बड़े बेटे को दुनियादारी के लिए छोड़ रखा है। और एक को वैदिक धर्म में लगाया है। शंकर सब जानता है–ज्योतिष, वेद, पूजाविधान सबकुछ। परम्परा जो चली आई है उसे छोड़ा भी कैसे जा सकता है? अगली बार उसके हाथ पीले करने के बाद नागमणी को उसके पति के पास शिवमोगा भेज दूँगा।''

जगन्नाथ ने जम्हाई को बड़ी कठिनाई से रोका। जोयिस के साथ बात करना बेकार है। समाचारपत्र उठाकर कुछ बताने के लिए जोयिसजी कुछ ढूँढ़ रहे थे। उसे चौपाल में यह ज़ाहिर करने के लिए बिठा लिया था कि महाजन अपने घर आते रहते हैं। इन लोगों के साथ मुलाहज़े में ही अपनी कमज़ोरी है।

केले के दो पत्तलों को उसके तथा अपने ससुर के सामने रखने के लिए नागमणी झुकी। भरी हुई छाती को छिपाए ब्लाउज़। पतली कमर, कत्थई रंग की मामूली-सी साड़ी में प्रतिमा-सी गढ़ी आकृति, गेहुँआ रंग, बीचोंबीच माँग काढ़कर बालों को कसकर जूड़ा बनाया हुआ था। माथे पर लम्बा सिन्दूर का टीका। मंगलसूत्र को छोड़कर उसके बदन पर कोई गहना नहीं था। पत्तल पर चक्कली डालकर ऊपर उठते समय, चोली न पहने होने के कारण उसके स्तन ब्लाउज़ में उभरकर नाच उठे। पर उसकी हर अदा से व्यक्त हो रहा था कि वह अपने आकर्षण से बिलकुल बेख़बर है। उसका झुकना, ठहरना, चलना, आँखें घुमाना, द्वार के पास ताकते ठहरना–सभी रोज़मर्रा के काम करने की भंगिमाएँ थीं, सौन्दर्य की अभिव्यक्तियाँ नहीं। देहरी के पास बिलकुल अपने सामने खड़ी नागमणी त्रिभंगी मुद्रा में खड़ी है। शरीर में खिलनेवाले सौन्दर्य की ख़बर सदा चूल्हे में लगी रहनेवाली नागमणी को नहीं। खाना पकाने के लिए ही जीनेवाली ये औरतें; गू उठाने के लिए ही जीनेवाले मेहतर; और बीच में भोजन डकारते हुए चौपालों में बैठे रहनेवाले भारतीपुर के नागरिक–जगन्नाथ के रोएँ-रोएँ से रोष फूट पड़ा।

देहरी के पास चक्कली का डिब्बा लिए खड़ी नागमणी के चेहरे को देखा। चिकना, कोमल गाल। भरे हुए होंठ, आँखों ने जब उसकी बड़ी-बड़ी आँखों का शोध किया तो वहाँ अपनी चक्कली ख़त्म होने पर दूसरी चक्कली परोसने की प्रतीक्षा के बिना कुछ दिखाई नहीं पड़ा। उसके अन्तराल के दुख को भेदने के लिए और भी आँखें गड़ाकर देखा। पर वह मानो शून्य को ताकती हुई पत्थर की तरह खड़ी थी। लगा कि अपनी आर्तता अभी उसके मन तक नहीं पहुँच पाएगी। वैयक्तिक आकांक्षा से रहित, अपने प्रेम से भी, उसकी सुन्न पड़ी जीवन-शक्ति को खिला पाना असम्भव जानकर जगन्नाथ बुझ गया। ऐसी स्त्रियाँ खिल न

पाएँगी तो लगा कि अपना कार्यक्रम बेकार है। पर उसके सारे अंग क्यों इतनी मतवाली छटा से खिल रहे हैं?

''अब मुझे चक्कली नहीं चाहिए।'' प्यार-भरी नज़र से नागमणी को देखते हुए कहा।

''और एक लीजिए।'' जोयिस ने आग्रह किया। कॉफ़ी लाने नागमणी भीतर गई। जगन्नाथ को लगा कि कितनी ही उत्कट इच्छा क्यों न हो, औरों के दुख को अपना बना लेना सम्भव नहीं। कॉफ़ी लाकर, फिर झुककर ज़मीन पर रखी। जब सारा गाँव जागेगा तब शायद वह भी जीवित हो जाएगी। नागमणी चली गई। जोयिस ने उठने नहीं दिया।

फिर मन्दिर की बातें। सवितृ से अभिमुख प्रार्थना करनेवालों के लिए मूर्ति-पूजा उचित नहीं। जोयिस और वर्तमान प्रधान पुजारी सीतारामय्या–दोनों एक ही बिरादरी के हैं। जोयिस के पिता के पिता और सीतारामय्या के पालक पिता के पिता दोनों सगे भाई थे। सीतारामय्या दत्तक पुत्र था। इसलिए वास्तव में मंजुनाथजी की पूजा का हक़ उनका है, सीतारामय्या का नहीं। तिस पर सीतारामय्या के बेटे गणेश में शील नहीं। एक बार वह पागल भी हो गया था। पर अपना बेटा ऐसा नहीं। सारे वेद उसकी जिह्वा पर हैं। जोयिस नालिश करने की सोच में हैं।

अटारी पर नसैनी के गिरने की आवाज़ हुई। माँझघर में जोयिस की बेटी किसी दूसरी लड़की के साथ चौसर खेल रही थी। जोयिस के बेटे ने दौड़ते हुए आकर बताया, ''उन्होंने कहा कि वे सब आज मन्दिर में ही खाएँगे। शाम को हमारे यहाँ। स्नान, पूजा आदि सभी करवाया। गाँव घुमाकर आऊँगा।''

फिर रास्ते में खड़े यात्रियों के साथ चल पड़ा। जोयिस ने जगन्नाथ को छोड़ा ही नहीं। बायाँ हाथ ज़मीन में टेके, दाएँ हाथ से मुट्ठी बाँधते-खोलते हुए, छाती ठोंकते और भी क़रीब आते हुए कहा, ''आप महन्त रहते तो कुछ-न-कुछ फ़ैसला हो जाता। बताइए, अब मैं क्या कर सकता हूँ? भारतीपुरवालों को अदालत की सीढ़ी नहीं चढ़नी चाहिए। कहते हैं कि मंजुनाथ ही सारे फ़ैसले सुनाता है। पर क्या मैं इसके भरोसे हाथ बाँधे बैठ जाऊँ? अपने बेटे से कहा : देख लो कि क़ानून क्या कहता है–नालिश कर देंगे। मेरा सवाल सिर्फ़ इतना ही है कि इतने प्रसिद्ध मन्दिर में पूजा-अर्चना आदि विधि-विधान के अनुसार चलनी चाहिए या नहीं? प्रभुजी मेरी बातों को सुनते ही नहीं। कोंकणी जो ठहरा, उसका क्या बनता-बिगड़ता है, भला? राष्ट्रपति के नाम मैंने एक चिट्ठी लिख रखी है। कृपा करके ज़रा उसे अंग्रेज़ी में भाषान्तर कर दें।''

जगन्नाथ ने न 'ना' कहा, न 'हाँ'! जोयिस अपनी ही धुन में बोलते जाते

हैं। नागमणी को अपने स्त्री होने का भी गुमान नहीं है क्या? यों ही देखती रही, चक्कली परोसने की धुन में। उसकी दृष्टि उसके भीतर कुछ न सुलगा सकी। उसकी बड़ी-बड़ी आँखों में केवल शून्य समाया था। लम्बी पलकें झपकती रहीं। निहारते समय भी उसकी उपस्थिति की परवाह उसे नहीं थी। इसी तरह पचासों यात्री आकर खा जाते हैं। उसे देखते हैं। दुबारा उन्हें परोसने की प्रतीक्षा में उनके पत्तल, उनके हाथ, उनके मुँह, खाते हुए अघा जानेवाली उनकी आँखें, देखती खड़ी रहती है। उसकी चक्कली खानेवाले पचासों लोगों में, एक और यह–बस! उसकी भरी जवानी कभी उनको नहीं झिंझोड़ती?

नागमणी के बारे में और भी कुछ याद करने की कोशिश की। किसी ने उसके बारे में कुछ कहा था। जोयिस बातें करते ही जा रहे थे। उनकी लड़की की सहेली खेल ख़त्म करके चली गई। लहँगा-ओढ़नी पहनकर 'सर-सर' आवाज़ करती हुई सीढ़ियाँ उतर गई।

''इस सीतारामय्या ने क्या एक दगाबाज़ी की है? आपकी माँ ने आपके नाम पर जो सोने का मुकुट बनाकर दिया, क्या आप समझते हैं कि उसके लिए दिया गया सारा सोना मंजुनाथजी के सिर पर ही है? बेटे की कंठी, बेटी और बीवी की पँचलड़ी, पटिका, चूड़ियाँ और झूमर के लिए सोना कहाँ से आया, पता है?''

बातें करते-करते जोयिस बिलकुल पास ही आ बैठे थे। उसके कानों में बातें कर रहे थे। उनके पीले दाँत और लाल पत्थर की बुँदकी को जगन्नाथ ने घूरकर देखा। इनसे कुछ कहना बेकार है।

''देर हो गई, जाना है।' कहकर उठ खड़ा हुआ। यह घड़ी सदा याद रहेगीः दोपहर, सुनसान गलियाँ, महामंगल-आरती के लिए बड़े घंटे का नाद। अँगड़ाई लेते हुए जब निकलने को था, तब अटारी की सीढ़ियों से सरपट उतरती हुई जोयिस की बेटी चिल्लाई : ''बापू, बापू, आओ, भाभी, भाभी...!''

जोयिस भीतर भागे। जगन्नाथ भी दौड़कर सीढ़ियाँ चढ़ा। अटारी की छत की बल्ली से लटकती, रस्सी में नागमणी फाँसी लगाए झूल रही थी, नीचे एक नसैनी पड़ी थी।

छत की बल्ली से नसैनी लगाकर जगन्नाथ झटपट चढ़ा, और रस्सी काटकर जगन्नाथ ने धीरे से नागमणी को नीचे उतारकर ज़मीन पर सुलाया। गले में पड़े फन्दे को छुड़ाया।

''दौड़ो, जाकर डॉक्टर को लिवा लाओ।'' उसने कहा। जोयिस फिर डॉक्टर के लिए भागे।

जगन्नाथ ने नागमणी का बदन छूकर देखा। गर्म लगा। अपना भ्रम तो नहीं?

उसकी गरदन टूट गई थी, नाक और मुँह से लहू बह रहा था। आँखों की पुतलियाँ ऊपर उठी थीं। उसे कृत्रिम साँस देने के लिए सभी उपायों का प्रयोग किया। पेट के बल सुलाकर दबाव डाला। मुँह में मुँह रखकर साँस फूँका। छाती मली। उसकी विकृत आँखों को बन्द किया। लड़की से पानी मँगाकर, उसका मुँह धोया–पर साइकिल पर आए डॉक्टर ने बताया, "प्राण चले गए हैं।"

जोयिस सिर पकड़कर बैठ गए। अवाक् होकर मूक बैठे-बैठे जोयिस से क्या कहें, कुछ समझ न पाकर जगन्नाथ खड़ा रहा। डॉक्टर यह कहकर चला गया कि स्यूसाइड होने के कारण पुलिस को इत्तला देनी होगी। पोस्टमार्टम करना होगा।

जोयिस के घर-भर में लोग जमा हो गए।

"हाय, कितनी भली लड़की थी! ज़बान तक बिना हिलाए सारा काम सँभालती रहती।" कहकर कुछ औरतों ने रोना शुरू किया। जगन्नाथ ने नागमणी के पति का पता पूछ लिया। नागमणी के पिता का पता पूछने पर पता चला कि माँ-बाप कोई नहीं है। किसी ने बताया कि भाई हासन के किसी होटल में बावर्ची है। उसके पति को तार देने के लिए, जगन्नाथ जोयिस से कहकर निकला। सीधा डाकघर जाकर, तार देकर अपने घर आया। खाने को 'ना' कहकर अपने कमरे में जाकर बिस्तर पर लुढ़क गया। रोना चाहा, पर रो नहीं सका। लम्बी-लम्बी साँसें लेता हुआ वह साँझ की प्रतीक्षा करने लगा। दूर से मातंगों को आते देखा। लँगोट-मात्र पहने काले भुशुंड, बिखरे हुए बाल, किसी की प्रतीक्षा न करनेवाली आँखें। आकर उनको बताया कि आज नहीं।

मौसी को मालूम हुआ होगा कि नागमणी की मौत के कारण उसे पीड़ा हुई है। मौसी ने कमरे में कॉफ़ी लाकर रखी। और जगन्नाथ के जलते माथे पर हाथ रखकर देखा। फिर नीचे चली गईं। मौसी जानती थीं कि बचपन में जगन्नाथ का मन क्षुब्ध होने पर कैसे उसे ताप चढ़ता था। इसीलिए, अब उनको चुपचाप जाते हुए देख कृतज्ञता से आँखें बन्द कर सो गया।

6

पहाड़ी के सिरे पर खड़े होकर जगन्नाथ ने भारतीपुर को देखा। लगा, कुहरे से ढँका बाज़ार मानो, नींद में हो। इसमें हलचल लाने की मेरी कोशिश अर्थहीन लगती है, मार्गरिट! मुझ लौंदे-से में तुम चोंच और पंजे की अपेक्षा करती हो!

जगन्नाथ पहाड़ी उतरकर आया। मुँह धो, कॉफ़ी पीकर सो गया। किसी के आने की ख़बर से नीचे उतरा। रायसाहब का बेटा रंगण्णा आया था। उसके हाथ में दो सौ रुपये थमाकर कहा, ''माँ के हाथ में देना। आज से ही काम पर आना।''

और एक महाशय खड़े थे। कोई रामकृष्णय्या, दुबला-सा आदमी, आठ बच्चोंवाला। लगान न देने के कारण मन्दिरवालों ने खेत से बेदख़ल किया था। घर ज़ब्त किया था। जगन्नाथ ने अदालत जाने को कहा। रामकृष्णय्या बैठा रहा। "मैं क्या कर सकता हूँ भला?" जगन्नाथ ने पूछा। रामकृष्णय्या ने याचना की कि प्रभुजी, मन्दिर के मुखिया से कहें। झुर्रियों से भरा चेहरा, थर्राती हुई आवाज़। जगन्नाथ परेशान हो गया। नालिश करता हो, तो पैसे देने की बात कही। रामकृष्णय्या ने इसका जवाब नहीं दिया। कहा, ''मेरे बाल-बच्चे हैं। मेरा हाथ मत छोड़िए।''

गर्म होकर जगन्नाथ ने कहा, ''अदालत जाना चाहिए, रामकृष्णय्या!'' रामकृष्णय्या ने गहरी साँस भरकर, चिन्ता व्यक्त की कि ''कहीं रोज़ मिलनेवाला मन्दिर का खाना रुक न जाए।'' जगन्नाथ ने कहा, ''मेरे पास, लग़ान पर देने को कोई बाग़ नहीं। बिन तोड़ी हुई ज़मीन है। उसे दूँगा। थोड़ी-बहुत मदद कर सकूँगा। कल या परसों आइए। मेरी एक चिट्ठी समाचारपत्रों में छपेगी। उसे पढ़िए।''

ऊपर जाकर जगन्नाथ ने सोचा, समाचारपत्र की बात रामकृष्णय्या से क्यों कही? क्या उस पर कोई असर होगा?...वी लिव इन अपेथी, मार्गरिट! हम सब जड़ हो चुके हैं। रामकृष्णय्या को प्रभावित करना बिलकुल असम्भव लगा।

इस प्रदेश में, कभी सुपारी की खेती करने के सपने भी न देखनेवाले, केवल मातंग ही थे। गोबर उठानेवाने, पाख़ाना ढोनेवाले, केवल मातंग ही मंजुनाथ की पकड़ से छूट सकेंगे—इस विचार से जगन्नाथ को फिर से हौसला बँधने लगा।

मेज़ के सामने जगन्नाथ लिखने के लिए बैठ गया।

दोपहर का खाना खाया। ज़ीना चढ़कर अपने कमरे में गया। बिस्तर के नीचे नया प्रसाद, भूतनाथ का ताबीज़, पुड़िया में मंजुनाथ का सिन्दूर...हर रोज़ मातंग युवकों को रेत पर अक्षराभ्यास करते देख घबराई हुई मौसी को इस मसलहत पर हँसी आई। मौसी को विश्वास दिलाने के लिए कि भगवान उस पर प्रभाव नहीं डाल सकता, उसने प्रसाद और ताबीज़ को बिस्तर के नीचे ही पड़ा रहने दिया। मातंगों से अभी जगन्नाथ ने मन्दिर-प्रवेश की बात नहीं कही है। अभी वे उस पर विश्वास नहीं कर पाए हैं। उनके निकट आने के प्रयत्न में ही उनको अक्षराभ्यास करा रहा है। रेत पर उँगलियाँ फेरते हैं। मालिक का आज्ञा-पालन करते हैं—विवश होकर। इतने से ही मौसी डर गई हैं। जब पूरी तरह उसके मनोगत विचार जान जाएँगी तब? जगन्नाथ घबरा उठा।

दोपहर के बाद मातंग युवक आए। इनके नाम ही भूल जाते हैं। कौन पिल्ल, कौन करिय, कौन मुद्दः च, ज, ट वर्णों के मिले हुए शब्दों को रेत पर लिखकर दिया, उस पर उँगलियाँ चलाने के लिए कहा। आसानी से ईंधन काटनेवाले बच्चे रेत के सामने झुककर बैठे अक्षरों को सीखने में कैसे घबराते हैं! मुँह से अक्षरों का उच्चारण करते हुए, उन पर उँगलियाँ घुमाते समय, उनके नंगे बदन के सारे मांस खंड यातना से मरोड़े जाते लगते हैं। गले की नसें उभर आती हैं। कुछ देर में ही थककर, उठने के बाद यों चलते हैं मानो, पाँवों में बालू के बोरे बाँध दिए हों। अक्षरों पर उँगली फेरते समय, उनकी आँखों में उमड़ आनेवाली घबराहट देखकर, कभी-कभी जगन्नाथ को बड़ी निराशा होती है। काम करनेवाले मज़दूर, दूर खड़े कौतूहल से जब उसकी इस क्रिया को देखने लगते हैं, तो जगन्नाथ को बड़ा संकोच होता है। उसे लगता है कि वह टोना-टोटका जैसी निबिद्ध क्रिया में लगा है।

एक घंटा मातंगों को एक युग जैसा लगा होगा। कल से इनको अपने मन की बात धीरे-धीरे बताने की सोची। जगन्नाथ प्रतीक्षा में था कि वे कुछ बोलें। घास उठाए कावेरी, कनखियों से देखती, मुस्कुराती और कूल्हे नचाती चली गई।

"मुँह के लिए कुछ दीजिए, मालिक।' एक मातंग ने माँगा। थैली में रखी तम्बाकू और सुपारी जगन्नाथ ने उनमें बाँटी। कल से अक्षराभ्यास के लिए जब

बैठेंगे, तभी उनके मुँह में ठूँस दूँ तो ठीक रहेगा। अनायास ही उँगलियाँ चलती रहेंगी। तनाव छोड़कर सीखना शुरू करेंगे। धीरे-धीरे खुल जाएँगे। मातंगों के चले जाने पर आँगन पार कर भीतर आते समय, गोशाला में जाते ढोरों को निहारती खड़ी मौसी दीख पड़ीं।

नौकर दीप जला रहे थे। भीतर जा ही रहा था कि रायसाहब को आते देख जगन्नाथ रुक गया। शिवमोगा से घर जाकर सीधे जगन्नाथ के यहाँ आए थे। भीतर आकर बैठते ही कहा, "जग्गू भैया, अपने रंगण्णा में व्यावहारिक ज्ञान बिलकुल नहीं है। उसे क्यों काम पर रख लिया?"

"सीख लेगा। मुझे एक विश्वासी आदमी की ज़रूरत थी।"

"यह सब झूठ है। मेरी पत्नी तुम्हारे पीछे पड़ी होगी।"

"नहीं, रायसाहब! अपने बेटे से काम लेने की ज़िम्मेदारी मुझ पर छोड़ दीजिए। आप चुप बैठिए। आपसे एक बात कहना चाहता हूँ।"

अँधेरा हो गया था। रायसाहब को अपने कमरे में ले जाकर किवाड़ बन्द कर लिए। गैस के प्रकाश में दोनों आमने-सामने बैठ गए। बेंत की कुर्सी पर रायसाहब पाँव मोड़कर बैठ गए, फिर पान का बटुआ खोलकर पूछा, "क्या?"

जगन्नाथ को घबराहट हुई। फिर भी कह गया, "अमावस के मेले के दिन मातंगों को मन्दिर में ले जाने का विचार किया है। यह समाचार अख़बारों को भी भेजा है। कल छपेगा।"

उसका गला सूख गया था। रायसाहब का चेहरा भय से पीला पड़ गया था। रायसाहब को सन्न होकर बैठे देख जगन्नाथ को खुशी हुई। तब तो अपने क़दम का कुछ अर्थ है। वह भय को नक़ली मुस्कुराहट से छिपाने का प्रयत्न कर रहे थे। जगन्नाथ उनकी बातों के लिए तैयार होकर बैठा।

"कुछ निकलेगा नहीं, जगन्नाथ। अपना आरोग्य-सचिव हरिजन है, शिवमोगा में डी.सी. हरिजन है। बता, क्या लाभ हुआ?"

जगन्नाथ ने तीखी आवाज़ में कहा, "बताइए, अब आपको क्यों डर लग रहा है, मुझे क्यों डर लग रहा है?"

"डर की बात नहीं, जगन्नाथ! लोग विश्वास पर जीते रहे हैं। उनके विश्वास को भंग करने का हमें क्या अधिकार है भला? भगवान में विश्वास खोकर, इस नौकरशाही में विश्वास रखकर, कहीं उनसे जीने को कहा जा सकता है?"

"आप थक गए हैं। इसीलिए इस तरह की बातें कर रहे हैं। मंजुनाथ की महिमा को मिट्टी में मिलाए बिना यह गाँव कभी रचनात्मक नहीं बन सकता। देखिए, आप भी कितना डर रहे हैं?"

जगन्नाथ को और भी तीखेपन से बातें करने की इच्छा हुई। रायसाहब की घबराहट में ही, अपने उद्योग के सफल होने की सम्भावना देखकर उत्तेजित होकर अपनी सारी योजना कह गया। रायसाहब थकी आवाज़ में बोले, ''मन में द्वेष नहीं होना चाहिए, मन साफ़ रहना चाहिए—गांधीजी का कहना है। जब क्रान्ति करने निकले हो तो किसी प्रकार की स्वार्थ-भावना नहीं रहनी चाहिए।''

जगन्नाथ को लगा कि रायसाहब को अपने भय का सामना करना कठिन हो गया है। उसने खेद के साथ कहा, ''हममें इतिहास-बोध नहीं है, रायसाहब! आप थके-माँदे आदमी की तरह बातें कर रहे हैं। आपने पहले जो कपड़े की दुकान में आग लगाकर ताल्लुका कचहरी के सामने सत्याग्रह किया था, उसी से आज मुझे यह काम करने की धुन लगी है। मेरे निर्माण में आपका भी हाथ है। आप जिस तरह आज हाथ-पाँव ढीले कर बैठे हैं, कल मैं भी इसी तरह डर जाऊँगा, हटकर खड़ा हो जाऊँगा। पर इतिहास हमसे काम कराता है। निर्दयता से काम लेता है।''

पान में चूना लगाते हुए सँभलकर रायसाहब ने कहा, ''इन मातंगों को चाहिए ताड़ी, भगवान के दर्शन नहीं। वे तुम्हारे गुलाम हैं, शायद इसीलिए तुम्हारा कहना मान जाएँगे। नाहक तुम उन्हें मार रहे हो।''

जगन्नाथ ने कुछ नहीं कहा। रायसाहब की बात उसे अच्छी नहीं लगी।

''सारे गाँव को कलंकित करने का आरोप लेकर क्यों बदनाम होते हो? राजनीति बहुत गँदला गई है। तुम क्यों अपने हाथ गन्दे करते हो? इस देश में चाहे जो करो, सब बेकार है। तिस पर तुमने ब्राह्मण होकर पैदा होनेवाली ग़लती भी की है। कभी-कभी लगता है कि फ़ौजी डिक्टेटरशिप से ही ये लोग उठ सकते हैं।''

एकाएक जगन्नाथ ने पूछा, ''नागमणी के मरने की ख़बर मिली?''

रायसाहब के जवाब सुनने के पहले ही उठकर वह खिड़की के पास चला गया। उनकी तरफ़ पीठ किए बोला, ''हारता हूँ या जीतता हूँ, यह बात अहम नहीं है, रायसाहब! पर कोई मौलिक काम करना अगर असम्भव हो जाए तो मुझे आत्महत्या कर लेनी पड़ेगी।''

बात कह जाने पर उसको संकोच हुआ कि कहीं बातें नाटकीय तो नहीं हुईं! लौटकर कुर्सी पर आ बैठा। रायसाहब के चेहरे को गम्भीर देखकर कुछ धीरज बँधा।

रायसाहब ने कहा, ''कितने ही मन्दिरों में हरिजनों के प्रवेश हुए पर उससे कुछ लाभ नहीं हुआ। यह बात तुम्हें भी मालूम है। पर तुम्हारा उद्देश्य कुछ और

है; मानता हूँ। मेरा डर सिर्फ़ यही है कि मातंग भीतर जाएँगे, समाचारपत्रों में यह ख़बर छपेगी, फिर सारा मामला ठंडा पड़ जाएगा।''

जगन्नाथ को फिर कसमसाहट हुई। लगा कि रायसाहब उसको ठीक तरह समझ नहीं पा रहे हैं। जी में आया, कह दे कि रायसाहब, आप मिट्टी के लोंदे बन गए हैं।

उठ खड़े होकर रायसाहब ने कहा, ''नैतिक-बल के लिए भी सामर्थ्य चाहिए, जगन्नाथ। मेरी तरह का हारा हुआ आदमी नीतिवान बनकर भी नहीं रह सकता।''

जगन्नाथ उनकी बातों से चौंक गया। रायसाहब को पहाड़ी के उतार तक पहुँचाकर वह लौट पड़ा।

अगले दिन के समाचारपत्र में आनेवाली अपनी चिट्ठी की प्रतीक्षा करते हुए उसने रात बिताई।

7

पहली बस की प्रतीक्षा थी। उसमें आए समाचारपत्र को उत्सुकता से पढ़ा। पहले पन्ने पर ही उसका पत्र समाचार के रूप में छपा था। देखते ही डर लगा; पर पीछे न हटने की खुशी भी हुई। मौसी को भी समाचार पढ़ लेने दे, इसलिए समाचारपत्र को माँझघर में ही छोड़कर वह काजू की पहाड़ी चढ़ने लगा। जल्दी-जल्दी पहाड़ी चढ़कर सिरे पर जा खड़ा हुआ। अब तक भारतीपुर के सभी लोगों ने समाचार पढ़ लिया होगा।

पन्द्रह दिन बाद मेला है। तब तक मातंगों को तैयार करना होगा। बड़ी लगन के साथ हर पल कोशिश करनी होगी।

मन्दिर के शिखर को देखते हुए याद आया—अमावस के दिन हज़ारों लोग नदी में नहाते हैं। दूसरे ही दिन रथोत्सव। बचपन में सूर्य निकलने के पहले ही उठकर माँ के साथ नहाने के लिए जाता था, उस भीड़ में भी लोग उनके लिए रास्ता छोड़ देते थे। कँपकँपी लानेवाली ठंड में भी कुर्ता और निक्कर उतारकर नंग-धड़ंग खड़ा-खड़ा पानी को देखता था। तभी डुबकी लगाकर उठी हुई माँ, पीठ और छाती पर गीले बालों को बिखेरे हुए 'आ, डुबकी लगा' कहकर हँसती थीं। 'न-न-न! ठंड है,' कहता हुआ वह पानी को डर से देखता था। 'पानी गर्म है, आ' कहती थीं माँ। हाथ पकड़कर खींचती थीं। हँसती हुई डुबोती थीं। वह रोमांचित होकर पानी में हाथ-पाँव मारते हुए माँ के इर्द-गिर्द छींटों की झड़ी लगा देता था। पानी में उतरवाने के बाद उसे निकाल पाने में माँ को बड़ी दिक़्क़त होती थी। बालों को अच्छी तरह पोंछती थी कि कहीं ठंड न लग जाए।

वहाँ से सीधा मन्दिर, मन्दिर के सामनेवाले अश्वत्थ की प्रदक्षिणा। अश्वत्थ वृक्ष के ऊपर बानर, दाँत किटकिटानेवाले, अपने बच्चों की जुएँ ढूँढ़नेवाले बानर चिढ़ाने पर कटाने को दौड़ते हैं। हाथ के केले को छीनकर खा लेते हैं। खड़िया और गेरू से पुते अहाते को पार कर आते ही बड़ का पेड़। प्रायः उसके नीचे राम नामक नाई। बच्चों के सिर अपने घुटनों में दबाकर मूँड़नेवाला। हिलने पर

गालियाँ सुनानेवाला। बड़े हों तो आदर जताने के लिए उनके पीठ के पीछे बैठकर सिर के पिछले भाग को मूँड़ेगा। अमावस के दिन वह वहाँ नहीं रहता। अपनी पोटली खोलते, या पगड़ी बाँधते हुए बैठे सँपेरे वहाँ होंगे, या फ़ोटो उतारनेवाले। रथ की गली-भर में मेले के लिए आई हुई दुकानें। रथ सजकर खड़ा रहता। रथ के गोपुर के चारों ओर मेष, वृषभ, मिथुन, कर्काटक आदि राशियों के चित्र। रथ के सामने सबेरे की ओस में भीगी दो मोटी-मोटी रस्सियाँ अजगर की भाँति पड़ी रहतीं। वह रस्सी के पास से, पैर न फँसने की सावधानी के साथ, चलता हुआ माँ का पीछा करता। ज़ीने की सीढ़ियाँ जहाँ घूमती हैं, वहाँ डर लगे तो भूतनाथ। भरपूर काले बालोंवाला, विशाल सूना माथा, सफ़ेद साड़ी और चोली पहने हुए माँ; अपनी पाप-रक्षा की स्मृति को सोने के मुकुट के रूप में सिर पर चढ़ाए मंजुनाथ रथ में बैठकर सारे गाँव का चक्कर लगाकर मन्दिर लौटते थे।

जगन्नाथ कटहल के पेड़ से टिककर खड़ा हो गया। व्यामोह को छोड़े बिना मंजुनाथ का तिरस्कार नहीं किया जा सकता—ऐसा विचार करते हुए पहाड़ी से उतरकर आया। अख़बार के समाचार पढ़ चुकी मौसी का सामना करने के लिए मन को तैयार करते हुए वह धीरे-धीरे चलने लगा।

सीधे कमरे में जाकर स्वेटर उतारकर नहाने के लिए जब ज़ीने से उतर रहा था तब मौसी सामने आईं। लाश की तरह उनका चेहरा फीका पड़ा था। ठहर गईं। उनके होंठ काँपे, पर बातें नहीं निकलीं। जगन्नाथ का दिल धक्-धक् करने लगा। मौसी एक बड़े खम्भे से टिकी खड़ी थीं। उनको घूरकर देखते हुए जगन्नाथ ने भय का खुद भी अनुभव किया। एक नया क़दम बढ़ाने से पहले ही इस बेचैनी से, परिवर्तन की सम्भावना का भरोसा होता है।

नहाकर सफ़ेद लुंगी और कुर्ता पहने जगन्नाथ चौक की रायसाहब की खद्दर की दुकान की ओर निकला। जाने-पहचाने चेहरों को देखते हुए फिर दिल धड़क उठा। अब तक सबकी आँखों का तारा बनकर चमकता रहा था, अब उसे मिट्टी में पड़े बीज की तरह प्रतीक्षा करनी होगी। कष्ट में चटख़ना होगा। होटल के कृष्णप्पा ने, जो गली की ओर देख रहा था, उसे देखकर सिर झुका लिया। उसके क़र्ज़दार दर्ज़ी श्याम के सिवा आज उसे किसी ने भी अभिवादन नहीं किया। भारतीपुर के मेहतर जो पिछवाड़े से बाल्टियों में पाख़ाना ढोते चलते हैं, गलियों में दिखाई पड़े ही नहीं। इस ज़मीन में कुछ न गड़ाए हुए, पर इस ज़मीन के बिना भी कुछ न रखनेवाले मातंगों की नज़र में वह अभी नहीं पड़ा।

पड़ूँगा, पड़कर नया बनूँगा। उसने सोचा।

जगन्नाथ रायसाहब की दुकान के भीतर गया। चटाई पर मैला तकिया था। टिककर बैठ गया। अकेले बैठकर पान-सुपारी का बटुआ खोलते हुए श्रीपतिराय प्यार से देखकर मुस्कुराए।

"क़ॉफ़ी पिओगे?" जगन्नाथ ने 'हाँ' कहा। उठकर रायसाहब ने ताली बजाई।

"न जाने क्यों राघव पुराणिक ने बुलाया है?" वे बोले, "चलोगे?"

"अच्छा," जगन्नाथ ने कहा।

"पुराणिक को देखा है?"

"बचपन में माँ के साथ उनके घर जाने की बात याद है। सुना है, वह किसी से मिलते-जुलते नहीं।"

रायसाहब मुस्कुरा उठे। कुछ कहने के बहाने जगन्नाथ बोला, "उनके बारे में सुना है। सुना है, 1920 में उन्होंने विधवा-विवाह कर लिया था।"

"उनकी शादी में शरीक लोगों में मैं भी था। शादी की पिछली रात एक घटना हुई। शादी के लिए कुछ लोग ट्रक में आ रहे थे। उनमें पीछे बैठा हुआ एक आदमी झपकी लेकर नीचे गिर पड़ा, और मर गया। सभी ने क्या कहा, जानते हो? बेवा की शादी में बहत्तर बाधाएँ। सारे गाँव ने पुराणिक का बहिष्कार किया। उसके बाद पुराणिक बिलकुल बदल गए। तुम ख़ुद देख लेना—वह कैसे जीते हैं। मैं कहूँ तो तुम हर्गिज़ विश्वास नहीं करोगे, ख़ुद आँखों से देख लेना।"

असली बात कहने में रायसाहब को संकोच हुआ था। जगन्नाथ ताड़ गया।

"सच है! समाज से विद्रोह करने पर कभी-कभी इस समाज से सभी जड़ें कट जाती हैं। अन्तर्जातीय विवाह की गत मैंने बेंगलूर में देखी है। अंग्रेज़ी बोलते, पार्टियाँ देते, अजन्ता-एलोरा के चित्रों को अडमायर करते, जनपद की कला-वस्तुओं का संग्रह करते, बच्चों को कॉन्वेंट में पढ़ाते हुए कैंटोमेंटियन ज़िन्दगी जिए जाते हैं।"

जगन्नाथ चौंक गया कि वह क्यों बेरोकटोक बोलता जा रहा है! मार्गरेट से शादी करके भारत आने पर अपनी भी यही गत हो जाने का भय था? रायसाहब चुप रहे। शायद मुख्य विषय पर आएँगे, इस प्रतीक्षा में जगन्नाथ था; तभी दुकान में वेंकटराय प्रभुजी ने आकर 'प्रणाम' कहा।

चौक की किराने की दुकानवाले वेंकटराय प्रभु ने जगन्नाथ को रायसाहब की दुकान में आते देखा था। प्रभुजी गाँव-भर में बड़े व्यापारी माने जाते हैं। आसपास इतनी ख्याति थी कि जगन्नाथ के बाद वह ही धनी हैं। जगन्नाथ के त्यागपत्र देने के बाद उन्होंने ही महन्तगिरी को सँभाला।

प्रभुजी ने भारतीपुर के सारे व्यापार को अपनी मुट्ठी में कर रखा था। बड़ा बेटा उन्हीं के साथ किराने की दुकान में था; दूसरा, कपड़े का व्यापारी; तीसरा मंजुनाथ, राइस-मिल का मालिक; चौथे के नाम पर 'मंजुनाथ लॉरी-सर्विस' थी। शिवमोगा जाकर आनेवाली 'मंजुनाथ बस-सर्विस' की छह बसों के मालिक भी प्रभुजी ही थे। अपने दामादों को भी प्रभुजी ने अलग-अलग उद्योगों में लगाया हुआ था। एक मंजुनाथ सोडा-फ़ैक्टरी चलाता था; दूसरे की साइकल-शॉप थी; और एक गाँव के सबसे बड़े होटल का मालिक था। एक का माल दूसरे को सप्लाई होता; एक की राय के बिना दूसरा क़दम नहीं बढ़ाता।

प्रभुजी की व्यवहार-नीति शिवमोगा ज़िले-भर में प्रसिद्ध हो चुकी थी। दूसरे महायुद्ध के समय चावल, मिट्टी का तेल और चीनी की कालाबाज़ारी करके मनमाना पैसा जोड़ लिया था; प्रभुजी को भी मालूम था कि यह बात हर कोई जानता है। दो-एक बार पुलिस की सर्च होने पर भी प्रभुजी का बाल भी बाँका नहीं हो सका था। अब स्वतन्त्रता के बाद वह खद्दर ही पहनते हैं।

प्रभुजी की नीति थी—इज़्ज़त की परवाह न कर पैसा कमाओ; पैसे के पीछे इज़्ज़त अपने-आप आएगी। इस बात को वह ख़ुद तराज़ू के सामने बैठकर गुड़ तोलते हुए ग्राहकों से कहा करते हैं। पिछली बार नगरपालिका के प्रेसिडेंट भी चुने गए थे।

जगन्नाथ को मालूम था कि भारतीपुर का सारा व्यापार मंजुनाथ के दर्शन के लिए आनेवाले भक्तों पर ही चलता है; इसलिए मंजुनाथ की महिमा में प्रभुजी की विशेष आसक्ति स्वाभाविक थी।

प्रभुजी बातों में बड़े चतुर थे। आते ही नागमणी की मृत्यु के लिए आँसू टपकाए। कॉफ़ी आई। प्रभुजी के लिए भी रायसाहब के एक कॉफ़ी कहने पर, "बिना चीनी की कॉफ़ी भैय्या" कहते हुए जेब से सेक्रीन की डिबिया निकाली। रह-रहकर जगन्नाथ का चेहरा देखते हुए रायसाहब को सम्बोधित कर कहते रहे।

"जानते हैं, रायसाहब, मेरे छोटे लड़के संजय को जगन्नाथ पर बड़ी भक्ति है, बड़ी ममता है। आज के ज़माने के बच्चों की बुद्धिमत्ता की प्रशंसा करते हुए कहता हूँ। किसी ने कहा—कौन, मत पूछिए—कि हमारे जगन्नाथ की बुद्धि को किसी अंग्रेज़ लड़की ने बिगाड़ दिया है, इसीलिए इन्होंने हरिजनों को पकड़कर... उस समय मेरा लड़का दुकान पर ही बैठा था। उसने क्या कहा, जानते हो? कहा कि मातंग भी क्या अपनी तरह इंसान नहीं हैं। उसकी बात का क्या जवाब दिया जा सकता था भला?"

आँखें बन्द किए कॉफ़ी के दो घूँट पीकर नीचे रखते हुए कहने लगा, "ज़माना बदल रहा है, यह बताने के लिए कहता हूँ। श्रीपतिराय भी जानते हैं, पूछ लीजिए। शिवमोगा के जो डिप्टी-कमिश्नर सत्यप्रकाश हैं—सुना है वह हरिजन हैं। सुपारी सोसाइटी के डायरेक्टर अपने समधी जो हैं—श्रीनिवास प्रभु—कह रहे थे, बड़े होशियार हैं। सभी वेदोपनिषद् पढ़ रखे हैं। अपने नागराज जोयिस को भी शर्म आ जाए—ज्योतिष और पुराण वह इतना जानते हैं।"

प्रभुजी ने एकाएक आवाज़ दबाई और श्रीपतिराय की ओर झुककर कानों में कहा, "समझिए, अब वह अपने गाँव आए, मसलन कहिए कि हमारे ही घर आए। भीतर बुलाऊँगा कि नहीं? कॉफ़ी दूँगा कि नहीं? क्या खप्पर में कॉफ़ी दी जा सकेगी? चाँदी के गिलास में ही दूँगा न? कालाय तस्मै नमः। इसीलिए अपने लड़के को उस तरह कहते सुनकर कहा—शाबाश!"

जगन्नाथ आश्चर्य से ताकता रहा। प्रभुजी के गुब्बारे में छेद करने के लिए कहा, "तब तो प्रभुजी, आप भी मेले के दिन मातंगों को मन्दिर में ले चलते समय मेरा साथ देनेवाले हैं न?"

"हाँ, हाँ!" प्रभुजी ने कहा। जगन्नाथ चौंक गया।

"पहले ही कह जो दिया—कालाय तस्मै नमः। समय आने पर सबकुछ हो जाएगा। इसीलिए आपकी शिकायत करनेवालों से कहा—क्या आप समझते हैं कि अपने जगन्नाथजी को इतनी भी सूझ नहीं? आपकी पढ़ाई क्या? उनकी पढ़ाई क्या? क्या मुक़ाबला दोनों में? इंग्लैंड हो आए हुए को आप क्या सही, क्या ग़लत सिखाना चाहते हैं? मंजुनाथ की महिमा को नष्ट करके उन्हें भला क्या पाना है? मंजुनाथ के सिर पर रखनेवाला मुकुट उन्हीं का है। मन्दिर का बड़ा घंटा! सारे गाँव को सुनाई पड़नेवाले घंटे को उनके पूर्वजों ने बनवाकर दिया है, धर्मशाला भी उनके पूर्वजों ने बनवाई है। भगवान का तीर्थ आए बिना उनके धर्मात्मा पिता ने कभी मुँह में कौर नहीं रखा था। ऐसे वंश में पैदा होकर, एक सात्विक व्यक्ति, क्या आप समझते हैं कि बिना सोचे-समझे कुछ कार्य कर बैठेंगे? ऐसा ही कहा, बेशक। किसी से भी पूछ लीजिए। मैंने कहा, अब भारतीपुर में जो हाई स्कूल चल रहा है, वह मन्दिर के पैसे से। इस गाँव का आधा व्यापार जो टिका है वह मंजुनाथ के दर्शन के लिए आनेवाले यात्रियों पर। वरना यहाँ से सौ-पचास परिवारों का गुज़ारा कैसे चले? मंजुनाथ की कीर्ति में यदि दरार पड़ जाए तो इस भगवान के भरोसे पर ही जीनेवाले हम जैसे, सौ-पचास लोगों की गत क्या होगी? हम जैसों के बच्चे चाहे शिवमोगा जाकर पढ़ लें, पर मन्दिर का स्कूल न होता तो ग़रीबों के बच्चों को विद्या कहाँ से मिलती? ख़ैर। अब सुपारी-बाग़ को ही

लीजिए। चोरियाँ कितनी बढ़ी हैं, मेरे कहने की आवश्यकता नहीं। भूतनाथ का डर न होता तो क्या एक सुपारी भी अपने हाथ लगती? मैं पूछ ही बैठा—क्या तुम्हारा ख़याल है इन सारी बातों को सोचा नहीं है?''

श्रीपतिराय गली की ओर देखते बैठे थे। दवा की शीशी लिए बड़े पुजारी के बेटे गणेश से पूछा, ''किसकी तबीयत ठीक नहीं है, रे?'' उसने कहा, ''चाची की।'' उन्होंने कहा, ''ज़रा अपनी बीवी को घर की ओर भेजना, घर में देखना चाहती हैं।'' गणेश ने तुतलाते हुए कहा, ''अच्छा।'' वह जगन्नाथ को बड़े चाव से देखता खड़ा था। जगन्नाथ के साथ प्रभुजी को बातें करते देख कई लोग, जो किराना ख़रीदने, कपड़ा ख़रीदने, भगवान के दर्शन के लिए आए थे, खद्दर की दुकान के सामने जमा हो गए थे।

जगन्नाथ ने विनम्रतापूर्वक कहा, ''प्रभुजी, आपकी आख़िरी बात के लिए मेरा जवाब है : अभी मध्ययुग की आर्थिक व्यवस्था है अपनी। इसे केन्द्र में हैं मंजुनाथ। उसकी महिमा को क्षति पहुँचने पर आपका सारा व्यापार ठप्प हो जाने का डर जो आपको है वह सहज है। पर देखिए, इस मंजुनाथ के कारण, हमारे जीवन-क्रम में तनिक भी परिवर्तन न आकर, जैसे-का-तैसा ही रुक गया है। हम सड़ते जा रहे हैं। मंजुनाथ को हटा देने के बाद हमें अपने जीवन की ज़िम्मेदारी ख़ुद ही उठानी पड़ेगी। नए-नए रास्ते ढूँढ़ने पड़ेंगे। इस गाँव में खपरैल का एक कारखाना खुलवाएँगे। सुना है, इस ज़मीन में ताँबा मिल सकता है। खान खुदवाएँगे। अभी केवल सुपारी उगाते हैं। प्रयोग करके देखेंगे, और क्या-क्या उगाया जा सकता है? इस समय हम जड़ बने पड़े हैं। समझ लीजिए कि मातंग मन्दिर में चले गए—भूतनाथ के डर और मंजुनाथ के भरोसे पर जीते रहनेवाले देश के सारे लोगों के मन में अब कुछ परिवर्तन होना चाहिए। ज़रूरी है—मातंगों का तैयार होना। मन्दिर की देहरी पर पड़नेवाला उनका पहला क़दम सदियों की जड़ता तो तोड़ सकता है। इन मातंगों के ज़रिए हम सब फिर जीवित हो सकेंगे। झटका लगे बिना कुछ नहीं होगा।''

जगन्नाथ बोलता रहा। श्रीपतिराय आँखों से ही कह रहे थे कि नाहक क्यों गला सुखाते हो? दुकान में जमा लोग, कुछ न समझकर जगन्नाथ का चेहरा निहारते खड़े थे।

प्रभुजी ने रायसाहब से सुर्ती लेकर उसमें चूना मिलाकर मलते हुए कहा, ''छिः-छिः! आप ग़लत मत समझिए। अपनी हानि होने के डर से मैंने कहा! आपके ही सामने मैं कुन्दापुर से केवल एक तराजू लेकर आया था। मेरी जो भी बरकत हुई है, वह मंजुनाथ का प्रसाद है, न कि अपनी निज की उपलब्धि। आज

भी मुझे दो जून का सत्तू काफ़ी है; मेरे बच्चों को भी। एक बुरी लत जो पड़ी है, वह सुर्ती की। अच्छा! आपने जो कुछ कहा न, बिलकुल ठीक है। पर ताँबे की खान और खरपैल का कारखाना बनने के लिए बिजली चाहिए कि नहीं? इस कच्चे रास्ते को पक्का बनना होगा कि नहीं? यही नहीं, मंगलूर में बन्दरगाह हो, फिर यहाँ से मंगलूर तक रेल की व्यवस्था हो, बताइए ग़लत है यह?''

जगन्नाथ को लगा कि प्रभु बड़े चालाक हैं। रायसाहब की ओर देखा। रायसाहब के चेहरे पर भी शरारती हँसी फूटी थी। प्रभुजी के सवाल का ठीक जवाब ढूँढ़ते हुए जगन्नाथ ने कहा, ''मानता हूँ, बिजली की माँग करेंगे। रेल के लिए लड़ेंगे। जन-जीवन में मौलिक परिवर्तन लाने के लिए जो भी मार्ग हैं ढूँढ़ निकालेंगे। पर हमें इस प्रकार ढूँढ़ने की प्रेरणा तब मिलती है, जब मंजुनाथ में रखे विश्वास पर चोट पड़े। इसलिए यहाँ जिनका कोई आसरा नहीं ऐसे मातंगों को ही क्रान्ति की शुरुआत करनी होगी।''

सूर्ती फूँककर प्रभुजी ने कहा, ''बिजली को पहले आने दें, मंजुनाथ का प्रभाव धीरे-धीरे अपने-आप घटता जाएगा। देखिए, अब हम लोग ही देवता, दया, धर्म आदि की बातों में सिर खपाते रहते हैं, बम्बई-कलकत्ता में रहनेवाले कभी परवाह करते भी हैं?''

''मैंने पहले ही बता दिया है, जगन्नाथजी, मैं आपके साथ हूँ। एक प्रार्थना-पत्र लिखिए कि गाँव को बिजली चाहिए। मैं और आप एक बार विधान-सौध चलेंगे, गुरप्पा पटेल को भी ले चलेंगे। श्रीपतिराय को भी साथ ले चलें। मुख्यमन्त्री और यह जेल में साथ-साथ जो रह चुके हैं। आप जैसे सुशिक्षितों की बात अपने मुख्यमन्त्री हर्गिज़ नहीं टालेंगे। पहले रेल और बिजली लाएँगे। राष्ट्रपति के जाने के बाद तो सारे भारत में भारतीपुर का नाम हो गया है। आप जैसे प्रगतिशील नौजवान मिल जाएँ तो इस गाँव को नन्दन वन बनाया जा सकता है। देर हुई, चलता हूँ। फिर बात करेंगे।''

कहकर जैसे ही प्रभुजी चल पड़े, वहाँ से कुछ लोग भी हट गए। जगन्नाथ को लगा कि कैसा पाजी बनिया है! जो बिजली आएगी, उससे लाभ उठानेवाला भी यही होगा। जगन्नाथ ने हँसते हुए रायसाहब की ओर देखा। रायसाहब भी मुस्कुराते हुए उठ खड़े हुए और बोले, ''सुनो जग्गू भैया, मुझे डर लगता था, सो सच है। पर मुझे यह भी लग रहा है कि मातंगों को मन्दिर के भीतर ले जाने से भी कोई हल निकलेगा नहीं। मेरी बातों में मत आना। मैं केवल इसलिए कह रहा हूँ कि उतावलेपन में आकर तुम कहीं गाँव का विरोध मत मोल ले लेना!''

"मुझे भी डर लग रहा है, रायसाहब। पर उपाय नहीं।" जगन्नाथ को आगे की बात नहीं सूझी। रायसाहब की बातों से उसे कसमसाहट हुई थी। लगा कि इस घड़ी उसके साथ कोई नहीं, यदि रायसाहब पूछते कि क्या अपने आन्दोलन में तुम्हें पूरा विश्वास है, तो जगन्नाथ 'नहीं' कहकर मान लेता। पर कहता कि यदि इस प्रकार जोखिम न उठाता, तो जीवन का कोई अर्थ न रहता। इस समाज के भीतर क्रान्तिकारी कार्य न होने के कारण ही, धीरे-धीरे सामाजिक जीवन अर्थहीन होता गया है। वह जो कहता है, वैसी बातें बड़ी आसानी से कहनेवाले कई लोग भारतीपुर में हैं, यह जानकर जगन्नाथ को घिन भी हुई। फिर तसल्ली हुई कि आईने के सामने खड़े रहने की पीड़ा सहने के लिए अपने को तैयार करना ही होगा।

8

पूर्व दिशा की ओर चलें तो बाँस की तीलीवाली झील, उसके उस पार शिक्षामन्त्री द्वारा उद्घटित नया एक्सटेंशन–ताशकन्दपुर। उससे पहले मंजुनाथ राइस-मिल के पीछेवाले खेत के भीतरी रास्ते से राघव पुराणिक का घर क़रीब पड़ता है। तेज़ी से चलें तो आधा घंटा काफ़ी है।

जो भी मिले उनसे बातें करते, खैर-ख़बर सुनते रायसाहब चले। इस ज़मीन में यदि जड़ें किसी की जमी हैं तो इसी आदमी की–साथ चलते हुए जगन्नाथ ने सोचा।

बुँदकी पहने एक युवक से पूछा, "पिताजी कैसे हैं? अन्थोनी डॉक्टर को घर ले जाकर दिखाओ, भैय्या।" हाथ जोड़े हुए एक आदमी से–"बाद में मिलना। शिवमोगा में वकील के नाम चिट्ठी दूँगा।" बच्चे, स्त्रियाँ सभी से जान-पहचान है रायसाहब की। उनके नाम, उनके गोत्र, उनकी गुप्त बीमारियाँ, पारिवारिक झंझट–सबकुछ की!

मुसलमानों की गलियों से गुज़रते समय जगन्नाथ को किसी दूसरी दुनिया में आने का आभास हुआ। कलई करते, बीड़ियाँ बनाते घर के सामने चबूतरे पर चौरंगी तहमद पहने बैठे लोग 'सलाम साहब' कहते हुए खड़े हो गए। नालियों में मुर्ग़ियाँ; कुछ घरों के सामने तारों के छींके में रखे अंडे।

"अपने लड़के भी अब चोरी-छिपे अंडे खाने लगे हैं।" कहकर रायसाहब मुस्कुराए।

"मातंगों को अक्षराभ्यास कराने की तुमने जो बात कही, जग्गू भैय्या, क्या तुमने या उन्होंने कम-से-कम एक बार अनजाने में ही सही, कभी छुआ है?"

जगन्नाथ ने कहा, "नहीं।"

"यही मेरा कहना है। सवाल तुम्हारे छूने, या न छूने का नहीं। वे ख़ुद तुम्हें छूते हैं, या छूने की आशा रखते हैं–यह बात महत्त्व की है। छूने की तुम्हारी इच्छा सहज है। तुम पढ़े-लिखे विद्वान हो, सभी सौभाग्य से सम्पन्न हो। तुम्हारे लिए

यह आदर्शवाद, एक नया शौक़ है, एक लग्ज़री है, पर उनके लिए?''

''सच है, रायसाहब! जिस दिन उन्हें ऐसा लगेगा उस दिन ही मेरी जीत होगी। मैं प्रयत्न कर रहा हूँ कि मातंग जिस दिन एक क़दम आगे रखने की हिम्मत करेंगे, उसी दिन...।''

''केवल तुम्हारे प्रयत्नों से वह सम्भव नहीं हो सकेगा, जग्गू भैय्या!''

जगन्नाथ कुछ बोला नहीं। तेज़ी से क़दम बढ़ाते हुए रायसाहब ने कहा, ''इन राघव पुराणिक ने ही मुझे इंगरसाल की पुस्तकें पहले दी थीं।''

जाड़े की धूप में चलते हुए जगन्नाथ प्रफुल्लित था, मन हलका। जिधर आँखें दौड़ाईं, बौर से लदे आम के पेड़। जंगल के किसी गुप्त गह्वर में महकनेवाले केवड़े से सजी सामने आई हुई चौधराइन। पेंच और कुंडल। मेंहदीवाले हाथ। नंगे पाँव तेज़ी से मन्दिर जाती हुई छबीली। धनी कुर्मियों के अहाते में लगे पारिजात और चम्पा के वृक्ष।

जगन्नाथ ने सोचा—किसी के घर बच्चा पैदल चलने लगा होगा; कोई मर रहा होगा; किसी गर्भिणी की कोख में करवटें लेता हुआ शिशु माँ को छोटी-छोटी ठुमकियाँ मार रहा होगा। एक गुलाब खिलकर डाली पर झूम रहा है। धूप में चारों खाने चित लेटा हुआ कुत्ता मकोड़े पकड़ने का खेल खेल रहा है। टाँगों के बीच लाठी अटकाकर कोई बच्चा मोटर चला रहा है। किसी बच्चे को डाँटती हुई माँ खड़ी है। आम के बौर में शहद लगा है। सुपारी के बाग़ के लिए घने जंगलों में शहद के छत्ते लटक रहे हैं। मनुष्य की निगाह में न पड़नेवाले कातरता-भरी आँखोंवाले प्राणी मिट्टी सूँघते हुए उछल-कूद कर रहे हैं।

श्रीपतिराय ने कहा, ''लो, यही राघव पुराणिक का घर है।''

9

जगन्नाथ ने देखा कि क़रीब दस फुट से भी ऊँची कम्पाउंड की दीवारोंवाले लोहे के गेट पर 'कुत्तों से सावधान' का बोर्ड लगा हुआ है।

"तुम्हारे घराने के बाद यही यहाँ के बड़े ज़मींदार थे," रायसाहब बोले, "पर अब एक दिन इनका पटवारी ही इनसे बड़ा महाजन बन जाएगा। इधर उसने एक ट्रक भी ले रखा है।" कहते हुए श्रीपतिराय ने गेट में लगी कॉल-बेल दबाई।

दूसरी बार बेल दबाने पर ख़ाकी वर्दी पहने हुए एक गोरखा चाबियाँ ले आया। "यह पहला आश्चर्य है; देखते जाओ," रायसाहब ने कहा। दोनों को सैल्यूट मारकर गोरखे ने दोनों को भीतर ले जाकर छतवाले बड़े दालान में बिठाया।

दालान में एक कोने में हैट रखने का स्टैंड था। उसमें एक इवनिंग हैट! एक सादा सन-हैट, कश्मीरी फ़र-कैप, तरह-तरह के वाकिंग स्टिक थे। दूसरे कोने में तीन बन्दूकें लकड़ी के स्टैंड पर थीं। दीवार पर चारों ओर उत्तम अभिरुचि के फ्रेम किए गए पाश्चात्य चित्रकारों के प्रिन्ट थे। जगन्नाथ के कौतूहल से देखा कि अधिकतर चित्र ब्रिटिश चित्रकारों के थे। कुर्सियाँ भी ऐसी ही थीं : बाँके पाँवोंवाली, सीधी पीठवाली, विक्टोरिया के समय की। एक कागज़ पर रायसाहब ने नाम लिखकर दिए जिसे नक़्क़ाशीदार थाली में रखकर गोरखा अन्दर चला गया।

जगन्नाथ ने रायसाहब को आश्चर्य से देखा। दालान में चमकते पीतल के एक कुंडे में आस्फडिस्ट्रा का पौधा। चारदीवारी के घेरे में तरह-तरह के कैक्टस, बाहर शायद ऊटी से लाए गए विविध जाति के गुलाब।

"अब तो इंग्लैंड के घरों में भी आस्फडिस्ट्रा नहीं लगाते।" शरारत से मुस्कुराते हुए जगन्नाथ ने कहा।

कुछ देर बाद ज़ीने से किसी के उतरकर आने की धीमी आहट सुनाई पड़ी। ज़ीने की सीढ़ियों पर शायद कार्पेट बिछा होगा।

"हाउ डू यू डू?" कहते हुए क़रीब साठ की अवस्थावाले एक व्यक्ति बड़ी चुस्ती के साथ हाथ बढ़ाए दालान में चले आए। ढीला कत्थई सूट पहने, वेस्टकोट डाले, टाई-कॉलर पहने तथा साफ़ शेव किए चमकते गालोंवाले पुराणिक ने उसकी ओर हाथ बढ़ाया। रायसाहब ने कन्नड़ में परिचय कराया–"जगन्नाथ, आनन्दराव के बेटे।"

देखने में दुबले होने पर भी पुराणिक ने गर्मजोशी से हाथ मिलाया। अंग्रेज़ी में बोले, "तुमसे मिलकर ख़ुशी हुई। इस मनहूस जगह में मेरे एकमात्र मित्र श्रीपति तुम्हारी बहुत चर्चा करते थे। मैं तुम्हारी माता को जानता था, बड़ी सुसंस्कृत महिला थीं, वीणा बहुत अच्छी बजाती थीं। अन्दर आइए।"

भीतर आते ही जगन्नाथ सन्न रह गया।

"प्लीज़ सिट डाउन," पुराणिक ने कहा।

कश्मीरी ग़लीचे पर चारों ओर सोफ़े थे। एक कोने में सुन्दर दस्तकारी की बीट की राइटिंग टेबुल। उसके सामने गद्‌दीदार घूमनेवाली कुर्सी। आमने-सामने दीवार से लगकर खड़ी काँच की आलमारियों में किताबें, बीच में फ़ायर-प्लेस। सबेरे जलते रहकर अब बुझनेवाला अंगारा, फ़ायर-प्लेस पर काँच की मूर्तियाँ, जापानी गुड़िया, मुँह में सिगार दबाए, फ्रेम में मढ़ा चर्चिल का व्यंग्य-चित्र। एक सोफ़े के नीचे मुलायम रग पर बड़े-बड़े बालोंवाला जूल कुत्ता, आँख भींचकर, मुँह लटकाकर आराम से सोया था। जगन्नाथ ने आलमारी में रखी पुस्तकों पर नज़र दौड़ाई। रेनाल्ड्स के उपन्यास, रसेल, बर्नार्ड शॉ, किप्लिंग, चर्चिल, शेक्सपियर, टाल्सटॉय की कृतियाँ। फ़ॉर्स्टर की 'होवार्ड्स एंड' पुस्तक खींचकर पन्ने पलटने लगा। लाल पेन्सिल से मार्क किए गए इस भाग ने जगन्नाथ की आँखों को लुभाया–

> "मिस टलेगल! असली चीज़ रुपया है, बाक़ी सब छलना है।"
> "तुम भूल कर रहे हो, तुम मृत्यु को भूल गए।"
> लीनार्ड समझ न सका।
> "तुम मृत्यु को भूल गए।"

इस पंक्ति के नीचे दो लकीरें थीं। पुराणिक के आन्तरिक जीवन के बारे में, जगन्नाथ में इन दो लकीरों ने उत्सुकता उत्पन्न की। किताबें छोड़कर आगे बढ़ा। स्टडी के पूर्व और पश्चिम में काँच की बड़ी-बड़ी दो खिड़कियाँ थीं; दीवार के क़रीब पौने हिस्से तक गई इन खिड़कियों पर नीले रंग के मोटे परदे। खिड़की के छोर के कोने में टेबुल पर रखे बृहदाकार रेडियो को देखा। पुराणिक ने भी शायद उसके कौतूहल को ताड़ लिया होगा। पास आकर बड़े गर्व से

अंग्रेज़ी में बोले, ''दुनिया के क़रीब-क़रीब सारे शॉर्ट-वेव स्टेशन इस रेडियो पर आ जाते हैं।''

कुछ देर चुप रहकर अलाव के सामने खड़े, पाइप सुलगाते आँखों में मुस्कुराते हुए अंग्रेज़ी में ही बोले, ''श्रीपति ने बताया होगा–मैं पूर्ण एकान्तवासी हूँ।''

जगन्नाथ टेबल के पास काले सोफ़े पर बैठ गया।

सिर के बाल ही नहीं, बल्कि पुराणिक की भौंहों के बाल भी सफ़ेद थे। कानों पर भी बाल होने के कारण नुकीले चेहरे और चमकती आँखोंवाले पुराणिक अंडे से निकलनेवाले जीव की तरह लगे। सफ़ेदी छाया चेहरा, पतले होंठ, लम्बी नाक–पर उनकी सारी जान, आँखों में, बालोंवाले कानों में समाई थी। किताब धीरे-धीरे पढ़ने के लहजे में फिर कहा, ''येस! मैं यहाँ अपनी किताबों के साथ एकान्तवास करता हूँ। श्रीपति जैसे एक-दो मित्र और मेरी बीमार पत्नी। माफ़ करना, मैंने आपसे पूछा नहीं, आप क्या पिएँगे?''

पुराणिक ने एक साइड-टेबुल का काँच का दराज़ हटाया। उसमें विलायती ब्रांडी, ह्विस्की, जिन, शेरी थे। पुराणिक ने जगन्नाथ की ओर प्रश्नार्थक दृष्टि से देखा। भारत लौटने के बाद जगन्नाथ ने पीना छोड़ दिया था, फिर रायसाहब भी साथ थे। हिचकिचाते हुए उसने कहा, ''थैंक्स, मेरी कोई ख़ास पसन्द नहीं।''

''हैव सम ह्विस्की! मैं यक़ीन दिलाता हूँ, यह बिलकुल ख़ालिस है। मेरे दोस्त अवधानी इसे बम्बई से लाते हैं। आजकल बड़ी सर्दी है, यद्यपि आज धूप निकली है।''

पुराणिक ने दो सुन्दर कट-गिलास के प्यालों में ह्विस्की डाली। उसमें प्रभुजी की सोडा-फैक्टरी का सोडा मिलाते हुए बोले, ''माफ़ करना, यह सोडा रद्दी है और बर्फ़ नहीं है।'' जगन्नाथ को जाम थमाकर घंटी दबाई। सफ़ेद पोशाक में रसोइया, दरवाज़े के पास आकर खड़ा हुआ। ''नायर, इनके लिए नींबू का शरबत बनाकर लाना।''

जगन्नाथ ने पुराणिक का यह पहला कन्नड़ वाक्य सुना। उनकी कन्नड़ अंग्रेज़ी से भी कृत्रिम लगी।

''इस मध्यकालीन नगर में आप क्या रहे हैं?'' पाइप को रेडियो पर रखकर ह्विस्की की चुस्की लेते हुए फिर अँगीठी के सामने खड़े होकर पुराणिक ने अंग्रेज़ी में पूछा।

अपने कार्यक्रम के बारे में पुराणिक की क्या प्रतिक्रिया होगी, इस कौतूहल से जगन्नाथ ने पूछा, ''आज का पेपर देखा है?'' कहते हुए रायसाहब की ओर देखा। उसकी दृष्टि कह रही थी कि आप ही इनको बताइए। इतने में ही किसी

और सोच में पाइप खींचते हुए पुराणिक ने कहा, ''माफ़ करना। मेरी एक समस्या है। मिस्टर जगन्नाथ ही उसे सुलझा सकते हैं। आपको शायद मालूम होगा। मैं कभी विदेश नहीं गया। मेरे फेफड़े कमज़ोर हैं। ठंडे मुल्क में मैं ज़िन्दा नहीं रह सकता। क़रीब चालीस साल से मैं इसी कमरे में अपनी किताबों और तस्वीरों के साथ रहता हूँ। सुबह-शाम अपने बाग़ में टहलता हूँ।'' कहते हुए घर के पास की ओर इंगित किया। ''यही मेरी दुनिया है। मैं किसी से मिलता नहीं। हाँ, अपने रेडियो से मैं बाहर की दुनिया में रहता हूँ। कल मैंने कहीं से 'स्वान लेक' सुना।''

अपने-आपसे बातें करते हुए पुराणिक कमरे में घूमते रहे। जगन्नाथ ने देखा कि उनकी कमर कुछ झुकी हुई है, उनका ऊनी पतलून के नितम्बों के पास से घिस जाने के कारण धागे दिखाई दे रहे हैं। वह अंग्रेज़ी में ही बोलते रहे–''अपने कम्पाउंड से कभी बाहर नहीं गया, फिर भी मैं पूरे लन्दन को जानता हूँ। हाँ, एक बात बताओ।''

पुराणिक ने राइटिंग टेबुल के पास जगन्नाथ को बुलाया। एक काग़ज़ पर रास्तों का चित्र खींचकर अंग्रेज़ी में पूछा, ''अगर इस ओर से फ़्लीट स्ट्रीट में जाओ तो सेंट पाल का गुम्बद दीखेगा न। डॉक्टर जॉनसनवाला पब किधर है, बाएँ या दाएँ?''

''शायद दाएँ।'' कहकर जगन्नाथ ने काग़ज़ पर रेखा खींचकर बताया, ''अब वह जॉनसन म्यूज़ियम है।''

''मैं जानता हूँ। थैंक्स! इन ऐतिहासिक स्थलों को ढूँढ़ने के लिए मैंने कितनी किताबें पढ़ डालीं! मगर इस पब के बारे में शक था जिसे तुमने दूर कर दिया।''

फिर मुस्कुराते हुए जगन्नाथ की ओर देखते हुए बोले, "यू मस्ट बी टायर्ड ऑफ़ लिसनिंग टु मी। यू मस्ट मीट माइ फ्रेंड।'' कहते हुए अपनी स्टडी से दूसरे कमरे में चले गए।

जगन्नाथ ने श्रीपतिराय को देखा : खद्दर की काँछेदार धोती, और आधे आस्तीनवाला कुर्ता पहने सोफ़े पर पाथली मारे बैठे थे। यही नहीं, पान में चूना लगा रहे थे। उनके चेहरे की मुस्कान मानो उसे छेड़ रही थी।

''पाँव के नीचे की ज़मीन धीरे-धीरे धँसती जा रही है,'' रायसाहब बोले, ''कितने ही सालों से एक असामी तक ने इनका चेहरा नहीं देखा; इन्होंने उसका चेहरा नहीं देखा। पटवारी के ज़रिए ही सारे कारोबार चलाते थे। घूस खाकर मुस्टंडा बना है वह। और यह मित्र भी जोंक है। अभी कुछ सालों में इनके सारे पैंट फटे होंगे।''

"माइ फ्रेंड अवधानी।"

गले-बन्द स्वेटर और ढीला पैंट पहने अवधानी का पुराणिक ने परिचय कराया। अवधानी लड़खड़ाता हुआ आ बैठा। उसके गिलास में शराब होने का जगन्नाथ ने बू से अन्दाज़ लगाया। अवधानी की अवस्था क़रीब चालीस वर्ष की होगी। इंग्लैंड के फ़्लैट जैसी लगनेवाली पुराणिक की स्टडी में, अवधानी को देखकर कुछ विपर्यास जैसा लगा। उसके माथे के बाईं ओर भूतनाथ की मनौती में टोची गई मुद्रा थी। पुराणिक के सफ़ाचट चेहरे, और सभ्य व्यक्तित्व के विपरीत अवधानी आँखों में मैल, चेहरे पर पाँच-छः दिनों का काला-सफ़ेद कूड़ा-करकट था। लगा कि उसने सबेरे मुँह धोया ही नहीं है।

"ड्रिंक इज़ द ओनली कंसोलेशन ऑफ़ ए लोनली लाइफ़ यू सी[1]!"

हँसते हुए पुराणिक ने अपने मित्र की हालत को छिपाने के लिए अंग्रेज़ी में कहा, "मेरी सारी ख़रीदारी यही करते हैं, इसलिए यह सारे देश में भ्रमण कर चुके हैं।"

जगन्नाथ समझ गया कि अवधानी को बातें करने के लिए पुराणिक उकसा रहे हैं। गटागट शराब पीकर, अवधानी ने गिलास नीचे रखकर हाथ से मुँह पोंछते हुए अंग्रेज़ी में कहा, "मिस्टर पुराणिक बड़े सज्जन हैं। वह मेरे आश्रयदाता हैं। मैं रोज़ यहीं भाग आता हूँ। मेरे घर में तो तीर्थयात्री भरे रहते हैं।"

अपनी तारीफ़ से सकुचाकर पुराणिक ने बात बदल दी। "मिस्टर अवधानी नास्तिक हैं। मगर वह यह भी कहते हैं कि उन पर भूतनाथ आया करते थे। मैं तो ऐसी बकवास में विश्वास नहीं करता पर इस विषय में शोध होनी चाहिए।"

अवधानी निहाल हो गया। उसने अपने में भूतनाथ का अंश रहने की बात बताई। "मेरी आँखें देखिए। क्या आपका मन इस आँखों को देखते ही रहने को नहीं करता—अपनी साइकिक पावर[2] से मैंने पुराणिक को कितनी ही विपत्तियों से बचाया है।" अवधानी ने यात्रियों को गालियाँ दीं। अपने सम्बन्धियों को घर में भरकर अपने को घर छोड़ने के लिए विवश करनेवाली अपनी मुँहज़ोर बीवी को बुरा-भला कहा। नशे में बकने लगा कि उसे अपनी बीवी के शील के बारे में शंका है। बीवी के मामा ने उसकी जायदाद हड़पने के लिए टोना किया है, उसकी साइकिक पावर के कारण टोने-टोटके का असर नहीं हो रहा है, भूतनाथ

1. एकाकी जीवन में शराब ही एक सहारा है।
2. मानसिक शक्ति।

को सबकुछ बता दिया है। अंग्रेज़ी में बातें करते-करते, गुस्से में कन्नड़ पर उतर आया। सहानुभूति से, पर ज़बरदस्ती उसे उठाकर पुराणिक भीतर ले गए। कुछ देर बाद आकर बोले, "यू मस्ट पार्डन माई फ्रेंड्स मिसबिहेवियर[1]।" मिस्टर जगन्नाथ ने तो बहुत काकटेल-पार्टियाँ देखी हैं। उनके लिए यह नई बात नहीं होगी। मिस्टर अवधानी बड़े काम के आदमी हैं। मगर शराब पीकर वह होश में नहीं रहता। बेचारा दुखी है।"

पुराणिक बोले, "लेट मी फिल योर गिलास[2]।"

"नो, थैंक्स" कहकर जगन्नाथ, तत्काल वहाँ से जाने की इच्छा से उठ खड़ा हुआ। पर पुराणिक का ध्यान कहीं और था। वह बोले, "एकमात्र उपाय है कि हम पाश्चात्य सभ्यता को अपनाएँ। देखो अवधानी का हाल।"

इतनी देर चुपचाप बैठे रायसाहब ने जगन्नाथ की बेचैनी देखकर पुराणिक से पूछा, "आज का पेपर देखा है?'"

"नो। इट इज़ एजेज़सिंस आइ हैव लुक्ड एट न्यूज़ पेपर्स।[3] इस मुल्क में कुछ घटता भी है!"

आश्चर्य से रेडियो दिखाकर जगन्नाथ पूछना चाहता था, तभी पुराणिक ने कहा, "मैं न्यूज़ नहीं सुनता। सिर्फ़ म्यूज़िक और कभी कोई गम्भीर वार्ता और कविता।"

इनके बाल काटने के लिए महीने में, एक बार भी क्या नाई नहीं आता होगा, क्या वह भी इनको भारतीपुर की ख़बरें नहीं सुनाता!—जगन्नाथ को आश्चर्य हुआ। अपने आन्दोलन के बारे में श्रीपतिराय पुराणिक से बताएँ, यह बड़ा अजीब लगा। पर बड़ी गम्भीरता से रायसाहब की सारी बातें सुनकर पुराणिक ने कहा, "आइ विश यू गुडलक, मिस्टर जगन्नाथ। मैं भी कभी रेबेल था।" कुछ देर चुप रहकर लम्बी साँस लेकर फिर कहा, "आइ ऐम सारी टु से सन, बट आइ थिंक इट इज़ अटरली फ़्यूटाइल।[4] भारत में हम सब ईश्वर के फन्दे में हैं। शायद तुम अपने को और अपने जैसे कुछ औरों को मुक्त कर सको। मगर सामूहिक कार्य असम्भव है, इसीलिए मैं कहता हूँ—पश्चिम बाना पहनो। होश रखो। मगर इस देश को बदलने की कोशिश न करो। यह पकड़ में नहीं आ सकता।"

---

1. मेरे दोस्त के व्यवहार के लिए क्षमा करें।
2. लाइए, अपना गिलास भरने दीजिए।
3. नहीं। मुझे तो मुद्दत हो गई अख़बार देखे हुए।
4. मुझे खेद है, बेटे, मगर मैं समझता हूँ यह बिलकुल व्यर्थ है।

पुराणिक ने भाषणकर्ता के लहजे में बातें कीं। अपने शब्द 'ईश्वर के फन्दे में हैं,' उनके मुँह से सुनकर जगन्नाथ घबराया। "चलें रायसाहब!" उसने कहा।

"माइ यंग फ्रेंड! मेरी निराशावादिता को माफ़ करना। मैं तुम्हारी बेचैनी को समझता हूँ। यह स्वस्थ प्रवृत्ति है। मैंने भी कभी इस नगर में दिलचस्पी ली थी। मैंने भूतनाथ के बारे में शोध किया। मेरे मत से वह उद्याम पैशन, ऐन्द्रियता का प्रतीक है। मंजुनाथ बौद्धिकता और धार्मिकता का, जो वास्तव में पाखंड है। मैंने भूतनाथ सम्बन्धी गीत और कथाएँ किसानों से सुन-सुनकर लिखीं। मैं तब नौजवान था और मिस्टर जगन्नाथ की तरह कुछ करने को बेचैन था। वे बम फेंकने के दिन थे। भूतनाथ का भूत मुझ पर सवार था। मुझे समझ में नहीं आता था कि वह कैसे...!"

"पराजित!" जगन्नाथ ने जोड़ा।

"हाँ, निर्गुण ब्रह्म द्वारा पाखंडी हिन्दू के भगवान द्वारा पराजित हुआ। वह सब सामग्री मेरे पास पड़ी है। तुम चाहो तो मैं खोजकर दूँगा तुम्हें। तुम पढ़ना।" पुराणिक ने कहा।

"अब चलेंगे?" कहते हुए जगन्नाथ ने क़दम बढ़ाया। रायसाहब खड़े ही थे। चमकते काले जूते, साफ़ हजामत किए गाल, हाथों को पीछे बाँध कुछ झुककर खड़े पुराणिक का व्यक्त होनेवाला आत्मविश्वास देखकर जगन्नाथ चौंक गया। उनकी पैंट घिसी हुई है। उनकी अंग्रेज़ी में अभी कन्नड़ की छाया है। उनके आत्मीय अवधानी को भूत-प्रेतों में विश्वास है, आदि बातों पर विचार करते हुए, उनको सहानुभूति से देखने की चेष्टा की। पर पुराणिक की सीरियस आँखों में जानकारी थी, आयरनी थी, प्रज्ञा थी। हाँ! भारतीपुर में रहकर भी पुराणिक की भाँति सदियों को लाँघा जा सकता है? सकपकाकर जगन्नाथ ने सोचा कि पुराणिक को कब और कैसे असलियत मालूम होगी? प्रायः दीवाला निकलने पर!

अब तक न सूझा एक और प्रश्न जगन्नाथ के सामने आया। इतनी देर तक उनके साथ रहकर भी, कितनी बातों में गम्भीर चर्चा का आहवान करने पर भी उनसे यह क्यों नहीं कहा कि पुराणिकजी आप एक भ्रामक दुनिया का निर्माण कर उसमें जिए जा रहे हैं। तब क्या उसने अनजाने में पुराणिक को सह-भर लिया? रायसाहब ने भी क्या पुराणिक के साथ इसी तरह का सहानुभूतिपूर्ण सम्बन्ध रखा है! फिर कभी आकर इनको गहराई तक कुरेदना होगा। क्या इस परीक्षित को डसनेवाला साँप कभी इस क़िले के भीतर आ सकेगा? कैसे?

जगन्नाथ ने फिर से रायसाहब से कहा, ''चलें?''

''सॉरी, इफ़ आइ हैव बोर्ड यू! इस जगह का सन्नाटा मुझसे मिलनेवालों को निरुत्साहित करता है।'' कहते हुए पुराणिक ने हाथ बढ़ाया। प्यार से उन्होंने उसको देखा। जगन्नाथ को अपने पर शर्म आई। रायसाहब ने कहा, ''आपकी पत्नी से मिलना था।''

''ओ येस!'' एकदम जागकर पुराणिक ने कहा। ''यू मस्ट सी हर। तुमको देखकर उसे बड़ी शान्ति मिलती है।'' जगन्नाथ की ओर मुड़कर कहा, ''सॉरी। वह ऊपर नहीं आ सकती। अगर तकलीफ़ न हो तो नीचे चलें।''

''नॉट एट आल।'' कहकर जगन्नाथ उस दोनों के साथ चल पड़ा।

दालान पार कर भीतर क़दम रखते हुए जगन्नाथ को दूसरी दुनिया में चले आने का आभास हुआ। इस घर में भी सिर झुकाकर चलनेवाले दरवाज़े अँधेरे कमरों, दीपाधार, देहरी पर आटे की रँगोली, आईने में चित्रित राधाकृष्ण, सूखे बन्दनवार की कल्पना जगन्नाथ ने कहीं की थी।

''सॉरी! आपको ज़रा सँभलकर चलना होगा। यह मेरे घर का पुराना हिस्सा है।'' कहते हुए पुराणिक आदर के साथ जगन्नाथ का हाथ पकड़कर ले गया। एक कमरे में प्रवेश कर धीरे से 'सावित्री' कहकर आवाज़ लगाई।

सफ़ेदी छाए चेहरेवाली सावित्री ने पति की आवाज़ सुनकर उठने की चेष्टा की। ''प्लीज़ डोंट बॉदर। सोई रहो। श्रीपति हैज़ कम टु सी यू," पुराणिक ने बड़ी कोमलता और प्यार से कहा। रायसाहब को देखकर सावित्री का चेहरा खिल उठा। उसका मुरझाया चेहरा किसी लड़के के चेहरे की तरह लगता था। रायसाहब पास जाकर खड़े हुए।

''जगन्नाथ कौन है, जानती हो?'' पूछा।

''इंग्लैंड से कब आए?'' सावित्री ने बड़े सौजन्य से प्रश्न किया। फिर रायसाहब की ओर मुड़कर बोली, ''बेचारी, जोयिस की वह मर गई। सुना था, बड़े लक्षणोंवाली लड़की थी। खड़े ही हैं, बैठ जाइए न।'' कहते हुए अपने को उठाकर बैठने की याचना-भरी मुद्रा में पति की ओर देखा।

''तुम लेटी रहो।'' कहते हुए पुराणिक ने पत्नी के माथे पर हाथ फेरा।

पति-पत्नी की इस अनन्यता से भी बढ़कर जगन्नाथ को अधिक आश्चर्य की बात, सावित्री के सोने के कमरे में लगी मंजुनाथ की फ़ोटो की लगी। इस तस्वीर पर गुलाब के फूल चढ़ाए गए थे। उनके पलँग के पास उडुपी श्रीकृष्ण पंचांग था।

''अब तो रथोत्सव आ ही गया।'' कहते हुए सावित्री ने रायसाहब की ओर देखा।

"हाँ," रायसाहब ने कहा।

तीनों बाहर आए। दालान में रुककर पुराणिक ने रायसाहब से हाथ मिलाया। "थैंक्स फ़ॉर चीयरिंग अप माई वाइफ़।" कहकर जगन्नाथ की ओर देखा। "आई एडमायर यू, बट आइ एम सॉरी आलसो फ़ॉर यू।"[1] कहते हुए संजीदगी और प्यार से बोले–"कम अगेन!"

जगन्नाथ जल्दी से रायसाहब के साथ बाहर निकला। गेट पर खड़े गोरखे ने उन लोगों को सैल्यूट मारकर ताला लगा लिया।

1. मैं तुम्हारी सराहना करता हूँ, पर मुझे तुमसे हमदर्दी भी है।

10

मंजुनाथ परीक्षित को डँसनेवाले साँप की तरह प्रवेश कर जाता है–हर कहीं। सदियों को लाँघनेवाले व्यक्ति के पाँव की ज़मीन खिसक रही है, लेकिन उसे पता नहीं।

रायसाहब से कहा कि "फ़रेब के लिए ही सही, वास्तविकता के साथ रहना अधिक अच्छा है। भगवान के गर्भ में रहनेवाले जैसे निष्क्रिय बने हुए हैं, उसी तरह बाहर भ्रम में रहनेवाले पुराणिक भी। रायसाहब, लिबरल बनते-बनते आप भी निष्क्रिय हो गए। जब तक सारा भारतीपुर ही करवट नहीं लेता, तब तक यहाँ जीवन सृजनशील नहीं बन पाएगा।"

"ठीक है भैया, अभी तुममें अहं है, कुछ कर पाने के पौरुष में विश्वास है। ठीक है। तुम जैसों की भी आवश्यकता है।"

जगन्नाथ चुप रह गया। बाँस की तीलीवाली झील के पास रायसाहब ने कहा–"एकदम भारी क्रान्ति में हाथ डालने पर कभी-कभी पुराणिक की तरह अन्त होता है।"

चौक आ गया। मोड़ की दुकान में चबूतरे पर छाते की मरम्मत करनेवाला बैठा था। जगन्नाथ के बचपन में उसी जगह वह दुकान थी। छाते के फटे कपड़ों को सीकर चप्पड़ लगाना, नए तारों से काड़िया बाँधना, घोड़ी की मरम्मत कर देना, आदि का कारीगर। उस दुकान के मालिक का नाम था रंगप्पा। काली टोपी पहने, ऐनक चढ़ाकर बड़ी लगन से बैठा रहता।

अब भी एक मैली टोपी पहने बैठा है। वह जहाँ बैठा है वहाँ खम्भे पर एक बोर्ड टँगा है। बेढंगे अक्षरोंवाला वह बोर्ड, पहले से ही जगन्नाथ के लिए विनोद की वस्तु रही है। उस बोर्ड पर लिखा था : "छातारि रंगप्पा।" आज भी वही बोर्ड जैसे-का-तैसा है।

"उसकी एक बेटी ने हाई स्कूल पास किया था।" रायसाहब ने बताया। "किसी ट्रक ड्राइवर के साथ बम्बई भाग गई। अब, बेचारा रंगप्पा भी अकेला है।"

अचानक रायसाहब ने अपने विचार का छोर पकड़कर कहा–"मैं मानता हूँ कि लोगों को खुद कुछ करना सीखना चाहिए।"

जगन्नाथ हँसा।

बाँस की तीलीवाली झील के पास आते समय याद आई थी : "कमला कैसी है?"

"कौन? बाँस की तीलीवाली झील की कमला? तेरे साथ जो पढ़ती थी? सुना है, बम्बई में है।"

"रायसाहब, पुराणिक को देखकर मुझे डर लगा, शायद उन्हीं की तरह मुझमें भी क्षमता हो या कुछ और–लगता है कि हम कम-से-कम इतना तो कर ही सकते हैं, लेकिन मातंग के लिए तो यह भी असम्भव है।"

"तुम्हारा कहना ठीक है," रायसाहब ने कहा।

"इसीलिए मंजुनाथ के साथ टक्कर लेना उचित लगता है," जगन्नाथ ने तेज़ आवाज़ में कहा।

"हवा के साथ टक्कर लेने की तरह है," रायसाहब बोले।

अपने भीतर की हलचल को रायसाहब तक पहुँचाना असम्भव है। लगा, इनके साथ बहस करने के बदले क्यों न मातंगों के साथ अधिक समय बिताया जाए?

कमला की फिर याद आई। शायद अब वह मोटी हो गई होगी। अचानक सुब्राय अडिग की याद आई।...मिले बहुत दिन हुए। मिलना चाहिए। समाचार सुनकर वह ज़रूर आएँगे। बचपन का गाँव, बचपन से जाने-पहचाने लोग, साथ में पढ़ा भगवान, अपने पाश्चात्य विचार से प्रभावित प्रज्ञा, नागमणी, कावेरी, मार्गरिट, मातंगों के बच्चे, ये रायसाहब, औरों की आँखों के आईने में उभरनेवाली अपनी दुर्बलता, यहाँ कुछ रोपने, फूटने, खिलने की चाह, फिर सभी का गुंजलक। वह बार-बार तोंदे-सा बन जाता है। इस उलझाव को काम से ही सुलझाया जा सकता है। दूसरा चारा नहीं। मार्गरिट, आइ एम डेस्परेट। नागमणी मर गई, इसलिए जो भी करूँ ठीक है। हाथ बाँधे बैठना सम्भव नहीं। मातंग क्या मुझे छूने के लिए तैयार होंगे?

घर पहुँचने तक, भूख लग आई थी। एक बजे खाना। अभी बारह बजे हैं। माँझघर में मौसी बाट जोह रही थीं। रो-रोकर उनकी आँखें सूज गई थीं। साथ में रायसाहब के होने के कारण हिम्मत कर पूछा–"क्या बात है, मौसी?"

बड़ी वेदना से मौसी ने जवाब दिया–"आज कोई खाने पर पाता दिखाई नहीं देता।"

इस घर में कभी ऐसा नहीं हुआ था। कम-से-कम बीस लोग तो खाने पर रहा ही करते थे। पर आज किसी ने इस ओर झाँककर नहीं देखा था। जगन्नाथ क्या कहे, कुछ समझ में नहीं आया। कहा, ''रायसाहब आज खाने के लिए रहेंगे।'' मौसी का चेहरा खिलते देख ख़ुशी हुई।

मौसी को धीरज बँधाने के लिए आँखों से इशारे से समझाकर वह किसी दूसरे काम के बहाने आँगन में आया। बड़ी ख़ुशी हुई। सिर पर सूखे पत्तलों की गाँठ लिए, दोनों हाथों में दोने के कट्ठों को लटकाए नंगे बदन सुब्राय अडिग खड़े थे। चेहरा पसीने से तरबतर था। पीठ और कन्धे पर पड़ा चकत्ता, पिछली बार से अधिक बढ़ा हुआ था। वे इस चकत्ते को मंजुनाथ का भस्म बताकर हँसा करते थे।

''इन्हें मन्दिर में देकर आता हूँ, जग्गू भैया।'' वे बोले, ''मौसी से कहो, खाने के लिए आऊँगा। तुम्हारे साथ भी बहुत बातें करनी हैं।''

अडिगजी की आँखें प्रसन्न थीं। चौक से आते हुए उनको भी बेशक ख़बर लगी होगी। फिर भी वह निर्भीक आए थे। जगन्नाथ ने, ''आइए, ज़रूर बातें करेंगे'' कहकर भीतर मौसी को बताया। लेकिन मौसी को अडिगजी के खाने पर आने का विश्वास नहीं हुआ।

''उनको मालूम है। फिर भी आने की बात कह गए हैं।'' जगन्नाथ ने कहा।

हड़बड़ाकर मौसी रसोई में घुस गई।

11

कॉफ़ी पीकर रायसाहब सुर्ती में चूना मलते हुए बैठ गए। जगन्नाथ ने अपने बचपन की कहानी शुरू की।

"मेरे और अवधूतपन के बीच पाँच रुपयों की खाई है, रायसाहब। पता है आपको—सुब्राय अडिग से चुराए हुए पाँच रुपये जिस दिन लौटाऊँगा, शायद उसी दिन मंजुनाथ के सामने ताली बजाता हुआ नाचने लगूँगा।" मौज में आकर जगन्नाथ ने कहा। स्मृति ने उसे झकझोरा था। ऐसी मानसिक बारीकियों में उतनी आसक्ति न रखनेवाले रायसाहब ने जगन्नाथ की बातों को सहानुभूति से सुन लिया।

हाई स्कूल में पढ़ते समय सुब्राय अडिग उसके बड़े प्रिय व्यक्ति थे। शादी के बाद अचानक विरक्त होकर सारे भारत का भ्रमण कर आए हुए, वह मनमौजी व्यक्ति थे। अंग्रेज़ी और हिन्दी दोनों भाषाओं में बोलना और पढ़ना जानते थे। उसकी माँ के बड़े चाहनेवाले थे। वह मीरा के भजन गाते, माँ वीणा बजाती—कारिन्दे कृष्णय्या सुनते बैठे रहते। हिमालय में हृषिकेश बदरी आदि की यात्रा की साहस-भरी कहानियाँ; वहाँ निष्ठुर सौन्दर्य का हावभाव-युक्त वर्णन—जगन्नाथ को बचपन में मुग्ध कर देते थे।

"धूप में उस पहाड़ पर चढ़कर देखोगे तो दंग रह जाओगे, जग्गू भैया! नीचे हज़ारों फीट गहरी, पहाड़ की ढलान। पर सभी कितना साफ़, कितना स्पष्ट! इतना साफ़ कि एक चवन्नी तुम ऊपर से फेंक दो तो नीचे गिरने तक चमचमाती हुई आँखों को स्पष्ट दीखती रहेगी।" वर्णन करते समय वह एक चुटकी सुँघनी चढ़ाने लगते और आँखें फाड़कर तन्मय बैठा रहता था, जगन्नाथ।

संस्कृत पढ़ाने अडिगजी रोज़ आया करते थे। भावावेश इतना कि उँगलियों से विष्णु-क्रान्ति को घास से हटाकर नील-घनश्याम का स्मरण कर वह रोने लगते थे।

एक बार भारतीपुर से बहुत दूर जंगल में ले जाकर उन्होंने जैनालय के खँडहरवाली झील के किनारे जगन्नाथ को बिठाया था। सुनसान प्रदेश। शाम का समय। अवतारों के बारे में वह बोलते-बोलते बेसुध होकर नाचने लगे। किसी

चरवाहे की वंशी की आवाज़ सुनाई पड़ी। "हे, बंसीधर। तुम आओ सत्वर!" कहकर सुरीली आवाज़ में गाना शुरू कर दिया। जगन्नाथ को संकोच था। जब पता चला कि उसको ही कृष्ण समझकर गा रहे हैं तो बड़ी बेचैनी हुई। पर अपने बाल-मन पर अडिग के आवेश के प्रभाव के कारण आँखों में आँसू आ गए थे। जब उन्होंने कहा था, "तुम मामूली लड़के नहीं हो, जग्गू भय्या! शुक मुनि की भाँति तुम भी बड़े भगवद्भक्त हो" तो सुनकर चक्कली के प्रति अपनी विशेष रुचि के लिए उसे शर्म आई थी।

अडिगजी का जीवन परिशुद्ध और भगवान के नशे से ओत-प्रोत था। केले के पत्ते काटकर उन्हें धूप में सुखा उनसे पत्तल और दोने बनाना; तकली पर जनेऊ तैयार करना; नदी किनारे जाकर कुश काट लाना—फिर बेचना। जहाँ बुलाएँ, वहाँ जाकर पौरोहित्य करना। जो कुछ मिला, कमर में खोंसकर ले आना। इस प्रकार की कमाई से गृहस्थी चलाना। पर जो भी घर आए, उनका खाना हो; कॉफ़ी हो; कम-से-कम गुड़ का पानक तो ज़रूर हो। किसी में भी कमी न आए। घर-भर में बच्चे थे, साल में एक के हिसाब से। उधर एक रोता है; इधर कोई मूतकर लीप रहा है, और किसी की नाक बह रही है—इसके बीच सुब्राय अडिग, तकली पर सूत कातते हुए भगवान की महिमा गाते रहते हैं, या किसी मूर्ख बाबा की, भक्त विधवा की, किसी उपनिषद् वाक्य के शंकर, रामानुज और माध्व के भाष्य की सराहना करने में तल्लीन रहते हैं।

सुब्राय अडिग किसी में भी ऐब नहीं देखते। किसी के हृदय में भगवान का स्वरूप स्पष्ट दिखाई पड़ता है तो किसी में वह धूमिल रहता है। उनका सिद्धान्त है कि वह अहंकार से आवृत्त रहता है।

प्रतिदिन अच्युत अनन्त गोविन्द के नाम पर कितनी दूर चलना हुआ, इसका हिसाब लगाते हुए बस्ती के बाज़ार का नाप कर, केले के पत्ते बेचकर, अन्थोनी डॉक्टर की दवा लेकर गृहस्थी चलाते रहे। कितने मरे, कितने बचे, किसकी वर्षगाँठ कब है—इन सबका हिसाब रखनेवाली उनकी पत्नी आख़िर प्रसव में ही मर गई थी। बेचारी! उसने तो आँखें बन्द कर लीं, पर इधर घर भी तो चलना था। गाँव-गाँव भटकनेवाले अपने से, चूँ-चाँ करनेवाले बच्चों की देखभाल कैसे हो सकती थी—इसलिए मरी हुई पत्नी की बहन से ही अडिग ने दूसरी शादी कर ली। उससे कुछ और बच्चे पैदा हुए। कितने? क्यों? "इस देह की दुर्बलता की तृप्ति के लिए न जाने और कितने जन्म लेने पड़ेंगे"—कहते हुए सुब्राय अडिग विषाद से हँस देते हैं। मंजुनाथ विरागियों का ही भगवान नहीं—अनुरागियों का भी है। कहते हैं, "मैंने गृहस्थी, निभाने की मनौती ढोई है।"

कुछ दिन उनको विरक्ति हुई थी। अपने पाँव के चक्र के कारण, उन्होंने तब भारत के कोने-कोने में छाँटकर साधु-सन्तों से भेंट की थी। उसी समय वर्धा में कर्मयोग के द्वारा मोक्ष के मार्ग पर चलनेवाले गांधीजी की प्रार्थना-सभा में वे गए थे। हरिजन फंड के लिए अपने कानों की बुँदकियाँ और यज्ञोपवीत में बँधी अँगूठी देकर, उनके कृपा-पात्र बने थे।

वैराग्य की आग बुझने लगी तो घर की ओर पाँव बढ़ाया। आने पर क्या देखा? बाल-विधवा छोटी बहन को गर्भ ठहरा हुआ था। किससे, क्यों गर्भवती बनी—खोदकर पूछा नहीं; बहन को भला-बुरा सुनाया भी नहीं। बीवी की किटकिट पर कान नहीं दिए। पेट बढ़ता गया। सारा गाँव बातें करने लगा। किसी को पकड़कर पेट उतार लिया—क्या कर सकती थी भला? उसका प्रारब्ध! पर घटश्रद्ध किए बिना कैसे चल सकता? पौरोहित्य से बच्चों का पेट जो पालना था। कर्म-फल के घड़े को पूरा जो भरना था। इसलिए बहन को जाति से बाहर कर लिया। पर रहती घर में ही है। चौपाल में सोती है; चौपाल में खाती है; केले के पत्ते काटकर लाती है; सिर मुँडाकार रहती है—उसकी विरक्ति को अपने से भी महान कहकर प्रशंसा की थी। उसकी तरह सारा दिन मन्दिर का कौन भला फेरा लगाता है? भीतर नहीं आती, अशुचि नहीं करती। लड़कियों के बालों में कंघी करती है। रोज़ आँगन को वही लीपती है। कमल के पत्ते पर पड़े पानी की बूँद की तरह जिए जा रही है, कर्मों को काटती हुई। 'भाई' पर उसकी प्रीति नहीं गई; बहन का मोह अपने से नहीं कटा। सही-ग़लत सभी मंजुनाथ पर छोड़ देंगे। अडिग की बातों को गाँव ने भी मान लिया—किसके घर के चिलड़े में छेद नहीं होते?

सुब्राय अडिग का जगन्नाथ पर मोह था। माँ के भी चहीते होने के कारण वह भी उनका आदर करता था। कुर्ता न पहननेवाले अडिग का अंग्रेज़ी जानना आश्चर्य की बात थी। पूरे भारत की यात्रा के समय हिन्दू-धर्म सम्बन्धी अनेक ग्रन्थ प्राप्त किए थे। हृषिकेश के स्वामी शिवानन्दजी ने अपनी पुस्तकों को आटोग्राफ़ करके आशीर्वादस्वरूप उन्हें दिया था।

जगन्नाथ को वह अपनी किताबें देते। सामने बैठकर गाते। 'ब्रह्मचर्य ही जीवन, वीर्यनाश ही मृत्यु' नामक पुस्तक देकर कहते, "यह कठिन रास्ता मेरे लिए दुर्गम बना; देखो, शायद तुम्हें साध्य हो। हृषिकेश में रहते हुए ही जब मुझे स्वप्नस्खलन हुआ तो समझ लिया कि इस जन्म में विरक्ति मेरे लिए सम्भव नहीं।" अपनी देह के सुख की सम्भावनाओं को जो समझने लगा था, उस जगन्नाथ को इस पुस्तक के पढ़ते समय कुछ समय कुछ कम लज्जा नहीं हुई थी।

शरीर के चकत्तों को भस्म कहनेवाला, गाते-गाते रो पड़नेवाला, रोते-रोते हँसनेवाला, निर्जन प्रदेश में नाचनेवाला, वर्ष-भर की बचाई हुई कमाई को कार्तिक मास में सन्तर्पण कर देनेवाला, यहाँ रहकर भी किसी और जगत में रमनेवाला, भगवान का यह पगला एक बार वास्तव में पागल बन गया था। भारी पागल। पत्थर फेंकना, पास जाने पर काटना; थूकना; आधी रात में उठकर 'हा, हू' कर रोना; पत्नी को देखकर आगबबूला होना–आदि बातें गाँव-भर में फैली हुई थीं। पर जगन्नाथ हिम्मत करके जब उनसे मिलने गया तो वह रोते हुए बैठ गए। जगन्नाथ को लगा कि बस, अब अवधूत बन जाएँगे। पर उनका पागलपन उतर गया और झक लग गई। जगन्नाथ ने इस झक को ध्यानावस्था समझा।

अडिग का अनुचर बनकर अपने बेटे की बदलती चाल-ढाल को देखकर माँ घबरा गई थीं। माँ की घबराहट देखकर जगन्नाथ अपने वैराग्य को और भी बढ़ाकर सबेरे का कॉफ़ी नाश्ता छोड़कर तुलसी-दल का ही नाश्ता करने लगा था। जगन्नाथ का बोलते समय कभी-कभी आँखें बन्द करना, फिर आँखें फाड़-फाड़कर देखते हुए चुप रह जाना, बीच-बीच में हँसना, दोनों हाथों को ऊपर उठाकर गरदन को दाईं ओर घुमाते हुए चौंकानेवाली बातें करना–सभी अडिग का ही अनुकरण था।

उस समय वही बाँस की तीलीवाली झील की कमला जो अब बम्बई में है, स्कूल में पढ़ती थी। जगन्नाथ की ही कक्षा में। उसको जब 'ओह लोटूस लव' कहकर दूसरे लड़के चिढ़ाते रहते तब उनके बीच अडिग का चेला जगन्नाथ गम्भीर मुख-मुद्रा बनाए घूमा करता था। दीवारों पर हर रोज़ लिखी इन बातों को मिटाता था। शरत बाबू के 'देवदास' ओर 'शेष प्रश्न' से प्रभावित जगन्नाथ की नज़र में, वेश्या की बेटी कमला एक आदर्श नारी थी। जमींदार का बेटा होने के कारण दूसरे बच्चे उसकी इज़्ज़त करते, जिससे उसका गाम्भीर्य और भी बढ़ता गया। अडिग का स्नेह, उपाध्याय का वात्सल्य, घर की सामन्ती, माँ का दुलार, शरत बाबू के उपन्यासों की भावुकता–इन सबके मिलन से जगन्नाथ को पाँव-तले की ज़मीन दिखाई नहीं पड़ती थी।

भीतर-ही-भीतर जगन्नाथ पक रहा था। मन-मन्दिर की देवी बनी कमला के प्रति उसका परिशुद्ध प्रेम था फिर भी सहपाठी गोबर-गणेश रंगय्या की–"उसके गाने पर तबला बजाता हूँ, उसे रूमाल भेंट देता हूँ, साथ पढ़ने के बहाने उसी के घर रहता हूँ" आदि बातें सुनकर जगन्नाथ बड़ा दुखी हुआ था। कारिन्दे कृष्णय्या के कमरे में देखी 'कलयुग' पत्रिका के चित्र की तरह रंगय्या कमला को

परत-दर-परत नंगी करता जा रहा है; फिर वह खुद भी नंगा हो रहा हो, जैसी कल्पना किए बिना वह नहीं रह पाता था। किसी से कह भी न पाता। इस अनिवार्य बेचैनी में खाना, पढ़ना, नींद—सब हराम। फिर अडिग के अनुभवों की शरण जाने की जगन्नाथ ने जो भी चेष्टा की थी, वह सब बेकार हुई थी।

इसी बीच उसके जीवन की गति को बदलनेवाली एक घटना हुई।

अडिगजी ने उसे एक किताब दी थी। सन्तों की जीवनी के बारे में लिखी स्वामी शिवानन्द की पुस्तक। उस पर 'मातृभूमि' पत्रिका का कवर चढ़ा था। उस पत्रिका का पुराना समाचार पढ़ने के कौतूहल से कवर खोला था। कवर के अन्दर से एक पाँच का नोट गिर पड़ा था। नया नोट इस कवर के भीतर अडिग ने क्यों यह पैसा छिपाकर रखा होगा? किसकी नज़र से छिपाकर रखा होगा, क्यों? क्या स्वामी शिवानन्दजी का दिया हुआ पैसा है? विपत्ति में काम आए, इसलिए तो कहीं छिपाकर नहीं रखा है?—इत्यादि कई प्रश्न एकदम उठ खड़े हुए। जीवन के व्यावहारिक झंझट से कोसों दूर रहनेवाले अडिग को इस प्रकार पैसा छिपाते देख जगन्नाथ को बड़ा आश्चर्य हुआ था।

आज भी जगन्नाथ नहीं समझ पाता कि क्यों उसने उस पाँच के नोट को कवर के भीतर न रखकर, अपनी जेब के हवाले किया था? जगन्नाथ को किसी बात की कमी नहीं थी। माँ भले ही उसके हाथ में पैसे न देती हों, पर माँगी हुई हर चीज़ दिला देती थीं। फिर बिना किसी सोच-विचार के जिस क्षण इस प्रकार पाँच का नोट अपनी जेब के हवाले किया था, उसी क्षण उसमें धीरे-धीरे परिवर्तन होने लगा था। अपनी दुनिया में नए गवाक्ष खोलनेवाली यह घटना आज भी जगन्नाथ की समझ में नहीं आ सकी।

उस दिन के पहले तक माँ से कोई बात छिपाकर नहीं रखी थी। पर पाँच रुपये जेब में रखने के बाद कपड़े बदलते समय माँ की नज़र चुराकर उसे एक जेब से दूसरी जेब में बदलता रहा। माँ जब पीठ रगड़ती, बालों में उँगलियाँ फेरती हुई दुलार से बातें करने लगती, तब इस छिपाए हुए पाँच के नोट ने माँ की ममता का सम्पूर्ण अनुभव करा दिया था। अपने को जग्गू भैया कहकर प्यार से सम्बोधन करनेवाली मौसी, कारिन्दे कृष्णय्या सबसे छिपा रहस्य अपने पास है, इसके चलते उसके मन में सूक्ष्म परिवर्तन होने लगे। तभी से वह अलग हो गया। बड़ों के अनजाने किसी अँधेरे कोने में उसकी प्रज्ञा है, इस बात ने उसको सम्मोहित कर रखा था। इस घबराहट ने उसे एक नया ही ज़ायका दिया। यदि कोई मित्र तब पूछ लेता कि यह पैसा क्या करोगे, तो कह देता कि किताब लौटाते समय कवर में रखकर लौटा दूँगा।

पर आश्चर्य की बात है कि उसने ऐसा नहीं किया। चोरी की उत्कटता को अनुभव करने की स्थिति तक जगन्नाथ पहुँचा। इतवार की एक सुबह अडिगजी आए। नहाकर शरीर में चन्दन लगाए। तेज़ी से आने के कारण उनका सारा बदन पसीने से भीग गया था। उनकी आँखें खुशी से चमक रही थीं। आँगन में जगन्नाथ को देखते ही, "अरे जग्गू भैया, जानते हो क्या हुआ? रास्ते में श्मशान पार कर आया हूँ। अभी अँधेरा-सा था, एक मातंग कब्र खोद रहा था–मरे हुए बछड़े को गाड़ने के लिए। उसकी देह, जटा बँधे बाल, पुष्ट मांसपेशियोंवाली भुजाएँ, खोदते समय उसकी तन्मयता–सबने एकदम मुझे भगवान नीलकंठ की याद दिलाई। कन्याकुमारी तीर्थ में एक योगी की कही बात याद आई। इस देह को पहले परिशुद्ध हो जाना चाहिए। इतना कि मल विसर्जन करने के बाद फिर धोने की आवश्यकता ही न पड़े। ऐसा बनने के लिए देह और मन को कितना कम खाने का आदी बनना पड़ेगा–सोचो। तब वास्तव में मनुष्य पशु-पक्षियों के निकट आ जाएगा। हाँ, तो क्या कह रहा था–वह श्मशानवाला मातंग भी परमेश्वर क्यों नहीं है? ऐसा मुझे लगता है–यहाँ," कहते हुए सिर को छुआ, फिर सीने पर हाथ रखकर बोले–"यहाँ पर भी ऐसा ही लगे, तो ये सभी बेड़ियाँ कट जाएँगी।" फिर जनेऊ को तिरस्कार से दिखाते हुए उन्होंने पूछा–"माँ कहाँ हैं?" और भीतर चले गए।

जगन्नाथ की सारी देह में भय का संचार होने लगा था। माँ ने उन्हें उपमा और कॉफ़ी दी। अडिग ने कहा, "उड़ीसा में जयदेव कवि के गीत बड़ा अच्छा गाते हैं। वह उसकी जन्मभूमि जो है। मैं गाऊँगा, आप वीणा बजाइए, कल।" जगन्नाथ वहाँ से किसी काम के बहाने गोशाला की ओर गया। गोशाला में बँधी और बछड़ा-जनी गंगा ने घूरकर, देखा, फिर सींग मारने दौड़ी। काँपते हाथों से जगन्नाथ ने जेब से पाँच का नोट निकालकर हड़बड़ी में बनियान में ठूँस लिया। जेब से जेब में स्थानान्तरित होते-होते, नोट पसीने में भीगकर पुराना पड़ गया था। बनियान को तहमद में खोंसकर गोशाला से बाहर आया। अडिगजी को स्नान-घर में हाथ धोने आते देख, सहजता से कहा, "गंगा ने बछड़ा दिया है। मारने दौड़ती है।"

फिर ज़ीने पर चढ़कर कुछ पढ़ने लगा।

अडिगजी उसके सुपुर्द किए हुए नीलकंठेश्वर मन्दिर के पुजारी थे। उसके लिए उन्हें वर्ष में एक बोरा चावल और साठ रुपये उसके घर से मिलते हैं। माँ का कहना "चावल गाड़ी से भेज दूँगी" सुनाई पड़ा। साठ रुपये एकदम हाथ लगते ही अडिगजी यात्रा के लिए चल पड़ते।

“अबकी बार किधर?” माँ ने पूछा। दोनों ज़ीना चढ़ रहे थे।

“कालडी क्षेत्र जाकर मलयालम देश देख आने की इच्छा है”–सुब्राय अडिग ने कहा।

वे ज़ीना चढ़ चुके थे। पास आते-से लगे। जगन्नाथ को पसीना आ गया। उसे लगा कि अब भी पाँच का नोट चाहे तो किताब के कवर में रखा जा सकता है। पर न जाने क्यों, वह उठा नहीं। सारी देह पसीना-पसीना। खोया-खोया-सा देखता रहा। अक्षर सारे धूमिल हो गए। माँ और अडिग के वहाँ आने से बेख़बर होने का अभिनय करता किताब पढ़ता रहा।

“ऐसी तन्मयता हो तो, भगवान भी प्रत्यक्ष हो सकता है।” कहकर हँसते हुए अडिग ने पूछा–

“शिवानन्दजी की पुस्तक पढ़ ली हो तो दे देना, जग्गू भैया।”

एकाएक सचेत होने का नाटक कर जगन्नाथ ने सन्दूक खोलकर ढूँढ़ने का अभिनय किया। समय बिताया। कवर को जैसे अडिग ने चढ़ाया था वैसे ही उसने चढ़ाया है या नहीं, देखा। कुछ शंका हुई। कवर पर छपे किसी गाँव के सत्याग्रह का समाचार पढ़ते हुए असमंजस में खड़ा रहा। पैसा अडिग को लौटाए या नहीं लौटाए–दुविधा में फँस गया, जगन्नाथ।

“पूरी न पढ़ी हो तो बाद में देना। कोई जल्दी नहीं” कहकर अडिग कमरे से बाहर चले गए। माँ अपने टेबुल पर रखी पुस्तकों को सजा रही थी। किसी को भी शंका नहीं हुई थी। किताब को एक दिन और रखकर, रुपये उसके अन्दर छिपाकर लौटाया जा सकता था। पर जगन्नाथ के मुँह से निकला–“पढ़ चुका हूँ, ले जाइए।”

किताब अडिग को दी। उसके पैसे चुराने की बात का आज भी अडिग को पता नहीं होगा। उनके भूल जाने में भी कोई आश्चर्य नहीं। जो भी हो, जब उसने पुस्तक लौटाई तब उसका दिल मारे खुशी के नाच उठा था। अब तक अपरिचित एक बिलकुल नई स्वतन्त्रता मानो मिली थी।

अडिग के साथ माँ भी चली गई। आज जहाँ बैठा है, तब भी जगन्नाथ उसी कमरे में बैठा था। किवाड़ बन्द कर कुंडी लगा ली। लगा कि वह जो चाहे कर सकता है। बनियान के भीतर हाथ डालकर देखा तो बनियान गीली, नोट गीला, जनेऊ गीला। नोट को बाहर निकालकर जेब में डाल लिया। शरीर से चिपके हुए जनेऊ को निकालना चाहा। पता नहीं, क्यों? शास्त्रोक्त ढंग से जनेऊ निकालना हो तो पाँव से उसका विसर्जन कर नया जनेऊ पहनना चाहिए। पर दाईं आस्तीन में जनेऊ को फैलाकर कन्धे से ही उसे बाहर खींच निकाला। निषिद्ध ढंग से

जनेऊ उतारने के कारण डर और हँसी-मिश्रित भाव को आईने में देख लिया। जनेऊ को सन्दूक में रखा। उपनयन के बाद इस प्रकार, एक पल के लिए भी वह कभी बिना जनेऊ के नहीं रहा था। कुर्ता पहने रहने के कारण माँ को पता नहीं चलेगा। बिना जनेऊ के रहने से कुछ नहीं होगा; है न? इसे खुद जानने के लिए निरायास नीचे उतरकर आया। पूजागृह के सामने खड़ा हुआ। अर्चक गन्ध निकालते बैठे थे। आँगन में गया। अनाज-घर में घूमा। सुना है अनाज-घर में एक बूढ़ा साँप है, कहाँ? बिना जनेऊ के अपने वहाँ घूमने से कहीं अशुचि हो जाएगी! धूप में पेड़ के नीचे झुरमुट को, बाँबी को देखा। सीटी बजाते हुए 'पाहि श्री गौरी, करुणा लहरी' गाना गाया। सुना है, सीटी सुनकर साँप बाहर निकलते हैं, देखें तो सही। सीटी बजाते हुए पेड़ के नीचे खड़ा रहा। दौड़ते हुए पहाड़ी से उतरकर बाज़ार के रास्ते पर आ गया। शिवमोगा जानेवाली दूसरी बस हाँफती हुई चढ़ रही थी। बस उसे देखते हुए खड़े यों ही सीटी बजाते हुए, बीच के रास्ते से चलकर बाँस की तीलीवाली झील तक चला गया।

गली में कमला का घर था। क्या वहाँ रंगय्या होगा? कमला की दी हुई सुबह की कॉफ़ी पीता हुआ? होटल से क्या चिलड़े मँगाए होंगे? रंगप्पा के पिता को शर्म नहीं आती!

'लम्बोदर, लकुमिकर—सा री मा ग री सा री ग री सा'—हार्मोनियम पर कमला के घर में संगीत का अभ्यास चल रहा था। बेशक रंगय्या बिस्तर में लेटा हुआ कमला का गान सुन रहा है। जगन्नाथ को कसमसाहट हुई। गली में कोई नहीं था। फिर चल पड़ा। देह में फिर से पसीना छूटा। किराने की दुकान, तेली की दुकान, पोते से पीठ खुजलवाते बैठे दादा, माँ के हाथ से खिसककर भागनेवाला नंगे बदनवाला लड़का, "मालिक, कैसे इतने सबेरे!" पूछनेवाले घर के नौकर आदि सबका ध्यान रखते हुए, वह चौक में चला आया। दुकानों की गली में चला, फिर रथ की गली में चलकर सीधे मन्दिर। बिना जनेऊ के नंगे बदन ब्राह्मण को मन्दिर में नहीं जाना चाहिए, इस बात की याद आते ही वह देहरी पार कर भीतर पहुँच गया।

ज़मींदार के बेटे को देखकर सभी ने बड़े गौरव से रास्ता दिया। गर्भ-मन्दिर का द्वार अभी खुला नहीं था। गर्भ-मन्दिर के अँधेरे में जलते रहनेवाले दो नन्दा दीप खिड़की से दिखाई पड़े। आदतन हाथ जोड़े। मीठा तेल, अगरबत्ती, धूप चम्पा की मिली-जुली गन्ध।

जुड़े हुए हाथ यों ही ऊपर उठाए। पता नहीं, क्यों! दोपहर में बजनेवाले, अपने पूर्वजों के दिए हुए बड़े घंटे को हाथ से टटोला। उँगली के सिरे की घंटे

की चिकनी जिह्वा की शिरा (लटकन) छू गई। बजाया। वहाँ के सभी बेचैनी से उसकी ओर देखने लगे।

"महामंगल-आरती के समय बजाने का है वह," कोने में खड़े किसी ने घबरा कर चीखा। पर जगन्नाथ मानो आवेश से काँप रहा था। काँसे के नाद से पुलकित होकर उसकी देह ने फिर से उछलकर घंटा बजाया। उसका घोष पहाड़ों में गूँज कर सारे भारतीपुर को दिग्भ्रान्त कर देगा। इस विचार से उन्मत्त उछल-उछलकर जगन्नाथ ने कितनी बार घंटा बजाया, पता नहीं।

किसी ने उसे पकड़ लिया था। उसकी पीठ सहलाई गई। तीर्थ (चरणामृत) पिलाया गया। "भूतनाथ ने जगन्नाथ के शरीर में प्रवेश किया होगा"–किसी की कही इस बात को सभी ने मान लिया था। गौरव के साथ अपने माथे पर सिन्दूर लगाए, उसने भूतनाथ को हाथ जोड़े।

सभी की नज़र में हीरो बनकर जगन्नाथ बाहर आया। चुपचाप घर की ओर चला। चेहरा लाल, कान गर्म थे। घंटे का घोष अभी उसके कानों में गूँज रहा था।

अचानक फिर बाँस की तीलीवाली झील के रास्ते की ओर मुड़ा क्योंकि देखा कि उसका एक हितचिन्तक मन्दिर से ही उसके पीछे-पीछे आ रहा है। वह सीधा कमला के घरवाली गली की ओर चला।

गली के मोड़ पर एक पान की दुकान थी। होटल सुन्दरय्या की रखैल से पैदा हुआ सुब्ब, गिलौरियाँ बना रहा था। जैसे ही छड़ी लिए खड़े एक पुलिसवाले ने प्रणाम किया, जगन्नाथ चल पड़ा। बस्ता लिए एक नाई सामने आया। दाईं ओर के घर से चिलड़ा डालने की आवाज़, बू। धूप चढ़ रही थी। कमला के घर के सामने आकर जगन्नाथ ठहर गया। हार्मोनियम की आवाज़ नहीं थी। खिड़की से भीतर का दरवाज़ा, दरवाज़े के पास रवि वर्मा की दमयन्ती, दरवाज़े पर पुरनी और चूड़ियों के बन्दनवार दिखाई पड़े। पास में कहीं कोई नहीं था।

वह कमला के घर के चबूतरे पर चढ़ा, खिड़की से पाँच का नोट उसने भीतर फेंका, रास्ते में कूदकर भागा। अपनी पीठ पर गाँव की पीछा करती आँखें होने का भ्रम था, पर मुड़कर देखा तो कोई नहीं था।

भागते हुए ही घर आए बेटे को माँ ने व्यग्रता से देखा। तभी किसी ने मन्दिर से आकर उसके शरीर पर भूतनाथ के आवेश होने की बात बताई होगी। पर माँ ने उनके बारे में कुछ कहा ही नहीं। जगन्नाथ सीधे कमरे में जाकर हड़बड़ी में जनेऊ पहनकर नीचे आया। मूक खड़ी माँ ने जगन्नाथ की नज़र उतारी थी।

12

जगन्नाथ की कहानी ख़त्म होने के बाद, "चलो मौसी क्या कर रही हैं, देखें," कहकर रायसाहब उठे। कहानी सुनकर वह यों ही हँस दिए थे। मौसी के दिए हुए चौके पर दोनों बैठे।

भीतर मौसी खुद जलेबी बना रही थीं। अडिग को जलेबी बहुत पसन्द थी। रोज़ की तरह बीस-पच्चीस ब्राह्मणों के न आने से हुआ मौसी का दुख अब कम लगा। शायद उन्होंने तसल्ली कर ली थी, कि नौकर खाएँगे या गोशाला का काम करनेवाली मातंगी ले जाएगी।

मौसी को गोशाला का काम करनेवाली मातंगी पर ममता थी। मौसी को मसखरी करते सुना है कि सूअर की तरह उसके बच्चे हैं।

"कितने पिल्ले हैं री तेरे," इस मसखरी से शुरू होकर उसके पति के व्यभिचार, बड़े बेटे की पीने की आदत, छोटी लड़की का तीर्थ हल्ली के किसी मातंग के साथ भाग जाने, चिक्कमगलूर कॉफ़ी बाग के लिए गए, बेटे के एक बार भी लौटकर न आने, बच्चे पर भूत आने–इत्यादि की बातें होती हैं।

आटा घोलती हुई मौसी ने श्रीपतिराय से कहा, "मातंगों के पाँव पसारने को काफ़ी जगह है। मन्दिर में घुसकर उन्हें क्या लेना है, भला?"

मौसी को सीधे विषय पर आते देख जगन्नाथ को खुशी हुई।

"बात ऐसी नहीं, मौसी। अपने देश में जब ये पतित लोग आन्दोलन करने के लिए उठेंगे, तभी जीवन का कोई अर्थ होगा। वियतनाम के ग़रीब खेतिहरों को देखो–अमेरिका जैसे देश से डटकर लड़ रहे हैं। इसी तरह अमेरिका के नीग्रो लोगों का आन्दोलन। ऐसे लोग जब उठ खड़े होंगे तभी उनका जीवन ही नहीं निखरेगा, बल्कि उनके आदमी बने बिना अपना भी मनुष्यत्व अधूरा ही रह जाएगा।"

मौसी के चेहरे पर खीझ देखकर जगन्नाथ को शर्म आई कि उसकी बात भाषण जैसी हो गई।

‘‘तुम्हारी बातें मेरी खोपड़ी में नहीं उतरतीं, जग्गू भैया। अब मातंगों के बच्चों को स्कूल भेजने पर, सुना है, उन्हें पैसे मिलते हैं। उन पैसों का वे क्या करते हैं, पता है? पीकर बरबाद करते हैं। जब तक अपने उद्धार की धुन उन्हें ही नहीं होती, तब तक तेरे सारे काम जल में किए हवन की तरह हैं।’’

‘‘ना मौसी! हमारे उपकार करने से वे ठीक नहीं होंगे, सच है। वास्तव में हमें धिक्कारकर उन्हें उठ खड़े होना चाहिए। तभी उन्हें लगेगा कि वे भी मनुष्य हैं। अपने-आपको वे नीच समझें, यह हमने ही उन्हें बताया है...।’’

‘‘जो चाहे करो जग्गू भैया, पर घर की इज़्ज़त मत भूलो। सूरज को खाने गया था हनुमान। अपना मुँह ही जला दिया। रायसाहब से पूछो, बताएँगे। तू बच्चा था। तीन दिनों तक होश नहीं आया था। अपनी गोद में सुलाकर मृत्युंजय का जाप करते अडिग बैठ गए थे। तुम्हारी माँ ने पूजागृह के सामने बैठकर आँसू बहाते हुए भगवान से प्रार्थना की थी, इकलौता बेटा है, बचाओ। मेरी आँखों के सामने अभी भी ज्यों-का-त्यों धरा है। घर में किसी के मुँह में पानी नहीं उतरा। तेरे शरीर पर टोच लगाए गए, पर होश नहीं आया। आख़िर जब तुम्हारी माँ ने मंजुनाथजी को सोने का मुकुट बनाकर देने की मनौती की, उसी क्षण तुमने आँखें खोलीं। इन सबको भुला देना क्या ठीक है?”

रायसाहब बड़ी सहानुभूति से मौसी की तरफ़ देख रहे थे। मौसी को उद्वेग में देख जगन्नाथ चुप रहा।

‘‘चिन्ता मत करो, बहन। यह मत समझो कि जग्गू भैया नासमझी करेगा।’’

रायसाहब ने सांत्वना-भरी बातें कीं। दोनों धीरे से उठकर ज़ीने पर गए। एक बजा था। इतने में सुब्राय अडिग भी आए। ‘‘खाने में अभी आधा घंटा है। ताश खेलने में अडिगजी को आपत्ति तो नहीं होगी?’’ हँसते हुए रायसाहब ने पूछा।

‘‘तीन हाथ होते हैं, अच्छा। अट्ठाईस का खेल खेलेंगे।’’ कहकर अडिग बैठ गए। उत्साह न होने पर भी जगन्नाथ तैयार हो गया।

‘‘ताश खेलना नहीं जानते तो जेल में पागल हो गए होते साब।’’ अडिग ने कहा।

‘‘बरसात में अपना काम भी क्या रहता है? तकली पर सूत कातते रहना या कटहल के पापड़ बेलकर भूनकर खाते हुए ताश खेलना।’’ कहकर सुब्राय अडिग हँस दिए।

हर बात के लिए तैयार रहनेवाले, पर मैं क्यों ऐसा नहीं? सोचते हुए जगन्नाथ ने ताश ढूँढ़ा। रायसाहब ने क्या मिल का कपड़ा नहीं जलाया था?

क्या अडिग भगवान की भक्ति में पागल नहीं हुए थे? कहीं भी रमनेवाले लोग कोई और होते हैं। शायद माँ ऐसी थीं। बछड़े, भोजन, उपचार, ईद-त्यौहार, सगे-सम्बन्धियों को भेंट, मंगलाचार आदि में वे डूबी रहतीं। अडिग बताते हैं कि प्रयोग से पहले ध्यान, धारण, स्मरण, मनन, अध्ययन, अनुष्ठान, सिद्धि जैसे सोपान होते हैं। पता नहीं वह किस सोपान पर है?

ताक में ताश नहीं। मार्गरेट राजनीति पर बात करती, म्यूज़ियम जाना चाहती है, अच्छे-अच्छे कपड़े पहनना चाहती है, गपशप चाहती है, कौतूहल से विंडोशॉपिंग करती बाज़ार घूमना चाहती है, पर वह केवल एक उद्देश्य के लिए बद्ध है।

अडिग का कहना है कि एकाग्र रहने पर योगभ्रष्ट होते हैं। 'योगो चित्तवृत्ति निरोधः'—अडिग ने ही कहा था। केवल एक ही बिन्दु के दायरे में उसका मन घूमता। पर इस केन्द्र में मातंग, अभी जीवित व्यक्तियों के रूप में दिखाई नहीं पड़ते। ढलती शाम के समय आनेवाली लम्बी लम्बी छायाएँ दूर ठहरकर ही, सुननेवाली काली देह। फिर अपनी-अपनी झोंपड़ियों को चले जानेवालीं। वे पीते समय क्या बातें करते होंगे, कैसे सम्भोग करते होंगे, क्या सोचते होंगे? बच्चों को कैसे दुलारते होंगे, कैसे रोते होंगे—पता नहीं। उनके नाम ही भूले जाते हैं। कौन पिल्ल, कौन करिय, कौन मुद्द...!

अपने स्कूल के समय के ताश शायद पेटी में होंगे—ढूँढ़ने के लिए माँ के कमरे में गया। पीतल की पुराने ज़माने की पेटी। शिवमोगा तक साथ थी, ढक्कन खोला। हाई स्कूल में उसकी लिखी बहियाँ। शेष की दुकान से कागज़ लाकर कवर बनाने का काम कारिन्दे कृष्णय्या करते। उन दिनों में उसके पास एक नार्थपोल पेन थी। फिर ब्लैकबर्ड। माँ की दी हुई शाल को लेकर मार्गरेट कैसे हँसी उड़ाती। पैबन्द लगी मुलायम शाल। काशी से माँ ने लाकर दिया था। अब भी उसे ओढ़कर सोता है।

जगन्नाथ ने बही खोली। पन्ने के ऊपर 'श्री मंजुनाथ प्रसन्न' लिखा था। दूसरी बही में भी 'श्री मंजुनाथ प्रसन्न'। जब कभी बाईं आँख फड़कने लगती, बाएँ पाँव को ठोकर लगती, प्रश्न-पत्रिका के लिए हाथ बढ़ाते समय मंजुनाथ का ध्यान। गज़ब की बात है कि अब भी मंजुनाथ का ध्यान, केवल ढंग अलग है। पेटी में ताश का पैक था। कान मुँड़े हुए पत्ते। 'फिसलते ही नहीं। बहुत पुरानी है," ऊँची आवाज़ में बोला। "चलेगा," रायसाहब ने कहा।

रायसाहब ने ही तीनों को पत्ते बाँटे।

''आपका बड़ा लड़का क्या कर रहा है, अडिगजी?''—जगन्नाथ ने पूछा

"वह एक कहानी है। घरवाली और बहू के बीच छत्तीस का सम्बन्ध है। हर दिन कुरुक्षेत्र। बेटे को पौरोहित्य में रुचि नहीं। कह दिया कि जैसी मरज़ी हो करना। शिवमोगा के एक होटल में काम करता है। दूसरी लड़की की सगाई सागर में जो हुई थी, पति मर गया। अब वह घर आ बैठी है। उसकी तीन लड़कियाँ हैं। मुझे ही शादी करनी होगी। बेटी और घरवाली में पटती नहीं। फिर भी चला जा रहा है।"

बड़े खेद से अडिग ने कहा। फिर भी चेहरे पर मुस्कुराहट थी। नहले को फेंककर बोला–"मेरी भी तबीयत इधर ठीक नहीं, जग्गू भैया। पहले की तरह अब दौरे नहीं कर सकता।"

खेल में हार जगन्नाथ की ही हुई। मौसी ने आकर भोजन के लिए बुलाया। तीनों खाने के लिए बैठे। घर के अर्चक, रसोइया, उनके बच्चे–सभी का खाना हो गया था, अब खाने पर तीन ही रह गए थे।

बड़े चाव से दाल-भात खाते हुए अडिग ने इधर-उधर की बातें करते हुए अन्त में कहा–"मैंने जो सुना, क्या सच है, जगन्नाथ?"

अडिग को प्रमुख विषय पर आते देख जगन्नाथ को खुशी हुई।

"देखो, जगन्नाथ, तुम समझदार हो। अहंकार से मुक्त हुए बिना ऐसी क्रिया के लिए हाथ डालना ठीक नहीं। सारे गाँव का ही भविष्य इस प्रश्न में समाया हुआ है।"

बातें सुनने की उत्सुकता से मौसी पकौड़ियाँ परोसने आईं। अडिग की पसन्द तुरई की पकौड़ियाँ सभी के पत्तलों में यथेष्ट पड़ीं। मौसी को 'बस, बस' कहने की सुध तीनों को नहीं रही। जगन्नाथ ने कहा–"आपकी दलील जानता हूँ, अडिगजी। आपका कहना केवल यही है कि सिर्फ संन्यासी ही इन सामाजिक बन्धनों को धिक्कार सकता है।"

अडिग निश्चिन्त भाव से बोले–

"हाँ, ठीक है। संन्यासी के लिए नैवेद्य भी समान है, अभेद्य भी समान है। समदर्शी होता है वह। परमहंसजी को यज्ञोपवीत का अहंकार आया तो उन्होंने उसे निकालकर फेंक दिया। जूठे पत्तलों से कुत्ते और कौवों के साथ जूठन खानेवाले को गुरु माना। ऐसे आदमी के लिए चमार-मातंग और ब्राह्मण में फ़र्क ही क्या है?" इस जानी-मानी दलील ने जगन्नाथ को झकझोरा नहीं। पर अडिग की बातों के पीछे छिपे आवेश को मानकर सोचने लगा कि अब क्या कहने से बात बने!

''अवधूत बने बिना, यदि आपका कहना है, कि कोई क्रिया सम्भव नहीं, तो इस सामाजिक जीवन में संसारी बनकर कोई अर्थपूर्ण मौलिक काम कर पाना असम्भव हुआ, आपका यही मतलब है न? अर्थात् समाज के भीतर कोई अर्थ नहीं! नतीजा यह हुआ कि जो भी अर्थ है वह इस समाज को कुचलकर खड़े रहने में है।''

रायसाहब कुतूहल से उसकी बातें सुन रहे थे। मौसी ने जलेबी परोसी। 'बस' कहकर अडिग के पत्तल को हाथ से ढँकने पर भी मौसी ने 'तुझे पसन्द जो है,' कहकर दो जलेबियाँ डाल ही दीं। इस आग्रह में रायसाहब को जगन्नाथ की बातें सुनाई नहीं देती दीखीं। बड़े चाव से जलेबी खाते हुए बोले–

''देखो जग्गू भैया, मैंने जनेऊ पहन रखा है। यह मेरे जीविकोपार्जन का चिह्न मात्र है। इसके रहने से ही पौरोहित्य के लिए बुलाते हैं, मन्दिर में सामवेद की सेवा के लिए बुलाते हैं, नीलकंठेश्वर की पूजा के लिए तुम्हीं ने नियोजन किया है। पर भगवान के हाथों में पड़ने पर मैं आरती के कपूर की तरह जल जाता हूँ। कर्म से चिपके रहने तक, व्यामोही बने रहने तक, यह सारी दुनियादारी चाहिए? अन्त में कुछ नहीं।''

अडिग कहने कुछ जा रहे थे और कह कुछ और ही दिया। उनकी बातों का ढंग ही ऐसा है। जिधर भावनाएँ चलीं उस ओर बहक गए।

''पुराण क्या कहते हैं : ब्रह्मर्षि वशिष्ठ उर्वशी नामक अप्सरा का बेटा था। इस वशिष्ठ ने अरुन्धती नामक एक चांडालिनी से शादी की थी। विवाह के समय वर-वधू को इसीलिए चांडालिनी के दर्शन करना चाहिए। देखा, कितना क्रान्तिकारी धर्म है अपना। है न?'' हामी में मौसी और अडिग को सिर हिलाते देख, जगन्नाथ लाल हुआ।

''इसी को मैं आत्मवंचना कहता हूँ। भोलेपन से बड़ा ख़तरा दूसरा नहीं है, अडिगजी। इस प्रकार की बातें करनेवाले धर्म ने अपने देश को क्या बनाकर रखा है, देखिए। जिसने इतनी सारी क्रान्तिकारी कहानियाँ बनाईं उस देश में समाज सदियों से जैसे-का-तैसा ही जो है। उसका कारण क्या हो सकता है भला? ऊपरवालों को ऊपर और नीचेवालों को नीचे ही रखने लायक मक्खन लगाने का काम करते हैं ये पुराण और ये विश्वास।''

सुब्राय अडिग को गुस्सा नहीं आया। इस चर्चा को बेकार समझने के भाव से रायसाहब जगन्नाथ पर आँखें लगाए खाना ख़त्म कर बैठे थे। 'और एक लो' कहकर मौसी की परोसी दो जलेबियों में से अडिग ने एक को उठा लिया। मीठे को पसन्द न करनेवाला जगन्नाथ कभी का अपना खाना समाप्त कर चुका

था। इधर वह यथासाध्य कम खाने के प्रयोग में लगा था। दूसरों का भोजन ख़त्म होने से बेख़बर अडिगजी धीरे-धीरे जलेबी तोड़कर मुँह में डालते हुए बातें कर रहे थे।

''मेरा कहना इतना ही है, जगन्नाथ। क्या तुम्हें वास्तव में मातंगों से प्यार है? यदि ऐसा प्यार वास्तव में तुममें हो तो तुम पशु-पक्षी, चांडाल में तादात्म्य स्थापित कर अवधूत बन जाओगे। तब संघर्ष की बात ही नहीं रहेगी। आन्दोलन की ज़रूरत ही नहीं। तन्मय होकर जीते रहोगे। मेरा अनुमान है कि मैं और तुम अभी उस अवस्था को पहुँचे ही नहीं।''

अडिग जोश में बातें कर रहे थे। आख़िरी जलेबी उठाकर हाथों में पकड़े कहे जा रहे थे–

''बीस साल के पहले भगवान हर कहीं ठहरकर मुझे बुलाता था। कुछ क्षणों के लिए ही सही, मुझे ऐसा अनुभव हुआ है। पता नहीं, अहंकार ही ऐसा कराता हो। अब मैं वैसा नहीं। बड़ा क्रोध है। नाक पर ही सवार है। कभी-कभी घरवाली को पीटता हूँ। बच्चे रोएँ तो चिढ़ जाता हूँ। घर जाने को मन नहीं करता। घूमते रहने की इच्छा होती है। फिर? तिस पर भी बड़ी लालच। बदहज़मी होगी जानकर भी, देखो कैसे जलेबी खा रहा हूँ। इसलिए कहना पड़ रहा है कि–क्या कहने जा रहा था भूल ही गया–हम सबको रहना मंजुनाथ के गर्भ में ही है–भले, बुरे, मेरे जैसे लालची, तुम्हारे जैसे धीर, अपने रायसाहब के जैसे निस्वार्थ कर्मयोगी, धरा की चिन्ता में रहनेवाली तुम्हारी मौसी–सभी को।''

जगन्नाथ को आखिरी बात सुनकर हँसी आई। अपनी हर बात बेकार लगी। बात करते-करते अडिग, कहीं-से-कहीं चले गए। फिर भी जगन्नाथ को उनकी कुछ बातें अब भी भाती हैं। सच है, पहले के अडिग नहीं रहे। हारे हैं। कुछ थोथले बने हैं, या पहले भी इसी तरह रहे होंगे, पता नहीं। अडिग ने कुछ खाना डलवा लिया।

जगन्नाथ ने कहा–''मैं कार्यक्रम की खोज कर रहा हूँ, अडिगजी। समाज के बाहर रहनेवाले अवधूतों-संन्यासियों को यदि क्रान्तिकारी बनना सम्भव हो तो...!''

अडिग ने बीच में ही टोका–''तुम भी अवधूत बन जाओगे। सारे मोह को काट लोगे। देख लेना। ऐसा बनना ही पड़ता है, वरन् इस देश में कुछ नहीं बन पाता। गांधीजी अन्त में क्या बन गए? मैं एक कहानी जानता हूँ। बाद में बताऊँगा। उड़ीसा में मैंने सुनी थी, बड़ी अच्छी कहानी है।''

कहकर बड़ी खुशी में कुछ सोचते हुए दही मिलाने लगे। जगन्नाथ ने देखा, अडिग इतने स्वाद सुख के साथ भोजन करते हैं कि जिसे भूख न हो उसे भी भूख लग जाए।

पानी देने के लिए चमकता ताँबे का लोटा लिए कोने में खड़ी मौसी ने कहा—"तुम्हारा कहना क्या है, जग्गू भैया? पूजा करने से ही भगवान, पोषण करने से ही बच्चे, पालन करने से ही प्रजा, क्या यह कहावत झूठ है?"

अपनी बातों का और मौसी के कहने का कुछ तालमेल न देखकर, क्या कहें कुछ समझ न पाकर जगन्नाथ चुप हो गया। फिर मौसी बोलीं, "शादी कर लेने पर सब ठीक हो जाएगा। तुम्हारी माँ जीवित रहती तो इन सबके लिए अवकाश ही नहीं रहता।" कहती हुई मौसी ने पानी दिया, भीतर से और कुछ सेवई की खीर लाईं।

अब तक चुप बैठे हुए रायसाहब ने कहा—"मौसी के कहने में सचाई है। मंजुनाथ की कीर्ति इसलिए बढ़ी है क्योंकि सदियों से उसने करोड़ों लोगों के अत्यन्त निजी दुख-सुखों को सुना है। मैं नहीं कहता कि उसने सुना है। लोग इस विश्वास पर जी रहे हैं कि वह सुनता है।"

"ऐसे एक विश्वास के नष्ट होने पर ही...।"

"मनुष्य-स्वभाव को ऐसे एक विश्वास की अनिवार्यता है...।"

"अर्थात् इस ज़मीन में छिपे ताँबे को खोदकर निकालने से, गाँव में बिजली आने से, अस्पताल के एक्स-रे प्लेट मँगवाने से, पानी धीरे-धीरे वैज्ञानिक दृष्टि के बढ़ने से अपने-आप...।"

"नहीं जाएगा, भैया, नहीं जाएगा। रूस में भगवान को नाश किया गया, क्या हुआ? क्या स्टालिन ही भगवान नहीं बन गया?"

"यह तो इसी तरह की बात हुई कि जब एक न एक दिन मरना ही है तो कुछ करने से क्या फायदा?"

दोनों के हाथ सूख रहे थे। उठना ही चाहते थे कि अडिग ने बात शुरू की। "अन्त में मेरा कहना इतना ही है कि उत्कटता न हो तो जीतेजी मरने के बराबर है। परमहंस के चरण-स्पर्श होते ही विवेकानन्द को पाँव तले की ज़मीन ही खिसकती हुई-सी लगी थी। भगवान के हाथों में पड़ने पर हम भी उसी तरह झकझोरे जाते हैं, जलते रहते हैं। ऐसी वेदना को एक बार भी अनुभव नहीं किया हो तो सब बेकार है। सच ही—भारी डर लगता है। सबकुछ खोया-खोया-सा लगता है, रोम-रोम में हर्ष होता है। सृष्टि में घुल जाते समय अपने भिन्न होने की भावना का तिरोभाव हो जाना चाहिए—वही बड़ा कठिन है, भैया। बद्रिकाश्रम

में गोविन्द गुरु नामक एक व्यक्ति ने मुझसे यही कहा था : वहाँ तक जाता हूँ, अडिग! पर तब मुझे डर लगता है। हाथ-पाँव मारते हुए किनारे आकर पड़ा रहता हूँ। अब जग्गू भैया में यदि उत्कंठा हो, उसके मन को यदि मंजुनाथ ने द्वेष में भी घेर लिया हो तो वह बड़ा भाग्यशाली है। यही मेरा कहना है। माने या न माने–मुख्य नहीं। वह उत्कटता, वह वेदना जग्गू भैया को भी ज़रूर होगी। अहंकार की निवृत्ति होनी ही चाहिए–

जन्मना जायते शूद्रः
कर्मणा जायते द्विजः
वेदपारायणात् विप्रः
ब्रह्मज्ञानेति ब्राह्मणः

–कहा जो जाता है, क्यों? अधिक-से-अधिक हम सभी द्विज होंगे, बस। ध्यान, धारण, मनन से जग्गू भैया विप्रावस्था को पहुँचे होंगे। क्रिया के द्वारा वह मंजुनाथ और जनता के सम्बन्धों को बदलने निकले हुए हैं। इसे बदलने की झंझट में, सबकुछ समझ पाएगा, साफ होगा। दरअसल किसी से छुटकारा पाने के लिए उसके भीतर की कोई शक्ति खटपट करती रहती है। गर्भ का शिशु जैसे माँ की कोख में ठुमकियाँ लगाता है, उसी तरह यह मंजुनाथ के अंग-अंग को पुलकित करनेवाली बात है यह। फिर?'

आँखें बन्द किए हुए अडिग ने धुन्ध में बातें शुरू की थीं। साथ ही सेवईं की खीर से किशमिश और काजू चुन-चुनकर बड़े मज़े से खा रहे थे। उनकी कुछ बातें किसी भी गँवार ब्राह्मण-सी थीं; और कुछ आवेश से चमकनेवाली। प्यार और बेचैनी से अडिग की बातें सुनता हुआ जगन्नाथ अब अडिग के आवेश के सहज होने की प्रतीक्षा करने लगा।

''भ्रान्ति! कौन-सी भ्रान्ति? कौन-सा सच? मंजुनाथ पर विश्वास कर लोग भ्रान्ति में जी रहे हैं, उन्हें जगाऊँगा। जगन्नाथ कहता है कि वे वेदना से जाग जाएँगे। कल नींद में जो सपना देखा था वह आज जागृति में भ्रान्ति लगता है। आनेवाले कल की जानकारी में आज की जागृति भ्रान्ति लगती है। इस जानकारी के परेवाला दर्शन हो जाने पर भगवान कौन, द्विज कौन, मातंग कौन...!'' बात बदलने के लिए रायसाहब ने कहा, ''मौसी की बात इतनी आसानी से मत टाल देना। बीवी-बच्चेवाले को ज़िम्मेदारी समझ में आती है। उस ज़िम्मेदारी को निभाते हुए भी यदि तुम्हारा सोचा काम सम्भव हो तो ही उसका कोई अर्थ है। बीवी के साथ जीना क्या होता है, बच्चों को सँभालना क्या होता है, इसे जाने बिना ही ''क्रान्ति करने का कोई अर्थ नहीं। सुख-दुख का मुँह जब तक न देखा

हो तो किसके लिए क्यों क्रान्ति करनी चाहिए, बताओ! गांधीजी द्वारा की गई क्रान्ति तो ऐसी नहीं थी।''

इसी भाँति बातें चलती रहीं तो कहीं तमाशा न हो जाए, इस डर से जगन्नाथ उठ खड़ा हुआ।

तीनों ने हाथ धोए।

जगन्नाथ अडिग की बग़ल में खड़ा रहा। भीतर के सारे सन्तोष को व्यक्त करने के ढंग से अडिग ने भीगी आँखों से जगन्नाथ को देखा। भग्न जैनालय के सामने अपने को बिठाकर अडिग ने जो कहा था, उसे याद कर जगन्नाथ घबरा गया।

''जगन्नाथ, तुम छिपे भक्त हो।''

जगन्नाथ हँस पड़ा। कहा कि ''अडिग कितने भोले हैं!'' उसकी पीठ पर अडिग ने दुलार से हाथ रखा। चन्दन लगी उनकी नंगी देह ने उसके शर्ट से स्पर्श किया। उसकी बाँहों में भरने के लहजे में उनका हाथ पीठ पर घिरा। बेचैन होकर जगन्नाथ ने हिचकते हुए कहा—''ऊपर चलिए।''

रायसाहब निंदाए चटाई पर आँखें बन्द किए सोए थे। पान खाते हुए अडिग जो कहानी कहना चाहते थे खुशी से कहने लगे—

''योगो चित्तवृत्ति निरोधः। एकाग्रता की महिमा बतानेवाली कहानी है यह। ऊड़ीसा में किसी गोसाईं की कही हुई।'' मौसी के सामने यह कहानी कहने लायक़ नहीं थी इसलिए तुम्हें वहाँ नहीं कहा।

''किसी ज़माने में एक मेहतर था। रजवाड़े में पायख़ाना ढोने का उसका काम था। रजवाड़े के बारे में पूछना ही क्या है! ऊँचे पायख़ाने। एक दिन जब वह मल उठाने गया था, तब रानी बैठी थी। मल उठाने के लिए मेहतर जब बाहर से भीतर झुका तो रानी का योनि-प्रदेश देखकर चौंक गया। जीवन में गौर वर्ण की स्त्री के उन अंगों को उसने देखा ही नहीं था; इसलिए दिन-रात उसे इसी की धुन लग गई। रानी का नंगा बदन कैसा होगा, इसकी कल्पना करते हुए उसने खाना-पीना छोड़ दिया, नींद हराम हो गई, नहाना-धोना छोड़ दिया। उसका चेहरा मुरझा गया, आँखें धँस गईं, दाढ़ी बढ़ गई और सिर के बाल जटा बन गए। मेहतर की स्त्री परेशान हुई। उसके पति को ऐसा क्या हुआ? पति के पीछे पड़ी। जब सुना कि बात ऐसी है तो मेहतरानी ने कई दिनों तक सोचा। पति की जान बचाना बहुत ज़रूरी था। आख़िर एक दिन किसी तरह वह रानी के पास पहुँच ही गई। रानी उसकी कहानी सुनकर हँस पड़ीं। ठीक है—उसने कहा, 'तुम अपने पति को लाओ, कहो कि वह मेरे सारे शरीर को नंगा देख सकता है।'

"मेहतर आया। खड़ा रहा। देखा कि रानी नंगी होकर खड़ी है। पर आश्चर्य की बात है कि उसी का ध्यान करते-करते, रानी के नंगे शरीर को देखते समय तक, वह देखने के मोह से पार हो गया था। वह योगी हो गया था। जटा-जूट और दाढ़ीवाले मेहतर को रानी ने देखा। नंगी रानी को मेहतर ने देखा, उसके पाँव छूकर मेहतर ने प्रणाम किया। मेहतर के पाँव छूकर रानी ने प्रणाम किया।

"मैं जो कुछ कह रहा हूँ उन सारी बातों का तात्पर्य इस कहानी में है। धीरे-धीरे इसका अर्थ तुम्हारी समझ में आएगा।"

13

अडिग और रायसाहब कुछ देर आराम कर और कॉफ़ी पीकर चले गए थे।

दोनों के चले जाने के बाद जगन्नाथ मातंग युवकों की बाट जोहने लगा। चौपाल में कुर्सी पर बैठकर सोचने लगा—देखें, आज आनेवाले मुझे छुएँगे या नहीं? अब तक इस बारे में सोचा ही नहीं था। रेत पर अक्षराभ्यास करनेवालों के लिए लाई गई नई तख़्तियाँ और खड़िया उन्हें देने के लिए पास रख लिए। उनको सिखाने को ज़रूरी अक्षर कौन-से? पढ़ना सीखने के बाद उन्हें दी जाने योग्य पुस्तकें कौन-सी? 'चोम का ढोल'[1] पढ़ाना होगा। उसे सरल भाषा में लिखना होगा; बसवेश्वर के बारे में, ईसूर के बारे में फ्रान्स और रूस की क्रान्तियों के बारे में, चीन की सांस्कृतिक क्रान्ति के बारे में। कुछ पन्ने लिखे थे। उसे कल पढ़ने की ठानी। उनके साथ कोई बात करते हुए हिचकना नहीं चाहिए। उनको सच्चा लगने लायक़ सच्चा कठिन व्रती बनना चाहिए। अपने को जो कुछ सच लगा है, उसे उनको भी जानना चाहिए। जब वे खुद छूने के लिए आगे बढ़ेंगे, उसी क्षण बाक़ी सब धीरे-धीरे सच बनता जाएगा और मंजुनाथ पीछे हटता जाएगा। वह उत्सुकता से उनकी राह देखने लगा।

आख़िर वे दूर से आते हुए दिखाई पड़े। जटामय काले बालों में लाल गर्द; नंगे बदन पर काला कम्बल। कमर में केवल लँगोट, उसमें अटकाई छुरी।

आँगन में उस पार आकर वे खड़े हुए। 'आओ' कहा। वे आँगन में आए। फिर और भी नज़दीक आने को कहा। डरते हुए वे आँगन में खड़े रहे। मानो आना ही अपराध हो। उनसे चौपाल के पास आने को कहा। धीरे-धीरे पाँव घसीटते हुए आए। चौपाल पर चढ़कर बैठने के लिए जगन्नाथ को हिम्मत नहीं हुई। बैठने के लिए कहा। नीचे कम्बल डालकर बैठ गए। तनाव कम करने के लिए पास

---

1. मातंगों की समस्या को लेकर लिखा हुआ डॉ. शिवराम कारंत का ख्यात उपन्यास जिसकी कन्नड़ में फिल्म भी बनी है, जिसका निर्देशन बी.वी. कारंत ने किया है। इसी नाम से अब हिन्दी में अनूदित भी हुआ है।

की तश्तरी से सुपारी और सुर्ती फेंकी। एक ने बड़े चाव से पकड़कर साथियों में बाँटा। 'खा लो' कहते हुए वह भी पान में चूना लगाते हुए सुपारी चबाने लगा। पर मातंगों ने उसके सामने सुर्ती में चूना नहीं लगाया। घबराए बैठे थे। जगन्नाथ ने जो मुँह में आया वह नाम पुकारा : 'पिल्ल!'

'जी' कहकर एक आदमी खड़ा हुआ। यही पिल्ल है; फिर से पहचानते हुए, कैसा लम्बा हट्टा-कट्टा काला है...! सिर पर बालों का झुरमुट। चेहरे पर कँवली मूँछें, खुरदरी दाढ़ी, सुदृढ़ शरीरवाला सुन्दर युवक। इसी को नायक बनाना चाहिए।

''बाक़ी पाँच लोग क्यों नहीं आए?''

''बेस्तूर गए हैं, मालिक।''

''मुँह में डाल लो।''

पान चबाते हुए जगन्नाथ ने प्रतीक्षा की। मातंग सुपारी मुँह में डालकर सुर्ती में चूना मलने लगे। वह आगे जो कहना चाहता था, वह कितना असंगत लगा। सरल शब्दों में बोला : ''अमावस के दूसरे दिन रथोत्सव है; तुमको उस दिन मेरे साथ मन्दिर में चलना होगा।'' मातंग चुपचाप बैठे थे। क्यों? उन्होंने पूछा नहीं। जाने किस दिशा में उनका मन बह रहा था! अपनी बातें पकड़ने लायक़ उन्हें कैसे बनाया जाए? 'क्यों' कहकर स्वयं प्रश्न पूछकर जवाब देने की चेष्टा की। सुर्ती मुँह में भरकर मातंग चुपचाप बैठे थे। गांधी, अम्बेडकर, नीग्रो, गुलाम—वह न जाने क्या-क्या बड़बड़ाता रहा। मातंग जैसे-के-तैसे बैठे रहे। सबकुछ कितना असंगत, कितना हास्यास्पद लगा!

''अब तुम्हें तख्ती पर लिखना-पढ़ना सीखना होगा।'' कहकर बात बदली। एक तख्ती पर 'बसव' लिखकर चौपाल से 'लो पिल्ल,' कहकर उसकी ओर बढ़ाया। पिल्ल खड़ा हुआ। जगन्नाथ ने 'लो' कहा।

फिर जगन्नाथ तख्ती को पिल्ल के हाथों के पास ले गया। पिल्ल ने झट हाथों को नीचे कर लिया। 'गिरेगी तो तख्ती टूट जाएगी,' कहकर जगन्नाथ और भी झुका। पिल्ल के हाथ और भी नीचे गए। जगन्नाथ और भी झुका। अब पिल्ल अधिक न झुककर चबूतरे के नीचे हाथ फैलाकर ज़मीन पर बैठ गया। जगन्नाथ यदि और झुकता तो शायद पिल्ल ज़मीन के भीतर धँसने का भी प्रयत्न करता। हाथ बढ़ाने और दूर हटाने का यह नाटक कितना हास्यास्पद है! इससे उदास होकर जगन्नाथ ने तख्ती छोड़ दी।

जगन्नाथ ने फिर मातंगों को समझाया कि उन्हें मन्दिर में प्रवेश क्यों करना है। अपनी सारी बातें स्वगतोक्ति जैसी लगने पर भी सारी बातें बताकर कहा, ''कुछ तो पूछो।''

किसी ने जबान नहीं हिलाई।

"ए, पिल्ल, कुछ तो पूछ, रे।"

कोई और देख ले तो शरमा जानेवाला सन्निवेश! इन मातंगों के साथ लगाव से बातें करने की चेष्टा मानो चोरी करना हो।

शरमाते हुए पिल्ल ने सिर खुजलाया—"मेरे बाप ने कहा है, मेरे लिए मातंगी लानी है, पचास रुपये महर देना है।"

"किस मातंगी को, रे?"

जगन्नाथ ने मसखरी से उसे हँसाने की चेष्टा की। दूसरे मातंग ने मुस्कुराते हुए कहा—"पिल्ल के लिए एक मातंगी, मालिक। उसे लाने के लिए महर जो बाँधना पड़ेगा। वह मातंगी आप ही के घर में नौकरी करके कर्जा चुका देगी।"

पिल्ल के लिए एक मातंगी! कौन मातंगी? कैसी है वह? पिल्ल ने क्या उसे प्यार किया है? सुना है उम्र बढ़ते ही मातंगों के बच्चे अपने माँ-बाप के पीछे पड़ते हैं कि शादी कराओ। बूढ़ी मातंगियों को मौसी से सुख-दुख की बातें करते समय जगन्नाथ ने सुन रखा था।

"कल पटवारी से माँग लेना, कह दूँगा। शादी कब है?"

मातंगों ने बताया कि अभी दो माह की देरी है। इतनी आसानी से महर मिल जाने से पिल्ल का चेहरा खिल उठा।

मातंगों के चले जाने के बाद जगन्नाथ को एक उपाय सूझा। उसकी तरह मातंगों को भी सफ़ेद कुर्ता और सफ़ेद तहमद पहनना चाहिए। शायद तब उनमें मुझे छूने की भावना उत्पन्न हो सकेगी। इस विचार के सूझते ही खुशी हुई। रायसाहब की दुकान से दसों के लिए कपड़ा खरीदा जाए; श्याम की दुकान से आधे आस्तीन के रेडिमेड कुर्ते खरीदने चाहिए, कल ही—सोचकर भीतर जाने के लिए उठ खड़ा हुआ।

कावेरी ईंधन ढोए, ढोरों को हाँकती हुई आँगन में आई। तिरछी नज़र से देखा। शर्म से मुस्कुराई। उसके सामने इस तरह चलने-फिरने की हिदायत शायद जनार्दन सेट्टी ने दी होगी। वह टॉर्च के लिए फुर्ती से आया और कहने लगा—"इस मातंगों के साथ मेल-जोल क्यों, मालिक?"

उसकी हिम्मत देखकर जगन्नाथ को गुस्सा आया।

"काम कैसा चलता है?" आधिकारपूर्वक पूछकर जवाब की प्रतीक्षा किए बिना वह भीतर चला गया।

नौकर गैस-लाइट जला रहा था। दोपहर का खाना देर से होने के कारण, मौसी से 'अब कुछ नहीं' कहकर, अपने कमरे में जाकर लेटा। कोई किताब

उठाकर पढ़ने की चेष्टा की। कभी-कभी पुराणिक से मिलते रहने का विचार आया। पर व्यर्थ ही समय बर्बाद होगा। उसके सूखे कपड़ों को रखने के बहाने कावेरी कमरे में ही चक्कर काट रही थी। कन्दील की रोशनी नाकाफ़ी थी। उसने नीचे से गैस-लाइट लाकर टेबुल पर रखी। उद्वेग से साँसें लेते हुए जगन्नाथ कावेरी को अनदेखा कर पढ़ने की चेष्टा करने लगा। जब कावेरी चली गई तो उसे तसल्ली हुई।

दूसरे दिन सबेरे उठते ही रायसाहब की दुकान से दस जोड़े तहमद और श्याम से दस जोड़े कुर्ते खरीद लाया। दुकान से जगन्नाथ के लौटने की प्रतीक्षा में बैठा पटवारी शास्त्री बही-खाता लेकर कमरे में आया। जब से रायसाहब के बेटे रंगय्या को काम पर लिया था, तब से शास्त्री को अव्यक्त खीझ में देख जगन्नाथ ने मृदुता से पूछा, "क्या बात है?" शास्त्री ने बताया कि स्वर्गीय कृष्णण्णा का बेटा गोपाल मेले के अवसर पर घर आना चाहता है, अतः सौ रुपये भेजने के लिए मैसूर से पत्र लिखा है। फिर पूछा कि भेजें या नहीं? घर के लड़के जैसे गोपाल को पैसा भेजने में पटवारी की संकुचित मनोवृत्ति देख जगन्नाथ चिढ़ गया। बोला–"मुझसे क्या पूछना है? भेजिए।"

डाक की बस आई। अपनी डाक में मार्गरेट की चिट्ठी देखकर, उतावलेपन से जगन्नाथ ने उसे खोल लिया। प्यार से हड़बड़ी में एक छोटा-सा पत्र लिखा था। "तुम विश्वासपात्र बदमाश हो, इतने दिनों से चिट्ठी क्यों नहीं लिखी? अब इंग्लैंड में चुनाव की गर्मी है। मैं चाहती हूँ कि कलर्ड लोगों से धोखा करनेवाली लेबर-पार्टी चुनाव में हर्गिज़ न जीते। डिमोक्रेसी कैसे झूठी हो गई है; विल्सन और हीथ वास्तव में ट्वीडलूडम् और ट्वीडल्डी–आदि लिखकर भारत आने की इच्छा व्यक्त की थी। "सुना है बेंगलूर के पास कोई इंटरनेशनल स्कूल है, वहाँ मैं अंग्रेजी और हिस्ट्री पढ़ाऊँगी, प्रिंसिपल को लिखा है; वे पिताजी को जानते हैं। तुम एक बात पूछकर लिखना..." बड़े प्यार से पत्र समाप्त किया था। "जाड़े में तुम्हारी चाह होती है, याद आती है कि तुम्हारा बदन कितना गर्म...।" कहकर डाट लगाई थी और दोनों की आत्मीय बातों का संकेत किया था।

फिर खिंचाई की थी–"तुम अपनी आँखों के जादू से जाने कितने लोगों को धोखा देने की ताक में होगे, सावधान!"

उसी समय जगन्नाथ ने उसे जवाब लिखा : सारा बोझ एकदम हलका हो गया। पत्र में अपनी योजना बताकर, डाक के डिब्बे में खुद डाल आया। मातंगों के लिए क्रान्ति के इतिहास को सरल भाषा में लिखने बैठा।

दोपहर के भोजन के लिए नौकरों को छोड़, किसी के न रहने का शायद मौसी को दुख हुआ होगा। उसके परिशंचन, चित्राहूति, आपोशन, किसी का आचरण न कर भोजन करने के कारण, बग़ल में बैठे घर के पुजारी गणपति भट्ट को बेचैनी होती है। खाना शुरू करने तक वह उसकी ओर देखता नहीं। बाईं हथेली ज़मीन पर टेककर वह खाना खाता है। लोटा उठाकर गटागट आवाज़ करता हुआ पानी पीता है। आँखें बन्द किए छककर भोजन करता है। रसोइया भट्ट के दो और बच्चे; मुँटा हुआ सिर, लम्बी शिखा। अभी-अभी उपनयन होने के कारण भोजन के समय बातें नहीं करते। परोसनेवाला मसखरी के लिए 'दाल लाऊँ, मट्ठा लाऊँ, मट्ठा डालूँ, क्यों अच्छा नहीं लगता'—कहकर उनका व्रत भंग करने की चेष्टा करता है। और एक पाँच-छह साल का लड़का जिसका अभी चूड़ाकर्म संस्कार नहीं हुआ है, पिता से इतना डरता है कि आसपास कहीं भी वह हों तो बात तक नहीं करता। महाजन के घर में पलने के कारण, जगन्नाथ जानता था कि ये बच्चे साँस लेने से भी डरते हुए पलते रहे हैं। पर वह कुछ कर नहीं सकता।

भोजन से निवृत्त होकर कमरे में आते समय मौसी का सामना हुआ। उनको देखते ही कसमसाहट हुई। उसके सारे हौसले को तोड़ देनेवाला शोक उनके चेहरे पर था। उनको अच्छा लगे इसलिए, ''गोपाल ने मेले पर आने को लिखा है।'' कहकर जगन्नाथ ज़ीना चढ़ गया। तभी हड़बड़ी में रायसाहब हाथ में समाचारपत्र लिए आए।

''जगन्नाथ, तुम समाचार बन गए हो,'' कहते हुए रायसाहब ने शिवमोगा से निकलनेवाले दैनिक 'जागृति' को हाथ में थमा दिया। स्वभावतः राजनीतिक रायसाहब के लिए, समाचार बनने की बात कितनी महत्त्व की है, जगन्नाथ को हँसी आई। 'जागृति' ने जगन्नाथ की सामन्ती का उल्लेख कर उसकी क्रान्तिकारिता की प्रशंसा की थी।

''इसका सम्पादक तीन-चार पार्टियाँ बदल चुका है''—रायसाहब ने कहा— ''कल बेंगलूर की पत्रिकाओं में भी सम्पादक के नाम पत्र रहेंगे।''—कहकर रायसाहब उत्साह से पढ़ते हुए बैठ गए।

जगन्नाथ ने देखा कि रायसाहब को उसके काम में उत्साह न होने पर भी उसकी कितनी चिन्ता है!

रायसाहब की भाँति स्वभाव में वह राजनीतिक व्यक्ति नहीं है। इस बात को रायसाहब भी जानते हैं।

रायसाहब बड़ी देर तक चुप बैठे रहे। जगन्नाथ लिखता रहा; कुछ बात किए बिना भी उनके साथ रहना अच्छा लगता है। पास रहना-भर काफ़ी है। बहुत कम

लोगों के साथ ऐसा सम्बन्ध सम्भव है। मागरेट के साथ तब यह सम्भव नहीं हो सका। सदा परस्पर छेड़छाड़ या प्यार-दुलार करते रहना चाहता था।

रायसाहब के चले जाने के बाद प्रभु आए। आराम से बैठकर पाशिंग-शो सिगरेट जलाई। बोले–"अगली बार के चुनाव में आपको ही उम्मीदवार होना होगा। कुर्मियों को यह सीट नहीं छोड़नी चाहिए।" इन बातों में अरुचि दिखाने के लिए जगन्नाथ ने जम्हाई ली। जगन्नाथ की खुशामद करने लगा–"मैं और आप बेंगलूर जाकर मिनिस्टर से मिल आएँगे, और बिजली के लिए प्रार्थना-पत्र दे आएँगे–आप तो हरिजनों के उद्धार के लिए कमर कसकर खड़े हैं। पर क्या आप समझते हैं कि वे ज़रा भी एहसान मानेंगे? देखना, कल वे वोट डालेंगे तो वह सरकार की पार्टी को ही"–कहकर खड़े हुए। जाने से पहले बोले–

"आप जैसे विद्वान के साथ बातें करने से बड़ा लाभ है। दूसरी बार अपने लड़के को भी लेता आऊँगा। आप ही देखकर बताना कि वह इंजीनियर बनने लायक है या आई.ए.एस. कराना होगा?"

हाथ जोड़कर चले गए। जगन्नाथ फिर लिखने बैठा। अपने मन में जो कुछ चल रहा था, उसे लिख रखने की इच्छा हुई। इस प्रकार शुरू किया :

प्रारम्भ से ही मैंने सीमाओं के बारे में नहीं सोचा; विचार उमड़-उमड़कर आते हैं; यथार्थ से मैं असन्तुष्ट हूँ। मेरी समस्या यह है : मागरेट के साथ पीटर टाम, रूबेन्स् के साथ हाइडपार्क में धूप सेंकते हुए या यूनियन बार में बियर पीते हुए, मैंने विचारों की गेंद खेली है। मित्रों के बीच मनमानी बात कहने के कारण मैं अपने को स्वतन्त्र मानने के भ्रम में पड़ा रहा...। मनमाने ढंग से सोचते हुए, बन्धन-मुक्त होकर जिधर चाहे उधर डोलते हुए, उत्साह से खिलते रहना धीरे-धीरे मुझे अवास्तविक लगा। विचार कितना सच है, इसे जानने के लिए, उसे यथार्थ की कसौटी पर कसना होगा। अर्थात् अब मातंग युवक जिस हद तक तैयार होंगे, मेरे विचार भी उतने ही सच होंगे। इस कसौटी की ज़रूरत है।

रायसाहब जैसे मुक्त विचारक से, भगवान के गर्भ में बन्द हाथ-पैर चलानेवाला गांधी कहीं अधिक सच्चा है। पुराणिक के साथ विचारों की गेंद खेलने से प्रभु के साथ जूझना ही अधिक अर्थपूर्ण है।

उदाहरण के लिए कम्युनिस्ट पार्टी का दीक्षित। कभी बेंगलूर में उसके साथ चर्चा हुई थी। तब मुझे बड़ी कसमसाहट हुई थी। चारमीनार पीते हुए अंग्रेज़ी में उसने बहस की थी। किसी भारतीय भाषा को भी ठीक-ठीक न बोल पानेवाला, फटा कुर्ता, ढीला पैंट, लापरवाह मस्त आदमी। उसके लिए गांधी एक फ़रेब था।

''ये लोग आपके परिचित नहीं; गांधी इस ज़मीन को जानता है।'' उसने कहा, ''मथनेवाली मथनी को खुरदरा होना पड़ता है। ध्वनि तरंगों को पकड़नेवाले एरियल की तरह बुद्धिजीवी बने रहने से नहीं चलेगा। हिन्दू धर्म के आकर्षण को जो अपने में भी पहचान सके, वह यहाँ पर कोई सच्चा विचार कभी नहीं कर पाएगा।''

दीक्षित मान गया था। पर हँसते हुए कहा था कि पहले आर्थिक व्यवस्था में परिवर्तन होना चाहिए।

बंगाल के काली भक्त में तथा, गला काटना चाहनेवाले उग्र कम्युनिस्ट में कितना सम्बन्ध है?–इस तरह बड़ी देर तक बहस करता रहा।

अपने को अकेला पानेवाली निवृत्ति, या प्रयोजनहीन होने का एहसास ही है यह सारी झंझट। सभी से मुक्त हुए भ्रान्त अडिग की तरह हो सकूँगा; अपने कमरे को इंग्लैंड बनाया जा सकेगा; जो है उसी को स्वीकार कर पंखुड़ियों की सीमा में भी खिलनेवाला वास्तववादी बन सकूँगा। एक क्षण को मन्त्रमुग्ध बनाकर खिलानेवाले क्या संगीतकार नहीं हैं? यह परिवर्तन की हिंसा ही क्यों चाहिए? आग उत्पन्न करनेवाली क्रिया है वह। मार्गरेट के साथ जाड़े में नंगे बदन सोया था, फूलदान में लाल गुलाब। गर्मी में गर्मी बनती हुई, और भी पास सटकर देह से चिपकी मार्गरेट की साँसें कन्धों पर रहतीं। उसके बालों को गालों से सटाकर बिताए निडर क्षण। बिना आतुरता के, आलाप की तरह कुछ चढ़ते, कुछ उतरते हुए विस्तृत कर लेनेवाला सुख, चरम स्थिति को पहुँचाने की आतुरता को निरन्तर आगे बढ़ाते रहनेवाला सम्भोग...।

फिर भी मार्गरेट ने मेरा निराकरण क्यों किया? मुझे भी क्यों वह यथेष्ट नहीं लगी? इस धरती में कुछ बोकर फल न पा सकनेवाले, यों ही जन्म लेकर यों ही झड़ जानेवाले मातंगों के लिए सच्चा बनना चाहता हूँ? अडिग का अनुभव, मार्गरेट का सहवास क्यों यथेष्ट नहीं हुए?

जो लिखा था उसे पढ़ा। अतृप्ति हुई। छह मास पहले भी शायद यह लिख सकता था। भीतर के सभी विचारों को हूबहू देख नहीं सकता। अभी आदर्शवादी ही बना हुआ है।

मातंगों के आने तक कुछ घूम आने के विचार से जगन्नाथ बाग़ की तरफ़ गया। इधर ज़मींदारी में अभिरुचि दिखाने का अभिनय कर रहा है। ''क्या है शीनप्पा, कैसे हो शेट्टी,'' कहता, पूछताछ करता हुआ घूमता रहा। अख़बार में मन्दिर-प्रवेश का समाचार छपने के बाद उनके बर्ताव में परिवर्तन आया था। उसने भाँप लिया था कि अपने महाजन का मातंगों के साथ मिलकर नीच बनना, उनकी

यातना का विषय बना था। जितना वह निर्दयी बनेगा उतनी ही उसकी दया की क़ीमत उनकी नज़र में बढ़ेगी। पर केवल परिवर्तन की क्रिया से ही तो इन लोगों की नज़र में नया बना जा सकता है!

आम के पेड़ के नीचे खड़ा हुआ। इस बार भरपूर बौर आए हैं। शायद मौसी ने दो वर्ष का अचार डालने का हिसाब लगाया होगा। शायद इसलिए शिवमोगा से काँच के छह बड़े मर्तबान लाने के लिए कल मौसी शास्त्री से कह रही थीं।

छाल पर चींटियाँ। भूनकर खाए जानेवाले झींगुर। रात के समय पिछवाड़े आग जलाकर पानी गर्म कर नहाते हैं। सुख के बीसयों चोर रास्ते हैं। पर उसकी खोज कुछ और ही है। चलकर आँगन में आया।

दूर से मातंग आते दीखे। काम पर जानेवालों की भाँति चल रहे हैं। फुर्ती नहीं। पिल्ल को अपने गठे बदन का ज्ञान ही नहीं होगा। तय किया कि आज उन्हें कुछ पढ़ाएगा नहीं। 'ठहरो, आया,' कहकर कमरे से धोती और कुर्ते ले आया। साथ में इन कपड़ों को धोने के लिए साबुन के टुकड़े लाया। केवल छह लोग ही आए थे। आने के लिए आग्रह करना उसे पसन्द नहीं था। हर एक को एक-एक सफ़ेद कुर्ता, एक-एक धोती और साबुन के टुकड़े दिए। उसके कपड़ों जैसे ही थे वे। जेब, कॉलर, आधा आस्तीन, किनारदार धोतियाँ–पहनने पर अपने दर्जे के लोगों की तरह ही लगे।

''कुर्ता पहनो तो सही, देखें।''

किसी पर चुस्त, किसी पर ढीला। धोती बाँधने को कहा तो सभी ने आनाकानी की। आग्रह करने पर बाँध लिया। जीवन में कभी उन्होंने घुटनों के नीचे धोती नहीं पहनी थी। बेचैनी से खोल लिया। काँख में खोंस लिया। जगन्नाथ ने पिल्ल से कहा–

''कल इसी समय आना। काम ख़त्म होते ही नहाकर इन कपड़ों को पहनकर आना। शरमाना नहीं। औरों को भी आने के लिए कहना। उनके लिए भी कुर्ते-धोतियाँ हैं।''

पिल्ल सिर खुजलाता हुआ खड़ा रहा। जगन्नाथ को याद आई। ''शादी से पहले पैसा मिल जाए न? अभी दो महीने हैं। अभी क्या जल्दी है?'' आए हुए लड़कों को चबैनी (सुर्ती और सुपारी) देकर विदा किया।

दूसरे दिन श्रीपतिराय बेंगलूर से निकलनेवाली पत्रिकाएँ ले आए। 'चिट्ठी-पत्री' कॉलम में जगन्नाथ के बारे में आए सभी पत्रों को ज़ोर से पढ़ा। मातंगों के सामने अपने को स्पष्ट करने में जब अभी सफल नहीं हो पाया है तो पत्रिकाओं की स्तुति-निन्दाएँ जगन्नाथ को विपर्यास-सी लगीं। विरोध करनेवाले एक पत्र ने

यों कहा था—''जान-बूझकर सवर्णों के मन को दुखाने के लिए, हरिजनों के मन्दिर-प्रवेश का दुराग्रह, गांधीवाद से दूर है...।'' एक ने विश्लेषण किया था कि एक देवभक्त के हरिजन-प्रेम से मन्दिर-प्रवेश की बात करने और पाश्चात्य संस्कृति से प्रभावित एक निरीश्वरवादी की हिन्दू धर्म के नाश की दृष्टि से मन्दिर-प्रवेश की बात में फ़र्क है। कम्युनिस्ट पार्टी के दीक्षित ने बयान दिया था कि जमींदारी वर्ग के एक आदर्शवादी व्यक्ति का यह कार्यक्रम अवश्य विफल हो जाएगा। क्योंकि केवल आर्थिक क्रान्ति से ही जातिभेद का ख़ात्मा किया जा सकता है, फिर भी उसने जगन्नाथजी की हिमायत की थी। सर्वोदय के कार्यकर्ता मागड़ी अनन्तकृष्णजी ने महात्मा गांधी और सन्त विनोबा के इस प्रिय कार्य के लिए आगे आए जगन्नाथ के साथ सभी को सहयोग करने का आह्वान किया था। अहिंसा पर ज़ोर दिया था।

''यह अनन्तकृष्ण कौन है, जानते हो?'' श्रीपतिराय ने कहना शुरू किया, "स्वतन्त्रता की लड़ाई में अपना साथी था, बक्ता है। यह देखकर कि चित्रदुर्ग के सभी कांग्रेसी नेता जातिवादी हैं, यह खीझ गया। असेम्बली का टिकट नहीं मिला।...जयप्रकाश की अपील पर जीवनदान किया। बड़ा बुद्धिमान और स्नेहशील व्यक्ति है। घर-बार छोड़कर आन्दोलन में कूदा हुआ आदर्शवादी। पीता था। मेरी तरह पत्नी से दूर रहने के लिए कितने उपाय ढूँढ़ता रहता है, मैं जानता हूँ।'' रायसाहब दिल खोलकर बात कर रहे थे।

''कैसी बातें करता है, जानते हो? 'भारत छोड़ो' आन्दोलन में उसका दिया हुआ भाषण अभी मुझे याद है। बड़े मज़े में रह सकता था, पर आन्दोलन में इसने सब खो दिया। फिर कांग्रेस के भीतरी झगड़ों से घिना गया था। जातिभ्रष्ट हुआ। रोष में आकर सर्वोदय में शामिल हुआ। वह भी मेरी तरह एक सपने देखनेवाला है।''

रायसाहब की आँखें स्नेह से चमक रही थीं।

रायसाहब के चले जाने पर नई नोटबुक में लिखने बैठा। दोपहर की अपने कुल-देवता की, नरसिंह सालिग्राम की पूजा के मन्त्र, घंटा-नाद सुन कसमसाहट हुई। इस पूजा के ख़त्म होते-होते मंजुनाथ की महामंगलारती का घंटा-नाद। लगा कि इस गाँव में वह प्रेस बन गया है।

लिखा : मेरे घर में भी पूजा चलती है। हर कहीं भगवान व्याप्त है। मेरे बचपन की मनौती का मुकुट उसके सिर पर है। माँ के साथ उसके दर्शन के बाद कितने ही दिन बाहर सीढ़ियों पर आकर बैठा है। प्रसाद के केलों को बन्दर हाथ से छीनकर ले जाते हैं। बालिपाड्य, अक्षत तृतीया, गणेश चौथ, उत्थान द्वादशी,

महालया अमावस आदि तिथियाँ देवताओं में बाँटकर, छोटी-मोटी घंटियाँ बनवाते जन्म, मैथुन, मृत्यु को घेरता हुआ समय यहाँ जम्हाइयाँ ले रहा है। मेरा भरोसा है कि मातंग उसे झकझोर देंगे, पर वे छाया की भाँति आते हैं। मेरा विचार अभी तो प्रेस बनकर ही रह गया है।

शाम के समय आँगन में आकर बाट जोहने लगा। ढोरों को गोशाला में जाते देखती मौसी खड़ी थीं। जगन्नाथ को पता था कि उसकी योजना जब से उन्हें मालूम हुई है, उस दिन से वह केवल एक ही जून खाती हैं। यह मौन-युद्ध उसके लिए असहनीय बन गया था। उनके साथ बातें करके अपनी ओर ले आना असम्भव था। मौन ही उनका हथियार था। जगन्नाथ को मौसी के प्रति चिढ़-सी हुई। लगा कि जीवन का सारा बाँझपन उसमें घनीभूत हो गया है।

मातंगों के पास आने पर जगन्नाथ को पता चला कि उन्होंने धोती को आधी फाड़कर पहन ली है। कपड़े के लालच से, दूसरे भी लँगोटी लगाए हाज़िर हुए थे। जगन्नाथ ने गुस्सा निगलकर देखा। हास्यास्पद बने वे सामने खड़े थे। कॉलरवाले कुर्ते न पहनने की हिचक से उन्होंने कॉलर भीतर मोड़ रखा था; किसी काज में कोई घुंडी फँसाई हुई थी। डरे हुए नए कपड़े पहनने से अपमानित खड़े थे।

"धोती का क्या किया?" पिल्ल को घूरते हुए जगन्नाथ ने पूछा।

जवाब सुनकर जगन्नाथ को हँसी आई। घर में बाप, चाचा, भाई, घर आए मेहमान इसी तरह कइयों में धोती फाड़कर लँगोटी बनाकर बाँटनी पड़ी। जब घर में डाँट पड़ी कि आधी तुम्हारे लिए काफ़ी है तो दूसरा चारा नहीं था।

जगन्नाथ ने कहा–"इस आधी धोती को भी लँगोटियाँ बनाकर बाँट दो। तुम्हें अलग धोतियाँ दूँगा। तुम्हें पूरी धोती पहननी होगी। मेरी तरह बिना शरमाए बाज़ार में घूमना होगा। तुम मेरे साथ मंजुनाथ के मन्दिर में चलनेवाले हो। दूसरे मातंगों को अन्धविश्वास से जगानेवाली नई पीढ़ी के हो तुम।"

अपनी ही बातें उनकी समझ में न आ सकने के कारण वे टकटकी बाँधे देख रहे थे। जगन्नाथ को फिर शर्म आई। अपने को निरुपयोगी समझकर घिनाता हुआ भीतर गया। अपने को और कुछ ठोस बनाना होगा, लेकिन कैसे? रातभर सोचता रहा। निराशा के धुन्ध में सबेरे उठकर काजू की पहाड़ी पर घूम आया। लगा कि घर-भर में मौसी की गर्म साँसें सुनाई पड़ रही हैं।

अपने अनजाने में ही मौसी अपने को साल रही थी। कॉफ़ी देते समय उनका देखने का ढंग। बालों को बिखराए, उपवास से मुँह सुखाए। सबसे बढ़कर भोजन के समय सूनी भोजनशाला को देखकर गर्म साँस छोड़ते हुए, उनका जगन्नाथ की आँखों को ढूँढ़नेवाला वेदना-भरा मौन।

दोपहर की डाक के साथ श्रीपतिराय आए।

''जग्गू भैया, देखो, गुरप्पा पटेल ने कोई बयान दिया है!...पाजी कहीं का। कभी नहीं कहेगा कि हरिजनों को मन्दिर में नहीं आना चाहिए—कांग्रेस का आदमी जो ठहरा। 'आएँ'—यह भी नहीं कहता, क्योंकि वोट नहीं मिलेंगे। कुछ भी कहो, जग्गू भैया—मूलभूत राजनीति के लिए तैयार होनेवाले इस देश में ब्राह्मण ही हैं, शूद्र कभी नहीं। क्योंकि वर्तमान व्यवस्था से उनको काफ़ी लाभ पहुँच रहा है। नौकरियाँ अब बहुत कुछ गौड़ा या लिंगायतों को मिल रही हैं। पहले अंग्रेजों के ज़माने में भी यही था—ये सभी जस्टिस पार्टी में थे। मज़े की बात जानते हो? ये सारे शूद्र नव-ब्राह्मण बनते जा रहे हैं। सुना है, रेवेन्यू मिनिस्टर बिंटे गौड़ एक बार गुरप्पा पटेल के घर खाने आया था। गुरप्पा पटेल ने बिरयानी परसी। बिंटे गौड़ ने बिरयानी खाई। खाने के बाद दही-भात आया, दही-भात ब्राह्मणों का खाना जो ठहरा! बिंटे गौड़ ने शूद्र बिरियानी खाए मुँह को धोकर ब्राह्मण का दही-भात खाया था। पेट में सब मिल जाए, तो परवाह नहीं—पर मुँह में ब्राह्मण और शूद्र का आहार मिलने न पाए। ऐसे ये लोग...!

रायसाहब कुछ कहने जाकर कुछ कह गए थे। वास्तविकता कैसे रायसाहब को सनकी बना रही है, इसे देख जगन्नाथ को वेदना हुई। शूद्र के ऐसे आचरण से व्यथा के बदले रायसाहब खुश हो रहे थे। ब्राह्मण की प्रज्ञा में घुसी हुई विडम्बना उसे कैसे पराया बनाती है, इसे जानकर जगन्नाथ को खेद हुआ। बात बदलने के लिए पूछा—

''रायसाहब पेपर में क्या है?''

रायसाहब ने पेपर खोलकर मैसूर समाजवादी दल के नीलकंठस्वामी का आन्दोलन में खुद भी भाग लेने का स्टेटमेण्ट पढ़ा।

''इस पर विश्वास मत करना, भैया। समाजवादी दल का कार्यदर्शी ब्राह्मण है। उसने मैसोप नामक नया दल बनाया है। लिंगायत जो ठहरा, कब कांग्रेस से मिल जाएगा, पता नहीं। उसके साथ रंगराव नामी और एक है। नाम तो ब्राह्मण का है—पर है वह गौड़ा। पक्का ब्राह्मणद्वेषी। अपने सर्वोदय के अन्नतकृष्ण के ये सभी जाने-पहचाने हैं। हाँ तो उसने भी पत्र लिखा है—आनेवाला है। मक्खी मारते बैठे हुए राजनेताओं को तुमने एक अच्छा मंच दे दिया।''

रायसाहब हंसे। पर जगन्नाथ को अपनी सारी योजना को इस प्रकार ओछी होते देख डर लगा। उसे बचाए रखने का यत्न करना ही आगे का संघर्ष होना चाहिए।

फिर मातंगों की प्रतीक्षा में बैठ गया। शाम के समय जगन्नाथ की भाँति ही कपड़े पहनकर टेढ़े-मेढ़े पाँव रखते हुए, दस मातंग युवक मुँह लटकाए आए।

कपड़े मैले हो जाने के डर से मिट्टी के आँगन में बैठ नहीं पा रहे थे; सीमेंट का चबूतरा चढ़कर बैठने का साहस नहीं हो रहा था। भारी अपराध सिर पर ढोए आँगन में खड़े रहे। इस प्रकार खड़े-खड़े उनके साथ बोलना या पढ़ाना जगन्नाथ को असम्भव लगा। चहलक़दमी करते हुए न जाने क्या कह गया। सबकुछ अनसुनी किए वे खड़े ही रहे। मंड्या के पासवाली एक बस्ती की घटना बताई। "देखो, उस मातंग ने जो किया था वह ग़लती हर किसी से भी हो सकनेवाली है। पर उसके मातंग होने के कारण हिन्दुओं को बुरा लगा। सुना है, उसे पेड़ में बाँधकर उँगलियाँ छूरे से काट ली गई। इस देश में तुम्हारी संख्या बहुत है। तुम यदि उठ खड़े होगे तो सब बदल जाएगा। इसलिए तुम्हें मेरे साथ, जो देशभर में चमत्कारी प्रसिद्ध है, उस मंजुनाथ के मन्दिर में चलना होगा। हमारी आँखों में अभी तुम लोग मनुष्य ही नहीं हो। भेड़-बकरियों से भी बदतर हो। इसलिए अगर तुम गुस्सा करोगे, तो हमारी आँखों को मनुष्य की भाँति दिखाई देने लगोगे...।"

सीधी-सादी बातें थीं पर उनके सुनने का अभ्यास नहीं हुआ। सामने रहकर भी कहीं खोए-खोए-से, अपने को सफ़ेद कपड़ों में किसी के देख लेने के डर से वे खड़े थे। उनकी खड़ी दयनीय मुद्रा देखकर उसके और मातंगों के एक होकर, पार किए जानेवाले सारे कठोर सत्य जगन्नाथ की आँखों के सामने आ गए।

सहसा जगन्नाथ को एक विचार आया। ठेस लगे बिना ये जागेंगे नहीं। पर उसके जैसा व्यक्ति क्या ऐसी ठेस लगा सकेगा?

मातंगों को विदा कर अपने कमरे में आकर सो गया। खिड़की के उस पार धूमिल होते पेड़, पहाड़ियों को निहारते हुए, अपनी दुर्बलता के प्रति घिना गया। टेबुल के सामने बैठकर नोटबुक में यों लिखा :

उदात्त होकर मुझमें तो मातंगों को छूने की इच्छा उत्पन्न हो सकती है। पर उनमें ईर्ष्या जगाकर ही यह चाह उत्पन्न की जा सकती है। उनमें ईर्ष्या पैदा करने के लिए भी मुझे पीछे क़दम नहीं रखने चाहिए। एंगेल्स् भी तो कहता है–इतिहास के आगे बढ़ने का कारण है मनुष्य का रागद्वेष। मंजुनाथ के पंजे से निकलने के लिए शौर्य की आवश्यकता हो तो उसके लिए भी तैयार रहना पड़ेगा। अपनी मूढ़ता खोए बिना मातंग विद्रोही नहीं बन पाएँगे। इसके लिए ईर्ष्या, लोभ, रोष– सभी अनिवार्य हैं। जगाने के लिए मर्म-स्थान पर चोट करनी पड़ेगी।

हमारी सारी माँगें मातंगों की भी माँगें बनें। ब्राह्मण लड़की को घिन्न आने की स्थिति आनी चाहिए। ब्राह्मण लड़की को मातंग युवक के साथ सोने की इच्छा उत्पन्न होनी चाहिए।

जिज्ञासा के बिना उनको पढ़ाई-लिखाई नहीं आएगी। जिज्ञासा में बेचैनी है, बेचैनी से प्रज्ञा।

अभी वे केवल प्रेत, पास न आनेवाली छायाएँ हैं। मनुष्य को परमात्मा स्वरूपी कहनेवाले शंकर ने भी अस्पृश्यता का खंडन नहीं किया—क्योंकि मातंगों ने याचना नहीं की थी। जिज्ञासा में पककर वे मनुष्य नहीं बने।

वे अच्छे नाम के अधिकारी नहीं। इन कपड़ों के अधिकारी नहीं, ग़लती करने के अधिकारी नहीं। दोनों के इस देश में अति दीन होने की पूरी-पूरी आबादी है।

सभी सामाजिक बन्धनों को पार कर पाना, केवल दीन बननेवाले के लिए सम्भव है—कहकर इस देश ने कैसी प्रवंचना की है! भगवान के मामले में दीन बनने की शक्ति ब्राह्मण से भी अधिक शूद्र में ही होती है। मल ढोनेवालों को आगे तुलसी बनकर भगवान के चरण में सामने का सपना हम पाजियों ने ही उनको दिखलाया है। केवल त्याग से, केवल दीनता से, केवल अहंकार-विसर्जन से—कहनेवाला समाज नित्य के जीवन का अपना अर्थ खो देता है।

नित्य-जीवन को खिलाने के लिए निकले हुए क्रान्तिकारी को भी इसी तरह नित्य जीवन से दूर हटना पड़ेगा।

इतनी बात बिलकुल सच हैः मातंगों में जिज्ञासा उत्पन्न हो, ईर्ष्या उत्पन्न हो। प्रायः सभी गर्भ पिंड में आँख, कान, नाक, नख निकलेंगे।

कुछ भात और मट्ठा खाकर वह आँगन में टहलता हुआ कमरे में चला गया। ईट्स कवि की 'ईस्टर 1916' पढ़ते-पढ़ते, सोच में आँखें झपने लगीं। दीप बढ़ाकर वह सो गया। बाहर बाँस के झुरमुट में रह-रहकर जलते-बुझते हुए जुगनुओं को देखते-देखते ही पलकें झपक गई थीं।

14

बड़ी चुस्ती से सबेरे उठकर जगन्नाथ मुँह-हाथ धोकर कॉफ़ी पीकर काजू की पहाड़ी पर घूमने के लिए निकला। भीगे मकड़ी के जालों पर तथा हरियाली पर ओस को पिघलाकर बिखरी धूप सुन्दर लग रही थी। वह मन्दिर के शिखर को स्वर्ण-मंडित बना रही थी। कठगूलर के पेड़ ढूँढ़ता हुआ घूमने लगा। पहाड़ी के अड़हुल और कठगूलर फल बचपन में उसको बड़े पसन्द थे।

उनका मन किसी निश्चय पर आया है, पर वह कैसा निश्चय है, कुछ स्पष्ट नहीं हो पाता। नाश्ते के बाद लिखने बैठा। बाज़ार गया। लोगों की अपनी ओर द्वेष और भय से देखने की परवाह नहीं की। माथे पर विभूति धारण किए वेंकट कृष्णराय से उमंग के साथ बातें कीं। वह तड़के चार बजे ठंडे पानी से नहाता, दो घंटे पूजा करता, फिर गायों को नहलाकर उन्हें सिन्दूर चढ़ाके पूजा करता, फिर काँजी पिलाकर, दूध दुहकर मंजुनाथजी के मन्दिर जाकर वहाँ दोपहरी तक आँखें मूँदे ध्यानमग्न बैठा रहता। सप्ताह में कम-से-कम दो बार पीपल के नीचे गरुड़ के दर्शन करके ही भोजन करता था। इस निष्ठावान ब्राह्मण से यदि पूछा जाए "यह सब किसलिए?" तो बड़ी गम्भीरता से वह कहता कि कम-से-कम अगले जन्म में तो उसका जन्म अमेरिका में हो, इसलिए।

जब जगन्नाथ ने मुस्कुराते हुए पूछा, "क्या बात है, आज घर पर ही हैं?" तो उन्होंने कहा, "घरवाली मासिक छुट्टी पर है, रसोई मुझे बनानी है।" शायद वह मुझसे द्वेष करता होगा, पर ज़ाहिर होने नहीं देता। चौक में बासु मिला। बड़ी हमदर्दी का चेहरा बनाकर नसीहत दी, "इन मातंगों का साथ बढ़ाकर भैया, क्यों भला गाँव-भर से मनमुटाव करते हो?" जोयिस के घर के भीतर जाने का हौसला नहीं हुआ। रायसाहब से मिला; किसी की दरख्वास्त लिख रहे थे। उनके पल्ले ऐसे बेगारी के ही काम पड़े रहते हैं।

विलायत से लाई हुई 'रीगल व्हिस्की' एक दिन पुराणिक को दे आने की बात सोची। उनकी वर्षगाँठ का पता होता तो ठीक होता।

दवा की बोतल लिए, मन्दिर के पुजारी का बेटा गणेश सामने मिला। उसका चेहरा बड़ा विचित्र-सा लगा। बच्चे की देह; पर धँसी हुई आँखोंवाला बूढ़ा चेहरा। मुँह पर मानो तासा लगा रखा हो। अपनी ओर ताकते हुए गणेश की ओर, जगन्नाथ ने जबाव में मुस्कुरा दिया। बतियाने के लहजे में गणेश को खड़ा देख कुछ आश्चर्य हुआ। जगन्नाथ भी रुक गया। गणेश को कुछ कहने के प्रयत्न में तुतलाते देखकर जगन्नाथ को तकलीफ़ हुई। पर उसे व्यक्त न कर सन्निवेश को सहज दिखाते हुए, गणेश की बात धीरज से सुनी। चेहरे को विकृत करके गणेश ने पूछा, "आपके पास शरत् बाबू के उपन्यास मिल सकेंगे?" उसकी रुचि पर आश्चर्य हुआ। "हैं! आइए!" प्यार से कहकर जगन्नाथ चल पड़ा।

दोपहर को पुजारी भट्ट, और रसोइए भट्ट के बच्चों के साथ भोजन। मौसी से बात करने के प्रयत्न से हारकर, हाथ धोकर अपने कमरे में जाने से पहले पूजा के नए फूल और नए तुलसीदल की मीठी महक से भरे पूजागृह के सामने रुककर सोचने लगा। उसकी सोच और भी ठोस बनी। फिर कमरे में जाकर एकाध घंटे सोना उचित समझकर आँखें मूँद लीं। शाम को जो उसकी तीव्रता थी, शक्ति थी उसका उपयोग करना, आवश्यक होने के कारण पाँव पसारकर उबलते मन को शान्त करने की चेष्टा करने लगा।

वेस्टइंडीज़वालों द्वारा आयोजित एक नृत्य में संगीत आरम्भ होते ही मार्गरेट ने, नाचने के लिए उसे खींचा था। पाँव मिला न सकने के कारण वह पसीने से तरबतर होकर कितना बौखला गया था! मार्गरेट कैसी हँसी थी। 'जगन, रिलैक्स,' कहती हुई, उसकी अकड़ी देह को संगीत की लय के साथ, लचकदार बनाने की लाख कोशिश करके थक गई थी। बेसुध होकर नाचनेवाले कालों में वह कैसे गोबर-गणेश बना खड़ा था! मार्गरेट चिढ़ गई थी, "नाचना-गाना नहीं जानते, कैसी बुद्धू हो तुम!" पीने पर भी उसमें पूरी तरह लोच नहीं आई थी।

सहसा उठा बैठा। बक्से में से शिवास् रीगल व्हिस्की की बोतल निकालकर, कागज़ में लपेट, बालों में कंघी कर बाहर निकला। कार को गैरेज से बाहर निकाल सीधा पुराणिक के घर की ओर चला। कार से रास्ता लम्बा पड़ता है। तिस पर पथरीला। उनके घर पहुँचकर दो बार बेल बजाने पर यथाक्रम गोरखे ने आकर गेट खोला। सेल्यूट किया। बरामदे में बिठाकर स्लिप पर जगन्नाथ का नाम लिखवाकर उसे तश्तरी में ले ऊपर गया। पुराणिक उतरकर आए। स्लीपर पहने, बहुत पुराना, पर रेशम का सुन्दर गाउन पहने, पुराणिक ने बढ़कर हाथ मिलाया, "एक्सक्यूज़ मी, आई एम नाट ड्रस्ड(माफ़ करें। मैं कपड़े नहीं पहने हूँ)।" कहा।

जगन्नाथ ने कहा, "कोई बात नहीं। पहले से सूचना दिए बिना आ जाने पर क्षमा कीजिए।" "नाट एट आल। जब चाहें आएँ।" कहकर उसे ऊपर ले गए।

"कैसे आना हुआ?" लक्ष्य किया।

"मुझे काम है, पाँच मिनट आपसे मिलने के लिए आया हूँ।" कहते हुए जगन्नाथ ने हिचकते हुए व्हिस्की की बोतल उन्हें दी।

"यह तो मखमली पेय है?" अंग्रेज़ी में कहते हुए बड़े संभ्रम से जगन्नाथ से बोतल लेकर धन्यवाद कहा।

"आइए, इस मुलाक़ात को सेलिब्रेट करें।"

"न, अभी-अभी भोजन किया है।" कहते हुए जगन्नाथ ने क्षमा माँगी।

"तब तो थोड़ी लेनी चाहिए।" अनुरोध करते हुए काँच की सुन्दर लम्बी प्याली में भरकर दी।

"लेबर पार्टी जीत रही है।" कहकर बात शुरू की। जगन्नाथ को रेडियो पर रखी एक मैली तस्वीर दिखाई पड़ी। पिछली बार उसने इस तसवीर पर ग़ौर नहीं किया था। उठकर फ़ोटो देखता हुआ बोला—"यदि लेबर सत्ता में आएगी तो कंज़र्वेटिव पार्टी की तरह ही बर्ताव करेगी। पर कंज़र्वेटिव आएगी तो कई बातों में वाम नीति ही अपनाएगी। इंग्लैंड की राजनीति बड़ी विचित्र है।" जगन्नाथ को देखकर अंग्रेज़ी में पुराणिक ने कहा—"बहुत पहले मेरी शादी के वक्त ली गई थी।"

फ़ोटो बहुत ही विस्मयकारी थी। पुराणिक की बग़ल में उनकी पत्नी खड़ी थीं। पुराणिक पगड़ी बाँधे, कोट व कसौटीदार धोती पहने थे। बग़ल में खड़ी उनकी पत्नी, आँचल ढँके बीच में माँग काढ़े मुस्कुराती हुई पुराणिक से सटकर खड़ी थीं। तीन बटनवाले पुराणिक के काले कोट के बड़े-बड़े कॉलरों ने जगन्नाथ को लुभाया। उनके सुधारवादी विवाह के प्रमाण के रूप में ऐसी फ़ोटो में जैसे प्रायः पति-पत्नी माला पहने या सेहरा बाँधे खड़े रहते हैं, ये उस ढंग की न होकर दोनों हाथों में किताब लिए हुए थे। पति-पत्नी दोनों कॉन्वोकेशन की मुद्रा में पुस्तकें छाती से लगाए खड़े थे। इस प्रकार किताब लिए खड़े पति-पत्नी दोनों की आँखों में अपने को औरों से भिन्न समझे जाने की भावना थी। फ़ोटो के नीचे दोनों के नाम तथा विधवा-विवाह के सन्दर्भ में खींचे जाने की बात लिखी थी।

तन्मय होकर फ़ोटो को देखते खड़े जगन्नाथ से पुराणिक ने पूछा—"हैव यू सेक्सीडेड इन शाकिंग द मेडीवल सिटीज़न्स ऑफ़ आवर टाउन?"[1]

---

1. क्या तुम हमारे मध्यकालीन नगर के लोगों को झकझोर पाए?

हँसते हुए जगन्नाथ ने कहा–''कुछ प्रयत्न तो चल रहा है।'' प्याली को नीचे रखकर ''फिर मिलूँगा, क्षमा करें।'' कहकर हाथ मिलाया।

''इस उम्दा ह्विस्की के लिए धन्यवाद।'' कहकर पुराणिक ने फिर से हाथ मिलाया। ''कम अगेन।''

जगन्नाथ बड़े हर्ष के साथ घर लौट आया। पर शाम के काम की याद आते ही खेद हुआ।

जगन्नाथ को आँगन के पार मातंग आकर खड़े दीखे। ज़ीने से उतरते समय पाँव सुन्न-से लगे। हथेली में नमी थी। आँगन के उस पार वे खड़े हैं; अयाचित वे खड़े हैं।...मन-ही-मन कहता चौपाल में आया। ''ठहरिए, अभी आया।'' कहकर भीतर गया। जो चाहे कहिए, मुँह सीकर सुनते रहते हैं। अब धोती पहनकर अपराधियों की भाँति खड़े हैं। जगन्नाथ को पीड़ा हुई। चाबुक की चोट-सी पड़ने पर शायद जग जाएँगे। धोखा, फ़रेब, दुराशा की इस दुनिया में आकर शायद हाथ फैलाएँगे, कामना करेंगे, सीखेंगे।

निश्चय ठोस बना। जगन्नाथ पूजागृह के सामने रुका।

अँधेरे कमरे में टिमटिमाते काँसे के दीप। सम्पुट में कुलदेवता नरसिंह का शालिग्राम। विश्वास है कि उसके अशौच होने से घर में कालिया नाग आता है, बाग़ में आग लगती है। सुना है, हज़ार साल पुराना शालिग्राम है। सदियों से प्रतिदिन उसका तीर्थ पान करने के बाद ही घरवालों ने भोजन पाया है।

दूसरी बार नहाकर आए पुजारी भट्ट ने नन्दादीप में तेल डाला। लगा कि दिन-रात जलनेवाले इस दीप में एक सोंधी-सी बू भी है। गन्ध, तुलसी, शंख, पुष्प, गुलाब, चम्पा, तेल, अगरबत्ती–इन सबकी मिश्रित मीठी बू। बत्ती से बत्ती सुलगकर जलते रहनेवाले दीप की नुकीली जीभ। इससे सुलगी आग के सामने उपनयन और इसकी आग से विवाह का होम। मौसी का ख़याल है कि प्रायः हज़ार साल से यह आग जलती आई है। सनातन दीप है।

इस निरन्तरता की कल्पना से कभी-कभी जगन्नाथ को हँसी आती है। मट्ठे से जामन, इस जामन के मट्ठे से कल का जामन, उसके मट्ठे से परसों का दही; इस प्रकार सालभर उसी मट्ठे से दूध के जमते रहने के कारण मौसी वर्ष में एक बार स्वाती वर्षा का पानी दूध में मिलाकर नया जामन जमाती हैं। पर यह दीया-मात्र घर को अग्निदान करता हुआ सदियों से जलता ही रहा है।

किसी दिन भूल से तेल ख़त्म होने पर वह बुझा भी होगा? भट्टजी ने तत्काल दिलासलाई से फिर जलाया होगा? फिर भी विश्वास जो ठहरा; खानदानी दीप, हज़ार सालों से जलता आया दीप, पितरों द्वारा जलाकर रखा दीप।

पुजारी भट्ट के सामने ही जाकर क्या शालिग्राम को ले आए? कुर्ता पहने क्या अशौच में भीतर जाए? क्या सम्पुट को साथ ले आए? जगन्नाथ का दिल धड़कने लगा। तलुओं में पसीना छूटने लगा। अब पीठ फेरना असम्भव जानकर भीतर गया। अशौच में महाजन को भीतर आते देखकर भट्टजी अवाक् रह गए।

जगन्नाथ के लिए यह अभिनय अनिवार्य था कि उसके बर्ताव में कोई असहजता नहीं है। फिर भी घबराए हुए भट्टजी की देखादेखी मानो बौखलाकर जगन्नाथ को हाथ बढ़ाना पड़ा। किसी के विरोध न करने पर भी साँस रोककर यों आगे बढ़ा, मानो घरवाले सभी उसको पीछे खींच रहे हैं, फिर सम्पुट के साथ शालिग्राम को उठाया। आँखें जल रही थीं। चेहरा तमतमा रहा था। जलते दीप के पीछे खड़े भट्टजी लम्बी छाया बने हुए थे। मुस्कुराने की चेष्टा कर जगन्नाथ ने उनकी ओर विकृत नज़र डाली। किंकर्तव्यविमूढ़ होकर भट्टजी ने बत्ती उकसाकर, हँसने की चेष्टा करते हुए पूछा, ''क्या चाहिए?''

जगन्नाथ ने इतमीनान से दबी आवाज़ में कहा—''कुछ नहीं, बस पाँच मिनट, वापस ले आऊँगा।''

भागने की लालसा को दबाकर सिर झुकाकर पूजागृह की देहरी पार की। धीरे क़दम बढ़ाकर चौपाले में आया। उसके हाथ ने शालिग्रामवाले सम्पुट को मज़बूती से घर में रखा था।

चौपाले से उतरकर आँगन में आया। रुका। पीछे मुड़कर देखने की चाह को दबा गया। फिर भी लगा कि दरवाजे में मौसी, पुजारी भट्ट, रसोइया और उनके बच्चे उसे देखते खड़े हैं। मानो उसकी मौसी की आँखें उसकी पीठ को साल रही हैं। पर पीछे मुड़कर देखने का साहस न था। आँखों में आँखें गड़ाकर उनका तिरस्कार करने में मन की पीड़ा बढ़ने की सम्भावना थी। सम्पुट धरे हाथ से पसीना छूट रहा था। इस नरसिंह शालिग्राम ने शायद कभी देहरी लाँघी ही नहीं थी। मौसी शायद काठ बनी खड़ी होंगी। अपने प्राणों को आँखों में समाकर, शायद उसके लौट आने के लिए प्रार्थना में खींच रही होंगी। वह क्यों इस प्रकार चुपचाप खड़ा है?

सफ़ेद धोती पहने मातंग आँगन में उस पार अनाथ-से खड़े थे। उनकी आँखों में किसी की प्रत्याशा नहीं थी। दरवाज़े में खड़ी मौसी को तथा उसे सिर्फ़ देख-भर रहे हैं। आगे क्या विस्फोटित होगा, इसकी कल्पना उनको नहीं हो सकती थी।

जगन्नाथ धीरे से आगे बढ़ा। दूर पहाड़ी के कन्धे पर सूर्य लाल गोला बना था। हरियाली से भरे टीले पर शाम की हटती पीली धूप बिखरी थी। पहाड़ी के नीचे साँप की तरह टेढ़ी-मेढ़ी सड़क पर शिवमोगा से आनेवाली आख़िरी बस धूल

उड़ाती आती दिखाई पड़ी। गले की घंटियाँ बजाती हुई गायें और बछिए गोशाला में आईं। इस समय मौसी को सामने खड़े रहना था। सिर पर भारी ईंधन ढोए, साड़ी ऊपर किए, भार के कारण तेज़ी से क़दम बढ़ाती हुई कावेरी आँगन पार कर गई। इन बुद्धू मातंगों का मालिक की भाँति कुर्ता पहनना और सफ़ेद धोती बाँधना उसे हास्यास्पद लगा होगा; 'खोक' कर हँस दी।

यह शालिग्राम उसके लिए पत्थर का एक टुकड़ा मात्र है। फिर भी उसके गिर्द कैसा उत्कट नाटक! इस पत्थर के टुकड़े को छूना मातंगों के लिए मैंने क्यों महत्त्व का समझ रखा है?

जगन्नाथ को सहसा आभास हुआ कि इस पत्थर के टुकड़े को मातंगों से छुआकर वह खुद शालिग्राम की उपाधि देने जा रहा है। बड़े प्रयत्न से मुड़कर देखा। मौसी से लेकर घर का हर व्यक्ति खड़ा था। चबूतरे के किनारे नौकर खड़े थे। उस पर ही आँखें गड़ाए थे। मौसी का हलक़ शायद सूख गया था; वरना वह बेशक पुकारतीं। वह ऐसे खड़ी थीं, मानो श्मशान को बेटे की लाश जाते देखती खड़ी माँ हो। कभी देहरी न लाँघनेवाले हज़ार वर्ष पुराने नरसिंह शालिग्राम के प्रति वह जो भी सोच रही होंगी, वह सारा जगन्नाथ की प्रज्ञा का एक अंश बन गया था। हाथ में कसकर पकड़ा हुआ काला पत्थर अंगारे की भाँति जलने लगा था।

मातंगों के लिए यह कर रहा है या अपने लिए? या ब्राह्मणत्व के विसर्जन के लिए? कहीं वह अडिगजी के बनाए अवधूत-मार्ग का तो अनुसरण नहीं कर रहा है? उसके पढ़े हुए मार्क्स, रसेल सभी कैसे सूखे जा रहे हैं!

किसी की अभिलाषा न रखनेवाले मातंग अभी भी प्रेत बनकर सामने खड़े थे। वह इस प्रकार वहाँ खड़ा नहीं रह पाएगा। जिस पल निश्चय दुर्बल होगा उसी पल मौसी की आँखें उसको झपटकर जीत लेंगी। इस पर शालिग्राम को आगे बढ़ाकर निकला हुआ वह और घबराहट से पीछे हटनेवाला वह—दोनों भिन्न नहीं हैं। क्यों यह सनक माथे पर सवार हुई कि गाँव के मंजुनाथ से पहले घर के कुलदेवता का शूद्र-स्पर्श होना चाहिए? वरना उसका निश्चय सच नहीं बन पाएगा, दृढ़ नहीं बनेगा। पुराने को छोड़कर मातंग नएपन को नहीं अपना पाएँगे। इसके लिए आवश्यक हिंसा के लिए तैयार होना परिवर्तन की हिंसा का पहला पाठ होगा। अपनी आलोचना को ठीक समझकर आगे क़दम-भर बढ़ाना होगा।

धोती पहने पहले ही अपराधी से बने खड़े मातंगों में इस डर और आतंक ने शायद घबराहट पैदा की होगी। आगे क़दम उठाकर यदि हाथ के पत्थर को उनके सामने नहीं बढ़ाएगा तो शायद वे चले जाएँगे। तत्काल कुछ-न-कुछ करने का भान होते ही जगन्नाथ ने तेज़ी से क़दम बढ़ाए।

असल प्रश्न है कि पत्थर समझकर जिसे प्रस्थापित किया गया था वह शालिग्राम क्यों बना? बिना किसी स्पष्ट अभिलाषा के चरते-चरते मुँह उठाकर देखनेवाले पशु की आँखों की भाँति मातंगों की आँखें उसे देख रही हैं, बिना किसी प्रत्याशा के। उनके लिए न भूत है, न भविष्य।

मातंगों के पास जाकर रुका। मालिक को बिलकुल निकट आए देखकर मातंग पीछे हट गए। सम्पुट का ढक्कन खोलते समय जगन्नाथ को लगा कि यदि अब शंख और झाँझ बज उठेंगे तो बस व्याख्यान शुरू हो जाएगा। पर नंगे काले पत्थर को हथेली पर रखे, मातंगों के सामने धरा हुआ क्षण धीरे-धीरे अनजाने में ही उस पर आक्रमण कर रहा था। गले की शिराएँ फूल गईं। गहरी काँपती आवाज़ में उसने कहा–

''छुओ!''

चारों ओर देखा। सूर्य डूब रहा है। दरवाज़े में मौसी, पुजारी भट्ट भयभीत खड़े हैं। जनार्दन सेट्टी भी आँगन में एक कोने में खड़े हैं। ओक्कलिग जाति के मज़दूर कमर में कोयला अटकाए दूसरे कोने में दल बनाकर खड़े देख रहे हैं। मुँह पोंछती कावेरी टट्टी से टिकी खड़ी है। सामने मातंग गोबर-गणेश बने खड़े हैं।

जगन्नाथ की देह काँप उठी। फुसलाने के स्वर में दूसरी बार याचना की–''छुओ!''

जो कहना चाहता वे सारी बातें गले में ही धँस गईं।

''इस नाचीज़ वस्तु को छुओ! अपने जीवन को ही हथेली पर धर दिया है, छुओ; मेरे अन्तरंग के अत्यन्त मर्मस्थल को छुओ; साँझ की पूजा की यह बेला है। छुओ! कभी न बुझनेवाला दीप वहाँ सूना-सूना जल रहा है। पीछे खड़े लोग कितने ऋणानुबन्धों की दुहाई देते हुए खींच रहे हैं! किसकी प्रतीक्षा कर रहे हो? मैंने तुम्हारे सामने क्या धर दिया है। मेरे 'लो यह पत्थर' कहकर आगे बढ़ाने के कारण ही यह शालिग्राम है। तुम सभी के छू लेने से, उन सबके लिए यह पत्थर बन जाएगा। मेरे आगे बढ़ाने से, तुम्हारे छूने से, उन सबके देखने से इस स्याही साँझ में पत्थर शालिग्राम बने, शालिग्राम पत्थर बने। जंगली सूअर, शेर, किसी से भय न खानेवाले पिल्ल–छुओ! सीखो। बाद में मन्दिर की देहरी लाँघेंगे–एक ही एक क़दम। सदियाँ बदल जाएँगी। अब छुओ। सीखो। छुओ! कितना सरल है। छुओ।''

हाथ में पसीना छूट रहा था। घबराकर मातंग पीछे हट गए।

जगन्नाथ ने परिस्थिति को समझने की चेष्टा की। वह जानता था : चारों का पता लगाने के लिए अनिमन्त्रित नारियल चलाना इन लोगों ने देखा है।

इन्होंने देखा है थाली में लाल मन्त्राक्षत; उस पर सिन्दूर लगा शिखायुत नारियल।

"यह निरा पत्थर है, छूकर देखो, तुम खुद जान लोगे।"

जगन्नाथ ने अपने रोज़ के अध्यापकीय लहजे में धीरज बँधाया। सहसा पता नहीं, मातंगों को क्या हुआ–सब पीछे हट गए। जगन्नाथ ने गुस्से से तमतमाकर कहा–"हाँ, छुओ!"

मालिक को आगे बढ़ते हुए देखकर मातंग विवशता से पीछे हट गए।

"ऐ पिल्ल छू ले; छू ले!"

पिल्ल आँखें फाड़े खड़ा रहा।

जगन्नाथ के गले से एक निकली आवाज़ मानो बौखला गए पशु की आवाज़ जैसी थी। अपनी आवाज़ से खुद उसी को घबराहट हुई। "छुओ, छुओ, छुओ!"

इस आवाज़ से लाचार होकर मातंग यन्त्रवत् आगे आए और जगन्नाथ की बढ़ाई हुई वस्तु को छूने की रस्म अदा करके झट पीछे हटकर खड़े हो गए।

क्रूरता और दुख से दुर्बल जगन्नाथ ने शालिग्राम को वहीं फेंक दिया। तनकर खड़ी हुई एक आर्तता का विकृति में पर्यवसान हुआ था। मातंगों को अछूत समझनेवाली मौसी की मानवीय भावनाओं को भी उसने एक पल के लिए भुला दिया था। उसको मातंग अर्थहीन वस्तु जैसे लगे। जगन्नाथ सिर झुकाए खड़ा था। मातंगों का चला जाना वह जान नहीं सका। अपने ऊपर भिन्नाते हुए यों ही टहलता रहा। छूकर रही-सही मानवीयता को भी खोकर वे और वह दोनों मर जो गए; इसका कारण क्या अपने भीतर है, या समाज के भीतर? कुछ समझ न पाकर बौराया हुआ घर आया। मौसी ने मुँह नहीं दिखाया; अपने कमरे के किवाड़ बन्द किए सोई थीं। पुजारी भट्ट, रसोइए–सभी बिस्तर-बोरिया लेकर घर छोड़ रहे थे।

अब सारे घर में वह और मौसी, केवल दो जन रह गए थे!

15

"राजनीति काफ़ी नहीं है," देसाईजी ने कहा।

और जगन्नाथ को लगा जैसे बातों के प्रवाह में उन्होंने बहस की धारा ही बदल दी। जगन्नाथ चाहता था, ड्राइवर वुडन से कह दे कि कार सर्विस के लिए ले जाए। भारतीपुर से बेंगलूर तक गाड़ी चलाकर वैसे भी शायद वह थक गया होगा। 'क्षमा कीजिएगा,' कहकर जगन्नाथ बाहर आया। वुडन को पैसे देकर भेज दिया और जब वह अन्दर आया तो ऐसा लगा जैसे देसाईजी उसे भूल चुके हों। उनके चेहरे पर एक मिनट पहले जो तीव्रता थी वह ग़ायब हो चुकी थी। एक पाँव पर दूसरा पाँव रखे आराम से एक पाँव हिलाते हुए वह पढ़ने बैठे थे।

कैलेंडरों पर देखा हुआ उसका नुकीला एवं लम्बा चेहरा। साफ़ हजामत, विशाल ललाट। विशाल आँखें नहीं मगर तीक्ष्ण रूप से देख सकनेवाली छोटी-छोटी आँखें। नाटे और मोटे से नज़र आनेवाले ये शुभ्र चेहरेवाले व्यक्ति हलवाई जैसे लगते थे। उन्नीस सौ बयालीस में 'भारत छोड़ो' आन्दोलन के हीरो। जेल से भागे इस व्यक्ति का पता चलानेवाले को दस हज़ार रुपये का इनाम देने का एलान ब्रिटिश सरकार ने किया था। आज इंटरनेशनल स्कूल के मालिक हैं।

फिर जगन्नाथ के आते ही प्रेम से उन्होंने हाथ मिलाया था। फिर दोस्तों जैसे अन्दाज़ में बताया था कि इधर उनकी तबीयत अच्छी नहीं है। पाँच मिनट में जगन्नाथ का काम हो चुका था।

"मार्गरिट ने मुझे भी लिखा है, अगले जून से वह स्कूल में काम शुरू कर सकती है। उसके पिता मेरे परिचित भी हैं"–बताकर देसाईजी ने कहा था कि इसके लिए जगन्नाथ को इतनी दूर आने की आवश्यकता ही क्या थी?

देसाईजी के व्यक्तित्व से उभरी कुलीनता से जगन्नाथ को धीरे-धीरे आराम मिला। चाय लाने के लिए नौकर से कहकर देसाईजी ने कहा कि इधर तो आप चर्चा के विषय बन गए हैं?

जगन्नाथ को लगा था कि देसाईजी के सामने अपने मन के ऊहापोह का

क्यों न जिक्र किया जाए? कहना चाहता था—मैं या मातंग सचमुच कोई तैयार नहीं हुए हैं, देसाईजी। इसलिए अपने अहं के वास्ते उन्हें मन्दिर के भीतर ले जाना शायद मूर्खता होगी। अतएव, सोच रहा हूँ कि मैं अपने सारे प्लान को स्थगित कर दूँ। इस मामले में कम-से-कम एक दिन के लिए ही सही शान्तिपूर्वक सोच-विचार करने के लिए गाँव से निकल आया हूँ। बताइए, आपकी क्या राय है?

मगर जगन्नाथ ने कहा नहीं। मन में ही अपने विचारों को रखे देसाईजी की बातें सुनता रहा। लगा कि इधर उन्होंने जो नए दाँत लगाए हैं, उससे कष्ट हो रहा होगा।

हर शब्द पर ज़ोर देकर अत्यन्त आत्मीयता से देसाईजी ने बातें कीं। बताया कि राजनीति क्यों उसके लिए पर्याप्त नहीं? अत्यन्त निजी बातचीत को सार्वजनिक भाषण के ढाँचे में बिठानेवाली उनकी भाषा की वजह से जगन्नाथ उनकी ओर ध्यान नहीं दे पाया।

वह बातें आरम्भ करते-करते जगन्नाथ पर आँखें गड़ाकर चुप हो गए।

कहते हैं, भारत जब आज़ाद हुआ तब देसाईजी पेरिस में थे। अखबारों से ख़बर पाते ही उन्हें एक अजीब अनुभव हुआ। उन्हें ऐसा लगा कि बयालीस आन्दोलन में जान को जोखिम में डालकर उनके संघर्ष न करने पर भी यह आज़ादी किसी-न-किसी प्रकार हासिल हो ही जाती, तब लगता है कि उनके जीवन में बड़ी खाई पड़ चुकी है। अब तक मानो वह प्रवंचना में जी रहे थे। प्रेम तथा सफलता के लिए छटपटानेवाले इस जीवन को एक निश्चित खूँटे से बाँध रखना भी ग़लत है। इतिहास तो अवैयक्तिक होता है...।

वह बोलते जा रहे थे! जगन्नाथ का ध्यान उनके हाथों की ओर गया। भाषण की गति में उनके हाथ हिल रहे थे। मैंने बाद में अरबिन्द को पढ़ा; जे.के. से मुलाक़ात करके उनके साथ थोड़ा समय बिताया। सचमुच क्रान्ति, याने, सर्वकालिक अर्थपूर्ण क्रान्ति, याने 'द ओनली रिवोल्यूशन' कहते समय देसाईजी ने हर शब्द को कठोर बना दिया था। उसके मन के भीतर घुसकर कब्ज़ा जमाने के लिए मानो शब्दों की बौछार किए जा रहे थे।

"सुनो, वह अनुभव कैसा था, एकाएक तुम्हारे मौन में कैसी सिद्धि होती है! व्हेन द ब्रेक थ्रू कम्स" कहते हुए देसाईजी उठ खड़े हुए थे। उसकी ओर देखते हुए उनकी आँखों से आँसू छलक कोमल बन चुके थे। उनका यह ब्रेक थ्रू फिर से उन्हें सच लगे इसके लिए सुननेवाले की ज़रूरत है—जगन्नाथ को लगा।

चाय आ चुकी थी। इंटरनेशनल स्कूल के किचन में तैयार क्रीम केक को बड़े

चाव से जगन्नाथ ने खाया। चाय पीते-पीते उदास होते जा रहे देसाईजी को देखकर विषयान्तर करने की कोशिश की।

देसाईजी ने फिर बातें शुरू कीं कि संघर्ष के परे की स्थिति को हासिल करना होगा। जगन्नाथ को माँ की याद आई। ज़मींदारी की देखभाल पिताजी के कन्धे पर थी। उसके पिता उतने सरस नहीं, पैसे से चिपकनेवाले आदमी थे। पता नहीं कि पिता से माँ को प्रेम था भी या नहीं! अतिथि-सत्कार, घर का काम-काज, दर्द-भरा शरीर, गाय-बैलों की देखभाल, फूल-पौधे उगाना, संगीत–क्या इनमें ही माँ खपकर मर गई? देसाईजी जिस सिद्धान्त का बखान करते हैं उस सिद्धान्त को माँ वैचारिकता के धरातल पर अवश्य समझ नहीं पाई थी। बातों की, विचारों की पकड़ में न आनेवाली चीज़ का सच लगना कितना कठिन है?

"चलें, स्कूल देखें।" कहकर देसाईजी उसे साथ ले गए। अमेरिका, इंग्लैंड, जर्मनी आदि सभी देशों के बच्चे स्कूल में थे।

"बिना किसी भी प्रकार की कंडीशनिंग के बच्चों की परवरिश करने का प्रयत्न करते हैं..." देसाई कहते जा रहे थे।

विशाल तथा सुरम्य स्थान पर स्कूल था। भारतीय बच्चों के साथ एक पेड़ के नीचे यूरोप के बच्चों को खेलते हुए देखा। मृदु स्वर में जब जगन्नाथ ने पूछा "फ़ीस कितनी है?" तो देसाई ने बहुत शरमाते हुए बताया कि "एक साल के लिए, एक बच्चे के पीछे कम-से-कम चार हज़ार रुपये का ख़र्च होता है। मुझे इस बात का दुख है कि ग़रीब बच्चों को ऐसी शिक्षा नहीं दी जा सकती।" जगन्नाथ को उनकी कसमसाहट में सचाई दिखाई दी, और दुख भी हुआ कि कहीं उसके कारण इन्हें ठेस न पहुँची हो।

जगन्नाथ कुतूहल से उस झोंपड़ी के अन्दर गया जहाँ चित्रकला की शिक्षा दी जा रही थी। भूरे बालोंवाली साड़ी पहने एक अमेरिकन महिला सहसा रंगों को उड़ेल देने पर क़रीब सात-आठ वर्ष की एक भारतीय लड़की को पीटने के लिए हाथ उठाया था। किसी को आते देखकर 'चाइल्ड, डोन्ट वी क्लमज़ी' कहकर, ऊपर उठाए हाथ को जल्दी से कमर पर रख लिया। जान-बूझकर देसाईजी ने उसी ओर ध्यान न देकर जगन्नाथ का परिचय उससे करवाया। जगन्नाथ ध्यान से बच्चों के बनाए चित्र को देखकर बाहर आ गया।

गेट तक आकर विदाई देने के लिए देसाई साथ चल पड़े। पेड़ों से घिरी सुन्दर पगडंडी पर खड़े-खड़े फिर बातें शुरू कीं।

"देखिए न, सेक्स के सम्बन्ध में हम किस प्रकार सोचते हैं। मेरा नेफ़्यू जब

अध्ययन के लिए अमेरिका जा रहा था, तब मैंने पूछा था, तुम युवक हो! सेक्स के बारे में तुमने क्या सोचा है? अमेरिका भारत जैसा नहीं है। सेक्स की आज़ादी वहाँ यहाँ से अधिक है। पर, सुनो भई, सेक्स ग़लत भी नहीं, ठीक भी नहीं। उसमें एक समस्या है, बस। स्त्री के साथ सम्भोग करते समय हमारा शरीर और मन दोनों फूल जाते हैं। सम्भोग की क्रिया में शरीर हलका बन जाता है, मगर मन नहीं। मनुष्य को सेक्स में सचमुच का शमन प्राप्त नहीं होता। वास्तव में यही समस्या है। इसलिए ही कोमलता (टेंडरनेस) चाहिए। ऐसी आशा होनी चाहिए कि जैसा सुख मिलेगा वैसा सुख स्त्री को भी प्राप्त हो। देखो, असली समस्या यही है कि मन को डिट्यूमेसेंट स्थिति में कैसे लाया जाए? राजनीतिक या आर्थिक तनाव से भी ज्यादा आदमी को सतानेवाली मूलभूत समस्या यही है।''

चूँकि गेट नज़दीक था, देसाईजी ने हाथ बढ़ाया। जगन्नाथ ने आज्ञा माँगी।

जगन्नाथ कार में बैठकर जब चलने को हुआ तो बेंगलूर सिटी जाने की तैयारी में खड़े स्कूल के मैनेजर ने लिफ्ट माँगी। रास्ते में उनसे जगन्नाथ ने पूछा, ''क्या आप बच्चों को परीक्षा के लिए तैयार नहीं कर रहे हैं?'' इतने पैसे खर्च करने के पश्चात् पेरेंट्स क्या चुप रहेंगे?'' उन्होंने कहा, ''कंडिशनिंग न होने देकर, बच्चों को परीक्षा के लिए तैयार करने के लिए देसाईजी बड़ा प्रयत्न करते हैं। मगर कम्प्रोमाइज़ किए बिना कोई चारा नहीं।''

दस मील के बाद बेंगलूर आया।

''आपको फिर आना पड़ेगा। कल ही मार्गरेट के नाम एक और पत्र भेज रहे हैं।'' कहकर मैनेजर उतरे।

रेस्तराँ में जगन्नाथ ने भोजन किया। यह सोचकर बेंगलूर आया था कि मन यहाँ आकर कुछ हलका हो जाएगा। शालिग्राम को जिस रात वह मातंगों को देने गया था, उस रात उसे नींद नहीं आई थी। आधी रात में उठकर मातंगों की झोंपड़ियों तक जाकर उन्हें जगाने का साहस न कर सका और वापस आ गया था। मातंगों को मन्दिर ले जाने का निर्णय क्या कच्चा निर्णय था? यह बात और स्पष्ट हो जाए, इस उद्देश्य से भी वह बेंगलूर आया था। बिना किसी भी अहं के अपनी घोषित योजना छोड़ने के लिए जगन्नाथ तैयार था। मगर उसे यह सन्देह भी था कि क्या वैसा करना ठीक रहेगा?

देसाईजी ने जो बातें कहीं उनसे जगन्नाथ का मन बेचैन हुआ था। लगा था, कहीं योजना कृत्रिम तो नहीं? मातंगों के साथ उसने इतने दिन जो बिताये हैं उनमें कम-से-कम एक क्षण ही सही, सच्चा अनुभव न अपने लिए हुआ था और न

उनके लिए।

भोजन समाप्त करते ही कार में बैठकर कहा, "वुडन, सीधे भारतीपुर चलेंगे। तुम थके हो तो थोड़ी दूर मैं कार चलाऊँगा।"

जगन्नाथ को सहसा महसूस हुआ कि बेंगलूर में रहकर किसी भी निर्णय पर आना संभवतः कठिन है। फिर उसी घर जाना चाहिए। एक कीड़ा भी जहाँ न रेंगता हो वहाँ घूमना चाहिए, दुख से सूखती जा रही मौसी को देखना चाहिए। इस यथार्थ का सामना करके, आराम से सोचना चाहिए कि उसकी योजना की इन मातंगों को कितनी आवश्यकता है? इन्तज़ार करना चाहिए। जिस किसी भी घड़ी अनुभव हो कि जो कुछ वह कर रहा है, वह कृत्रिम है, अहं से जन्मा है, उसे फ़ौरन वहाँ से बाहर निकल आने का साहस दिखाना चाहिए।

देसाईजी से मिलते वक़्त एक अजीब अनुभव हुआ था। व्यंग्य से उनको देखा और आदर से उन्हें सुना। सब झूठ लगा। फिर भी उनकी उत्कटता मजबूर करनेवाली थी। यदि उन्होंने यह कहने का प्रयत्न किया कि मातंगों को मन्दिर के अन्दर ले जाना अनावश्यक है? इसके बदले कौन-सा सच है, यह बताने की देसाईजी की तड़प में मुझे दरार दिखाई पड़ी थी। वह जो कर रहा है, आलोचना से समझी जानेवाली बात वह नहीं है। भारतीपुर के मातंग उसका निर्णय करेंगे। भरसक आगे बढ़ने का कारण बनना, प्रतीक्षा करना; फिर सब यदि कृत्रिम लगे तो हट जाना–इतना ही उससे संभव है। एक महत्त्वपूर्ण कार्य के लिए अपने को उत्सर्ग नहीं कर पाया तो आत्मरत बनकर रह जाएगा।

16

जगन्नाथ जब भारतीपुर पहुँचा तब रात के नौ बज रहे थे। घर में मौसी और नौकरानी के अलावा कोई दूसरा नहीं था। मौसी के सूखे चेहरे को देख कहने की इच्छा हुई–मैं कायर नहीं हूँ मौसी, मेरा निश्चय यदि अपक्व लगेगा तो मैं सारी योजना से हाथ धो लूँगा।

मगर सम्भव नहीं हुआ। "थका हूँ। नहाकर खाना खाऊँगा।" कहकर स्नानघर में घुस गया। खूब नहाया। मौसी ने परोसा। थोड़ा दाल-भात खाकर कमरे में गया।

दिसम्बर की जाड़े की रात। थोड़ी देर तक पढ़ा, फिर दीया बुझाकर सो गया। उल्लास के अभाव में कुछ भी किया जाए, कोई प्रयोजन नहीं। कुछ तो सारा वातावरण उदास करनेवाला था। दुःशाला ओढ़े, पाँव फैलाए ज्यों ही पलकें बन्द कीं, थोड़ा आराम मिला। दिन का जीवन सार्वजनिक होता जा रहा था, रात को बिस्तर पर लेटकर नींद आने तक उसने जिस एकान्त का अनुभव किया वह अत्यन्त प्रिय था।

उस दिन अख़बारों में छपे पत्रों का स्मरण किया। खंडन-मंडन करनेवाले पत्र और प्रशंसात्मक–दोनों ही अर्थपूर्ण नहीं लगे। मन हलका हुआ। क्या मार्गरेट इस स्कूल को पसन्द करेगी? देसाईजी के आदर्श और स्कूल के यथार्थ के बीच की दरार देखकर क्या उसको निराशा तो नहीं होगी? देसाईजी के बारे में मार्गरेट को लिखने का निश्चय किया। माँ की याद आई। बचपन में रात-भर जाग करके देखे यक्षगान नाटक याद आए। हर साल मेले पर एक यक्षगान नाटक उसके घर के खर्चे से होता था। मगर अबकी बार यक्षगान खेलवाने की माँग लेकर कोई नहीं आया।

नींद आने ही वाली थी, किसी ने बाहर से 'हाय भगवान' कहकर आवाज़ दी। भयग्रस्त स्वर! जगन्नाथ उठकर टॉर्च लेकर नीचे आया। अमावस का घना अन्धकार। आँगन के उस पार खड़ा कोई रो रहा है।

टॉर्च की रोशनी में पिल्ल के माँ-बाप नज़र आए। पिल्ल का बाप मात्र लँगोट पहने सर्दी के कारण थर-थर काँप रहा था। उसके बाल बिखरे हुए थे। और आँखें लाल थीं। मुँह से दारू की बू आ रही थी। जगन्नाथ ने धीमे स्वर में पूछा, ''क्या बात है?''

बार-बार पूछने पर भी जो मालूम हुआ, वह इतना ही कि रात को पुलिस आकर पिल्ल को ले गई।

''अपनी झोंपड़ी को जाइए, मैं उसे छुड़ा ले आऊँगा।'' जगन्नाथ ने धीरज बँधाया।

कार लेकर वह भारतीपुर के पुलिस-स्टेशन गया।

जगन्नाथ को देखते ही घनी मूँछोंवाले एक दफेदार ने खड़े होकर नमस्ते की।

जगन्नाथ ने अधिकार से पूछा, ''ड्यूटी पर कौन है?''

''मैं ही हूँ साहब, क्यों?''

''ज़रा दारोग़ा को तो बुलाइए?'' जगन्नाथ मेज़ पर के बिलकुल सामनेवाली कुर्सी पर बैठा। दफेदार खड़ा ही रहा।

''साहब सोए हुए हैं, सर!''

''यह पूछने के लिए आया कि हमारे घर के नौकर पिल्ल को क्यों थाने पर लाया गया है?'' जगन्नाथ ने थोड़े कठोर स्वर में कहा।

''वह केस बन गया है सर, क्रिमिनल केस।''

''बताइए वह कौन-सा केस है, चाहें तो मैं ज़मानत दूँगा। उसे पहले लॉकअप से मुक्त कर दो।''

लगा, दफेदार अवाक् रह गया हो। खड़े-खड़े विनम्रता से कहा—''ये साले मातंग के बच्चों की करतूतों की कोई सीमा नहीं है, सर। सुना, वह पिल्ल किसी शेट्टियों की किसी लड़की का शील हरण करने गया था। कम्पलेंट आया इसलिए...।''

''स्टेटमेंट दिखाइए।''

''लड़कीवालों को यहाँ आकर केस दाख़िल न करने दो। हो-हल्ला मच जाएगा। चार थप्पड़ लगाकर बाहर ढकेल देने को कहा गया, सर।'' दफेदार ने डरते हुए कहा।

जगन्नाथ लाल हो गया।

''ऐसा करना क़ानून के विरुद्ध है, दफेदार। यदि मैं आपके ख़िलाफ़ डी. एस. पी. को कम्पलेंट कर दूँ तो क्या होगा, जानते हो? पिल्ल कहाँ है? लड़की के पक्षवाले कहाँ हैं?''

"वह भी आप ही के नौकर हैं, सर। शैट्टियों में से शीनप्पा नाम का एक है न? वही। मालिक गाँव में नहीं हैं, वरना वे ख़ुद कम्पलेंट करते—ऐसा शीनप्पा ने स्वयं आकर कहा।"

"पिल्ल कहाँ है? पहले उसे दिखाइए।"

"तो हम केस दाख़िल कर लेते हैं, सर!"

जगन्नाथ महसूस करने लगा कि पिल्ल को आसानी से छोड़ने के लिए दफेदार तैयार नहीं है। थोड़ी-सी और डाँट पिलाई—

"सुनिए, क़ानून के अनुसार आप लोगों ने बर्ताव नहीं किया है—मुझे शोरगुल मचाना पड़ेगा। पहले, मुझे पिल्ल को दिखाइए।"

"बड़ों की बात से मैं इन्कार नहीं करता सर, मगर ये हरामज़ादे मातंग बच्चे...!"

"दफेदार, दिखाओ कि पिल्ल कहाँ है?"

जगन्नाथ काँपता हुआ उठ खड़ा हुआ। दफेदार चाभी हाथ में लिए चला। लॉकअप का ताला खोलकर दफेदार मौन खड़ा रहा। जगन्नाथ ने टॉर्च की रोशनी जलाई और देखा, एक कोने में पिल्ल सिकुड़कर बैठा था। ऐसा दिखाई पड़ा कि मानो उसे अपने शरीर का बोध ही न हो। 'पिल्ल,' कहकर बुलाने के बाद उसने यातना से आवृत्त अपना मुँह ऊपर उठाया। आँखें सूजी हुई थीं। नाक और होंठों से रक्त निकल चुका था। उसकी आँखों में उसे पहचान सकने की दृष्टि नहीं-सी दिखाई पड़ी। जगन्नाथ ने और थोड़ा नज़दीक आकर टॉर्च जलाई। उसने जो सफ़ेद कपड़ा उसे दिया था, उस पर रक्त के धब्बे पड़े थे। कुर्ते का कॉलर, आस्तीन सभी फट चुके थे।

"आप मनुष्य हैं या जानवर?"

"उसके मुँह पर शीनप्पा के पक्षवालों ने ही मारा, सर। मुँह ख़ुलवाने के लिए, हाँ, मैंने भी चार थप्पड़ दिए हैं। वरना इनकी ज़बान ही नहीं हिलती, सर।"

जगन्नाथ को थकावट महसूस हो रही थी। अनायास अभिव्यक्त हो रही इस क्रूरता के पीछे शताब्दियों की मूढ़ता थी। कुलीन लड़की को मातंग ने चाहा था। परन्तु किसी से भी हो सकनेवाली यह गलती, मातंग से हो जाने के कारण घोर पातक जैसी नज़र आ रही थी। जगन्नाथ जानता था कि ऐसा लगना सहज है, अतः दफेदार पर आग बरसाना निष्प्रयोजन समझकर और अपनी यातना का घूँट स्वयं पीकर बोला—"पिल्ल उठो, आओ मेरे साथ।"

फ़ौलादी युवक पिल्ल डर के मारे चूहे की तरह कोने में पड़ा था। उसके सफ़ेद कपड़े पर रक्त के धब्बों को देखते ही जगन्नाथ का कलेजा मुँह को आ गया।

दफेदार ने गरजकर ज्यों ही 'उठ रे' कहा, पिल्ल भयग्रस्त कीड़े की भाँति और भी सिकुड़ गया। "दफेदार, आप चुप रहिए।" कहकर जगन्नाथ ने स्वयं पिल्ल के पास आकर उसे उठाने के लिए हाथ बढ़ाया।

"उसे आप क्यों छूते हैं? उस कमबख्त को क्या हुआ है, उठता है?" दफेदार ने उसी रोब से कहा। जगन्नाथ के उसकी परवाह न करके पिल्ल की भुजा को मृदुता से पकड़ा। जगन्नाथ ने उसे स्पर्श करते ही पिल्ल भय के मारे फिसलता-सा दिखाई पड़ा। "डरो मत, पिल्ल, मेरे साथ आओ।" कहकर पिल्ल के भय पर ध्यान न देकर उसे लॉकअप से बाहर, धीरे-धीरे लाकर कार में बिठा लिया। दफेदार को देखकर जगन्नाथ ने कहा–"चाहो तो कल दारोग़ाजी से मैं खुद आकर कहूँगा।" और कार ड्राइव करके चला आया।

पिल्ल चबूतरे पर चढ़ता नहीं। मजबूर करके चबूतरे पर लिवा लाया गया तो माँझधर में आता नहीं। जगन्नाथ ने नौकर को जगाकर गैस लाइट जलवाई। अन्दर जाकर टिंचर, रुई, डेट्टाल लाकर, पिल्ल के कुरते को निकाला। जगन्नाथ की सेवा से पिल्ल कराह उठा। पिल्ल के काले शरीर पर चोटें थीं। घाव धोकर, टिंचर लगाकर उसे चटाई पर सुलाया, और अन्दर से ब्रांडी लाकर, थोड़ा उसे पिलाने के बाद लगा कि उसे थोड़ी चेतना आ रही है।

नंगे शरीर के कारण पिल्ल सर्दी से काँप रहा था। जगन्नाथ ने अपना एक कुर्ता-धोती दिया, और ओढ़ने के लिए कम्बल। पिल्ल का चेहरा घबराहट से विकृत था। जगन्नाथ ने पूछा–"शाम को खूब पी थी?"

हामी में सिर हिलाया। मुश्किल से उठकर बैठा।

"तुमने जो कुछ किया, क्या वह सच है?"

पिल्ल जगन्नाथ के पाँवों पर गिर पड़ा। जगन्नाथ ने कहा–"छिः छिः, उठो!"

"कावेरी थी न?"

पिल्ल के मौन ने 'हाँ' कहा।

"तुम्हारे मन में जो वासना उत्पन्न हुई, वह ग़लत नहीं है, पिल्ल। चूँकि तुम मातंग हो न, इसलिए वह बड़ा पातक-सा दीख पड़ता है। न चाहनेवाली लड़की से ज़बरदस्ती नहीं करनी चाहिए। जो कुछ हुआ मुझे बताओ।"

जगन्नाथ को ही आश्चर्य हुआ, क्योंकि उन दोनों के बीच का वातावरण पहली बार साफ़ हुआ था। पिल्ल तुतलाता हुआ बोलने लगा था। पहली बार उसके मुँह से ये बातें निकली थीं। गैस की रोशनी में चौपाले में इस प्रकार आमने-सामने बैठकर जो बातें हुईं, वह जगन्नाथ के मस्तिष्क में सदा के लिए रह जानेवाली घटना बन गई।

पिल्ल ने उस पर आक्रमण नहीं किया था, मगर पी चुका था। कुछ गुनगुनाते हुए अकेला जा रहा था। उसको सफ़ेद कपड़ा पहने देखकर शराबखाने में सभी ने उसका परिहास किया था। रोष आया था। खुशी भी हुई थी। आते समय रात में टट्टी की आड़ में कुछ दीख-सा पड़ा। नज़दीक आकर देखने पर पता चला कि जनार्दन सेट्टी कावेरी के सारे कपड़े उतार रहा था। उसकी उपस्थिति को उन लोगों ने लक्षित नहीं किया। वैसे देखते-देखते क्या हुआ—मालूम नहीं। सीधा वहाँ पहुँचा, जहाँ कावेरी नंगी खड़ी थी। बाँह फैलाए आए पिल्ल को देखकर शेट्टी चम्पत हो गया। कावेरी ने अपना बदन ढँक लिया। वह उसी प्रकार खड़ा रहा। सहसा, पीछे से जनार्दन शेट्टी ने आकर सिर पर मारा। बस, मूर्च्छित जब होश में आया तब कोई नहीं था वहाँ। पिल्ल उठकर घर गया। किसी से कुछ कहा नहीं। माँ-बाप ने समझा होगा, पीकर या झगड़ा करके आया है। रात में थोड़ी देर बाद एक पुलिसवाला आकर घसीट ले गया और मार-मारकर हड्डी-पसली एक कर लॉकअप में डाल दिया।

अपनी चहेती युवती पर पिल्ल का भी मन ललचाता है, यह देख जगन्नाथ को अजीब अनुभव हुआ। गैस की रोशनी में बैठा काला एवं बलिष्ठ शरीर, उसके शरीर के ही जैसा वासनायुक्त है, जीवन्त है। अब वह उसे बेशक छू सकता है।

"पिल्ल, आप लोगों को बिना डरे मेरे साथ मन्दिर के अन्दर आना चाहिए, समझे?" कम्पित स्वर में जगन्नाथ ने कहा। पिल्ल के चेहरे पर स्नेह भाव दिखाई पड़ा, जिससे खुशी हुई। उसे लगा, आइन्दा अवश्य बातें कर सकते हैं।

"यहीं सोओगे, या झोंपड़ी को जाओगे?"

"चला जाऊँगा, मालिक," पिल्ल मुश्किल से उठ खड़ा हुआ।

"थोड़ी दूर तक मैं भी साथ दूँगा," कहकर टॉर्च लेकर जगन्नाथ चल पड़ा। मुश्किल से चल रहे पिल्ल का साथ पकड़ा।

"छुइएगा मत, मालिक," पिल्ल को कहते देखकर जगन्नाथ को खुशी हुई।

"ऐ गधे, छूने से क्या होगा रे?" जगन्नाथ ने मज़ाक किया।

मातंगों की झोंपड़ियों तक जगन्नाथ गया। अन्दर जाने को मन हुआ, मगर मातंगों की झोंपड़ियों में ब्राह्मणों के प्रवेश ने उनका बुरा होने के विश्वास के कारण, उनके बुलाए बिना स्वयं जाना अच्छा नहीं समझा। अतएव बाहर ही खड़े होकर बोला, "डर मत, पिल्ल, कल आकर सब लोग मुझसे मिलना।" वापस

घर आकर सो गया। मौसी अभी सोई नहीं थीं। पर जगन्नाथ से उन्होंने कुछ पूछा नहीं।

उसने पिल्ल के सामने शालिग्राम धर दिया था। उसके मन में भी वासना जगानेवाली कावेरी के देह के लिए पिल्ल ने हाथ बढ़ाया था। अपने अडिगजी के पैसे चुराने या बाग़ में शीनप्पा को चोरी करते हुए पकड़ने की घटनाएँ याद आती जा रही थीं।

17

दूसरे दिन सबेरे कावेरी घर के काम पर नहीं आई। शेट्टी ने अपना मुँह नहीं दिखाया। शानुभोग शास्त्री जी बड़ी नम्रता से सामने खड़े होकर बीती घटना से अनजान दिखाई देने का अभिनय करते हुए बोले–''कह रहे हैं कि आइन्दा शेट्टी के मज़दूर काम पर नहीं आएँगे। क्या किया जाए?''

"कन्नडा जिले से मज़दूरों को ले आए।'' कहकर जगन्नाथ ने रायसाहब के बेटे रंगण्णा से पूछा, ''क्या पिताजी घर पर हैं?''

जगन्नाथ कचहरी से बाहर आकर टहलने लगा। दूर से रायसाहब को आते देखकर उसे खुशी हुई। आँगन में उनकी प्रतीक्षा करता खड़ा रहा। तेज़ी से आए रायसाहब घबराए जैसे लगे। शालिग्राम का मातंगों को स्पर्श जो कराया था उसके पुजारी पुजारी भट्ट तथा रसोइए ने सारे गाँव में प्रचार किया था। लोगों के बीच फैली अफवाहें सुनकर कल रायसाहब घर आए थे। एकाएक जगन्नाथ के बेंगलूर जाने की ख़बर सुनकर घबरा गए थे।

जगन्नाथ रायसाहब को ऊपर ले गया और पिल्ल के पुलिस द्वारा पीटे जाने की बात बताई। ''मैं सुन चुका हूँ,'' कहकर रायसाहब ने आशंका जाहिर की कि ''यह हिंसा के लिए मौक़ा दे रहा है।''

''मेरा निश्चय पूर्ण रूप से जब अपक्व लगे तो मैं पीछे हट जाऊँगा, रायसाहब।''

''इतना सब हो जाने पर पीछे हटना भी सम्भव नहीं, जग्गू भैया।'' कहकर रायसाहब ने लम्बी साँस ली।

''आज के अख़बार में क्या है?''

''कुछ नहीं, पाठकों के कुछ पत्र हैं। यह ख़बर भी है कि मैसूर की सोशलिस्ट पार्टी के नीलकंठस्वामी और रंगराव मन्दिर-प्रवेश आन्दोलन में भाग लेने भारतीपुर के लिए चले हैं। मागड़ी के अनन्तकृष्ण ने मुझे लिखा है कि वह सर्वोदय कार्यकर्ताओं की ओर से आ रहा है।''

“रायसाहब, मौसी मुझसे बोल ही नहीं रही हैं। लगता है, वह बहुत, डर गई हैं। खाना पकाने के लिए आदमी नहीं है। ज़रा उन्हें ढाँढ़स बँधा सकेंगे?”

“अच्छा जग्गू भैया, मैं इसलिए तुम्हारे पास आया कि तुम्हें तुरन्त एक काम करना है। शिवमोगा में हरिजन डी. सी. सत्यप्रकाश हैं। उससे तुम एक बात कह दो कि मेले के समय पर आशंकित हिंसा को रोकने के लिए पुलिस भेजें। तुमने अख़बारों में पढ़ा होगा कि आन्ध्र में मातंगों को जला दिया गया। कहा नहीं जा सकता कि वैसी घटना इस गाँव में नहीं हो सकती।”

जगन्नाथ को रायसाहब का कहना बिलकुल ठीक लगा।

“तो मैं अभी शिवमोगा जाऊँगा और शाम तक लौट आऊँगा। आप थोड़ा मौसी के साथ रहकर उन्हें ढाँढ़स दीजिए।”

रास्ते में वासु ने हाथ दिखाकर उसकी कार रोकी। उसके संग प्रभु और नागराज जोयिस भी थे। जगन्नाथ को अकेलेपन की आवश्यकता थी। मगर जब वासु यह पूछ बैठा कि “शिवमोगा जा रहे हो तो हम भी चलेंगे,” तब कार में बिठाना पड़ा। वासु बातें करने लगा। “शिवमोगा में मिठाई बनानेवाला कारीगर है, उसे बुलाना चाहिए। मेले तक दुकान तैयार होनी चाहिए। यह सब अपने ऊपर क्यों ढो रहे हो जग्गू भैया, तुम्हें यह सब नहीं करना चाहिए था”–इत्यादि।

जगन्नाथ उत्तर दिए बिना ड्राइव करता रहा। जोयिस ने वासु से कहा कि “इस सवाल से भी बढ़कर कि जगन्नाथ जो कर रहे हैं वह ठीक है कि नहीं, एक दूसरा सवाल है। उपनिषद् का कहना है–एक ऋषि को यदि सबकुछ दीख पड़ना सम्भव होता तो उसकी वाणी ही साक्षी बन जाती। अलग-अलग ऋषियों की आवश्यकता क्यों होती? जो स्थिर है, वह जंगम बन जाए। इस उद्देश्य से जगन्नाथ काम कर रहे हैं, न कि...।”

“शिवमोगा में किस काम से जा रहे हैं, जोयिसजी?”

“बेटा अभी तीस साल का है। नागमणी की हालत तो ऐसी हुई। आख़िर किया क्या जा सकता है? दूसरी सगाई के लिए कोई आया है। पढ़ा-लिखा लड़का–उससे पूछकर अगले साल शादी तय करनी है।” जोयिसजी ने लम्बी साँस लेकर कहा।

प्रभुजी ने जगन्नाथ से पूछा–“आप इंग्लैंड से आते समय कार क्यों नहीं लाए?”

बिना दिलचस्पी लिए जगन्नाथ ने यों ही कहा–

“इस रोड पर अच्छी कार चार दिन नहीं टिकती। महाराज, आज़ादी के बाद मुट्ठी गरम किए बिना, कोई काम बन नहीं पाता।”

यह दिखाने के लिए कि ड्राइव करते समय बतियाना उसे पसन्द नहीं है, आईने को ठीक करते हुए जगन्नाथ गाड़ी चलाने लगा। प्रभुजी ने वासुजी से कहा—"यह नया डी. सी. है न, महाराज। अव्वल तो बिना रिश्वत के कोई काम करता ही नहीं, फिर हरिजन है। उसे पकड़नेवाला है कौन भला? कहते हैं, किसी मन्त्री का रिश्तेदार है।"

जगन्नाथ को सुनाने के उद्देश्य से ही वासु ने मातंगों की उन्नति से होनेवाली दुर्घटनाओं का बयान करना शुरू कर दिया। इस किस्से से कोई हरिजन, मातंग, एस. पी. ने दिल्ली में बग़लवाले कमरे की किसी लड़की को छेड़ने के लिए नेहरू से किस प्रकार की गालियाँ खाई थीं, उसका व्याख्यान शुरू हुआ था। फिर चुटकुलों पर उतर आया—"किसी मातंग मन्त्री का किस्सा है। जिस दिन वह मन्त्री बना उसी दिन अपनी पत्नी के साथ बेंगलूर आकर एक रेस्तराँ में ठहरा। पत्नी पायख़ाने के लिए गई। अवाक् रह गई। बड़ी देर के बाद भी पत्नी के न आने पर पति महाराज ने अन्दर जाकर देखा। देखा कि महारानीजी ज़मीन पर बैठी हैं। पति को देखकर बोलीं, 'देखा न, कित्ता अच्छा है। हम यहीं तो सो सकते हैं।' "

जगन्नाथ ने कार धीमी कर दी और बग़ल में ही बैठे वासु की ओर क्रूरता से देखकर कहा—"शट अप, यू हैव बिकम डिसगस्टिंग।" वासु हक्का-बक्का हो गया था।

प्रभुजी ने बात बदल दी।

"आपने मेरी बातें समझी नहीं। इस गुरप्पा पटेल पर विश्वास करने से गाँव का उद्धार कैसे होगा? जो चाहिए वही करेगा। पटवारी को डराने, अमीर गौड़ के घर के सामनेवाले रास्तों को दुरस्त करवाने के सिवाय और किसी काम के लायक़ है नहीं। यदि आप चाहें तो कुछ कर सकते हैं।"

नेशनल लॉज के सामने तीनों को उतारकर जगन्नाथ सीधा डी.सी. के ऑफ़िस गया।

'सत्यप्रकाश बी. ए. एल. इन' बोर्ड देखकर जगन्नाथ ने एक चिट पर अपना नाम लिखा और वहीं ऊँचे स्टूल पर बैठे एक दुबले व्यक्ति के हाथ में दे दिया। उसके माथे पर अंगार अक्षत, दोनों आँखों की कोर में मिट जानेवाली स्थिति में शंख चक्र की मुद्राएँ थीं। पाँव में जूते नहीं थे। प्यून के यूनिफ़ॉर्म का सफ़ेद कोट, सफ़ेद ढीला पैंट पहने गऊ जैसा दुबला ब्राह्मण। साहब के घंटी बजाते ही तीर जैसा अन्दर जानेवाला, बाहर आनेवाला प्यून। हर बार चिट देते समय सत्यप्रकाश का स्पर्श अनिवार्य रूप से करते हुए, और इसी वजह से रोज़ घर में शाम स्नान

करके, जनेऊ बदले, गोमूत्र, गोबर का सेवन करके गृहस्थी निभानी पड़ती है शायद इस प्यून को।

जगन्नाथ ने दया-भाव से उसका चेहरा देखा। उसने कहा–''साहब कुछ काम कर रहे हैं–प्रतीक्षा करनी पड़ेगी।'' जगन्नाथ के विनम्रता से कहने पर–''कृपया यह चिट उन्हें पहुँचा दीजिए।'' वह मुँह तिरछा कर अन्दर गया। बेचारा! सवर्णियों के अपने सारे द्वेष का बदला इस ग़रीब प्राणी पर सत्यप्रकाश ले रहा होगा।

चूँकि साहब ने तुरन्त अन्दर ले आने के लिए कहा, प्यून के चेहरे पर अब विनम्रता थी। दरवाज़ा खोलकर आदर-भाव से झुका। सत्यप्रकाश ने खड़े होकर जगन्नाथ से हाथ मिलाया। नाटे–काले रंग के सत्यप्रकाश के चेहरे पर चेचक के दाग़ स्पष्ट थे। उसके बड़े-बड़े कान ध्यान खींच लेते थे। उसके हाव-भाव में दूसरों को प्रसन्न कर लेने की चुस्ती थी।

''आइए, तशरीफ़ रखिए। आकर आपने बड़ी कृपा की।''

सत्यप्रकाश की कन्नड़ कितनी कृत्रिम लगी थी! अछूत लड़का इस प्रकार अफ़सर के रूप में परिवर्तित होने पर अपनी सारी सहजता से हाथ धो लेता है न? ''आपका कौन-सा गाँव है।'' इत्यादि औपचारिक प्रश्न पूछते-पूछते जगन्नाथ ने उनकी कचहरी को कौतूहल से देखा। गांधी गुलाब धारण किए नेहरू, मैसूर के मुख्यमन्त्रियों की तस्वीरें एक दीवार पर टँगी थीं। जगन्नाथ की पीठ के पीछे मंजुनाथ स्वामी की एक बड़ी फ़ोटो थी। अगरबत्ती, सिन्दूर और हल्दी के धब्बों से ज्ञात होता था कि बहुत दिनों से फ़ोटो वहाँ लगी है। शायद आज लगाई गई अगरबत्ती की राख़ फ़ोटो के फ्रेम पर पड़ी थी। मेज़ पर बिछे खादी के कपड़े पर हाथ फेरते और घंटी से खेलते हुए सत्यप्रकाश यों बोले मानो पुस्तक पढ़ रहे हों।

''हमारा तुमकूर है महाराज, हमारे समाज का उद्धार होना है। आप जैसे युवक को देश-सेवा के लिए कटिबद्ध होना चाहिए। जैसा कि कारन्तजी कहते हैं आप वापस गाँव ही आए हैं। परसों जबकि डेप्युटी कमिश्नर्स कांफ्रेन्स के लिए बेंगलूर गया था, तब नारायणजी ने बताया। जानते हैं न नारायणजी को–हमारे रिश्तेदार–मेरी पत्नी और उनकी पत्नी सगी बहनें हैं। वे स्वास्थ्य विभाग के सचिव हैं–जानते होंगे आप। आपके विषय में उनसे बताया। वह बहुत खुश हुए।''

जगन्नाथ चुप रहा। सारे वातावरण की कृत्रिमता से उसे संकोच हो रहा था। मेज़ पर कागज़ के फूल थे। कॉफ़ी के धब्बों से धूमिल पड़ा टेबुल क्लाथ। घंटी बजाने के लिए तरसनेवाली उँगलियाँ।

''सुना है आप इंग्लैंड में थे। मैं भी एक टूर पर गया था जापान को। यहीं कोआपरेटिव मूवमेंट के सिलसिले में। कैसा गज़ब का देश है वह। देखकर

अचम्भा हुआ। हमारे लोग अव्वल नम्बर के आलसी हैं। अब अपने ही लोगों को लीजिए, सरकार ने कितनी सहूलियतें दी हैं! मगर वे सभी का दुरुपयोग कर रहे हैं। होस्टलों में लड़के मुफ़्त में खाकर, दारू पीकर समय बर्बाद करते हैं। इसलिए मैं उनसे कहा करता हूँ कि देखो ब्राह्मण लड़कों को। कितना कष्ट उठाकर रास्ते के दीप के तले वे पढ़कर पास करते हैं। अब देखिए, मेरे प्यून गोविन्दाचारु का लड़का भी एस. एस. एल. सी. है, मेरा लड़का भी एस. एस. एल. सी. है। उसका लड़का थ्रू-आउट फर्स्ट क्लास। मेरे लड़के को क्या कमी है? मगर हर क्लास में बिना ग्रेस मार्क लिए पास ही नहीं होता।''

सत्यप्रकाश ने घंटी बजा ही दी। प्यून दौड़ता आकर झुककर खड़ा हुआ।

''आचारजी, घर जाकर अच्छी कॉफ़ी बनवाकर फ्लास्क में लाइए।'' आदेश देकर फिर जगन्नाथ की ओर मुड़कर कहा–''कैंटीन में कॉफ़ी अच्छी नहीं बनती, मिस्टर जगन्नाथ।''

ब्राह्मण होने के कारण चपरासी को भी 'आप' कहनेवाले सत्यप्रकाश में जगन्नाथ की दिलचस्पी बढ़ी। कॉफ़ी पीता है कि नहीं, यह देखने के लिए घर से कॉफ़ी मँगा रहा है। ब्राह्मण को प्यून तो बना लेता है, मगर आदर से बोला करता है। दीनता से कृत्रिम कन्नड़ में बोलता है मगर अन्दर-ही-अन्दर जलता है। पिल्ल भविष्य में शायद यह सत्यप्रकाश बनेगा। उसे इसके लिए भी तैयार रहना होगा।

''आपको मालूम हुआ होगा कि मैं क्यों आपके यहाँ आया हूँ?''

''उसी का अनुमान कर रहा था, मिस्टर जगन्नाथ। आप जो यह काम कर रहे हैं, वही महत्तर है। अब मुझे देखिए–मैं करीबन सारे मन्दिरों में हो आया हूँ–तिरुपति, रामेश्वर, मदुरै–कहीं भी किसी ने मुझे रोका नहीं। पहले हमारे लोगों को एज़ुकेटेड बनना चाहिए। आज भी उन्हीं अन्धविश्वासों में जीवन काट रहे हैं। आई हैव नो सिम्पैथी फ़ॉर सम ऑफ़ माई पीपुल। आप जैसे लोगों को उनके हाथ पकड़कर ऊपर लाना चाहिए। मालूम है कि मुझे किसने एनकरेजमेंट दिया? गुब्बी हाई स्कूल के एक ब्राह्मण अध्यापक ने।''

कॉफ़ी आई। पिल्ल हो या सत्यप्रकाश, सम्बन्ध सहज न बन पाने की त्रासदी है। कोई-न-कोई कृत्रिमता बीच में आ ही जाती है।

''मेले के दिन शोरगुल मच सकता है। हरिजनों के विरुद्ध हिंसा हो सकती है। इसलिए पुलिस का बन्दोबस्त करने की प्रार्थना करने के लिए मैं आया हूँ।''

सत्यप्रकाश की प्रतिक्रिया की जगन्नाथ ने प्रतीक्षा की। गम्भीर चेहरा बनाए सत्यप्रकाश ने बताया–''वही बताने जा रहा था, मिस्टर जगन्नाथ। मेरे पास बहुत

रेप्रेजेंटेशन आए हैं। मेले के मौके पर एन्ट्री कार्यक्रम मत रखिएगा। और किसी दिन इत्मीनान से कर दीजिएगा। मैं भी आपके साथ आऊँगा। शान्ति के लिए मशहूर है हमारा देश। जिस दिन मैंने डी.सी. बनकर रिपोर्ट दी उस दिन आपके मन्दिर की कमेटीवालों ने स्पेशल पूजा करवाकर मुझे प्रसाद भेजा था। क्रमशः हर कोई बदल जाता है। स्लो एंड स्टडी–धीरे-धीरे–यही मेरी पॉलिसी है। एक हरिजन की तरह मैं भी आपसे विनती करूँगा।''

सत्यप्रकाश नमस्कार कर उठ खड़ा हुआ। कॉफ़ी की बुरी मिठास जगन्नाथ के मन में अब भी थी। वह भी उठा।

''जो निर्णय किया है, उससे पीछे हटने के लिए मैं तैयार नहीं हूँ।'' जगन्नाथ ने कहा–''यह अलग बात है कि हरिजन ही न तैयार हों। मैं तो सिर्फ़ यह बताने के लिए आया था कि लॉ एंड ऑर्डर के लिए आप ज़िम्मेदार हैं।''

जगन्नाथ की गम्भीर एवं कटु वाणी सुनकर सम्भवतः सत्यप्रकाश हतप्रभ था। जगन्नाथ के साथ वह पैदल उसकी कार तक आया। फिर नमस्कार करके उसने जगन्नाथ को विदा किया।

18

मैसूर सोशलिस्ट पार्टी के नीलकंठस्वामी और रंगराव हाथ में एक थैली व झंडी लिए सीधे जगन्नाथ के घर आए। श्रीपतिराय ने उनका स्वागत करके, चाय-पान कराया और कचहरी में लगे एक बड़े कमरे में ठहराया। जगन्नाथ के आते ही नीलकंठस्वामी ने खुद अपना परिचय दिया–"पोलिटिकल साइंस एम.ए. करने के बाद फ़िलहाल लॉ विद्यार्थी, लॉ कॉलेज एसोसिशन का अध्यक्ष। इनके भाषण के बगैर कोई भी फ़ंक्शन मैसूर में चलता ही नहीं..." आदि प्रशंसा रंगराव ने की। उसका परिचय बाद में नीलकंठस्वामी ने यों कराया–"पोलिटिकल साइंस एम.ए. किया है, रिसर्च कर रहे हैं, संघ बना रहे हैं।" क्यों सोशलिस्ट पार्टी से बाहर आकर एक अलग पार्टी का निर्माण करना पड़ा–इसकी भी कैफ़ियत नीलकंठस्वामी ने दी।

"आराम कर लीजिए, बाद में आपसे मिलूँगा।" कहके जगन्नाथ अपने कमरे में आया। धीरे से श्रीपतिराय भी आए। दरवाज़ा बन्द करके जगन्नाथ से धीमी आवाज़ में बोले–

"थोड़ी होशियारी से इन लोगों से बरतना, जग्गू भैया। मुझे बाहर खड़े उन लोगों ने नहीं देखा। वे आपस में क्या बातें कर रहे थे, जानते हो? नीलकंठस्वामी ने कहा–जगन्नाथ को अपनी पार्टी का अध्यक्ष बना लेंगे तो कैसा रहेगा, रंगराव? रंगराव ने उत्तर दिया–ब्राह्मण ब्राह्मण ही रहेगा। रंगराव ओक्कलिग है, नीलकंठस्वामी लिंगायत है। नीलकंठस्वामी ने कहा–यह तो चाल है, रंगराव। अगली बार जगन्नाथ हमारे दल का अच्छा उम्मीदवार बन सकता है। आते ही रंगराव ने क्या किया, मालूम है? कपड़े बदलकर सीधे मन्दिर जाकर प्रसाद लेकर आया। जब मैंने कहा–यह आपने अच्छा नहीं किया। तो उसने कहा–मेरा परिचय यहाँ किसी को नहीं है न? मंजुनाथस्वामी पर मेरी माँ का अपार विश्वास है। नीलकंठस्वामी ने भी उसे गालियाँ दीं, कारण–लिंगायत होने के कारण उसे ब्राह्मणों के मन्दिर के प्रसाद के प्रति उतना आदर नहीं। मैं यह सब तुमसे इसलिए कहने आया कि राजनीति तुम्हारे लिए नई है, होशियारी से रहना।"

नाटकीय ढंग से रायसाहब ने जो कुछ कहा उसे जगन्नाथ ने चुपचाप सुन लिया। "अपने मतलब के लिए ऐसे लोगों से भी लाभ उठाना पड़ता है"–कहा। रायसाहब हँस दिए और कहने लगे–"तुम मूर्ख हो! वे ही लोग तुम्हें एक्सप्लाइट करते हैं, देख लेना।" डी.सी. के साथ अपनी मुलाक़ात का ब्यौरा दिया। यह कहते हुए रायसाहब खड़े हुए कि यह उन्हें मालूम था। वह बहुत भ्रष्ट है।

जगन्नाथ ने पलंग पर पाँव फैलाए।

"जाने कौन-कौन लोग घर आएँगे? अकेली मौसी से रसोई बनाई नहीं जा सकती।"

"अपनी पत्नी को भेज दूँगा।" रायसाहब ने कहा।

"मौसी को क्या आपने धीरज बँधाया, रायसाहब?"

"उन्होंने अडिगजी को बुला भेजा है, शालिग्राम की शुद्धि करके पूजा जाने के लिए। वह रोती हैं कि उसके तीर्थ (चरणोदक) के बिना वह खाना कैसे खाएँ? उनको देखने पर मुझे तरस आता है। कल गोपाल आएगा न–यही उनके लिए तसल्ली की ख़बर है।"

कारिन्दे कृष्णय्या के बेटे के बारे में माँ और मौसी के हृदय में जो वात्सल्य रहा है, वह जगन्नाथ के लिए आश्चर्य की बात थी। गोपाल के आने की ख़बर सुनकर खुशी हुई। किसी भी तरह, वह चाहता था कि मौसी खुश रहें।

रायसाहब ने चलते समय कहा–"सफ़ेद कपड़े पहनकर रास्ते पर चलने के लिए मातंगों से कह दो, जग्गू भैया। लोगों की आँखों में यदि ज़्यादा खटकने लगेंगे तो उपद्रव मच सकता है।"

शाम को मातंग युवक आए। शरीर पर चोट होते हुए भी पिल्ल आया था। जगन्नाथ को खुशी हुई। उसके चेहरे पर कभी न देखा गया स्नेह जो था। जगन्नाथ ने कहा कि वह डी.सी. से मिल आया है। वह भी आपकी ही जाति के हैं, कहकर ढाढ़स बँधाई। "मन्दिर-प्रवेश करने में आपकी मदद करने के लिए मैसूर से ये दोनों आए हैं," कहते हुए नीलकंठस्वामी और रंगराव का भी परिचय कराया। मातंग युवकों को समाजवाद पर भाषण देने के लिए नीलकंठस्वामी से कहकर, वह अन्दर चला आया।

रायसाहब की पत्नी भाग्यम्मा और छुट्टी के दिनों में आई बेटी सावित्री मौसी की सहायता करने आई थीं। जगन्नाथ टहलने के लिए पहाड़ी उतरकर गया। रात के भोजन के लिए रायसाहब भी थे। भोजनालय में पहली बार एक लिंगायत और एक ओक्कलिग को भोजन करते देखकर जगन्नाथ को सन्तोष हुआ। मौसी ने चुप्पी साधे परोसा। नीलकंठस्वामी ने कहा कि कल उसके

पार्टीवाले और कुछ लोग आ रहे हैं। यहाँ एक किसान संघ स्थापित करने का सुझाव रंगराव ने दिया।

अगले दिन अख़बार में हरिजन-मन्दिर-प्रवेश के खंडन में भारतीपुर के ब्राह्मण युवक संघवालों का लिखा एक पत्र था। डाक-गाड़ी से जगन्नाथ के नाम दो चिट्ठियाँ आईं। मैसूर यूनिवर्सिटी के समाजशास्त्र के रीडर रमेशचन्द्र का एक पत्र था। रमेशचन्द्र से जगन्नाथ का पुराना परिचय है। नंजनगूड के एक प्रसिद्ध होयसल कर्नाटक खानदान का है वह। बी.ए. पास करने तक कानों में बुँदकियाँ पहने था, इंग्लैंड में थ्री-पीस सूट की, ज़रा भी क्रीज़ ख़राब न करने से पहनना सीख चुका था। चश्मे को रूमाल से साफ़ करते हुए थोड़ा झुककर गम्भीर चर्चा करते, उसे देखनेवाले उसे बुद्धिजीवी समझते थे। भारत की जाति-प्रथा का सूक्ष्म रीति से समर्थन करता था।

''देखिए न जी, आप जानते हैं कि कुम्हार कैसा रेचेड लाइफ़ लीड करते हैं? मगर इंग्लैंड की कलर फ़ीलिंग (वर्ग-भेद) का उतनी ही उग्रता से खंडन करता था। जगन्नाथ यदि कहता, 'आप हिपोक्रिट हैं' तो सिगरेट सुलगाकर कहता था– "तुम्हारे आक्रोश को समझता हूँ। मगर जगन, उन शूद्रों की हालत देखो जो एजुकेटेड बन गए हैं। मैसूर यूनिवर्सिटी की क्या गत हुई? ओक्कलिग और लिंगायतों के बीच रोज़ झगड़ा है वहाँ। एक ज़माने में हिरियण्ण, राधाकृष्णन, जिस यूनिवर्सिटी में थे, वहाँ आजकल कालप्पा, सिद्धप्पा का दरबार लगा है। इसका खंडन करने की अपेक्षा, जाति-व्यवस्था को गालियाँ देने से क्या बन सकता है?''

रमेशचन्द्र भारतीय हिपोक्रेसी की सटीक तसवीर था। गहरे विश्वास से वाद-विवाद करता था। शूद्र औरतें व्यभिचार करें तो ठीक है। मगर ब्राह्मण औरतें करती नहीं। इंडिया में न्यूरोटिक्स नहीं। यूरोपीय संस्कृति से भारतीय संस्कृति बढ़िया है। अंग्रेज यदि भारत आकर अंग्रेज़ी नहीं सिखाते तो हमारे यहाँ इलेक्ट्रिसिटी व रेलें ही नहीं होतीं, आज़ादी और भी देर से प्राप्त होनी चाहिए थी। अनपढ़ व्यक्तियों को वोट का अधिकार जो दिया गया है, वह ग़लत है। क्लिनलिनेस की रट लगानेवाले ये अंग्रेज़ लोग आबदस्त नहीं लेते–आदि-आदि। रमेशचन्द्र की मूँछ तथा दोनों हाथ छाती तक ले जाकर, बोलने के ढंग को देखकर जगन्नाथ जम्हाइयाँ लेता था।

जगन्नाथ के अनुमान के मुताबिक़ ही रमेशचन्द्र का भविष्य रूपायित हुआ था। भारतीय स्त्री के पातिव्रत्य का गुण गानेवाले रमेश ने इंग्लैंड की एक लड़की से प्यार किया। प्यार करते समय भी वह जानता था कि इस लड़की से शादी कभी भी नहीं करनी है और इसका जगन्नाथ को भी पता था। उससे विदा लेकर,

वापस लौटते समय, अंग्रेज़ी साहित्य की दुखान्त कविता का पारायण करता रहा। फिर इंडिया आकर पाश्चात्यों की स्वच्छता, आनेस्टी, पोलिटिकल मैच्योरिटी की प्रशंसा करता रहा और इसी दौरान होयसल कर्नाटक जाति के एक एक्ज़िक्यूटिव इंजीनियर का प्रिय बना। चार-पाँच लड़कियों की इन्टरव्यू के बाद, इन्हीं की मामूली शक्ल-सूरत की बेटी से शादी की। निमन्त्रण-पत्र में अपने नाम के आगे 'एम.ए. लन्दन' लगाया था।

रमेशचन्द्र ने सुन्दर अक्षरों में यों लिखा था–भारतीपुर में एक्सटेनसियलिस्ट सोशलिज़्म को लाने के आपके साहस की सराहना करता हूँ। परन्तु सोशियोलॉजिस्ट की हैसियत से मुझे लगता है कि आपका यह प्रयत्न कामयाब नहीं होगा। हरिजनों की यह समस्या अर्बेनाइजेशन के द्वारा हल होनी चाहिए न कि आपके कार्यक्रमों द्वारा। अब अधिकार कर रहे नवब्राह्मण ओक्कलिगों तथा लिंगायतों का विरोध करने का कार्य आप जैसे बुद्धिजीवियों को करना चाहिए। आप जानते नहीं, बेंगलूर विश्वविद्यालय में लिंगायत और ओक्कलिंग लोग वाइसचान्सलर पद के निमित्त आपस में संघर्ष करते हुए, किस प्रकार बौद्धिक कार्य की पवित्रता भ्रष्ट कर रहे हैं। मैसूर में भी यही बात है। यदि मैरिट के लिए मौक़ा होता तो मुझे ही प्रोफेसर बनना चाहिए था, मगर...इत्यादि।

दूसरा पत्र इंग्लैंड से चन्द्रशेखर ने लिखा था। अपने अन्दर तीव्र उद्वेग के कारण बने उस पत्र को जगन्नाथ ने बार-बार पढ़ा।

"प्रिय जगन!

मार्गरेट ने सब बताया। बेंगलूर से मेरे भाई ने भी लिखा था। औरों की अपेक्षा मैंने आपको अच्छी तरह समझा है। दिवास्वप्न में पले अपने आदर्शवाद को यों आज़माकर ठोस रूप देने के लिए आप प्रयत्न कर रहे हैं। आप सफ़र करना (दुख भोगना) चाहते हैं। आपकी ट्रैजिडी यह है– कि अब भी आप एक दूसरे किस्म से 'हीरो' बन जाते हैं, क्योंकि आप मातंगों से बिलकुल प्यार नहीं कर सकते। आत्मरत व्यक्ति के लिए सचमुच का प्रेम सम्भव नहीं है। ईर्ष्या में तड़पनेवाले में अर्थात् मुझे मनुष्य की दुर्बलता के द्वारा जितने गहरे सत्य के साक्षात्कार होते हैं, उतने उदात्तता में जीनेवाले आपको नहीं होते। एक प्रकार की पम्पासिटी (दम्भ) से दूसरी पम्पासिटी की ओर आप करवट ले रहे हैं। हालाँकि मुझे मालूम है कि आप खोखले हैं, तथापि आपको देखकर मुझमें क्यों इतनी ईर्ष्या, प्रीति, द्वेष की भावना उभर आती हैं–यहीं आश्चर्य है। ज़िन्दगी में आप जैसे भाग्यवानों से ईर्ष्या करते हुए जीवित रहना मेरी त्रासदी है। यह

जानने के कारण कि मेरे सिवा और कोई भी इतने निष्ठुर सत्य को आपसे नहीं कह सकता, आपके इस लिबरल नाटक का खंडन करते हुए मैं यह पत्र लिख रहा हूँ। मार्गरेट मेरी बातें नहीं मानती। फिर भी मुझे मालूम है कि दिल से मेरे शब्दों की असलियत वह जानती है।

सप्रेम

तुम्हारा

चन्द्रशेखर''

चन्द्रशेखर की चिट्ठी को भुलाने के उद्देश्य से जगन्नाथ नीलकंठस्वामी की खोज में निकला। मातंगों के साथ मै.सो.पा. के मन्त्री महोदय ने मीटिंग की–इस बात की रपट अख़बारों को भेजने के लिए बना रहा था। जगन्नाथ को देखते ही कहा, 'यहाँ के एम.एल.ए. का खंडन करके, आपको एक वक्तव्य देना है।''

''देंगे, पर उसके पहले बातचीत करना बेहतर होता?''

''गुरप्पा गौड़ महाठग है, इस मामले से बचने के लिए बेंगलूर गए हैं।''

जगन्नाथ को ये बातें पसन्द नहीं थीं। चन्द्रशेखर के पत्र में अनेक झूठ थे, पर उसका एक-एक शब्द बर्छे की तरह उसे चुभ रहा था।

नीलकंठस्वामी, रंगराव को अन्दर ले जाकर उनके साथ कॉफ़ी पी। फिर कहा–''थोड़ा काम है, ख़त्म करके आऊँगा।'' वहाँ से सीधे वह रायसाहब को ढूँढ़ने चला। रायसाहब सबेरे आए नहीं थे। परन्तु उनकी पत्नी और बेटी उसके ही घर में मौसी की सहायता में लगी थीं।

जगन्नाथ ने गाँव के रास्ते तक पहुँचते ही झंडे लिए पाँच-छह लोगों को आते देखा। झंडों से अनुमान लगाया कि वे नीलकंठस्वामी के लोग हैं। अपना घर दिखाया और कहा कि ''वहाँ जाकर आराम करें। कोई एक घंटे में मैं आऊँगा।'' युवक हँसते हुए खुशी में, ऐसे लगे मानो किसी मेले या पिकनिक में शामिल होने आए हों। रायसाहब की दुकान की तरफ़ जगन्नाथ चला।

बाज़ार के सारे रास्ते मेले के निमित्त सजाए गए थे। किसी ने उससे बात नहीं की। अपने गाँव में इस प्रकार तिरस्कृत होने के कारण उसे दुख हुआ। दुकान बन्द करके घर जाने के लिए रायसाहब तैयार थे। मागड़ के अनन्तकृष्ण के आने की खबर ही उनकी खुशी का कारण थी। सत्याग्रह के दौरान जेल के आत्मीय साथी को देखने की आतुरता उनमें थी।

रास्ता पार करते-करते रस लेकर उसकी कहानी सुनाई।

19

''अनन्तकृष्ण मुझसे छोटा है, बहुत छोटा भी नहीं, चार-पाँच साल, बस। मुझसे उसने कभी कुछ नहीं छिपाया। उसके जीवन की एक ट्रेजिडी सुनाता हूँ। हम जैसे आदर्शवदियों के लिए उसमें एक सबक़ है।

''अनन्तकृष्ण जब लड़का था, तभी स्वातन्त्र्य आन्दोलन में शामिल होकर इन्टरमीडिएट की पढ़ाई छोड़कर जेल गया। यह शिक्षा हमें ग़ुलामी के लिए तैयार करती है। सचमुच का ज्ञानार्जन कॉलेज में सम्भव नहीं है, हज़ारों युवकों को जैसा लगता था वैसे ही उसे भी लगा था। साहित्य का अच्छा विद्यार्थी था। आज भी वह कितने सुन्दर ढंग से लिखता है, भाषण देता है। घरवाले पक्के सम्प्रदाय के लोग थे। पिता शिरस्तेदार थे। उन्होंने अनन्तकृष्ण की माता की मृत्यु के बाद दूसरी शादी कर ली थी। सौतेली माँ परम क्रूर थी।

''सरकार की निंदा करना, बेटे का घर में रहना नौकरी करनेवाले बाप को पसन्द नहीं था। बड़ी लड़कियों का घर था, अतएव जात-कुजात में खानेवाले बेटे को अपने घर रखकर गाँव-भर की लानत लेना सौतेली माँ को पसन्द नहीं था। कुल मिलाकर ममता-विहीन घर श्यामल-सा बन गया। ऐसे सन्दर्भ में स्वतन्त्रता का आन्दोलन प्रायः एक बहाना रहा होगा—अनन्तकृष्ण और उसके जैसे अनेकों के लिए। बेटे ने घर छोड़ दिया।

''स्वतन्त्रता आन्दोलन के उन दिनों में पेट पालना, उतनी बड़ी समस्या नहीं थी। गाँव-गाँव यात्रा। जहाँ ठहरा वहीं भाषण और भोजन। भाषण की क्या कहें? वाह, अनन्तकृष्ण का भाषण कितना बढ़िया होता!

''इस प्रकार कांग्रेस नेताओं को अनन्तकृष्ण प्रिय बन गया। नींद से जगाकर भी, भाषण करने के लिए कहा जाए तो वह अनायास शुरू कर देता था। अनन्तकृष्ण इसी मस्ती में सबकुछ भूलकर देशभर में घूमता फिरा। घर का सम्पर्क पूर्ण रूप से छूट गया था। अपने निजी जीवन को एकदम मिटा दिया। हमेशा लोगों के बीच जीया। मेरा इस्तेमाल करने लोग आते हैं, यह जानकर जो भी

बुलाए उनके प्रचार का यंत्र बन गया। अनेकों बार मुझे लगा था कि आडम्बर-युक्त शब्दों के अलावा मानो कुछ भी नहीं।

''अनन्तकृष्ण देखने में आकर्षक व्यक्ति था। वह आदर्श की मस्ती में एक बार गांधीजी के आश्रम गया। वहाँ गांधीजी का प्यारा शिष्य बना। जब गांधीजी सोएँ, तब पंखा करना, उनके साथ टहलने जाना, 'हरिजन' में वह जो कुछ लिखते, उसे कन्नड़ में अनुवाद करना–आदि काम करता था। अनन्तकृष्ण कुछ भी करे उसमें एक विशेषता रहती थी। गांधीजी के आश्रम में जब वह था, तभी वह कुएँ में गिर पड़ा था।

''आश्रम में एक नायडु जाति की अनाथ लड़की थी। अनुशासन में पाली-पोसी गई थी। वालंटियर कार्य करते-करते उसका परिचय अनन्तकृष्ण से हुआ। परिचय और स्नेह बना। अपने आदर्श को जगत के सम्मुख पेश करने के मौके की प्रतीक्षा में अनन्तकृष्ण था। वह भी सोच रही थी कि सेवा-कार्य में एक स्वयंसेवक साथ रहेगा, तो अच्छा रहेगा। अन्तरजातीय विवाह करने का अपना निर्णय उसके सामने रखा। महात्माजी से सलाह लेने की बात भी उसने की। जानते हो न गांधीजी के बारे में? कामतृप्ति के लिए विवाह नहीं करना चाहिए, केवल सन्तानोत्पत्ति के लिए पत्नी से सम्भोग करना चाहिए, दोनों को एकसाथ ब्रह्मचर्य का पालन करना चाहिए, वगैरह उपदेश देकर अनन्तकृष्ण से उसका विवाह एक दिन सामूहिक समारोह के अवसर पर करने का निश्चय किया गया।

''आज सबेरे शादी है। शादी के एक घंटे के पूर्व एक पेड़ के तले अनन्तकृष्ण और वह नायडु लड़की दोनों खड़े थे। वह पेड़ से पीठ सटाए खड़ी बता रही है, दोनों को मिलकर देश-सेवा करनी है। अब तक उसने इसको छुआ नहीं था और इसने भी उसको छुआ नहीं था। ऐसा लगा भी नहीं। यों खड़े होकर बातें कर लेते थे, बस। उनके बीच कुछ और नहीं घटा था। शादी का मुहूर्त नज़दीक आ रहा है। दोनों खुरदरे खद्दर के कपड़े पहने खड़े हैं–कैदी की तरह। अनन्तकृष्ण चेहरे को बहुत गम्भीर बनाकर, बातें सुनता खड़ा है। कोई शब्द नया नहीं है, क्योंकि अब तक उन्हीं शब्दों को वह स्वयं कहता आ रहा है।

''एक ज़माने में अनन्तकृष्ण बड़ा रसिक था। मुद्दण्णा[1] मनोरमा का वार्तालाप तथा कालिदास की 'शकुन्तला' उसने कंठस्थ कर रखा था। लड़की जो बातें कह रही थी, उन्हें सुनते-सुनते उसके उभरे हुए दाँत, लम्बी नाक, पिचकी हुई छाती, हाथी की आँखों जैसी छोटी-छोटी आँखें, छोटे ललाट की ओर उसका ध्यान गया। अब वह जो चिर-परिचित बातें कर रही थी, वे शहद की मक्खियों की तरह भिन्नाने

1. कवि मुद्दण्णा द्वारा रचित कन्नड़ की ख्यात रचना 'रामाश्वमेध' के व्याख्यात दम्पत्ति।

लगीं। इसका अनुमान करके ही, कि जाने कितने सालों तक यही ललाट, यही नाक, यही मुँह, इसी भंगिमा में इन्हीं बातों को कहते रहते हैं, अनन्तकृष्ण को डर लगा। उसका मन चीख उठा कि यह बदसूरत है और इससे शादी करना सम्भव नहीं है। उसकी संगीत की कल्पना करके उसका शरीर काँपने लगा। यहाँ से इसी पल भाग निकलने का मन हुआ। मगर पाँव जड़ थे। आँखें उसके ललाट, नाक, दाँतों में अटक गई थीं। भाग जाने के प्रबल निश्चय के साथ ही अपनी असहायता भी बढ़ती गई।

'क्यों इस प्रकार उदास होकर देख रहे हो?' उसने अपनी बातें रोककर ऊँची आवाज़ में पूछा। उसने अपना उदास चेहरा हिलाया। बातें करने के लिए थूक निगलकर प्रयत्न किए।

'श्रीरंगपट्टण में एक आश्रम की स्थापना करनी चाहिए, अनाथ बच्चों को पालना चाहिए।' वह कहती रही, 'शादी हुई। बच्चा हुआ। अनन्तकृष्ण परिस्थिति में जम गया, पछताया; दुबला हुआ। खैर, वह आज भी कहा करता है—देखो, श्रीपति, अपनी सारी ज़िन्दगी मेरे मन में से यह भावना गई नहीं कि वह बदसूरत है; मगर जिस तत्व के सामने मैं झुक गया था उससे अलग नहीं हट सका।'

''इस प्रकार उसकी समस्त भावनाएँ कृत्रिम होती गईं। उसे तीखापन बहुत पसन्द था। पुलिओगरे और बिसी बेलेमात (कर्नाटक के विशेष व्यंजन) इसके प्रिय व्यंजन थे। मगर वह व्यंजनों में मिरचें नहीं डालती थी। तरकारी उबालकर रखती और खाने को कहती। चाय-कॉफ़ी घर में बनाती नहीं थी। किसी तरह एक साल तक तो अनन्तकृष्ण यह सब सहकर पत्नी के अनुसार चलता रहा। बाद में चोरी से मसालादोसा खाने लगा, पीने की लत भी पड़ गई। पत्नी ने घर से बाहर कर दिया। कांग्रेस कचहरी जाकर पति के ख़िलाफ़ शिकायत की।

"कांग्रेस पार्टी ने भी जितना सम्भव था, उतना चूसकर उसे ईख के छिलके की तरह बाहर फेंक दिया। उसे ब्राह्मण मानकर सीट भी नहीं दी। इन सबसे ऊबकर अनन्तकृष्ण जीवनदानी बन गया। पत्नी के साथ रहने की अपेक्षा, विनोबाजी के साथ पद-यात्रा करना बेहतर समझकर उनके साथ चल निकला।

"फिर भी मुझे लगता है कि अनन्तकृष्ण बड़ा आदमी है। उसके जीवन पर एक विषाद की छाया आवृत्त है। भले ही वह पीए, मगर सर्वोदय के बारे में असली तीव्रता से बोलता है। मनुष्य की परिभाषा निश्चित रूप से दी नहीं जा सकती है। हाँ, उसके जीवन में दरार है, परन्तु यह भी सच है, एक आदर्श के लिए आज भी जी रहा है। मेरी तरह हारकर वह थका नहीं है, आज भी जूझ रहा है।''

20

चन्द्रशेखर की चिट्ठी, अनन्तकृष्ण की कहानी, अभी आत्मीय न बन पानेवाले मातंग, ज्यों का त्यों रहनेवाला भारतीपुर, किसी भी मूलभूत परिवर्तन को असम्भव बनानेवाले रायसाहब का विवेक—इन सबके कारण जगन्नाथ उदास था।

पहाड़ी चढ़ते हुए रायसाहब से कहा—“रायसाहब! चाहें तो इसे आप हिपोक्रेसी कह सकते हैं। मातंगों से प्यार करना अभी मुझसे भी सम्भव नहीं हो पाया है। मगर अभी जो असम्भव है, उसे इतिहास सम्भव बना सकता है, जिसका ‘विश्वास’ मुझे है। फिर भी मेरा ‘अस्तित्व’ सत्यप्रकाश को देखकर असह्य अनुभव करता है। मातंगों के साथ कृत्रिमता से व्यवहार करता है। इसी को मैं यातना कहता हूँ। समझने और अस्तित्व जमाने के लिए जीना मनुष्य के लिए अनिवार्य है। पशुओं के लिए यह समस्या ही नहीं है। इतिहास यों मेरी सृष्टि करके एक-दूसरे प्रकार की वास्तविकता की सृष्टि करने की ताक में रहता है—मेरे अस्तित्व के द्वारा भी मगर उसका कार्यक्षेत्र जितना मेरे अन्दर है, उतना ही भारतीपुर में है। इतिहास में पड़े हुए सभी बीजों के अंकुरित होने के लिए जाने किस-किसकी आवश्यकता पड़ती है! जब तक भारतीपुर की वास्तविकता में परिवर्तन नहीं आता, मातंग तैयार नहीं होते, पिल्ल में जो अंकुरित हुआ-सा दीखा है, वह जड़ नहीं जमाता—तब तक मेरे यह सब विचार प्रेत बने रहेंगे।”

जगन्नाथ खाने पर बैठा तो उदास था। इस पंक्ति में बैठे किसी से भी प्यार कर नहीं सकता। प्यार करनेवाली मौसी को मैंने रुलाया है। अपने लगाव का कोई आदमी, अब इस भोजनशाला में कौर मुँह में नहीं डालेगा। बग़ल में बेढंगे लुंदे बनाकर पूरी हथेली से उसे मुँह में ठूँस रहा था। भात की ढेरी को अलग किए बिना उसी का खत्ता बनाकर उसी में एक चम्मच दाल डलवा ली थी, फिर मानो पिंड-दान करने के अन्दाज़ में लुंदे बनाने के ढंग को मौसी ने जुगुप्सा से देखा। घर के बाहर बैठकर शूद्र को यों खाते देखना मौसी के लिए नया नहीं था।

परन्तु अपने भोजनगृह में ही बैठकर किसी शूद्र के इस खाने के ढंग से मौसी को घिन हुई।

शौच से लेकर भोजन करने के विधान तक अलग-अलग संस्कारों का सृजन करके समस्त मानवीयता को ही इस प्रकार जड़ बना रही इस जाति-पद्धति का नशा कैसे किया जाए–पता नहीं। कलीव रोष से अपने को दुत्कारने के सिवाय कोई दूसरा चारा नहीं है। इस समाज में अन्तर पिशाच बने बगैर कोई मार्ग नहीं है। भले ही कितना ही कृत्रिम लगे, अपनी भावनाओं को उल्टी दिशा में जाने देना ही शायद ठीक है, अथवा अनिवार्य है। इस रंगराव से, सत्यप्रकाश से प्यार करना अथवा उन्हें समझाने की चेष्टा करनी चाहिए। नीलकंठस्वामी ने कहा– ''मिस्टर जगन्नाथ, पब्लिक एडमिनिस्ट्रेशन पर मैंने एक पुस्तक लिखी है।''

''अच्छा?''

''उसे पब्लिश करवा रहा हूँ। महाराज से प्रार्थना करनेवाला हूँ कि वह इसकी भूमिका लिखें।''

''आप सोशलिस्ट होकर...?'' जगन्नाथ ने मसखरी में प्रश्न किया।

नीलकंठस्वामीजी ने भी हँसते हुए कहा–''वरना, बताइए कि कौन इस पुस्तक को प्रकाशित करेगा? कन्नड़ पब्लिकेशन में जातीयता की भरमार है।''

''सच?''

''जी हाँ, मेरी पुस्तक कन्नड़ और अंग्रेज़ी दोनों में प्रकाशित हो रही है। टैक्स्ट बुक बनने की भी सम्भावना है। तब मेरी बातों का वज़न रहेगा और उससे पार्टी का लाभ भी होगा।''

नीलकंठस्वामी ने बिना लज्जा के ये बातें कह दीं। मगर जगन्नाथ को उसके आशावाद तथा उसकी एनर्जी पर आश्चर्य हुआ। गन्दा आदमी! यही भविष्य को संकेतित करनेवाला व्यक्ति है–तब तक जब तक पिल्ल जैसे व्यक्ति, ऐसे बदमाशों को हटाकर खड़े नहीं होते। ब्राह्मणों में विनम्रता है। दिल की बातों को अमल में न ला सकने की कायरता है; जलने की हिपोक्रेसी है। परन्तु इन गौड़ों और लिंगायतों में बेशर्म धैर्य है; एनर्जी है; बदलते समाज में सब अन्तरपिशाच बन जाते हैं। लुटने के लिए सब तुले रहते हैं। लालच के मारे मुँह खोले इन ब्राह्मणों पर कल पिल्ल लात मारेगा। बाद में शायद यह भी सत्यप्रकाश की तरह मुँह खोलेगा। इतिहास में मौजूद बीजों में कुछ-कुछ सड़ जाते हैं; कुछ अंकुरित होते हैं। उस जैसों को खाद बनना चाहिए। उसने कहा–''आपकी महाराज से भूमिका लिखने की स्ट्रेटजी, सबका समर्थन कर लेना है। और यह मुझे ख़तरनाक लगता है। वल्गर भी। सुना, कि रंगराव आते ही मन्दिर जाकर वहाँ से प्रसाद ले आया। मेरे

साथ इस काम में शामिल होते समय आपको प्यूर (शुद्ध) होकर बर्ताव करना चाहिए।"

नीलकंठस्वामी अथवा रंगराव दोनों इस बात से नाराज़ नहीं हुए। केवल सफलता को ही प्रधान माननेवाले समाज में यह समझ में नहीं आता कि कौन-सा अस्थायी और कौन-सा स्थायी है? नीलकंठस्वामी के लिए जीत ही मुख्य है। पहले ब्राह्मण फाँके मारते थे, अब ये फाँके मार रहे हैं। धर्म के चलते भी हज़ार सालों से इस देश में मातंगों को उसी परिस्थिति में रहते देखकर भी किसी ने नींद ख़राब करके कुछ सोचा तक नहीं।

रायसाहब ने मौन भोजन किया। ब्राह्मणेतर ऐसे ही होते हैं—इस निर्णय पर पहुँचे हुए उनके मन में परिवर्तन लाना अपने से असम्भव जानकर जगन्नाथ को रोष आया। उन्हें दुखानेवाले शब्दों की खोज करते हुए हाथ धोए। नीलकंठस्वामी के अनुयायी घर के पिछवाड़े जाकर अमरूद तोड़ रहे थे। मुझसे अथवा मौसी से इन लोगों ने पूछा तक नहीं कि इन्हें तोड़ा जा सकता है कि नहीं?

थोड़ा आराम लेने के उद्देश्य से जगन्नाथ ऊपर गया। सोशलिस्ट गाँव देख आने के इरादे से नीलकंठस्वामी के नेतृत्व में गए। रायसाहब भी उनके साथ चल निकले।

मन्दिर में पुजारी के बेटे गणेश को सीधा अपने यहाँ आया देखकर जगन्नाथ को आश्चर्य हुआ। उठ बैठा और बैठने के लिए कहकर कुर्सी की ओर इशारा किया। उमंग-भरी आँखों से जगन्नाथ को देखते हुए गणेश कमरे का दरवाज़ा बन्द करके कुर्सी पर बैठ गया। मैला कुरता, मैली धोती, सूखे फल जैसे शरीर का बूढ़ा चेहरा, बिना यौवन एवं बिना बुढ़ापे की विषाद मूर्ति, सिर पर जाने कितने दिनों की केश-राशि, इस केश-राशि से बड़ी हुई चोटी, ठुड्ढी पर खुरदरी दाढ़ी और कानों में बुँदकियाँ।

बतियाने का प्रयत्न करते हुए गणेश तुतलाने लगा।

"पुस्तक चाहिए?"

जगन्नाथ स्वयं बोला और अपनी माँ के प्रिय शतरचन्द्र के उपन्यास ला दिए।

"मेरे यहाँ आने की ख़बर किसी को भी मत दीजिएगा।" गणेश ने तुतलाकर कहा।

जगन्नाथ को बातें करने के लिए कुछ नहीं सूझा तो पूछा, "क्या आप ही ज्येष्ठ पुत्र हैं?" गणेश ने 'हाँ' कहा। फिर जगन्नाथ को ग़ौर से देखने लगा।

"क्या आपकी शादी हो गई?"

फिर लगा कि ऐसा पूछना नहीं चाहिए था। क्योंकि हताश दृष्टि से गणेश

ने जगन्नाथ को देखकर सिर हिलाया था। उसे तो कुछ कहना था। मगर उसे कहलवाने योग्य स्वतन्त्र वातावरण का सृजन जगन्नाथ को करना था। सहानुभूति से गणेश को देखते हुए बैठ गया। गणेश जैसे बैठा था, उससे कुछ अज्ञात भाव झलक रहा था। ऐसा लग रहा था कि यौवन से बुढ़ापे तक किसी भी उम्र का हो सकनेवाला गणेश मानो खौलता बैठा था। जगन्नाथ को शून्यदृष्टि मातंगों की याद आई। गणेश को जो विकृत कर रहा था, वह मात्र उसका रूप ही नहीं था, मगर अपने गोरे रंग में सैकड़ों वर्षों के इनब्रीडिंग की कहानी सुना रहा उसका घिसा हुआ चेहरा भी था।

''आप जो कुछ कर रहे हैं वह ठीक है।''

अपने भीतर का सबकुछ बाहर उगलकर पसीजने लगा। फिर ''चलता हूँ,'' कहकर वह खड़ा हुआ और लम्बे डग भरता हुआ चल दिया। जगन्नाथ नीचे उतर आया और पहाड़ी से उतरते गणेश के नाटे एवं रोगग्रस्त शरीर की फुर्ती को आश्चर्य से देखता खड़ा रहा।

21

दरवाज़ा बन्द कर चारपाई पर पड़ा बड़ी आतुरता से जगन्नाथ मार्गरेट का पत्र पढ़ने लगा।

पहले इंटरनेशनल स्कूल का ब्योरा, देसाईजी का पत्र आया है, अगले साल आ रही हूँ, चन्दर का भी कहना है कि बेंगलूर में ही नौकरी करेगा, इत्यादि...। बाद में वेदर, तीन दिन से लगातार स्नो पड़ रहा है। दिल करता है कि हर समय आग के सामने बैठी रहूँ। बियर पी-पीकर शरीर मोटा हो गया है। फिर, पिताजी के सम्बन्ध में लिखा है—नौकरी से अवकाश ग्रहण करने के उपरान्त बड़े आराम से हैं, माताजी की नैनिंग (कोचने) की परवाह नहीं करते। एक दुकान खोली है, काला पाउडर, अचार, पापड़ ऐसी ही अनेक चीज़ों की दुकान। तड़के ही उठकर तिरुपति भगवान के सामने अगरबत्ती जलाकर पूजा करते हैं; रोज़ शाम को थियॉसोफ़िकल सोसायटी जाकर लेक्चर सुनते हैं। भारत से हरि-कथा सुनानेवालों, सितार, सरोद्‌वादकों को आमन्त्रित करने का आर्गनाइज़ेशन बना रहे हैं।

मैं समझ सकती हूँ कि तुमने क्यों भगवान के विरुद्ध विद्रोह शुरू किया है? मगर तुम्हें जरूर समझना चाहिए कि डैडी को भगवान की आवश्यकता क्यों पड़ी? चन्दर के साथ इसी की चर्चा की। वह तुम्हें रोमांटिक कहता है; नेहरू युग का प्रॉडक्ट बताता है। उस क्रेजी फेलो की बताई सारी बातों से मैं सहमत नहीं हूँ।

चिट्ठी का अन्तिम पैरा पढ़ते-पढ़ते जगन्नाथ का चेहरा पीला पड़ गया।

''डार्लिंग जगन, हम दोनों ने एक-दूसरे के लिए ल्यूसिड होकर ज़िन्दगी गुज़ारने का निश्चय किया था न? अब मैं जो ख़बर बताऊँगी, उससे दुखी मत होना। तुम्हारे जाने के बाद चन्द्रशेखर मेरे प्रेम के लिए तड़प रहा था। उसकी ईर्ष्या तथा उसकी इनटेनसिटी (आक्रोश) से मुझे ऐसा नया अनुभव हुआ है, जैसा पहले कभी न हुआ था। जाने क्यों, एकदम उसके प्रति आकृष्ट होकर मैंने

अपने को उत्सर्ग कर दिया है। मैं जानती हूँ, इससे तुम्हें दुख होगा तथापि मेरी दुर्बलता से परिचित, तुम अकेले ही मुझे समझ अथवा माफ़ कर सकते हो–इत्यादि।"

जगन्नाथ का हाथ पसीज गया था। अन्तिम पैरे को बार-बार पढ़ा। घाव-लगे स्थान पर ही बार-बार घाव करके पीड़ा से मुक्त होने का प्रयत्न किया। उठकर नीचे उतर आया। नीलकंठस्वामी कार पर पोस्टर चिपकाता खड़ा था। कल शाम के अमुक बजे भाषण, अमुक स्थान पर। बैटरी से चालू होनेवाली माइक, कार के अन्दर रखकर 'हलो-हलो' कहते हुए रंगराव टेस्ट कर रहा था। सर्वोदय के अनन्तकृष्ण सोशलिस्ट लड़कों के साथ लोहिया और गांधी के सम्बन्ध में चर्चा कर रहे थे। पटवारी शास्त्री ने कचहरी से झाँककर देखा और तुरन्त बाहर आकर 'दुपहर की बस से कन्नाडा ज़िले जा रहा हूँ, मज़दूरों को ले आने के लिए' कहकर अपनी निष्ठा का प्रदर्शन किया और अन्दर चला गया। नीलकंठस्वामी ने खुशी से कहा–"लोगों का आना शुरू हो गया है। अच्छी आपर्चुनिटी है। सारे स्टेट से, नार्थ इंडिया से भी लोग आते होंगे। कल अच्छा प्रचार करना चाहिए।" भाषण झाड़ने के मौक़े की ताक में खड़े अनन्तकृष्ण का चेहरा खिल गया।

"माइक सेट अच्छा नहीं है," रंगराव बुड़बुड़ाया।

"पिछली बार गुरप्पा गौड़ के चुनाव के वास्ते खरीद गया था इसे," श्रीपतिरायजी ने कहा।

इन सबसे दूर रहने की इच्छा से जगन्नाथ काजू की पहाड़ी पर चढ़ गया। सहसा, सबकुछ सारहीन लगा था। अपने-आप कहने लगा–खैर, और चार दिन हैं, मातंग भगवान के मन्दिर में पाँव रखेंगे। एक पग आगे रखकर सदियों का परिवर्तन करेंगे। उसके लिए डोर बनकर, प्रतीक्षा करते बैठे मुझ पर तुमने कैसा आघात कर दिया, मार्गरेट!

आज तक पता नहीं था कि उसके प्रति कितना प्रेम था! असहनीय वेदना इस बात की थी कि उसकी देह से परिचित एक नंगी देह इस क्षण किसी दूसरे के बाहुपाश में बँधी है। मुझे उसने जीवन से निकाल फेंका और अब अनिवार्य मात्र है; करता है, करूँगा। क्रूरता से देखनेवाली आँखों से वर्ज्य होकर मातंगों के साथ चलूँगा। जाने वे कौन हैं? मैं कौन हूँ? कौन-सा भगवान है? कोई विश्वास नहीं है। मैंने जिस किसी को छूकर टटोला है उसे कोई दूसरा छूकर टटोलेगा! मुझे मारकर वह खुशी मनाएगा।

पहाड़ी की चोटी पर खड़े होकर शून्य दृष्टि से मन्दिर के शिखर की ओर देखा। नीलकंठस्वामी की ऊँची आवाज़ में कल शाम की सभा के लिए लोगों को बुलाने की ध्वनि सुनाई पड़ी–

''जनता से प्रार्थना है–
इस देश के नेताओं में से नामी
अपने सर्वस्व का त्याग करके हरिजन-सेवा के लिए
कटिबद्ध श्री जगन्नाथरायजी द्वारा उद्घाटित
आन्दोलन का समर्थन करने के लिए
सोशलिस्ट नेता श्री नीलकंठस्वामी
सहायक मन्त्री श्री रंगराव,
गांधीजी के खास शिष्यों में से एक
अनन्तकृष्ण...
सुनिए...सुनिए!
कल शाम के पाँच बजे
मन्दिर के बाहरी मैदान में
भाषण देनेवाले हैं।''

भारतीपुर के मौन को भंग करनेवाले ये शब्द जगन्नाथ को असह्य लग रहे थे। अब, यदि वह अपने मन को काबू में न रख पाया तो इतने दिनों के सारे प्रयत्न मिट्टी में मिल जाएँगे। वह कैसा मनुष्य है भला? हाँ, संकट तो है ही, मगर काम में अपने को डुबोकर भूल जाना ही एकमेव रास्ता है, याने पत्थर बनना है, अपने वैयक्तिक जीवन से हाथ धोना है।

किसी के आने की आहट सुनकर जगन्नाथ चौंका। बग़ल में सुब्राय अडिग खड़े थे।

''तुम्हारा चेहरा देखा। लगा, तुम बहुत दुख में हो। इसीलिए चला आया।''

इतना कहकर अडिग चुप हुए। उनके साथ पहाड़ी उतरते समय उन्होंने उससे पूछा तक नहीं कि तुम क्या सोच रहे हो? कहाँ चुप्पी अच्छी है, कहाँ बतियाना अच्छा है–इसके मर्म को जाननेवाले उनके उदार दिल के प्रति जगन्नाथ ने आभार महसूस किया।

दोपहर के भोजन के लिए चूँकि अडिगजी भी थे, मौसी ने जलेबी बनाई थी। नरसिंह शालिग्राम को पवित्र करके अडिग द्वारा पूजे जाने की बात से शायद मौसी को खुशी हुई थी। इतना ही नहीं, मैसूर से गोपाल भी आया था। कॉलेज में

स्ट्राइक है। ओक्कलिंग लड़कों और लिंगायत लड़कों के बीच संघर्ष जारी है। प्रिंसिपल को ओक्कलिंगों का पक्ष लेते देखकर अन्य जात के विद्यार्थियों से उनको इस्तीफे के लिए मजबूर किया जा रहा है। 'हरामज़ादे' कहकर गोपाल ने सबकी निन्दा की। यह ख़बर सुनकर नीलकंठस्वामी और रंगराव मैसूर में अपनी अनुपस्थिति पाकर दुखी होने लगे। अपने को ग़ैर-जातिवादी सिद्ध करने के इरादे से तत्सम्बन्धी लोगों में से एक लिंगायत को गालियाँ दीं। दूसरे की प्रशंसा की। ऐसे ही रंगराव ने भी ओक्कलिंग प्रिंसिपल को गालियाँ सुना दीं; तथा ओक्कलिंग रजिस्ट्रार की प्रशंसा की। इन दोनों के बीच के शीतयुद्ध की ओर ग़ौर किया। अडिगजी ने अन्दर बैठकर खाना खाया। अनन्तकृष्ण ने बड़ी खुशी से रसोई की तारीफ़ की। आज शाम को मातंगों से बोलने के लिए जब जगन्नाथ ने कहा तो अनन्तकृष्ण ने मान कर कहा–"आपके बारे में विनोबाजी को लिखा है। उनसे आशीर्वाद आ जाए तो हमारे आन्दोलन के लिए बड़ा बल मिलेगा।" जगन्नाथ को यह बातें पसन्द नहीं आई थीं। खाना खाकर कमरे में जाकर सो गया।

नीलकंठस्वामी खाने के तुरन्त बाद फिर प्रचार करने के लिए कार को लेकर गया था। अपनी खुद की तथा अनन्तकृष्ण की तारीफ़ करते हुए नारे लगा-लगाकर वह जो कुछ कह रहा था उससे जगन्नाथ को उबकाई आ गई।

दिन ढलते ही पुराणिक के घर गया। सुनसान गलियों की खोज करके चोर की तरह चल निकला। माइक से निकल रहे नारों को सुनकर कहीं लोग अपने को देख न लें, जगन्नाथ को शर्म लग रही थी। पगडंडियों से तीव्र गति से चलकर पुराणिकजी के घर गया। घंटी बजाई। यथाक्रम गोरखा आया। चिट पर नाम लिखवा अन्दर ले गया। पुराणिक नीचे आकर मिले। टाई से विभूषित कमीज़ की कॉलर फटी थी।...मगर इस्त्री के कारण सूट उनके शरीर पर ठीक-ठाक से जमा था। उन्हें थोड़ी भी तोंद न निकले, देखकर जगन्नाथ को आश्चर्य हुआ। "मैं बड़ा अकेला महसूस कर रहा था। अवधानी बहुत बीमार है। आने के लिए धन्यवाद।" कहते हुए ज़ीने पर ले गए। जगन्नाथ के मना करने पर भी दो गिलासों में ह्विस्की डालकर सोडा मिला दिया। "आपकी कल्पित क्रान्ति की सफलता के लिए!" कहकर गिलास से गिलास टकराया।

जगन्नाथ ने ह्विस्की की चुस्की लेते हुए सबकुछ भूल जाने का प्रयत्न किया। परन्तु पुराणिकजी को दुमंज़िले कमरे के अन्दर भी नीलकंठस्वामी का गर्जन क्षीण स्वर में सुनाई पड़ रहा था। पुराणिकजी जब फिर गिलास भरने आए तो जगन्नाथ ने मना नहीं किया। पाँव फैलाए आराम से बैठकर आँखें मूँद लीं। मार्गरेट की चिट्ठी के अन्तिम पैरे के शब्दों को बार-बार मन में स्मरण कर रहा था।

पुराणिकजी ने रेडियो ऑन किया। कहीं से पियानो के संगीत की लहरें आ रही थीं। पुराणिक का दिया सिगार जगन्नाथ ने सुलगाया। पुराणिकजी ने बातें शुरू कीं। उन्होंने भूतराय से सम्बन्धित एक विचित्र लोकगीत की चर्चा की और उससे सम्बन्धित दो कहानियाँ सुनाईं तथा जगन्नाथ को कुछ साहित्य पढ़ने के लिए दिया।

पुराणिकजी से कागज़ों की पोटली लेकर जगन्नाथ निकला। जब घर आया तब नीलकंठस्वामी, रंगराव और उनके अनुयायी आँगन में बैठकर बतिया रहे थे। आँगन के उस पार अनन्तकृष्णजी मातंग युवकों के सामने भाषण दे रहे थे। नीलकंठस्वामी को देखते ही जगन्नाथ का पारा चढ़ गया।

''जी, मिस्टर नीलकंठस्वामी, मेरी प्रशंसा करके मेरे ही गाँव में आपने जो प्रचार किया, वह मुझे बिलकुल पसन्द नहीं आया। बड़ी भद्दी बात थी। अपनी राजनीति को यहाँ मत ठूँसिए।''

इतना कह चुकने के बाद अपनी बात अप्रत्याशित रूप से क्रूर महसूस हुई। मगर उसका चेहरा आगबबूला होकर सारा शरीर काँप रहा था। बेशर्मी से नीलकंठस्वामी ने कहा–''राजनीति आपके लिए नई है सर, इसलिए ही आप ऐसी बातें कह रहे हैं। ग्लौस पहने हाथों से क्रान्ति नहीं की जा सकती। हाथ मैले कर लेने के लिए कभी घिनाना नहीं चाहिए।''

''अपनी राजनीति के लिए इस सिचुएशन को कृपया एक्सप्लाइट मत कीजिएगा।''

ऐसा लगा, नीलकंठस्वामी ने उसकी चिढ़ की परवाह तक न की हो। तथापि अपने को कुपित हुए देखकर जगन्नाथ को तसल्ली हुई। ऐसे कूटनीतिज्ञों की कठपुतली न बनने का निश्चय करके सीधे कमरे में आया। सोचा कि क्या मेरी चिढ़ के लिए अकेला नीलकंठस्वामी ही कारण है? जगन्नाथ का शरीर गरम हुआ था, लेटकर उसने आँखें मूँद लीं।

22

त्रयोदशी थी। सबेरे जल्दी उठकर मुँह धोकर जगन्नाथ स्वेटर पहनकर बाहर आया। मार्गरिट का दिया स्वेटर। याद कर फिर पीड़ा होने लगी। ठंड थी। तेज़ी से पहाड़ी चढ़ने लगा। भारतीपुरवाली घाटी में सूर्य की किरणों से धीरे-धीरे पिघलता हुआ रेशमी कपास जैसा हलका-सा कुहरा, इसी सबेरे की बेला में माँ का हाथ थमकर बह जाता।

सबेरे भगवान को जगाने के लिए प्रभाती गाते हैं। अँगड़ाई लेकर गाँव के जागने की प्रतीक्षा में मैं हूँ। आज मातंगों की झोंपड़ियों में जाऊँगा। जो होगा देखा जाएगा।

घर आकर सभी के साथ बैठकर उप्पुमा खाए, कॉफ़ी पी। भोजनशाला में बड़ी धूम थी। शाम के कार्यक्रम का प्रसार करने फिर नीलकंठस्वामी, रंगराव और उनके साथी चले गए। सबेरे से मौसी दिखाई नहीं पड़ी थीं। क्या कर रही होंगी, देखने के लिए रसोई में गया। भाग्यम्मा सब्ज़ी काट रही थीं। मौसी लगन से मिट्टी का चूल्हा बना रही थीं। उनके तराशे चूल्हे के अच्छे जलने की ख्याति थी। मौसी या भाग्यम्मा ने उसे देखा नहीं। मौसी की तन्मयता देखकर आश्चर्य हुआ। आए हुए मेहमानों को अपनी वेदना को पीकर खाना पकाकर देनेवाली मौसी के प्रति कृतज्ञ होकर चुपचाप अपने कमरे में आकर मार्गरिट को पत्र लिखने बैठा।

'डीयर मार्गरिट' से प्रारम्भ कर एक गम्भीर वज़नदार पत्र झूठा लगा। टेबुल पर रखी उसकी फोटो देखकर, उसे खोने का दुख हुआ। गालों पर लटकते हुए बाल; कोई शरारत-भरी बात करने के लिए झुकी है। आँखें हँस रही हैं। उसके पीठ पीछे अपने फ्लैट के, पिछवाड़ेवाला सेब का पेड़ है। उसका खींचा फोटो। उसी पेड़ के नीचे सोकर मार्गरिट ने उसका तिरस्कार किया था। फिर त्याग दिया।

'डार्लिंग' से शुरुआत कर दूसरा पत्र लिखा—उदात्त होकर उसे माफ़ करने का प्यार भरकर। पर यह पत्र भी उसकी आज़ादी को छीनकर उसमें दोष-भावना को अंकुरित कराने का सूक्ष्म उपाय लगा।

फाड़कर फिर से लिखा, "डीयरेस्ट मार्गरेट, जहाँ मेरी उदात्तता हार गई, वहाँ उसकी ईर्ष्या, वंचना की जीत हुई है। मेरी उदात्तता को फिर तुमने बाज़ी पर लगाया है। मैं अपनी हार को समझता हूँ। मैं समझने की चेष्टा कर रहा हूँ कि मेरे व्यक्तित्व को ठीक-ठाक पहचानते हुए भी मुझे छोड़कर तुम्हें उसकी चाह क्यों हुई? क्या, दिखाने की आवश्यकता नहीं, तुम्हें मेरी सच्ची तलब की घड़ी आएगी। उसके लिए ठोस बनकर, प्रतीक्षा करता रहूँगा—जगन्।"

लिखा हुआ पत्र फिर से पढ़ा। पत्र में कहीं चन्द्रशेखर के नाम का उसने क्यों उल्लेख नहीं किया? नाम लेने से कसक होने के कारण 'उसकी' कहकर लिखा। मार्गरेट के चाहते को अनामधेय के रूप में देखना ओछा लगेगा। फिर एक बार पत्र को यहाँ-वहाँ सुधारकर लिखा; मार्गरेट के प्यारे नाम 'चन्दर' का ही प्रयोग किया। ऐसा लिखते समय उन दोनों के एक होने की कल्पना कर मसोस गया। फिर एक बार पढ़ा। पर इस परिवर्तन से पत्र में चन्द्रशेखर के प्रति अपनी ईर्ष्या न होने की झूठी उदात्तता झाँक रही थी।

कागज़ के कोने में लिखा कि आज मैं मातंगों की झोंपड़ियों को जाने का साहस कर रहा हूँ। फिर खुद जाकर पत्र को डाक में डाल आया। मन हलका हुआ।

दोपहर के भोजन के समय बताया, "आज मैं भाषण नहीं करूँगा। आप ही प्रोग्राम चला लीजिए।" नीलकंठस्वामी को सदमा पहुँचा होगा।

"छिः, आपको ऐसे पीछे नहीं हटना चाहिए।" नीलकंठ ने कहा।

"पीछे हटने की बात नहीं। दूसरा प्रोग्राम है।"

इस पर अनन्तकृष्ण ने कहा, "हरिजनों के प्रति सवर्णियों के प्यार का व्यवहार पाना चाहिए। गांधीजी का भी यही आदेश है। आपके बोलने पर लोग आकर्षित हो सकेंगे।" जगन्नाथ ने कहा, "मेरा उद्देश्य वह नहीं। मातंगों को विद्रोही बनाना ही प्रमुख है। मातंगों को पहले आदमी बनाना है। इसलिए लेक्चर झाड़ना बेकार समझता हूँ।" रायसाहब ने चर्चा में भाग नहीं लिया।

"आपका भाषण हो तो लोग आएँगे।" रंगराव ने कहा।

फिर सभी प्रचार के लिए चले गए। कमरे में जाकर जगन्नाथ ने नोटबुक में लिखा...मौसी जैसे व्यक्तियों को मातंगों की पहचान है। कौन कामचोर है, कौन पेट से है, किसको किसने रख लिया है, उसके कितने बच्चे मरे हैं? पर मैं किसी दूसरे ही नाते से उनको और गहराई से पहचानने निकला हूँ। उसके लिए मंजुनाथ, मेरी पूर्व-स्मृति, भीतर गूँजनेवाली मन्दिर की घंटियाँ, लोगों का आदर—सभी का ध्वंस कर दूँगा। इन क्षुद्र जीवों की आज़ादी को बढ़ाने में ही मेरी आज़ादी बढ़ेगी। नई वास्तविकता में मार्गरेट को फिर से पा लूँगा।

रायसाहब तेज़ी से आए। जगन्नाथ ने प्रश्नार्थक दृष्टि से उन्हें देखा। ''मज़दूरों को काम से किसने छुड़ाया, तुम्हें मालूम है?'' कहते हुए बैठकर पान खाते हुए प्रभु की सारी मसहलत का बयान करने लगे। 'तुम्हें उससे ख़तरा है।' चेतावनी देकर अनन्तकृष्ण के साथ चले गए।

जगन्नाथ शाम की प्रतीक्षा करने लगा। वह जानता था कि कोई भी मातंग भाषण में नहीं गया है। मुँह धो, साफ़ कपड़े पहनकर, मातंगों की झोंपड़ियों की ओर चला। बचपने में माँ की बात याद आई। अपनी झोंपड़ियों में यदि ब्राह्मण आए तो मातंग मारकर भगा देंगे। उन्हें पाप लगने का डर रहता है। जगन्नाथ दहल गया।

पहाड़ी पर फूस बिछी झोंपड़ियों को देखते चला। भीतर जाने पर मातंगों में होनेवाली घबराहट का अनुमान कर उसे पसीना छूटा। लगा कि हर बात का सामना किए बिना चारा नहीं। सीधा चला। कोई दिखाई नहीं पड़ा। पिछवाड़े में कोई मातंगी तीन पत्थरों को जोड़कर उस पर बड़ी हाँड़ी रखकर कुछ पका रही थी। शायद रात के नहाने के लिए पानी होगा। शाम की ठंड में भी बिलकुल नंग-धड़ंग कुछ नेटले बच्चे ज़मीन पर खेल रहे थे।

''पिल्ल?''

आवाज़ लगाते हुए जगन्नाथ एक झोंपड़ी के सामने रुक गया। पता नहीं, किसकी झोंपड़ी थी? 'पिल्ल,' फिर से पुकारकर पीछे मुड़कर देखा। न जाने कहाँ-कहाँ से मातंग प्रत्यक्ष होकर खड़े थे—सिर के बाल बिखराए, सिर्फ़ लँगोटी बाँधे, नंगे बदन। निश्चेष्ट करते हुए जगन्नाथ ने पूछा—''पिल्ल है?'' जवाब नहीं। डर लगा।

''कुछ काम था। कहाँ है?''

उसकी बात से मातंगों में घबराहट बढ़ गई होगी। कोई हिला तक नहीं। बच्चे घूमते ही रहे। सूरज डूब रहा था। सारा माहौल स्तब्ध होकर कृत्रिम बना था। कोई इधर, कोई उधर खड़े मातंगों का अपने को घूरते रहना जगन्नाथ को बोझिल लगा। अधिकार से पूछा—

''मुझे घूर-घूरकर क्यों देख रहे हो? बताओ पिल्ल कहाँ है?''

शायद तभी पिल्ल आया होगा। सफ़ेद कपड़े पहनकर हड़बड़ी में लँगड़ाता हुआ पास आया। उसके चेहरे पर भी घबराहट थी। फिर भी कहा—

''आइए, मालिक। बैठिए।''

पिल्ल अपनी झोंपड़ी की ओर चला। आशा से अधिक सन्निवेश के परिवर्तन को देखकर, जगन्नाथ भीतर गया। छत में टँगी कुछ टोकरियाँ और दो-एक कमोरियों को छोड़कर पिल्ल की झोंपड़ी में कुछ नहीं था। पर चमकती-सी लिपी

हुई मिट्टी की ज़मीन साफ़-सुथरी थी। जगन्नाथ को बैठने के लिए क्या दे, इस दुविधा में फँसे पिल्ल से 'कुछ नहीं चाहिए' कहकर जगन्नाथ ज़मीन पर बैठ गया।

दूर में खड़े सभी मातंगों ने पिल्ल की झोंपड़ी को घेर लिया। उन सबमें एक बुजुर्ग मातंग ने भीतर आकर घबराहट-भरी काँपती आवाज़ में कहा, "मालिक को इस तरह हमारी झोंपड़ी में नहीं आना चाहिए।" जगन्नाथ ने पिल्ल को देखते हुए, "तुम्हीं उन्हें समझाओ"–कहा। पिल्ल ने प्रयत्न किया–"मालिक कहते हैं कि मातंगों को छुआ जा सकता है..." इत्यादि। पर वह बात किसी की खोपड़ी में उतरती नहीं दीखी।

"बाक़ी लड़के कहाँ हैं?" जगन्नाथ ने पूछा।

"अब आएँगे, मालिक।" पिल्ल को सहजता से बातें करते देख जगन्नाथ को खुशी हुई।

"कोई डरना नहीं, पिल्ल। मेरे साथ तुम सीधे चले आना। लड़ने पर उतर जाना। बताना कि तुम सूअर नहीं, इनसान हो। समझे?"

और भी बहुत कुछ कहना चाहता था, पर सबकुछ निगल गया और उठकर सभी के सामने पिल्ल के कन्धे पर हाथ रखकर पूछा–

"तुम्हारा बाप कहाँ है?"

पिल्ल ने दूर खड़े बाप को बताया।

"अगले महीने में तुम्हारे बेटे की शादी कराएँगे, मियाँ।" जगन्नाथ ने हँसते हुए कहा। सारे मातंगों को मानो साँप सूँघ गया था।

"मेरे आने की बात दूसरे लड़कों से भी कहना।"–पिल्ल से कहकर जगन्नाथ चला। घर तक छोड़ने के लिए लँगड़ाता हुआ पिल्ल भी साथ चल पड़ा।

घर आने पर जगन्नाथ खुश था। परिवर्तन से घबराहट होना सहज है–मातंगों को और उसे भी। बाद में अपने-आप वातावरण ढीला पड़ने लगता है।

भाषण ख़त्म करके निहाल होकर अनन्तकृष्ण, रंगराव, नीलकंठस्वामी आए थे। अपनी बातों की चर्चा कर रहे थे। रायसाहब ने अनन्तकृष्ण से कहा, "बहुत अच्छा रहा, पर सर्वोदयवालों की सफ़ाई की दलीलों की राजनीति मैं नहीं मानता।" नीलकंठस्वामी ने समर्थन करते हुए समालोचना की। जगन्नाथ ने भी चर्चा में भाग लिया। "जातिवाद का प्रश्न आया?" जगन्नाथ ने कहा–

"मान लेंगे कि लिंगायतों को जातिवादी बनने का पचास प्रतिशत अधिकार है, क्योंकि अभी उसकी जाति में पिछड़े हुए हैं। ओक्कलिंगों को सत्तर प्रतिशत जातिवादी बनने का अधिकार कहाँ जा सकेगा। पर ब्राह्मणों को शत-प्रतिशत जातिवादी बनने का अधिकार नहीं। इसी भाँति शत-प्रतिशत बनने का यदि

अधिकार है तो वह मातंगों को। पर ग़नीमत है कि उनमें वह प्रज्ञा नहीं। नौकरी के लिए छीनाझपटी करनेवाले ब्राह्मण, लिंगायत, गौड़ा ही जातिवादी बनते हैं।"

नीलकंठस्वामी ने जगन्नाथ का समर्थन किया। रंगराव ने दलील दी कि जाति-प्रज्ञा से वर्ण-प्रज्ञा ही उत्तम है। अनन्तकृष्ण ने कहा कि प्रेम के बिना कुछ सम्भव नहीं।

भोजन के बाद सभी सोने चले गए। जगन्नाथ आँगन में टहलने लगा। आकाश से महर्षि वशिष्ठ, बग़ल में मातंग अरुंधती। हँसी आई। अमावस से पहले रात में नक्षत्र सुई की नोक बनकर चमक रहे थे। जगन्नाथ का मन उमंग से खिल उठा था। भीतर जाकर मौसी के कमरे का दरवाज़ा खोला। सिर्फ़ एक साड़ी ओढ़े, दीया बुझाए बिना मौसी सोई थीं।

"ओढ़कर सोइए, ठंड नहीं लगती?" कहते हुए बेंच पर रखे कम्बल को खोलकर ओढ़ाने लगा। "हाय, किसलिए?" कहती हुई मौसी की बातें सुनकर हँसते हुए जगन्नाथ ने उन्हें ज़बर्दस्ती कम्बल ओढ़ाया। लालटेन की बत्ती धीमी की। मौसी खुश हुईं। माँ रहती या शादी लायक़ एक बहन होती तो शायद उससे यह आन्दोलन सम्भव नहीं होता।

या वह मध्यवर्ग का होता?

कमरे में जाकर कन्दील बुझाकर सो गया। बदन गरम रहने के कारण शाल के ऊपर कम्बल की ज़रूरत नहीं जान पड़ी। सालों पहले माँ का लाकर दिया शाल था वह। कत्थई रंग का मुलायम शाल! बीस साल से ओढ़ा हुआ ओढ़-ओढ़कर घिस गया है। जहाँ कहीं फटा था उसने खुद सीकर मरम्मत की है। मार्गरेट ने मज़ाक उड़ाकर दो चिप्पड़ लगाए थे। पिता के मरने के बाद माँ दस माह के लिए तीर्थ-यात्रा पर गई थीं। काशी से यह शाल ख़रीद लाईं। जगन्नाथ उसे ओढ़कर, टाँगें मोड़कर जाँघों की साँदों में हाथ दबाकर बचपन में जैसे सोता था अब भी उसी तरह सोता है। बड़ी गहरी और प्यारी नींद लेने के लिए ऐसे सोया जाता है। 'गर्भ का बच्चा' कहकर मार्गरेट ने हँसी उड़ाई थी। उसके मुड़े हुए घुटनों को पाँव से दबाकर हटाती थी। "ऐसे तुम सोओगे तो दोनों के लिए जगह नहीं होगी," कहकर खींचकर सीधा सुला देती थी।

नींद की चेष्टा में अचानक पीड़ा हुई। फिर झपकी लगी। अचानक गहरी नींद में चिल्लाहट सुनकर जागा और नीचे भाग आया। आँगन में उससे पहले ही बाक़ी सभी जमा हो गए थे।

23

पहाड़ी पर आग जल रही है। आँगन के बाहर मातंग रोते बैठे हैं। जितने भी दीप थे, नौकर सभी जलाकर ले आए—गैस, लालटेन।

यह नींद है या सपना—जगन्नाथ सकपका गया। "शालिग्राम छूने का नतीजा।" मौसी को अडिग से कहते सुना। नीलकंठस्वामी और रंगराव ने परिस्थिति को क़ाबू में लाने का प्रयत्न किया। भीतर से एक हाँडी-भर शहद लाकर रंगराव ने जले पर लगाया। बूढ़े मातंग रो रहे थे। नीलकंठस्वामी मातंगों को डाँटता, समझाता, हौसला बँधाता घूम रहा था। डॉक्टर को बुलाने एक सोशलिस्ट लड़के के साथ अनन्तकृष्ण गए थे। जगन्नाथ ने पिल्ल को खोजकर पूछा, "क्या हुआ?"

सभी के सोते समय झोंपड़ियों में आग लगी। चीख मारकर पिल्ल बाहर भाग आया। सभी को जगाकर बाहर ले आया। आग से बाहर निकलते समय कुछ लोगों को जलने से घाव थे।

याचना-भरी नज़र से अपनी ओर टकटकी लगाए मातंगों से क्या कहे, कुछ न समझकर जगन्नाथ ने नीलकंठस्वामी को एक कोने में ले जाकर पूछा, "कोई मरा तो नहीं?"

"लगता है, एक लड़का मर गया है। डॉक्टर के आने तक चुप रह जाइए।"

नीलकंठस्वामी ने सिगरेट जलाई। "इस प्रकार वायलैंस होने का अनुमान मुझे पहले से ही था।"—कहकर मातंगों को सांत्वना देने के लिए चला गया। जगन्नाथ ने भी उसके साथ जाकर घावों पर शहद लगाने में मदद की। मंड्या में एक मातंग की उँगलियाँ काटे जाने की घटना का एक सोशलिस्ट लड़का वर्णन कर रहा था। एक मातंगी दहाड़ें मारकर रो रही थी कि अब सोएँ कहाँ, रहें कहाँ, अपनी क्या गत होगी? जगन्नाथ ने उसे धीरज बँधाने का प्रयत्न किया, फिर हारकर डाँट पिलाई।

तत्काल क्या करना होगा? अभी अँधेरा है, दिन निकलने में देर है। मातंगों को सोने के लिए एक आसरा चाहिए। आकाश के नीचे ठंड में नहीं सो सकेंगे।

दूसरे मातंग इन्हें पास आने नहीं देंगे। नीलकंठस्वामी को बताया कि सुपारी छीलने के लिए, उपयोग में लाए जानेवाले अपने घर के बग़लवाले लम्बे दालान में सभी को ले जाए।

पर भीतर आने में मातंग हिचकिचाने लगे। डाँट दिखाकर उन्हें भीतर भेजना पड़ा।

लड़के की लाश सामने रखकर उसके माँ-बाप जैसे-के-तैसे बैठे ही थे। उठने के लिए कहा तो उठे नहीं। नीलकंठस्वामी की बात, "डॉक्टर आकर उसे दवा देंगे, तुम लोग भीतर जाओ।" उन्हें सुनाई नहीं दिया। मरे हुए लड़के के सारे बदन पर फफोले उठे थे। चेहरा जलकर विकृत हुआ था। फिर भी जीवित रहने का भ्रम। लड़के का उस क़दर जलने का कारण मातंग ने बताया।

जब आग लगी तब लड़का छत पर चढ़ा बैठा था। छत पर केले का घौद था, लालची लड़का। हमेशा इसी तरह केले चुराकर खाने की आदत थी। दलिद्दर मना करने पर भी नहीं मानता था। छत में लगी आग की लू चेहरे को झुलस गई। धड़ाम से जब वह नीचे गिरा तभी उसे पता चला कि झोंपड़ी में आग लगी है।

लड़के के मर जाने की बात कैसे सुनाए, इस दुविधा में जगन्नाथ कहने लगा– "देखिए, तुम्हारा लड़का...।"

जगन्नाथ की समझ में नहीं आया कि, बात के बीच में ही मातंगी क्यों घबराकर उठ खड़ी हुई। रोते-बिलखते हुए उसने कहा–

"बाग से चुराया हुआ केले का घौद वह नहीं था, मालिक। पिछले सप्ताह मैं अपनी माँ के यहाँ गई थी। मेरी माँ ने केले का घौद दिया था। पकने के लिए छत पर हाँडी में डालकर रखा था। भूतनाथ की सौगन्ध खाकर कहती हूँ मैं–बाग से चुराए हुए नहीं थे।"

उसकी दीनता देखकर जगन्नाथ झुँझला गया।

"तेरा बेटा मर गया है।"

जगन्नाथ के इतना कहते ही माँ-बाप दोनों दहाड़ें मारकर रोने लगे। सुनकर भीतर के सभी मातंग भाग आए। भीतर जाने के लिए जगन्नाथ के डाँटने पर भी किसी ने नहीं सुना। मरे हुए लड़के को घेरकर झुंड-के-झुंड रोने लगे।

"यदि वे रोना चाहते हैं तो रो लेने दे," कहकर जगन्नाथ आँगन के एक कोने में जा खड़ा हुआ। डॉक्टर जो घाव पर लगाने को कुछ मरहम लाए थे, चौपाल में बैठकर अनन्तकृष्ण के साथ बातें करने लगे।

नीलकंठस्वामी और रंगराव अपने साथ के लड़कों को लेकर जिन-जिनको बड़े घाव हुए थे उन्हें ढूँढ़कर डॉक्टर के पास ले जा रहे थे। जगन्नाथ को अकेला खड़ा देखकर पिल्ल उसके पास आया। अडिग भी आए, चुप खड़े रहे। उनका मौन असहनीय था।

''शालिग्राम छूने के कारण ऐसा हुआ, इसमें विश्वास रखते हो न?''

जगन्नाथ ने तीखी आवाज़ में पूछा।

अडिग ने कुछ नहीं कहा।

''बताइए, चुप क्यों खड़े हैं?''

''गुस्सा करने का यह समय नहीं, जग्गू भैया।''

जगन्नाथ कड़ाई से बोला–

''मेरे प्रश्न का जवाब दीजिए, अडिगजी। आप जैसों की अक्ल कैसे काम करती है, यही मुझे आश्चर्य होता है।''

''शालिग्राम छूने से उस लड़के को मरना पड़ा, यह बात परोक्ष रूप से सच है। इस चक्र को चलाने के लिए, यदि तुम हाथ नहीं लगाते तो हर चीज़ अपनी जगह जैसी-की-तैसी ही रहती है–है न?''

सुब्राय अडिग की ठंडी बातों का लहजा देखकर जगन्नाथ के सारे बदन में आग लग गई।

''अद्वैत की बातें करते तुम्हें शर्म नहीं आती?''

''केला खाते हुए एक लड़के की मौत हुई, देखकर तुम्हें दुख होना चाहिए, गुस्सा नहीं।''

''यदि ब्राह्मण का लड़का मरता तो?''

''बहस मत करो, जग्गू भैया। पहले तुम्हारी जिम्मेदारी क्या है, यह सोचो।''

''आपके अनुभव, आपके शंकराचार्य सभी इस व्यवस्था की हिमायत करनेवाले हैं।''

''अपने गुस्से से, तुम कमज़ोर पड़ते जा रहे हो।''

अँधेरे में जलते गैस की आवाज़ और मातंगों का रुदन मिलकर, पहाड़ी पर का मकान श्मशान जैसा लग रहा था।

''जो तुम्हें देखना चाहिए वह तुम देख नहीं रहे हो, जग्गू भैया। तुम्हारा मन क्षुब्ध हुआ है।''

जगन्नाथ ने कुछ नहीं कहा। पिल्ल अब क्या सोच रहा होगा, उसे समझने के लिए उसका चेहरा देखा। अडिग ने शान्ति के साथ बात आगे बढ़ाई–

''दक्षिणेश्वर में एक साधु कहा कहते थे। देह पर झपट आए व्यक्ति पर तुम भी झपट पड़ोगे तो, बताओ भला क्या होगा? हड्डियाँ टूट जाएँगी। उसके बजाय हटकर खड़े हो जाओ, तो वह चारों खाने चित्त हो जाएगा। तुम बच जाओगे। यही चाल का गुर है। मातंग अपनी हालत के आदी बन गए थे। पीते-नाचते मस्त थे। मैं तुझे नहीं छुऊँगा, कहने पर उन्होंने मैं भी तुझे नहीं छुऊँगा, कहा। यों ही सहते आए। वैसे सबकुछ लीला ही लगता था—यह आग, यह हिंसा, इस चक्र के संचालन में हाथ लगाए हुए तुम—सभी।''

न जाने कितनी सदियों की साध अडिग के विचार-क्रम में समाई थी। जगन्नाथ ने झल्लाकर कहा—

''क्या आपको गुस्सा ही नहीं आता, अडिगजी? मातंगों के सोते में आग लगवानेवाला आदमी क्या आपको ज़लील नहीं लगता? प्रभु ने किया होगा यह काम। या शेट्टी ने। फिर भी आपको गुस्सा क्यों नहीं आता, यह बताइए? आपको क्यों नहीं लगता कि इस जाति-व्यवस्था ने आपकी मानवता को कुंठित किया है? जानवरों की भाँति, आपसे लात खाते रहने से ही मातंग आपके प्यारे बने रहेंगे। इस पर आपको शर्म क्यों नहीं आती? आपके शंकराचार्य, मध्वाचार्य, आपके परमहंस, आपके रमण महर्षि—सभी आप ही की भाँति छिन्न हुए हैं।''

''मेरी हस्ती ही क्या है, छोड़ो।'' अडिग ने बिना गुस्सा किए कहा—''बस पेट पालने के लिए भेस बनाया है। गुस्से में पत्नी को पीटनेवाले मुझ जैसे आदमी को कुछ भी कहने का अधिकार नहीं। पर तुम्हारा जो यह गुस्सा है वह कपूर में लगी आग की भाँति है, या गीली लकड़ी में लगी आग की भाँति सुलग रही है? उसका मुझे अनुमान हो रहा है।''

जगन्नाथ एक पल भौंचक हो उठा।

मुझे अन्तर्मुखी बनाकर, ऐसे विचार निष्क्रिय बना देंगे, ऐसा सोचकर, पिल्ल से बात करने के लिए उसकी ओर बढ़ा। सुब्राय अडिग अनन्तकृष्ण के पास गए।

आँगन में बैठे मातंगों का विलाप का ढंग देखकर जगन्नाथ को निराशा हुई। जिस मात्रा में दुख था, उसी मात्रा में उसकी सहानुभूति पाने की चाल भी थी। लगा कि इन लोगों को मैं सच्चे दिल से प्यार नहीं कर पाऊँगा।

नीलकंठस्वामी ने जगन्नाथ को बुलाया। अँधेरे में नीलकंठस्वामी ने कहा—''सर, इसे एक दृश्य बनाना होगा। मैं सीधा शिवमोगा जाकर बेंगलूर को प्रेस टेलिग्राम दूँगा। फ्रंट पेज का समाचार होगा। अपने कैमरे से फोटो लूँगा—उस

लड़के का नाम चौड बताया गया है। चौड को अपने आन्दोलन का हीरो बनाना चाहिए।''

बिना किसी दुख या शोक के साथ सम्बद्ध नीलकंठस्वामी का इस प्रकार का व्यवहार उसे भद्दा लगा। लगा जैसे वे कोई अपराध या षड्यन्त्र कर रहे हों। पर उसकी आलोचना को भंग करते हुए, नीलकंठस्वामी की फुसफुसाहट तेज़ी से चली–

''हमारे दुश्मनों को आपकी भाँति भले-बुरे का विचार नहीं है, सर। आग लगाएँगे, जान से मार डालेंगे, डराएँगे। हमारा हाथ बाँधकर बैठे रहना सम्भव नहीं। लोगों के कांशंस को डिस्टर्ब करना होगा। उसके लिए न्यूज़ पेपर, रेडियो सभी का उपयोग करना चाहिए कम।''

''जानता हूँ, पर मरकर विकृत पड़े लड़के की स्थिति? मेरी ज़िम्मेदारी? रोनेवाले वे निरीह बेचारे? इन सभी बातों पर आत्मालोचन के लिए मौन की आवश्यकता थी। एकान्त की आवश्यकता थी। पर अब एकान्त सम्भव नहीं।'' मातंगी की दहाड़ें असह्य हो रही थीं। 'अच्छा' कहा।

नीलकंठस्वामी दौड़कर कैमरा लाया। रंगराव ने सभी गैस लाकर मातंगों के आसपास रखा। अँधेरी रात में आँगन का एक भाग कृत्रिम प्रकाश से जगमगा उठा। इस प्रकाश में लँगोट पहने नंगे बदन मातंग दीखे थे। काले झंखाड़ की भाँति उनके बाल। नीलकंठस्वामी ने मातंगों को फुसला-फुसलाकर, विभिन्न भंगिमाओं में बिठाकर, उनके रोने की प्रतीक्षा करते हुए कैमरे को क्लिक किया।

''चीड़ कहाँ-कहाँ जला है, देखकर बताइए, सर। सारा ब्योरा तार करना है।'' चौड की लाश का मुआइना करते समय जगन्नाथ के उद्विग्न चेहरे को क्लिक किया। बल्ब के चमकते ही जगन्नाथ को नाराज़गी हुई। देखकर नीलकंठस्वामी ने आत्मीयता से कहा–''इसकी भी आवश्यकता है, सर।''

कार लेकर नीलकंठस्वामी और रंगराव शिवमोगा गए। अनन्तकृष्ण ने दोनों की प्रशंसा की–''नीलकंठस्वामी अगली बार चुनाव में ज़रूर जीतेगा। उसके चुनाव-क्षेत्र नंजनगूड में शेड्यूल्डकास्टवालों का काफ़ी वोट है।''

घर से आते ही श्रीपतिराय ने चौड की लाश की गति की व्यवस्था की। हिसाब लगाया कि दूसरे ही दिन झोंपड़ियाँ डलवाने में क्या-क्या लगेगा? जगन्नाथ के घर में काफ़ी बाँस और लट्ठे थे। फूस छाना ख़तरा लगा। साले प्रभु से ही टीन ले आना होगा। वही आग लगवाकर, अब कैसा लाभ उठा रहा है! शिवमोगा

से मँगवाना हो तो भी ट्रक प्रभु का ही होगा। अब सोचना बेकार है कि आग उसने लगवाई, या जनार्दन शेट्टी ने। मर गया तो मर गया।

श्रीपतिराय की बातें सुनते जगन्नाथ चौपाल में बैठा था। अनन्तकृष्ण के साथ बैठे अडिग ने नर्मी से कहा–"देखो जग्गू भैया, अनन्तकृष्ण के साथ बैठे ये राजनीतिज्ञ बड़े अजीब होते हैं। नीलकंठस्वामी को ही देखो...।"

जगन्नाथ को कसक हुई।

"अडिगजी, आपके अनुभव के पीछे मन्दिर है, पैसा है, अन्धविश्वास है, आधी रात में आग लगाकर बच्चों की जान लेनेवाले हैं। उसी भाँति मेरे पीछे राजकारण के दाँव-पेंच खेलनेवाले हैं। पर इन सबके बीच मुझे क्या लग रहा है, बताऊँ? आप जैसों की निष्ठुरता से नीलकंठस्वामी फोटो खींचकर जो कुछ कर कहा है, वही अधिक अर्थपूर्ण है।"

अडिग ने जवाब नहीं दिया। चुप रहे। अनन्तकृष्ण ने गांधीजी के साधन और साध्य का सिद्धान्त बताया। तब तक सूर्योदय की बेला निकट आते देखकर, अमावस के स्नान के लिए, लोटा लेकर निकलते-निकलते रुककर अडिग ने एक कहानी कही–"ब्राह्मणों की नीति भ्रष्ट होने से ही अपने समाज की यह हालत हुई है; इस सन्दर्भ में एक कहानी कहता हूँ : गुजरात में एक बैरागी ने मुझसे कही थी। किसी ज़माने में एक अग्रहार था। वहाँ बड़े निष्ठावान ब्राह्मण निवास करते थे। हर ब्राह्मण के घर यज्ञ-कुंड। हर रोज़ हवन के बाद ही उनका भोजन होता था। एक दिन क्या हुआ! एक बुजुर्ग ब्राह्मण ने अपने बेटे का विवाह किया। बहू छोटी थी, उसी दिन घर आई थी, रात में पेशाब के लिए हड़बड़ाकर उठी। नया घर, नई जगह, पिछवाड़े जाने में डर लगा। इसलिए जलते हुए यज्ञ-कुंड में पेशाब करके किसी से कहे बिना चुपचाप जाकर सो गई। सबेरे उठकर ब्राह्मण देखता है तो यज्ञ-कुंड में सोने की एक ईंट। उसका मन बड़ा क्षुब्ध हुआ। पवित्र यज्ञकुंड में सोने की ईंटें? कहीं अशुचि होने के अनुमान से बड़ी पीड़ा हुई। तब डरते-डरते ससुर को दंडवत् प्रणाम कर बहू ने बताया कि उसने ऐसा किया है। ससुर बड़ा सज्जन था। कोई बात नहीं, कहकर धर्मग्रन्थों को छानने लगा। इस पाप के लिए परिहार मिल गया। उसी तरह यज्ञ-कुंड का शुद्धीकरण कर, फिर अपने विधि-नियमों को शुरू किया ही था कि उसे एक विचार आया। यह कुंड अपवित्र हो जाने पर उसके लिए परिहार तो है ही। फिर बहू को बुलाकर कहा कि कल भी तुम पेशाब करो।

"पड़ोसी ब्राह्मण को इस बात का पता चल गया। उसने भी अपनी बहू से कह दिया कि शास्त्र-सम्मत परिहार तो है ही–तब तुम भी यज्ञकुंड में पेशाब

करो। इसी तरह घर-घर में बात फैली और सभी ने यह धन्धा शुरू कर दिया।

"पर एक दरिद्र ब्राह्मण इसके लिए तैयार नहीं हुआ। पत्नी के बहुत अनुरोध करने पर भी वह न मानकर अग्रहार ही छोड़कर चला गया। जैसे ही वह घर ख़ाली कर गया, पड़ोसी ब्राह्मण सोचने लगा—मेरे एक यज्ञ-कुंड में सोने की एक ईंट मिलती है तो क्यों न पड़ोसी के यज्ञ-कुंड को भी कब्ज़ा कर दो ईंटें प्राप्त करूँ? परिणामस्वरूप सभी ब्राह्मणों को सभी यज्ञ-कुंडों पर कब्ज़ा करने की दुराशा उत्पन्न हुई। अन्त में सारा अग्रहार आग में जलकर भस्म हो गया।"

इस प्रसंग से अपनी कहानी का क्या सम्बन्ध हो सकता है, इसकी शंका हुई होगी, अडिग को। सहसा वह 'स्नान कर आऊँ' कहकर चल पड़े।

24

मौसी ने चार हँडियाँ भरकर काँजी, एक कट्ठा पत्तल, और एक पत्तल पर कैरी का अचार लाकर बाहर रखा। उसे उठाकर मातंगों ने पहाड़ी के एक कोने में बैठकर खा लिया। पिल्ल और उसके साथियों को बुलाकर जगन्नाथ ने कहा–

"देखो, कल हम मन्दिर के भीतर जानेवाले हैं। यह सब हो जाने के कारण तुम लोग डरना नहीं। आज ही तुम्हारे लिए टीन की झोंपड़ियाँ बनवाने की व्यवस्था करूँगा।"

पिल्ल से पूछने की इच्छा हुई कि वह क्या सोच रहा है? पर सोचने का शब्द ही शायद उसके लिए अजनबी होगा। पिल्ल को छोड़कर दूसरे अभी अपने से खुले नहीं। कौन करिय, कौन माद, कौन वस्या? और एक लड़का चौड जो पास आया था मर गया।

नाश्ता कर निकला। जाड़ा। सुहावनी धूप। चलते-चलते बदन गर्म हुआ। रास्ते-भर लोग। उनमें नदी से नहाकर लौटते हुए कुछ जाने-पहचाने चेहरे; झोंपड़ियाँ बनवाने की ज़िम्मेदारी रायसाहब ने उठाई है। इसलिए कुछ चैन की साँस ली जा सकती है। न जाने देश के किस-किस कोने से मनौती लेकर आए हुए लोगों को देखते इसी प्रकार घूमा जा सकता है। उनके कार्यक्रम से कोई भी आहत दिखाई नहीं पड़ता। सदियों से लोगों ने इसी तरह इसी दिन नहाया है। वही कहानी सुनी है। जैसे माँ ने उसे बताई थी–

जमदग्नि बड़े क्रोधी थे। पत्नी में व्यभिचार की बुद्धि को अंकुरित होते देखकर पुत्रों से कहा, अपनी माँ को काट डालो। परशुराम को छोड़कर कोई आगे नहीं बढ़ा। उसने कुल्हाड़ी उठाकर माँ का सिर काट दिया। पिता की आज्ञा का उल्लंघन न करने के लिए वह प्रतिबद्ध था। फिर भी माँ जो ठहरी, सिद्धान्त से बढ़कर प्रेम जो होता है।...प्रसन्न होकर पिता ने वर माँगने के लिए कहा तो, उसने माँ को जीवित कर देने का वर माँगा। माँ जी गई। पर कुल्हाड़ी में लगा खून किसी भी पानी से धोने पर गया नहीं। आख़िर उसने भारतीपुर की इस तुंगा नदी में

कुल्हाड़ी डुबोई। ख़ून ग़ायब हुआ। उस परशुराम ने मंजुनाथ की प्रतिष्ठापना की। पाप धुल जाने की स्मृति में। जिस घाट में उसने कुल्हाड़ी धोई थी उसी घाट पर अमावस के प्रातःकाल में हज़ारों लोग डुबकी लगाते हैं। पाप-मोचन होने के भ्रम में हर्षित होकर घूमने लगते हैं। यह पापनाशिनी, यह कूप, तत्त्व और तत्त्व से बढ़कर प्रेम। अपने निश्चय के प्रारम्भिक साफ़, शुभ्र विचारों को जगन्नाथ अपने अन्तर्मन में लौटाने की चेष्टा करता हुआ नदी के किनारे आ खड़ा हुआ।

कितने हज़ार लोग, बूढ़े, बच्चे जन-जन कर पीले पड़े और फीके चेहरेवाली स्त्रियाँ, पानी टपकानेवाले बाल।

इनमें शंका भरनी चाहिए। जाग जाएँ। भगवान को लात मारकर खड़े हो जाएँ। भूतनाथ की शक्ति मातंगों में उमड़ पड़े। अपने जीवन के लिए ख़ुद ज़िम्मेदार बनें। उनका केवल एक क़दम भीतर रखना काफ़ी है, जो सदा से बाहर ही रहे हैं। पिल्ल का पहला क़दम, सुषुप्ति में रहनेवाले इस प्राचीन क्षेत्र में कुहराम मचा देगा। चौड का शव, पिल्ल का खून, आग में जली झोंपड़ियाँ—एक नई वास्तविकता को कुरेदकर निकालना चाहिए।

खुशी हुई कि किसी ने उसकी ओर ध्यान नहीं दिया। जगन्नाथ लौट चला। कल के लिए सजाया हुआ रथ। वही गीली मोटी रस्सियाँ। उसी पेड़ के नीचे बन्दर को नचाते हुए कोई बैठा है। डोम होगा। रास्ते-भर दुकानें। हलुवे की दुकान खोलते हुए वासु ने पूछा जगन्नाथ से "क्यों भैया, क्या समाचार हैं?"

25

"मिस्टर जगन्नाथ, मे आइ आस्क यू एनदर क्वेश्चन? क्या आप एक्सिस्टेन्सियलिस्ट हैं? क्योंकि सार्त्र के प्रतिपादित कमिटमेंट की तरह आपके विचार लगते हैं।"

बेंगलूर से आए संवाददाता पी.आर.टी. ने पूछा। नीलकंठस्वामी के ट्रंककाल ने काम किया था। उसके साथ ही आए, कहकहे मारकर हँसनेवाले एक फुर्तीले ठिगने व्यक्ति ने अलग-अलग ऐंगल में खड़े होकर जगन्नाथ के फोटो खींचे। नोटबुक में जवाब लिखता हुआ पी.आर.टी. जगन्नाथ के सामने बैठा था।

नीलकंठस्वामी ने बड़ी उत्सुकता से जगन्नाथ के जवाब सुनते हुए, फोटो में खुद भी शामिल होने की वांछा से धीरे-धीरे जगन्नाथ की ओर अपनी कुर्सी खींच ली। बिना किसी उत्साह के जगन्नाथ ने कहा–

"आप जिन शब्दों का प्रयोग कर रहे हैं, उन शब्दों में अपनी योजना का विवरण देना मैं नहीं चाहता।"

"तब क्या आपको मार्किसिस्ट कहें?" मन्त्रियों के मुँह खुलवाने में बड़ा नाम कमाया था पी.आर.टी. ने।

"भारतीय धरातल पर जड़ें जमाकर कभी हमारे कम्युनिस्टों ने सोचा ही नहीं। या तो रूस की ओर, या चीन की ओर ताकते रहते हैं।"

"तब क्या आप लोहिया समाजवादी हैं?"

"जगन्नाथजी का विचार-क्रम मुझे लोहिया के बिलकुल समीपवर्ती लगता है।"

लोहिया के अनुयायी नीलकंठस्वामी का यह कहने में स्वार्थ था। जगन्नाथ ने कहा–"हाँ, सच है कि लोहिया की विचारधारा मुझे बहुत भाती है। पर पार्लिमेंटरी राजकारण में उनकी रुचि न रहने के कारण नीलकंठस्वामी की पार्टी में मैं भर्ती नहीं हुआ। हर कोई जो इस आन्दोलन में विश्वास रखता है, उन सभी का सहयोग मुझे चाहिए।"

पी.आर.टी. ने इतने पर ही नहीं छोड़ा। भीतर से आई कॉफ़ी पीते हुए 'फ़ोटोग्राफ़र' ने एक एक्सपोर्ट चारमीनार सिगरेट लेकर सुलगाई। जगन्नाथ की ओर सिगरेट बढ़ाई। "आइ डोंट स्मोक, मच, बट, आल राइट।" कहकर जगन्नाथ ने भी सिगरेट सुलगाई।

"कल रथोत्सव से पहले आपने हरिजनों के मन्दिर-प्रवेश का कार्यक्रम रखा है। इससे कोई बड़ी क्रान्ति होने का आपने अन्दाज़ा किया है?"

"अन्दाज़ा तो था ही। मगर अब नहीं। किसी भी क्रान्ति से पहले इस मध्य युग के विश्वास को चीरना मेरा उद्देश्य है। यदि वह सफल हुआ तो समझिए कि हमने पहला क़दम रखा है। हो सकता है, डर के कारण मातंग मन्दिर के भीतर न जाएँ। ठीक है? मेरा उद्देश्य है कि वे अपनी स्वेच्छा से ही विद्रोह करें। कल चाहे हमारी जीत हो, या हार, मैं समझता हूँ कि आन्दोलन शुरू हो चुका है।"

"ठीक है।"

नीलकंठस्वामी ने जगन्नाथ की प्रशंसा की।

"एनेदर क्वेशन। हम जो मंजुनाथ की हर तस्वीर देखते हैं, उसमें दिखाई पड़नेवाले सोने के मुकुट ने, बताया जाता है कि आपकी प्राणरक्षा की थी। ऐनी कमेंट?" (इस पर आपको कुछ कहना है?)

जगन्नाथ ने कहा–"नो!"

"मातंगों की झोंपड़ियों में आग लगने के कारण, कुछ लोगों का कहना है कि शालिग्राम को छूना ही है। और कुछ लोगों का यह भी कहना है कि आपके एक अनुचर का मातंगों की लड़की को रेप करने का प्रयत्न ही है। आप क्या कहते हैं?"

"अपराधी कौन है, इसका पता लगाना पुलिस का काम है।"

"यह भी अनुमान है कि इस गाँव के किसी व्यापारी का उसमें हाथ है?"

रंगराव ने ज़ोर देकर कहा कि यह बात पी.आर.टी. के ध्यान में पड़े।

सिगरेट को बूट से रगड़कर पी.आर.टी. ने कहा–"कुछ लोगों ने कहा कि आप एक आदर्शवादी हैं। और कुछ लोगों का अभिप्राय है कि आप इस क्षेत्र से अगली बार चुनाव लड़नेवाले हैं। कहते हैं कि यह सारी उसी की तैयारी है?"

हँसते हुए जगन्नाथ ने 'ना' कहकर सिर हिलाया।

"आज के मन्त्रि-परिषद् के बारे में आपका क्या अभिप्राय है? क्या आप समझते हैं कि ये सोशलिस्ट पैटर्न ऑफ़ सोसाइटी ला सकेंगे?"

"नहीं। हमारे राष्ट्रपति ने काशी में ब्राह्मण के चरण धोकर तीर्थपान किया। शृंगेरी स्वामी के चरणों पर माथा टेका। सुना है, वे सकेशियों को तीर्थ नहीं देते।

इस मंजुनाथ के वह परम भक्त हैं। मेरा अभिप्राय है कि पहले इस देश में लोगों को भगवान के चंगुल से छुड़ाना होगा।"

"थैंक यू।"

फोटोग्राफ़र के साथ गाँव में घूमने के लिए पी.आर.टी. उठ खड़ा हुआ। दोनों के जेबों में मंजुनाथ के प्रसाद की पुड़िया जगन्नाथ को दीख पड़ी।

"आप यहाँ आने से पहले क्या मन्दिर होकर आए?" जगन्नाथ ने पूछा।

"येस ए ब्यूटीफुल प्लेस। कैसा ट्रे मंडल घष्टा है, वहाँ! सुना कि आपके पुरखों ने लगवाया था।" पी.आर.टी. ने कहा। फोटोग्राफ़र ने हाथ जोड़कर झुककर प्रणाम किया, बड़े आत्मीय की भाँति मुस्कुराकर, हड़बड़ी के साथ पी.आर.टी. के पीछे चल दिया।

पी.आर.टी. ने तस्वीरों के साथ स्टोरी बनाकर बेंगलूर को रवाना किया। उसकी कहानी में जगन्नाथ की प्राण-रक्षा के सोने के मुकुट को विशेष महत्त्व दिया गया था। उसके बाद जगन्नाथ की इंग्लैंड की पढ़ाई : वहाँ के जीवन, लम्बे बाल, सादा ड्रेस, लम्बी नाक, ऊँचा क़द; शालिग्राम का स्पर्श, अत्याचार की चेष्टा; सदियों की वास्तविकता को परिवर्तित करनेवाले प्रथम पग की अस्तित्ववाद की थियरी, घर से बहिष्कार, भारतीपुर की आर्थिक व्यवस्था ठप्प होने का बनिए प्रभुजी का भय; मंजुनाथ के दूत भूतनाथ की सर्व रोग-परिहारक शक्ति, बाँझ स्त्रियों को सन्तान देने की शक्ति; क्या जगन्नाथ अगला चुनाव लड़ेंगे? कुछ किंवदन्तियाँ, वर्तमान असेम्बली के सदस्य गुरप्पा पटेल का मौन; झोंपड़ियों में आग, शहीद चौड, उसका अनुयायी पिल्ल; अपनी मर्ज़ी के विरुद्ध भी सभी का आवभगत करनेवाली जगन्नाथ की मौसी; इन सभी बातों के अन्त में यों लिखा था–

"पहाड़ियों के बीच अन्तर्मुखी होकर हज़ारों वर्षों से सोया हुआ सुन्दर गाँव है–भारतीपुर। भारतीय संस्कृति के सत्व को अपने में छिपाए बैठे इस पुरातन शहर की स्थिति प्रक्षुब्ध समझ बैठना ग़लत होगा। यहाँ की गलियों में चलते मंजुनाथ के प्रसादस्वरूप सिन्दूर लगाए हज़ारों चेहरे आते हैं सामने। इनसे पूछकर देखिए कि रथोत्सव के दिन क्या मातंग मन्दिर की देहरी लाँघ सकेंगे? बेफ़िक्री से मुस्कुराते हुए वे सिर हिला देंगे। इनका पक्का विश्वास है कि भूतनाथ टाँग पकड़कर घसीटेगा, रक्त की क़ै करके मातंग मर जाएँगे। युवक ब्राह्मण संघ के एक युवक ने कहा–यदि जगन्नाथजी सच्चे क्रान्तिकारी हैं तो उन्हें मन्दिर का ही धिक्कार कर देना चाहिए। एक निरीश्वरवादी का मातंगों के लिए भी मन्दिर की चाह रखने का कोई अर्थ नहीं।

"जो भी हो, भारत के राष्ट्रपति की भी भक्ति का पात्र यह मन्दिर, यदि कह दें कि सामान्य विश्वासों पर ही प्रवृद्धमान हुआ है तो कोई ग़लत नहीं होगा। भारत में सभी वर्ग-भेदों को चीरना हो तो वह भगवान और सन्तों से सम्भव है। मातंगों के लिए भी इस भगवान को प्राप्त कराने का उद्‌देश्य जगन्नाथजी का नहीं; फिर भी उनके उद्‌देश्य से बढ़कर ऐसी सम्भावना के इस देश में कई दृष्टान्त हैं। शिवमोगा डी.सी. ख़ुद हरिजन हैं। उन्होंने मुझसे यों कहा—गांधीजी की अहिंसा द्वारा ही हमारे समाज में परिवर्तन आना चाहिए। हमारे प्रधानमन्त्री के नेतृत्व में देश शान्तिपूर्वक समाजवाद के मार्ग पर क़दम बढ़ाने लगा है। देर-सबेर मंजुनाथ के मन्दिर का द्वार हरिजनों के लिए भी खुल जाएगा। क्या वेदान्त ने उद्‌घोष नहीं किया : पण्डिताः समदर्शिनः? मेरे यहाँ तैनात होने पर मन्दिर की कमेटीवालों ने मेरे लिए जो प्रसाद भेजा था उसे मैं कृतज्ञतापूर्वक याद न करूँ तो वह महान अपराध होगा। आक्रोश ग़लत है। सारा जनांग शान्ति के साथ मिलकर जिए। हरिजनों को विद्वान बनकर और अपने भीतरी भेदभावों को मिटाकर हमारे प्रधानमन्त्री के नेतृत्व में भव्य समाज का निर्माण करना चाहिए।"

पी.आर.टी. की आख़िरी बातें इस प्रकार थीं : "जब सत्यप्रकाश से उनके निवास पर मिलने गया था तब सुबह थी। उनके माथे पर सिन्दूर का टीका था। वह शायद मंजुनाथजी का प्रसाद होगा।"

26

चूल्हा सूख गया होगा। राख और गोबर से लीपकर उस पर मौसी रँगोली डाल रही थीं।

आँगन के एक किनारे नीलकंठस्वामी अपने साथियों से प्लेकार्ड लिखवा रहा था। 'अस्पृश्यता इसी क्षण दूर हो जाए'; 'मैसोपा की जय'; 'इन्क़लाब ज़िन्दाबाद'; 'किसानों का शोषक भूतनाथ, भूतनाथ का शोषक मंजुनाथ'–इत्यादि। श्रीपतिराय मातंगों की झोंपड़ियाँ बनवाने में लगे थे।

किसी मातंग ने दूर खड़े होकर 'मालिक' कहकर पुकारा। जगन्नाथ की ओरवाला मातंग नहीं था। हाथ जोड़कर याचना करने लगा–"आपके मातंग मन्दिर में जाएँगे, इस पर गुस्सा होकर हमारे मालिक हमें भगा देने की बात कह रहे हैं। मालिक रक्षा करें।" जगन्नाथ कुछ कहने की सोच में था कि श्रीपतिराय ने धोती ऊपर बाँधकर कहा–

"अबे बुड्ढ, चुपके चला जा। तुझे भगा देंगे तो बाल्टी भर-भरकर उनका पाखाना कौन ढोएगा, बता? वह भी इस मेले के समय। हाँ, कहीं झोंपड़ी में आग न लगा दें। बारी-बारी से पहरे पर तैनात रहना।"

रायसाहब की बात जगनन्नाथ को भायी। मातंगों से कहना होगा। तुम्हारी हीनता ही तुम्हारी शक्ति है। इस समाज को तुम्हारी अनिवार्यता है। कह दो कि मल नहीं उठाएँगे। मंजुनाथ को हर दिन घेरे रहनेवाली अगरबत्ती-धूप-दसाँग की सारी खुशबू को गाँव में फैली गू की बदबू नाश करने की शक्ति तुममें है। मातंग मल न उठाएँगे, यह समझ आने पर देशभर में फ़्लश पाख़ाने बनेंगे। बाल्टी भरकर मल का सिर पर ढोना बन्द हो जाएगा। गांधी और बसवेश्वर के सपने खिल उठेंगे। ये काली मातंगियाँ मल के बदले सिर में मोगरा चमेली पहनकर, गंधधारी ब्राह्मणों के लिए आप्यायन बनेंगी। ब्राह्मण लड़कियाँ काले चौड़े सीनेवाले पिल्ल जैसों पर मोहित होंगी। जगन्नाथ दूसरे ही विचार के घोड़े पर सवार हुआ। सुना है, कापालिक और शाक्त, सिद्धि-प्राप्ति के लिए मुर्दे को उखाड़कर खाते हैं। इसके

द्वारा अवधूत बनते हैं। अवधूत तो पूरे क्रान्तिकारी ठहरे। कहीं मुझे भी उनकी भाँति विर्सजन का मार्ग न अपनाना पड़े? अडिग के अनुसार सामाजिक व्यक्ति रहकर क्रान्तिकारी बनना सम्भव नहीं।

रंगण्णा डाक देकर गया। स्थानीय डाक का लम्बा लिफ़ाफ़ा खोला। फुलस्केप कागज़ के दोनों ओर भौंडी लिपि में एक पत्र था। ऊपर बाएँ छोर में 'क्षेम', बीच में 'श्री मंजुनाथ प्रसन्न' लिखा वह पत्र किसका है? पीछे देखा तो हस्ताक्षर नहीं थे। कौतूहल से पत्र पढ़ना शुरू किया। कारिन्दे कृष्णय्या की भौंडी लिपि पढ़ने का आदी होने के कारण, इसे पढ़ने में दिक्क़त नहीं हुई।

''गाँव के बड़े भारी ज़मींदार, एक समय श्री मन्दिर के महन्त जिसकी प्राणरक्षा के लिए स्वर्ण-मुकुट मंजुनाथ के सिर पर चढ़ा, भारतीपुर की प्रजा को अपने पिता की भाँति पालन करने के उत्तरदायी श्री जगन्नाथ की सेवा में, एक ग़रीब का नम्र निवेदन है कि...''

ऊबकर जगन्नाथ ने कागज़ मोड़ फाड़ना चाहा, पर पुराने ढंग की शैली से आकर्षित होकर आगे पढ़ने लगा।

''जगन्नाथरायजी, यह लिखते हुए इस कंगाल को अत्यन्त खेद हो रहा है कि आप शायद अपने पूज्य पिता की सन्तान नहीं हैं। आपके पूज्य पिता महान भगवद्भक्त थे। उनसे विवाहित होकर आपकी माताश्री ने उनके साथ किसी प्रकार का सम्पर्क नहीं रखा था। आपके पूज्य पिता इसे सहन कर कैसे जिए, हमें पता नहीं। यदि आप अपने पूज्यपिता की सन्तान होते तो अभिजात ब्राह्मण-कुल में पैदा होकर आप हर्गिज़ ऐसे नीच कार्य में हाथ नहीं डालते। पूछोगे कि आप किसके बेटे हैं? आप अपने घर के भूतपूर्व कारिन्दे के बेटे हैं। कृष्णय्या बड़े ही नीच कुल के ब्राह्मण होने पर भी, आपकी माताश्री का उनके साथ लगाव था। 'पाप कहनेवाले के मुँह।' लाचार होकर कहना पड़ रहा है। आपके घर में जो गोपाल है, उसका भी कारिन्दे कृष्णय्या से आपकी माताश्री की कोख से जन्म का मैं खुद प्रत्यक्ष साक्षी हूँ। आपके बचपन में आपकी माताश्री, कारिन्दे और उनकी श्रीमतीजी के साथ तीर्थ-यात्रा के बहाने गई थीं। तब किसी कारणवश मैं मद्रास गया था, वहाँ आपकी गर्भवती माताजी को मैंने देखा। वहीं जचगी कराकर नवजात शिशु का गोपाल नामकरण कर, कृष्णय्या की रोगग्रस्त पत्नी के यात्रा के समय इस बच्चे के जन्म देने की घोषणा करते हुए वापस आए। कारिन्दे की स्त्री ने निस्सन्तान होने के कारण, ज़बान सीकर गोपाल को अपना बेटा कहकर पाला। आगे दो-एक वर्ष में जब उसकी आँखें बन्द हो गईं तब तो आपकी माताश्री ने कृष्णय्या के साथ निरान्तक रूप से अपना पाप-भरा जीवन बिताया।

"इस विषय का उल्लेख करने का मेरा अभिप्राय केवल यही है कि पहले आप अपनी गन्दगी को धो लें, फिर गाँव को सुधारने की चेष्टा करें। मेरा आशय आपके पूज्य पिता के पुण्य स्मरण पर कालिख पोतना नहीं है। शास्त्र का कहना है कि गाँव के लिए एक व्यक्ति की बलि दे दो। अतः आपके प्रभाव को घटाने के निमित्त यदि हमें इस बात को ज़ाहिर करना पड़े, तो विश्वास है कि श्री मंजुनाथ स्वामी हमें अवश्य क्षमा करेंगे। अन्त में मैं फिर से एक बार कहते हुए बड़े खेद के साथ पत्र समाप्त करता हूँ कि अभिजात पिता की यदि आप सन्तान होते तो इस प्रकार गाँव को मिट्टी में मिलाने के लिए हर्गिज़ आगे नहीं बढ़ते।

सदा आपका शुभचिन्तक,
भारतीपुर का एक निवासी।"

जगन्नाथ नीचे उतरकर आँगन में आ गया। उसे पता नहीं था कि वह कहाँ जा रहा है। नीलकंठस्वामी पोस्टर लिखवाता बैठा था। रायसाहब भाले, लाठी, रस्सी आदि की व्यवस्था कर रहे थे। जगन्नाथ चुपचाप खड़ा रहा। उसे खड़े देख रंगराव ने कहा–

"क्या है सर! जी ठीक नहीं?" कहते हुए पास आकर व्याकुलता से मुँह देखा।

रायसाहब ने भी घबराकर कहा–"भीतर जाकर सो जाओ।"

"कुछ नहीं," कहते हुए जगन्नाथ ने कमरे में जाकर, बिस्तर पर लेट आँखें मूँद लीं। टेबल पर कागज़ पड़ा था। किसी के पढ़ लेने के डर से उसे फाड़कर टोकरी में फेंक दिया।

पिल्ल कहाँ है? कल के बारे में उसे क्या-क्या बताना होगा? सारे कपड़े जल गए हैं। नये कपड़े लाने होंगे। बताना भूल गया; फिर नीचे उतरकर रायसाहब ने मातंगों के लिए कपड़े ख़रीदने को कहा। सफ़ेद कुर्ता, सफ़ेद धोती। रायसाहब ने कहा, "तुम्हारी तबीयत ठीक नहीं लगती। कल सारी रात सोए नहीं। कुछ देर सो जाओ।"

जगन्नाथ चौपाल में जा बैठा। पाँव दुर्बल हुए थे। उसे बैठा देख नीलकंठस्वामी भी आ बैठा।

"रंगराव बाज़ार गया था। देखिए मिस्टर जगन्नाथ, कल होनेवाले हरिजन-प्रवेश की बात पर बाज़ार में कोई विश्वास ही नहीं करता। कहते हैं कि भूतनाथ आकर मातंगों को टाँगें घसीटकर फेंक देगा।"–कहकर मुस्कुराते हुए नीलकंठस्वामी ने सिगरेट सुलगाई। जगन्नाथ उससे एक सिगरेट ले सुलगाकर आँखें मूँदकर बैठ गया। नीलकंठस्वामी की बात के जवाब में मुस्कुराया। काम का बहाना बनाकर

उठ खड़ा हुआ।

''तबीयत ठीक नहीं लगती। जागते रहे हैं, सो जाइए''–कहकर नीलकंठस्वामी फिर पोस्टर लिखवाने चला गया। जाते हुए कहा–''परिवर्तन ही जीवन का धर्म है–ऐसा एक बड़ा पोस्टर लिखवा रहा हूँ।''

अच्छा–किसी ज़हरीले कीड़े के लिखे पत्र से वह कितना बेचैन हो गया है–'धत्' कहकर अपनी मूर्खता की भर्त्सना की। साँझघर के आईने के सामने गोपाल कंघी करता खड़ा था। मुड़कर गोपाल प्यार से मुस्कुराया। अपने को ही घूरकर देखते हुए जगन्नाथ से पूछा–''क्या झूठ है? सच या, झूठ बतानेवाला कोई नहीं। रायसाहब झूठ कहेंगे; मौसी भी चाहिए था भैया?'' जगन्नाथ चौंक गया। कहीं सच तो नहीं? या झूठ है? सच या झूठ बतानेवाला कोई नहीं। रायसाहब झूठ कहेंगे, मौसी भी। झूठ ही कहेगी, पर उनका विश्वास कैसे करे? इस विष- जन्तु के लिखे पत्र का भी कैसे विश्वास करूँ? सच-झूठ के इस प्रश्न का कभी कहीं निदान नहीं।

गोपाल को कोई जवाब न देकर जगन्नाथ सीढ़ियाँ चढ़कर ऊपर गया।

शंका की गुंजाइश न होती तो इस प्रकार सोचना क्या सम्भव था? रोज़ वह माँ के साथ सोया करता था। तब मिडिल स्कूल में पढ़ता था। नींद नहीं आई थी। माँ ने उठकर पान-सुपारी खाई। पिताजी के मरने के बाद पान नहीं खाना चाहिए। फिर भी माँ खाती थीं। मुँह में पान डालकर, उठकर चली गई। मैं जागा ही था। पान खाकर माँ क्यों उठकर गईं, इसका विचार क्या उसने तब किया था? याद नहीं आता। जागते रहने की ही बात अभी तक कैसे याद है? बड़ी देर के बाद फिर आकर बग़ल में सो गईं। कहाँ गई थीं ? दफ़्तर के बग़लवाले कृष्णय्या के कमरे में या स्नानघर में? कृष्णय्या की पत्नी साकम्मा रसोई के बग़लवाले कमरे में सोया करती। दूध-मक्खन की देखभाल उन्हीं की थी। कृष्णय्या की सगी बहन की बेटी थीं वह। छोटी-छोटी आँखें, तिरछा चेहरा। तब क्या मौसी घर में थीं? हाँ, ज़ीने पर दूसरे कमरे में, जहाँ वह अब सोती हैं। मौसी को भी जब शंका नहीं हो पाई तो पत्र में जो कुछ लिखा है, वह सरासर झूठ है। यदि शंका होती तो वह माँ को इतना आदर न देतीं। रायसाहब को भी माँ के प्रति कितना गौरव था! तब तो माँ हमाम में ही गई थीं। पर हमाम में जाते समय माँ हर्गिज़ पान नहीं खाती थीं। माँ जब लौटकर उसके पास आकर सोई थीं, तब क्या उन्हें पसीना आ रहा था? उनके बाल बिखरे हुए थे?

जगन्नाथ ने खिड़की से देखा। काम में व्यस्त रायसाहब, नीलकंठस्वामी, रंगराव, लँगड़ाता हुआ पिल्ल रायसाहब के पास आया। ना। वास्तव में यह पीड़ा

की बात थी; क्योंकि इसके परिहार का कोई उपाय नहीं था।

माँ कारिन्दे कृष्णय्या के साथ बैठकर चौसर खेलती थीं। तब मौसी भी साथ रहती थीं। साकम्मा भी रहती थी। जब प्रायमरी स्कूल में था, तभी पिता का देहान्त हुआ था। चौसर खेलते समय पिता भी रहते। पिता का खेलना या गाना कुछ याद नहीं। कृष्णय्या कुमारव्यास भारत को बड़ी सुरीली आवाज़ में पढ़कर सुनाते थे। मौसी बताती हैं कि पिताजी को कृष्णय्या पर कितना विश्वास था। जब वह मिडिल स्कूल में था तब कृष्णय्या, साकम्मा और माँ क़रीब आठ-दस महीनों तक सारे भारत की यात्रा कर आई थीं। तब उसके साथ मौसी थीं। जब लौटे थे तब गोपाल नन्हा बच्चा था। साकम्मा उससे दुलार करतीं; माँ भी। इसलिए सारी बात झूठ है। माँ हिन्दी जानती थीं। काशी से उसके लिए शाल ले आई थीं। उनके मद्रास में रहने की बात सरासर झूठ है। वहाँ गर्भावस्था में देखने की बात लिखनेवाना ज़लील कीड़ा होगा।

लम्बी साँस खींचकर जगन्नाथ ने पाँव फैलाए। पिताजी से माँ ही अधिक धनवान थीं। आज की सम्पत्ति में पौन हिस्सा उन्हीं का है। पिता अच्छे कृषक थे। रायसाहब को कहते सुना है कि घुटनों तक धोती बाँधे मज़दूरों से काम करानेवाले पिताजी महाजन हैं, या फ़िनले धोती व रेशम का अचकन पहने, तहसील अदालत घूमनेवाले कारिन्दे महाजन हैं, यह शंका होती थी।

इंग्लैंड में स्त्री-पुरुष के मुक्त सम्बन्ध देखने पर भी, उसका इस प्रकार शक करना आश्चर्य की बात है। कृष्णय्या के नाम से दूसरों को ईर्ष्या हुई होगी। स्वाभाविक भी है। संशय आना भी कितना स्वाभाविक है।

जगन्नाथ उठकर फिर नीचे आया। नीलकंठस्वामी से और एक सिगरेट लेकर जलाई। "तुमने आन्दोलन को नया आयाम दिया। तुम्हारा बड़ा आभारी हूँ।" अंग्रेज़ी में कहा। इससे नीलकंठस्वामी को सन्न होते देख खुशी हुई। मातंगों के लिए कपड़े लाने रंगराव के हाथ में पैसे दिए। 'जल्दी आइएगा।' कहकर सिगरेट का कश खींचते हुए पोस्टरों को देखते हुए आँगन में घूमा।

सहसा पीड़ा फिर लौट आई। उस रात माँ पान खाकर हमाम में नहीं गई थीं। मुँह में कुछ रखकर माँ गुसलख़ाने में कभी नहीं जाती थीं। यह घटना तीर्थ-यात्रा पर जाने से पहले की है? या बाद की? किस रंग की साड़ी पहने थीं? सारी घटना को याद करते हुए जगन्नाथ एक कटहल के पेड़ के नीचे खड़ा रहा।

माँ उठकर बैठीं। मुझे छूकर देखा। क्यों छुआ था? क्या यह देखने के लिए मैं नींद में हूँ या जाग रहा हूँ? फिर मुँह में पान डाल लिया। सिरहाने ही थाली थी। नहीं—जाकर आने के बाद, सोने से पहले माँ ने पान खाया था। माँ पान

खाने लगतीं तो उनके मुँह की महक उसे प्यारी लगती थी। इलायची, लौंग, चूना, कँवले पान मिलकर मुँह में रस बनने की महक। नहीं–हमाम में जाकर आने के बाद ही उन्होंने पान खाया था; पहले नहीं। पर माँ कुछ पगुराती हुई सोनेवालों में नहीं थीं। उसे कभी सोए-सोए खाने नहीं देती थीं। निक्कर की जेब में चक्कली भरकर सोए-सोए खाना उसे नहीं भाता था। पर माँ डाँटती रहती थीं। कृष्णय्या के सोनेवाले कमरे में माँ रोज़ जातीं। मौसी के अनजाने में रोज़ जाया करती थीं...।

स्नान-पूजा से निपटकर अडिग लौट आए।

"कार्रवाई चल रही है?"–बड़े उल्लास में पूछकर शायद उसका मुँह देखकर चुप हो गए। सीधे भीतर चले गए। अब शालिग्राम की पूजा करेंगे। उसके सारे प्रयत्न इस तरह, पानी में किए जानेवाले हवन बनते जाएँगे।

रायसाहब से पूछा जाए। कुछ जी हलका हो जाएगा। इसे सरासर झूठ कहकर वह हँस देंगे। तब उसे बड़ी खुशी होगी। पर रायसाहब के मन में भी इससे शंका का बीज बोया जाएगा। वह इसे झूठ कहेंगे। पर वह भी, उसकी तरह आलोचना करेंगे कि कहीं सच तो नहीं है। वह माँ के प्रति अन्याय होगा।

वह कटहल के पेड़ को शून्य दृष्टि से देखता खड़ा रहा। किसी मज़दूर का काम होगा। छुरे से पेड़ की काटी जगह से दूध निकलकर गोंद बना था। बूढ़ा होने पर भी फल देता है। लाल फाँके। शहद जैसे मीठे। पिता खेती पर जान देते थे। श्री कृष्णराज ओडेयर जब मंजुनाथ के दर्शन के लिए आए थे, तब इस पेड़ के फल की फाँके खाकर उन्होंने मेडल दिया था। पिता देखने में कैसे थे, कुछ याद ही नहीं आता।

पिता की याद करता है। कौन हैं उसके पिता? उसके मरने पर माँ रोई थीं। कृष्णय्या रोए थे। क्यों रोए थे? नहीं, यह सच है या झूठ, कभी सुलझनेवाला नहीं। साकम्मा को माँ ने चन्द्रहार बनवाकर दिया था। आख़िरी बस से शिवमोगा से कृष्णय्या के आने की ही प्रतीक्षा में रहती थीं माँ। साकम्मा भी प्रतीक्षा करती थी।

जगन्नाथ के अन्तराल में तीव्र वेदना से सहसा स्फटिक की भाँति स्फुट एक विचार उठा। सीधा कमरे में जाकर नोटबुक में लिखा–

"मंजुनाथ की महिमा को नष्ट करके जनता में तीव्र यातना उत्पन्न कर, उसके द्वारा उन्हें अपने जीवन को खुद बनाने के लिए निकले मुझमें भी अपनी माँ के दुराचार की शंका क्यों इतनी वेदना उत्पन्न कर रही है? इतने सच और झूठ के लिए क्यों छटपटा रहा हूँ? पिल्ल ने कावेरी की ओर हाथ बढ़ाया, तो मैंने

उसे ठीक कहा। शालिग्राम को मातंगों को छुआया। सारे समाज से, अपने घराने को दूर करने का साहस किया। फिर भी कुल, गोत्र, जाति, परिवार की भावनाएँ अभी मुझमें प्रमुख हैं, इसका अर्थ हुआ। वरन् औरस पुत्र न होने की भावना इस प्रकार सालती नहीं।

"गर्भ-मन्दिर में मातंगों का प्रवेश कराकर लोगों को आघात पहुँचाने की इच्छा रखनेवाला मैं, क्यों चाहता हूँ कि अपनी माँ के साथ अग्नि-साक्षी करके पाणिग्रहण करनेवाला व्यक्ति मात्र ही सम्बन्ध रखे? माँ के दुराचार की सम्भावना से इतनी पीड़ा होनेवाले मुझे, मन्दिर की प्रतिष्ठा को नाश करने का क्या अधिकार है?

"पर यह भी सच है कि इस तरह स्पष्ट आलोचना करते हुए भी मुझे दुख हो रहा है? जो कुछ लगता है उसे आलोचना झुठला देती है। विचारों को रौंदकर भावना उठ खड़ी होती है।"

इतना लिखकर जगन्नाथ खड़ा हो गया। सोचा–वह मातंगी जो आर्त होकर कह रही थी कि चौड के चुराकर खाए केले, मेरे बाग़ के नहीं–उसके साथ मैं प्यार नहीं कर सकता। ये सभी मातंग पढ़-लिख जाएँ, उनमें कुछ सत्यप्रकाश की भाँति बनें, युवक कसे हुए पैंट पहनें, बाल्टी में मल ढोने की अनिवार्यता समाप्त हो जाए। मंजुनाथ के बदले एल.एस.डी. आ जाए–यों ही सोचते जाएँ, तो सभी परिवर्तन अर्थहीन लगते हैं।

सबके साथ खाने बैठा तब भी वही चिन्ता रही। आज तक अमीरी और घराने की धाक रक्षा-कवच बनी थी। इस व्यवस्था को नाश करने के लिए हाथ बढ़ाया। तब तो इन कानों को किसी भी बात को सुनने के लिए तैयार रहना पड़ेगा। आख़िर अडिग की बात सच लगती है कि अवधूत बने बिना क्रान्ति असम्भव है।

खाना खाते-खाते रंगराव ने कहा–"ब्राह्मणों को घर पर भोजन के लिए बुलाने पर मेरी माँ नाराज़ होती हैं, जानते हो? अपने घर खाना खिलाकर, उन बेचारों को क्यों जाति-भ्रष्ट करें?"

रसोई में खाने बैठे अडिग ने कहा–

"ब्राह्मणार्थ पर कहीं पानी फिर न जाए, इसलिए यहाँ बैठकर खा रहा हूँ। हृषिकेश के रास्ते में हर कहीं खाया है। कहावत जो है–'बी. ए. रोमन, ह्वेन यू आर इन रोम।"

सभी ने हँसते हुए खाना खाया। हाथ धोकर पिछवाड़े टहलते हुए जगन्नाथ ने अपने विचार को और भी स्पष्ट करने की चेष्टा की। अपनी इस क्रिया में उसका पूरा विश्वास है या नहीं, इसकी आलोचना बेकार है। क्योंकि कार्यरत होने

पर ही जड़ जमानेवाला विश्वास है यह। वह किसका बेटा है, यह बात निस्सार है—ऐसे समाज की सृष्टि के लिए इन सभी यातनाओं को सहना पड़ेगा। जब तक मेरी माँ, मेरा बेटा, मेरी पत्नी की भावनाएँ आज के स्वरूप में रहेंगी तब तक जाति रहेगी, सम्पत्ति रहेगी। या जाति और सम्पत्ति के रहने तक ऐसी भावनाएँ बनी रहेंगी। इन भावनाओं के स्वरूप को बदलने की चेष्टा ही क्रान्ति है।

जूड़े में फूल गूँथकर चलनेवाली काली मातंगी ब्राह्मण-चहेती बने, खुरदरे बालोंवाले काले मातंग को ब्राहाण लड़की चाहने लगे।

इस प्रकार वह अपनी पीड़ा को भूल पाएगा कि उसका जन्मदाता कौन है!

सुर्ती में चूना मलते हुए आँगन में खड़े रायसाहब ने जगन्नाथ को रोककर कहा—"आज मैं मातंगों के लड़कों से मिलकर बात करूँगा। तुम जाकर सो जाओ। तुम्हारी तबीयत ठीक नहीं लगती।"

"रायसाहब," जगन्नाथ अपने विचारों में डूबकर बात टटोलता खड़ा रहा। "कल मन्दिर में प्रवेश करने से शायद मेरी पूरी योजना अपूर्ण ही रह जाएगी। आपसे कह दूँ कि मैंने क्या निर्णय किया है। इस सम्पत्ति आदि का सारा कारोबार धीरे-धीरे गोपाल को सौंप दूँगा। यही एक भार है। आज भी मुझे मातंग 'मालिक' कहकर पुकारते हैं। मैं संगठन करना चाहता हूँ। कुर्मियों को संगठित करना होगा। भूतनाथ के डर से ज़मींदार की मुँहमाँगी लगान देने से उन्हें रोकना होगा। मातंगों को भी संगठित करना होगा। कोई भी काम, नाटकीय रूप से नहीं बनेगा। इसको समझकर, प्रतीक्षा करना सीखना होगा।"

रायसाहब ने सुर्ती मुँह में रखकर मुस्कुराते हुए कहा—

"तुमसे एक बात कहना चाहता था। कुछ करके भी शायद बन न पाए।...इस मिट्टी का गुण ही ऐसा है। फिर भी कल मातंगों के साथ जुलूस में चलने का मैंने निश्चय किया है।"

जगन्नाथ की आँखों में कृतज्ञता का जल देखकर रायसाहब ने परिहास से कहा—

"अरे बाबा, ऐसा मत समझना कि तुम जो कुछ कहते हो उसे मैं मानता ही हूँ। पर जब तुम इस तरह कमर कसकर खड़े हो, और मैं डरकर पीछे क़दम उठाऊँ तो मुझे मरते दम तक शर्म बनी रहेगी।"

27

श्री मंजुनाथ मन्दिर के प्रधान पुजारी सीतारामय्या तेज़ी से चलते, कोई मन्त्र गुनगुनाते मन्दिर के पिछवाड़े की गली से अपने घर आए। इधर उनके पट्टीदार नागराज जोयिस के सींग निकलने लगे थे। कहता था कि अदालत जाएगा। पूजा से निवृत्त होकर लौटते समय प्रभुजी के भांजे वेंकटराय कामत ने रोककर जब यह बताया तो सीतारामय्या घबरा गया। "बताइए सीतारामय्याजी, कि आज तक अदालत क्यों नहीं गया? भूतनाथ के डर के कारण न? उस डर को जब जगन्नाथ राय मिटा देंगे, तो लोग पाप-भीरु कैसे रह पाएँगे भला? क्या आप जोयिस की धूर्तता को नहीं जानते? तिस पर बेटा भी तो वकील है। कल हरिजनों का प्रवेश होने दो—देखूँगा कि सीतारामय्या की पूजा में क्या ज़ोर है!"

सीतारामय्या ने अपनी घबराहट कामत के सामने व्यक्त होने नहीं दी। "पतोहू ने आत्महत्या की है। जोयिस को भगवान देख लेगा।" इतना कहकर घर आ गए थे।

सीतारामय्या बड़े टीमटाम के व्यक्ति थे। कानों में वज्र की बुंदकी; पीठ पर झूलती अधपकी भरपूर शिखा। गले में सोने से गुँथी रुद्राक्ष माला; माथे पर मंजुनाथजी का स्पेशल प्रसाद, कस्तूरी-मिश्रित सिन्दूर।

पिता के पाँवों की आहट सुनी होती तो भीतर के कमरे की कोनेवाली खिड़की के पास 'देवदास' उपन्यास पढ़ने बैठा गणेश किताब छिपा देता। केले के पत्ते काटने में या दोने बनाने में व्यस्त हो जाता। पर उपन्यास में वह इतना खो गया था कि पिता के भीतर आने की ख़बर तक उसे नहीं हो पाई। पास आकर खड़े होने का भी ध्यान नहीं रहा। घूरकर देखने का भी पता नहीं चला। जब पिता ने दो चाँटे लगाए, किताब छीनकर बाँहें झकझोरीं, गणेश फुफकारता हुआ उठ खड़ा हुआ। पिता का कचूमर निकालकर मार डाले, ऐसा गुस्सा! तुतलाहट के कारण बातों में व्यक्त नहीं कर सका। उसे आग उगलनेवाली आँखों से व्यक्त

किया। 'देवदास' उपन्यास ने उसमें जिन सुकुमार भावनाओं को अंकुरित किया था, उसे सामने खड़ा दैत्य खा गया था।

पिता का सहस्रनाम शुरू हुआ यथारीति—"कमबख्त भड़ुआ! कहानी की किताबें पढ़ते हुए मरता है, तुझे कोई लाज-हया भी है? मनमाना खाकर उजड्ड बनता चला जा रहा है। शादी होने के बाद भी तुझे अक्ल नहीं आई"—गालियों के साथ ही बीच-बीच में यों तमाचे पड़ रहे थे कि जैसे शिव-पूजा में रह-रहकर बिल्व-पत्र चढ़ाए जा रहे हों। गणेश का गुस्सा भी चढ़ते-चढ़ते, इन गालियों और मार के ख़त्म होने के मुहूर्त में, अपने हाथ भी किसी क्षण ऊपर उठेंगे, पिता के हिलनेवाले निकले दाँत झड़ जाएँगे, ऐसे ही समय सुब्राय अडिग भीतर आए। "यह क्या सीतारामय्या, रुद्रावतार बन गया है!" कहा तो पिता का क्रोध करवट लेकर दुख में बदल गया।

"देखिए अडिगजी, कब तक भला मैं बक-झक कर मर जाऊँ? तीनों जून, यह लफंगा कोई घटिया किताब लिए बैठा रहता है। शादी के बाद भी यदि ज़िम्मेदारी नहीं आई तो क्या करें, बताइए!"

अब पिता की शिकायत निरन्तर चलती रहती है। इसकी भी कभी-न-कभी रुकने की घड़ी आती है। भोजन के समय भूख लगने लगती है। फिर मेरे दोपहर के स्नान का समय होता है। सबेरे ठंड में नदी का स्नान किया था। दोपहर घर में ही गरम पानी उँड़ेल लिया जा सकता है। पिता न हों तो किवाड़ बन्द कर लिए जा सकेंगे; लँगोट भी उतारकर नंग-धड़नंग खड़ा रह सकेगा; नंगे बदन पर मनमाना गरम पानी डाल लिया जा सकेगा। आँच पर सेंके केले के पत्तों से गणेश दोने बनाने लगा।

सुब्राय अडिग ने दबी आवाज़ में कहा—

"देखिए, मेरा भी जवान बेटा है। एक नहीं सुनता। पर पीटना बेकार है। आप ऐसे पीटेंगे तो कहीं गणेश फिर से बौरा न जाए, सीतारामय्याजी!"

"मेरे मरने के बाद मंजुनाथ की पूजा का उत्तराधिकारी बननेवाले की हालत ऐसी हो तो, बताइए क्या करें? मैं नाहक बकझक नहीं करता, अडिगजी—मेरी कमज़ोरी बढ़ रही है। फिर भी शादी-ब्याह आदि का पौरोहित्य मुझे ही निभाना पड़ता है। इस लफंगे को न कोई शुचि है न...।"

गणेश ने दोनों को बना-बनाकर एक-पर-एक रखते हुए अपने अपमान को भूलने की चेष्टा की। पिता की हर बात में इस उत्तराधिकार की बात अवश्य आती है। माँ की मृत्यु के बाद, उनकी दूसरी शादी का मूल कारण यह था कि मंजुनाथ के पुजारी बननेवाले उसकी देखभाल के लिए घर में एक औरतजात हो। अपने

से कुछ साल बड़ी, छोटी माँ की दो सन्तानों में एक भी लड़का न होना क्या अपनी ग़लती है? फिर उसकी शादी हुई भी तो, इस छोटी माँ के भाई की लड़की से। वजह केवल यह थी कि पिता के मरने के बाद जब वह पूजा का उत्तराधिकारी बनेगा, तब पौरोहित्य की दैनिक विधियाँ, सुगमता से शुचि के साथ निभानेवाली कुलीन कन्या चाहिए, या कोंकणी छोकरियों की भाँति टेढ़ी माँग बनाए, सिनेमा देखनेवाली छोकरी चाहिए।

भारतीपुर में गणेश के लिए चोरी-छिपे बीड़ी पीने लायक़ एक गुप्त जगह तक नहीं थी। एक बार बीड़ी पीते हुए किसी असामी ने देखकर, किसी के कानों में फुसफुसाया, तो उसका सारे गाँवों में ढिंढोरा पिट गया। बात पिता के कानों तक पहुँची और पीठ पर मार से साँट उभर आई।

मंजुनाथ की पूजा के उत्तराधिकारी को अंग्रेज़ी की पढ़ाई किसलिए? कहानी की पुस्तकें किसलिए? सिनेमा किसलिए? प्यार करनेवाली बीवी किसलिए? कॉलरवाला कुर्ता किसलिए? चप्पल किसलिए? बीवी यमुना का बिस्तर छोटी माँ के साथ। तिथि, वार देखकर महीने के कुछ दिन मात्र उसके साथ सोती है। पर आए दिन पत्नी के सामने पिटनेवाले की बग़ल में जब वह आकर सोती है तो वहीं, कुछ दूरी पर पिता के सोते रहने का भाव, किसी भी घड़ी वे उठ पड़ेंगे–इसके डर से पत्नी से क्या प्रेम की कोई बात का हौसला हो सकता था?

यमुना और भी कुछ सेंके हुए पत्ते रख गई। सेंके हुए केले के पत्तों की बू सदा नाक में भरी रहती है। खैर है कि पिता का क्रोध उस पर से हटकर, जगन्नाथ की ओर मुड़ पड़ा था।

''कोई बेटा, बड़े बाप की औलाद होकर, कभी ऐसे घटिया काम के लिए आगे बढ़ सकता है? बताइए। हर कहीं ब्रह्म-द्वेष का ही बोलबाला है। तहसीलदार ब्रह्मद्वेषी, डी.सी. ब्रह्मद्वेषी, मन्त्री-परिषद ब्रह्मद्वेषी–आख़िर मन्दिर का महन्त जो बना, वह भी ब्रह्मद्वेषी–तो फिर...।''

गणेश के अन्दाज़े के अनुसार ही सीतारामय्या ने ब्राह्मण-धर्म के बारे में अस्खलित व्याख्यान शुरू किया–

''वेदान्त क्या कहता है–

जन्मना जायते शूद्रः। कर्मणा जायते द्विजः।
वेद पारायणत् विप्रः–ब्रह्मज्ञानेति ब्राह्मण॥''

इस गणेश से मैं कहा करता हूँ–रे, कैसी-कैसी भद्दी पुस्तकें पढ़ता है! इस कन्नड़ में लोग क्या लिखेंगे भला? ललिता सहस्रनाम के केवल एक श्लोक की बराबरी करनेवाला, तुझे कुछ मिला है? कलियुग है। वरन् एक सत्कुल-प्रसूत

व्यक्ति जो भूल गया है कि भगवान के मुकुट ने उसके प्राण बचाए थे—ढोर खानेवाले मातंगों को मन्दिर में लाने की इच्छा करे, आश्चर्य है! प्रतिभा-प्रतिष्ठा की विधि जाननेवाले आपसे मैं क्या कहूँ भला! जगन्नाथ चाहे लाख ऊटपटाँग करे—पर इस मन्दिर में चंडालों का प्रवेश बिलकुल असम्भव है। कितने लाख वर्षों से यह मन्दिर में टिका है। कहते हैं कि काशी के बाद ऐसा पुण्यक्षेत्र कहीं नहीं है। शताय, सहस्राय, लक्षाय, आर्चद्राकिय कहकर भगवान की प्रतिष्ठा जो करते हैं—परशुराम ने मंजुनाथ की आर्चद्राकिय प्रतिष्ठापना की थी। धायन्वास, दधिवास, क्षीरवास, जलवास के उपरान्त प्रस्थापित मंजुनाथ को नष्ट करनेवाला आदमी पैदा नहीं हुआ और वह होगा भी नहीं।

पिता की हर बात में निकले दाँत होंठों से टकराकर हिलते रहे; कानों की वज्र की बुँदकियाँ चमकती रहीं। अडिग चले गए। सहसा गणेश को फिर डर लगा। कोई दोना टेढ़ा है, घिसा हुआ चन्दन काफ़ी नहीं, वह पुस्तक किस हरामज़ादे ने दी—कहकर कहीं फिर गालियों की बौछार न हो!

अँगोछा पहने, अँगोछा ओढ़े बैठा गणेश हड़बड़ी से उठकर स्नानघर में चला गया। मंजुनाथ को नष्ट करनेवाला आदमी पैदा नहीं हुआ और होगा भी नहीं—पिता की यह बात उसके मन में गड़ गई थी। हमाम के किवाड़ बन्द करके, सारे कपड़े उतारकर, नंगा चूल्हे के सामने खड़ा हुआ। रात को बिना लँगोट के सोने पर भी पिता गालियाँ देता है। देगची में रखे खोपरे का तेल जाँघों की साँदों में, सारे बदन पर मलता हुआ आग के सामने वह सेंकने लगा।

बाहर पिता का शोर सुनाई पड़ा; छोटी माँ ने चुगली की होगी। "किवाड़ लगा कर क्या कर रहा है रे, साढ़ेसाती ? तुरक की भाँति लँगोट उतारकर नहा रहा है क्या?"

दिन में लँगोट निकालने का मौक़ा, केवल शौच जाते समय मिलता था, फिर नहाते समय ही। इस प्यारी घड़ी में भी पिता डाँटता है। हमाम में उतरकर गरम पानी उँड़ेल लिया। शरीर पर धीरे-धीरे उँड़ेले जानेवाले गरम पानी के साथ तेल लगे हुए मर्म-स्थानों को टटोलने में बड़ा सुख मिला। सुना है कि रावण ने वर माँगा था कि स्नान के समय शरीर-भर में दाद हो जाए। शिकाई से मलते हुए मंजुनाथ के मुकुट से चुराए सोने के बने कटिसूत्र को भी माँजा। छोटी माँ की झुमकी, अपनी बीवी का हार, दोनों लड़कियों की वालियाँ पिता की रुद्राक्षमाला में गूँथा हुआ तार—सभी जगन्नाथ राय के प्राण बचानेवाले उस मुकुट से ही बने थे।

गणेश ने, अपने-आप हँसते हुए, लोटे से आवाज़ करते पानी भरकर स्नान किया। सुना है, मंजुनाथ को अशुचि होने पर सारा गाँव जलकर भस्म हो जाता

है। थोथी बात है। शादी-ब्याह कराने जब पिता जाता है, तो गर्भ-मन्दिर में वह अकेला ही तो होता है। सबेरे जल्दी जाकर गर्भ-मन्दिर के द्वार को बन्द किए पूजा की तैयारी के बहाने बैठा है। मंजुनाथ को अनेक ढंग से अशुचि करके पिता के प्रति अपना गुस्सा निकाला था।

"अभी नहाना ख़त्म नहीं हुआ रे?" फिर पिता की पुकार, छोटी माँ के नारियल घिसने की आवाज़, यमुना के खाँसते हुए छौंकने की गन्ध, बेफ़िक्री से बदन पोंछकर गणेश निकला।

नारियल तराशना छोड़कर छोटी माँ शायद पिता से और भी कुछ शिकायत कर रही होंगी। पिता की चीख-पुकार फिर शुरू हुई। तहकीक़ात शुरू हुई कि जगन्नाथ का नाम लिखा 'देवदास' उपन्यास उसके पास कैसे आया? चुप खड़े गणेश को पिता मारने दौड़ा, पर उसके शुचि में होने के कारण चुप हो गया।

रात में सोए-सोए गणेश ने बहुत देर तक सोचा। कहीं भी जाए, मंजुनाथ का पल्ला नहीं छूटता। उसके प्रसाद में वह डूब गया है। गर्भ-मन्दिर में तेल की तीखी बू से मिली अगरबत्ती और कपूर की बू। सिन्दूर की बू। घर आएँ तो फिर वही पूजा के लिए निकालकर रखे सिन्दूर की बू। पानी में भीगे भगवान के भोग के चने की बू। जब भी भूख लगे वही खाते रहो। फिर नारियल। रोज़ ढेर सारे टुकड़े। मुफ़्त में मिलनेवाले नारियल के यथेष्ट उपयोग के बिना कोई रसोई नहीं बनती। दाल में वही, ककड़ी में वही, चटनी में वही, कोसम्बरी में वही–जीवन-भर गणेश को कभी प्याज़ और आलू की दाल, आलू के बौंडे, मसाला-दोसे खाने की बात मालूम नहीं। उन सबका ज़ायका उसे अ.न. कृष्णराय के उपन्यासों में ही मिल पाता था।

यदि जगन्नाथ हार गए अथवा यदि मातंग भीतर नहीं आए तो पिता की जीत होगी। उनके मरने के बाद मंजुनाथ अपने को कोल्हू की भाँति पेरने लगेगा। मरते दम तक उसकी गत यही बनी रहेगी। सौतेली माँ सदा धिक्कारती रहती है कि यमुना को लड़का नहीं हुआ। वही चने, वही नारियल, वही सिन्दूर, वही आरती–घिनाकर गणेश कम्बल के अन्दर यों काँपा मानो उलटी आ गई हो।

साँस रोककर चुपचाप लँगोट खोला। उस किनारे पिता सोया है। शायद वह अन्दाज़ा लगाएगा कि मैं क्या कर रहा हूँ! भोजनशाला में सौतेली माँ, यमुना, बच्चे सोए हैं। कल फिर गालियाँ शुरू होंगी; पिटाई होगी। सबकुछ देखती हुई यमुना अपने कामों में लग जाएगी। नक्षत्र और तिथि देखकर उसकी बग़ल में आकर सोएगा। पर पिता वहीं खर्राटे भरते सोए रहेंगे। 'देवदास' के अगले पृष्ठों को पढ़ने की उत्कंठा को पिता की गैरहाज़िरी तक दबाकर रखेगा। सभी ऐसा ही चलता रहेगा।

"ना, मैं नहीं छोड़ूँगा"—कहकर गणेश एकदम उठ बैठा। हरामज़ादा, हरामज़ादा कहकर जाप किया। अँगोछा पहनकर कम्बल ओढ़े खड़ा हुआ। बाहर जाड़ा। गर्भ-मन्दिर की चाभी पिता के सिरहाने है। तकिए के नीचे है या बाहर? दबे पाँव जाकर टटोलकर देखा। भगवान की कृपा—चाभी सिरहाने ही थी, तकिए के नीचे नहीं थी। लड़खड़ाता हुआ रसोई में गया। कभी पलकें न लगानेवाली डायन छोटी माँ यदि रोकेगी तो जवाब देंगे—"पानी पीना है।" नाहक शंका क्यों हो? घड़े से पानी लेकर पी लिया। ओखली के पास पड़े सब्बल को धीरे से उठाया। पिछवाड़े का दरवाज़ा खोला। मरियल किवाड़। कर्रर की आवाज़ निकली। पिता का उनींदे में शाप सुनाई पड़ा। 'दरिद शनि' कहा होगा। टट्टी के लिए जाने का भ्रम पैदा किया; हाँडी में लोटा यों डुबोया कि कुछ आवाज़ निकले। उसी भाँति बाल्टी में भी पानी भरकर पिता को यक़ीन दिलाने के लिए टट्टी जा रहा है, धप्प से बाल्टी उठाई। पिछवाड़े के किवाड़ बन्द कर सब्बल लिए मन्दिर की ओर चल पड़ा।

मन्दिर के अहाते के इर्द-गिर्द अभी भिक्षुक जाग रहे थे। इस आधी रात में तीसरे दिन के रथोत्सव के लिए स्पेशल बस में आते रहनेवाले यात्रियों को देखकर लगा कि ये कैसे मूर्ख हैं! कम्बल ओढ़कर मन्दिर में जाने से किसी को शंका न हो, इस विचार से पेड़ के नीचे बैठ एक भिखारी की ओर कम्बल फेंककर गणेश आगे बढ़ा। पुजारी का बेटा होने के कारण कोई परिचित व्यक्ति मिल भी जाए तो समझ लेगा कि कोई काम होगा। यदि पूछा कि सब्बल किसलिए तो कह देंगे कि दीपाधार के खम्भे गाड़ने हैं।

मन्दिर के बड़े द्वार को खोलकर गणेश भीतर गया। और द्वार बन्द कर लिया। कोई नहीं था। सिर्फ अँधेरा, नीरवता। ताला खोलकर गर्भ मन्दिर में गया। किवाड़ बन्द कर साँकल लगाया। दो नन्दा-दीप जल रहे थे। गंजुनाथ के छोटे लिंग पर मुखौआ—सौम्य और मुस्कुराता हुआ मुखौटा। सिर पर सोने का मुकुट। उपनयन के दिन से उसका अधिक समय यहीं बीता है। लगा कि सारा कितना सहल है।

कहते हैं, आर्चद्रार्क है; अट्ठारह फुट की गहराई में भूप्रस्तार का चक्र है। सरोवर में नवरत्न, नग-नाण्य भरे रहते हैं। अष्टदिग्बन्धन किया जाता है। पिता की पुराणपन्थी का नाश हो जाना चाहिए—समूल। वरना वह नष्ट हो जाएगा। दूसरा मार्ग नहीं। जगन्नाथ राय मातंगों को भीतर ले आएँगे, तब मैं चिल्लाकर कहूँगा—"सब नष्ट हो गया। अब हम सभी आज़ाद हैं।"

सब्बल से लिंग के इर्द-गिर्द खुदाई की। बदन से पसीना छूटा। नन्दा-दीप की रोशनी बढ़ाई। लिंग के नीचे कुछ दरार रहने की बात केवल वह और पिता जानते

हैं। पर नागराज जोयिस को भी किसी तरह पता चल गया था। पिता का कहना था कि हर्गिज़ दरार नहीं है।

सब्बल की आवाज़ यों लग रही थी जैसे उसके सीने पर कूटा जा रहा हो। पिता उठकर यदि आकर देख लेगा, तो यहीं मेरी समाधि हो जाएगी, या उसकी समाधि बना दूँगा। सब्बल के प्रहार से लिंग छिन्न हो गया। अब क्या करें? चाहे कोई आ जाए, कोई देख ले, परवाह नहीं; सब्बल से लिंग के चारों ओर खोदने लगा।

पाँव पर एक चूहे के दौड़ने से वह डर गया। उसे मार डालने के लिए दौड़ा, तो वह अभिषेक के पानी बहनेवाली मोरी में ग़ायब हो गया। 'मरने दे, मरने दे' कहते हुए गणेश उन्मत्तता से खोदने लगा। लिंग अपनी पीठ से बाहर आया। पिता के बिछाए गए धुले कपड़े में लपेटकर उठा लिया। उतना कोई भार नहीं था। अतः सब्बल के साथ उसे उठाकर बाहर आया। गर्भ-मन्दिर का दरवाज़ा बन्द कर सीधे नदी की ओर गया। नदी-किनारे भी लोगों की भीड़ थी; पर किसी ने उसको पहचाना नहीं। पापनाशिनी घाट में लिंग को फेंककर पिता का धुला कपड़ा भी वहीं फेंककर वह वापस आया।

शरीर में पसीना छूटा। पिछवाड़े से घर में प्रवेश करने तक होश नहीं था। पिछवाड़े का दरवाज़ा खोलकर भीतर पाँव रखना ही चाहता था कि अँधेरे में सामने एक व्यक्ति के खड़े रहने का आभास पाकर एकदम छाती धड़क उठी।

"कहाँ गया था रे, दरिद्र शनि, इतनी रात गए?" कहकर पिता का हाथ जब उसके जलते चेहरे पर पड़ा तो सहसा सिर चकरा गया। वह क्या कर रहा है, गणेश की समझ में कुछ नहीं आया। सब्बल उठाकर फेंक दिया। पता नहीं, पिता के बदन के किस भाग पर वह गिरा? 'हाय!' कहकर उनको चीखते देख गणेश एकाएक भाग निकला। कहाँ भाग रहा है, कुछ होश नहीं था। जगन्नाथ का घर बहुत दूर था। सीधे मन्दिर की ओर भागकर, गर्भ-मन्दिर में घुसकर दरवाज़ा बन्द कर लिया और ज़मीन पर लुढ़क गया। ऐसी नीरवता थी कि अपने दिल की धड़कन सुनाई पड़ रही थी। पिता ने पीछा नहीं किया था। शायद मर गया होगा। 'हाय माँ' कहकर लम्बी साँस ली और पाँव लम्बे कर लिए। कल जगन्नाथ राय के मातंगों के साथ आने तक यहीं छिपे रहने का निश्चय कर, मुँह से साँस लेता हुआ वह फ़र्श पर सो गया।

28

मेले के तीसरे दिन की दोपहरी में जगन्नाथ 'जागृति' का विशेषांक देखता बैठा था। विफल क्रान्ति!

फिर भी जगन्नाथ की दृढ़ संकल्प-शक्ति।

आगे पढ़ने का हौसला नहीं हुआ। घर का घेराव किए हुए लोग हो-हल्ला कर ही रहे थे। पुलिस भी शायद भीड़ की रोकथाम करते, सीटी बजाते-बजाते थक गई थी। कैसी असम्बद्ध घोषणाएँ! 'गणेश भट्टजी की जय।' 'नास्तिक को धिक्कार।' तिस पर भजन भी–

"जय मंजुनाथ। जय भूतनाथ।
जय गणेश भट्ट। जय देव देव!!"

जगन्नाथ ने खिड़की से देखा। अधिकतर नए चेहरे। मज़े की बात यह थी कि कल उसने जिन पोस्टरों का उपयोग किया था उन्हीं में परिवर्तन कर लिखकर कुछ युवक थामे खड़े थे, "भगवान के पावित्र्य की रक्षा करनेवाले गणेश भट्टजी को बाहर छोड़ो।" हँसी आई। बेचारे–अनन्तकृष्ण का बोलते-बोलते गला रुँध गया था। अब अकेले श्रीपतिराय ही लोगों को सांत्वना देने की चेष्टा कर रहे थे। अपना भी नीचे जाना ठीक समझकर निकला ही था कि नीलकंठस्वामी हड़बड़ी में आया।

"गणेश को घर भेजने में ही खैर लगती है।"

नीलकंठस्वामी को घबराया देखकर, जगन्नाथ ने कहा, "बैठिए।" उसके बैठ जाने पर कहा :

"यह हर्गिज़ सम्भव नहीं।"

"जानते हो, प्रभु कोई चाल चल रहा है। शायद लोगों ने गणेश को भूतनाथ का अवतार समझा हो। पर प्रभु को चिन्ता हुई है कि होश में आकर गणेश कहीं कोई स्टेटमेंट न दे बैठे। नेचुरली। इसीलिए उसने फ़रियाद की है कि गणेश ने हमारे उकसाने से मन्दिर पर हमला किया, सोने-चाँदी की चोरी की।"

रंगराव और अनन्तकृष्ण भी ऊपर आए। गले में डाले खद्दर के दुपट्टे को तानते हुए अनन्तकृष्ण ने कहा–

''आप एक स्टेटमेंट दे दीजिए। प्रभु के स्टेटमेंट से भी पहले आपका देना ठीक रहेगा। बता दीजिए कि द्वेष में आकर मंजुनाथ के शिवलिंग के पुजारी के बेटे द्वारा उखाड़ने से अपने अहिंसात्मक आन्दोलन का कोई सम्बन्ध नहीं है। आगे फिर चाहे तो।''

''न! गणेश ने जो किया उसके लिए परोक्ष में मैं ही ज़िम्मेदार हूँ।''

गणेश को भूतनाथ का अवतार समझनेवाले लोगों को खिड़की से देखते हुए जगन्नाथ ने कहा। इस नए उन्मेष के लिए कौन ज़िम्मेदार है? रंगराव ने जगन्नाथ की बग़ल में आकर प्रार्थना की–

''नहीं, सर! सभी हिन्दुओं की दुश्मनी मोल लेनी अच्छी टैक्टिक्स नहीं। सिर्फ़ इतना स्टेटमेंट दीजिए कि शायद पगलाकर गणेश भट्ट ने ऐसा किया होगा। कहने का तात्पर्य यह नहीं होगा कि उन्होंने जो किया वह ग़लत है या सही?''

अनन्तकृष्ण मान गए।

''गणेश को भूतनाथ का अवतार समझनेवाले इन मूर्ख लोगों को एक जवाब भी मिल जाएगा। कुछ नहीं–सिर्फ़ इतनी-सी बात कि बौखलाकर उसने ऐसा किया।''

नीलकंठस्वामी ने अपनी दलील को और भी सूक्ष्म बनाया–

''भगवान पर गणेश को व्यक्तिगत द्वेष था। अपनी भाँति अयडियो लॉजिकल रेबेलियन नहीं। इसलिए उसके न्यूरोटिक एक्शन के साथ अपने को आयडेंटीफ़ाइ न करने की बात कहना कोई ग़लत नहीं।''

अनन्तकृष्ण ने इस दलील का समर्थन किया।

''हुआ भी तो यही! आपके कहने पर गणेश ने दरवाज़ा खोला। पता नहीं, उसने आपसे क्या कहा और लोगों ने क्या सुना–पर ख़बर तो फैल गई कि भूतनाथ ने ही गणेश पर सवार होकर ऐसा करवाया। पागल लोग नाच उठे कि जब हरिजन मन्दिर में गए, तब भीतर भगवान ही नहीं था, इसलिए भगवान की अशुचि ही नहीं हो पाई। सबकुछ अपने वश के बाहर चला गया था। कर भी क्या सकते?–इस मिट्टी का असर ही ऐसा है।''

जगन्नाथ बेचैन होकर कल्पना करने लगा : मन्दिर के चबूतरे पर सिन्दूर की ढेरी के सामने बौराया हुआ गणेश बैठा है। उसकी पलकें मिचक रही हैं। होंठों पर मँडरानेवाली मक्खियों को उड़ाने के लिए भी वह हाथ नहीं उठाता। मंजुनाथ

की पूजा के लिए आए हुए लोग उसके सामने माथा टेककर चुटकी में सिन्दूर लेकर जा रहे हैं। कालक्रम में पिल्ल या उसका बेटा कभी मन्त्री बनता है। भारतीपुर में अपनी तस्वीर का अनावरण करता है। क्रान्ति के बारे में लिखते हुए मैं कहीं दूर रहूँगा–दिल्ली में। शायद मार्गरेट के साथ। बूढ़ा गणेश चबूतरे पर बैठा रहेगा, या उसके मर जाने पर उसकी चौकी की ही पूजा होती रहेगी। मेरे नाम से कन्या पाठशाला बनेगी। मन्दिर में बिजली की बत्तियाँ जगमगाने लगेंगी। प्रभु मेरी प्रशंसा का पुल बाँधकर लेक्चर झाड़ने लगेगा। अभी चिल्लानेवाले लोग तब तालियाँ बजाएँगे।

रायसाहब कब तक लोगों को रोके रखेंगे, इस चिन्ता से जगन्नाथ उठ खड़ा हुआ। नीलकंठस्वामी ने कहा–''आपको देखकर लोगों का खून खौलने लगेगा। मत जाइए।'' ''खून खौले, ऐसी हस्ती इनकी नहीं।'' कहता हुआ जगन्नाथ ज़ीने से उतरने लगा तभी दारोग़ा आया। उसके हाथ में गणेश के अरेस्ट का वारंट था। प्रभु ने फ़रियाद की थी कि गणेश ने मन्दिर से सोना-चाँदी की चोरी की है। प्रभु कितना पाजी आदमी है–वास्तव में उसे मन्दिर के पुजारी के बेटे का जगन्नाथ के पास रहना ख़तरनाक लगा था। दारोग़ा ने बड़े अदब से गणेश को सौंपने की प्रार्थना की। जगन्नाथ ने उसे बैठने के लिए कहा।

''गणेश पगला गया है।'' दारोग़ा से फिर कहा।

''जानता हूँ, साब। पर लोगों को काबू में लाना कठिन हो गया है। आपका घर छोड़कर वे हिलते ही नहीं। बाद में मुचलका देकर उसे छुड़वा लिया जा सकता है। अस्पताल में भर्ती कराया जा सकता है। खुद डी.सी. साहब ने ही आपसे यह कहने के लिए कहा है।''

जगन्नाथ चुप रहा। पगलाए गणेश को दो कांस्टेबल ले चले। वह हक्का-बक्का-सा देखता हुआ चला। गणेश को देखते ही उसकी जय-जयकार करते हुए लोगों ने उसे घेर लिया। पुलिसवालों ने भीड़ को हटाते हुए वैन तक रास्ता बनाया। वैन के चलते ही लोग भी उसके पीछे दौड़ पड़े।

लम्बी साँस छोड़कर जगन्नाथ भीतर आया। साथ में रायसाहब, नीलकंठस्वामी, अनन्तकृष्ण ऊपर आए। सोशलिस्ट लड़कों के साथ रंगराव ने इधर-उधर पेड़ों के नीचे खड़े लोगों को हड़काया। मेले में आए बाहरी लोगों पर क़ाबू पाना कठिन हो गया था। पहरे पर खड़ी पुलिस से 'यहीं रहो' कहकर रंगराव ऊपर आया।

"तुम्हें मैसूर कब जाना है?" गोपाल से पूछकर जगन्नाथ बरामदे में टहलने लगा। मातंगों के साथ कल वह जब निकला था तब से हर पल की याद करने लगा। सबेरे के समय पिल्ल के नेतृत्व में दसों मातंग सफ़ेद कपड़े पहनकर आँगन में जमा हुए थे। उनसे बात करने के लिए जब जगन्नाथ उनके पास गया तो तीखी बू आई थी। हौसला बँधाने के लिए मातंग नाक तक ताड़ी चढ़ाकर आए थे। जब जगन्नाथ ने कहा, 'डरना नहीं'...तो पिल्ल ने विकट रूप से हँसते हुए कहा, 'आ हो।' इस हालत में उनका मन्दिर-प्रवेश करना, सत्याग्रह की भावना में नहीं था। फिर भी उठाया हुआ क़दम पीछे हटाना असम्भव था।

रायसाहब, नीलकंठस्वामी, अनन्तकृष्ण, रंगराव चटाई पर बैठकर गम्भीर आलोचना कर रहे थे। तश्तरी में कॉफ़ी के गिलास और चक्कली मौसी रख गईं। पिछले दिन की घटना का विश्लेषण करते हुए वे सभी डाक की बस से आए बेंगलूर के दैनिक को देखकर चुप हो गए। मुख पृष्ठ का समाचार बन जाने की खुशी में नीलकंठस्वामी ने शीर्षक पढ़ना शुरू किया। "यह पी.आर.टी. रास्कल रिएक्शनरी, समाचार को ट्विस्ट कर देता है। 'जागृति' का समाचार ही ठीक रहता है।" कहते हुए ज़ोर से पढ़ना शुरू किया–

"भारतीपुर में विफल क्रान्ति
भगवानरहित मन्दिर में हरिजन प्रवेश
आन्दोलन से पीछे नहीं हटेंगे–जगन्नाथ
भगवान को अशुचि बनने से किसी भाँति भूतनाथ ने बचाया :"

–भक्त गण

उतावलेपन में अनन्तकृष्ण ने कहा, 'आगे पढ़िए।' रायसाहब बटुआ खोलकर पान लगाते हुए सुनते रहे। अचानक जगन्नाथ को याद आई। बोला–

"पुलिस मातंगों की रक्षा कर रही है न?"

"दस-बारह पुलिसवाले पहरे पर हैं।" पिल्ल को देख आया। "शाम की मीटिंग में आने के लिए कहा है।"

रंगराव ने कहा। इनमें किसी को भी पीड़ा समझ में नहीं आएगी। ज़रूरत भी नहीं। नीलकंठस्वामी का अख़बार पढ़ना ये कितनी तन्मयता से सुन रहे हैं! शायद इनको पत्र में समाचार द्वारा ही अपने कार्य की सार्थकता का भ्रम होगा। नीलकंठस्वामी जल्दी-जल्दी पढ़ रहा था–

"जब धूप का झाड़ ओस को झाड़ने लगता है, तब भारतीपुर बड़ा ही सुन्दर लगता है। देश-विदेश से लोग रथोत्सव के लिए आए हैं। राष्ट्रपति भी भक्त हैं

मंजुनाथ के। इसकी लक्ष्मण-रेखा को लाँघने का साहस क्या हरिजनों में होगा? इस कातरता में चमकनेवाली आँखें।''

जगन्नाथ सिटपिटा गया। ''बड़ा अच्छा लिखा है,'' रंगराव ने तारीफ़ की। ''इस तरह लिखना बेईमानी है,'' कहकर जगन्नाथ सिगरेट जलाए सुनता रहा।

''मंजुनाथ की महिमा को ध्वंस करने के लिए, जगन्नाथ के नेतृत्व में सूर्योदय की वेला में निकला शुभ्र वसनधारी हरिजन युवकों का जुलूस जब रथ की गली में पहुँचा, तब सात बजे थे। पीछे कार। जय-जय का नारा। 'इन्कलाब ज़िन्दाबाद।' 'जगन्नाथ राय की जय।'...'भूतनाथ के खेतिहरों के शोषण को धिककार।' 'मै. सो. पा. की जय।'—सदियों से वेदघोष से गूँजे भारतीपुर में ये क्रान्तिघोष।

''दोनों ओर पुलिस। जुलूस के आगे लम्बे क़द के, लन्दन की शिक्षा पाए, धर्मदर्शी घराने के जगन्नाथजी। उनके पीछे दस हरिजन युवक। उनके पीछे भूतपूर्व कांग्रेसी नेता श्रीपतिराय। और भी पीछे सर्वोदय के नेता अनन्तकृष्ण, मैसोपा के नेता नीलकंठस्वामी और उनके अनुयायी।''

रंगराव को छोड़ सभी के चेहरे खिल उठे।

''मातंगों के स्पर्श से रथ का खींचा जाना असम्भव होने के कारण सड़क के बीच में जनता की ही जगह। सजे रथ को पार कर मन्दिर की सीढ़ियाँ चढ़ता हुआ जुलूस। हर कहीं खुसुर-पुसुर। भीड़ को रोकने का पुलिस का कोलाहल।''

तभी एक देहाती औरत आवेश में आकर चिल्लाई—''मातंगों का भीतर जाना बिलकुल असम्भव है। भूतनाथ टाँग पकड़कर खींच देगा। रक्त की कै करा देगा।''

लम्बी साँस छोड़कर जगन्नाथ उठकर अपने कमरे में गया। नीलकंठस्वामी पढ़ता ही रहा। जगन्नाथ ने खिड़की के उस पार देखा। बौरे हुए आम के पेड़। ईश्वर-विरोधी को देखने के लिए कौतूहल से पहाड़ चढ़कर आते हुए कुछ लोग। उनको रोकनेवाली पुलिस। इस प्रकार देखते हुए, अपने खड़े रहने की घड़ी की कल्पना उसने नहीं की थी। अपने क़ाबू के बाहर निकल जाने का अन्दाज़ा तो था ही, पर इस प्रकार हो जाने की आशा नहीं थी।

मन्दिर की देहरी के पास पिल्ल खड़ा था। सदियों का परिवर्तन करनेवाले क़दम की प्रतीक्षा में था। बाहरवाले को भीतर पहुँचा देनेवाला केवल एक क़दम। पीठ के पीछे हज़ारों आँखें। अजीब बात यह थी कि उसे जितना खौफ़ था उतना ही कुतूहल भी था। कुतूहल यह था कि पिल्ल तैयार है या नहीं? ताड़ी का नशा उतरा होगा। इतनी आँखों के सामने पिल्ल यदि केवल एक

क़दम रख दे तो भारतीपुर एक नई वास्तविकता की ओर मुड़ पड़ेगा, इस याचना से पिल्ल की ओर देखता ही खड़ा रहा। पर पिल्ल ने आँखें फेरकर अपने साथियों की ओर देखा। अपने पर ही नज़र गड़ाए हज़ारों लोगों को देखा। पीछे खड़े आदमी से पहले भीतर जाने के लिए कहा। उसने अपने पीछेवाले से वही बात कही। इस भाँति एक-दूसरे से कहते-कहते, क़तार में खड़े वे लोग जमा हो गए। एक-दूसरे को फुसलाने लगे, लड़ने लगे।

तब वह विमूढ़ चुप क्यों खड़ा था?

पी.आर.टी. की रिपोर्ट की नीलकंठस्वामी ने कड़ी आलोचना की–"कैसे सटल होकर एक्ज़ाज़रेट कर रहा है!"

कोई चिल्लाया–"मंजुनाथ की जय! गोविन्द गोविन्द।" और एक पुकार–"बढ़े चलो!"

"हरिजनों की पीड़ा को समझ कुछ लोग नाच उठे। कुछ लोग रो पड़े। कुछ लोगों के शरीर पर भूतनाथ का आवेश-सा होकर थरथर काँपने लगे। पर कहीं ख़बर फैल गई कि भूतनाथ ने मातंगों की टाँग पकड़कर घसीट दिया। आनन्द में विभोर होकर लोग पुलिस का पहरा तोड़कर घुस गए।"

जगन्नाथ समाचार सुनता खड़ा रहा।

सच है–तब वह हाथ बाँधे खड़ा था। वह जो नहीं कर सका उसे नीलकंठस्वामी ने कर दिया। पिल्ल के पास जाकर उसका हाथ पकड़कर मन्दिर में खींच ले गया। दूसरे सभी पीछे-पीछे चल पड़े। प्रवेश की रस्म पूरी हुई।

नीलकंठस्वामी त्यौरियाँ चढ़ाकर पढ़ रहा था–

"पूछने पर कि क्या इस ज़बरदस्ती प्रवेश से आप सहमत हैं, सर्वोदय नेता अनन्तकृष्ण से जवाब मिला–यह उद्देश्य का प्रश्न है। गुड। पर इन सबके दर्शक बने खड़े जगन्नाथ से, मेरे प्रश्न पर केवल विषादपूर्ण मौन प्रतिक्रिया।–नो, मिस्टर जगन्नाथ, इसके खंडन में आपको एक स्टेटमेंट देना चाहिए।"

"मेरी समस्या यह है कि जो कुछ मुझे सच लगता है, वह प्रमुख है, या मेरे संकल्प की सिद्धि किसी भाँति सम्पन्न हो जाना प्रमुख है? इस झमेले के शान्त होने तक कुछ नहीं कह सकूँगा। पर मैं जान गया हूँ कि यह झमेला एक्शन के ज़रिए ही शान्त हो सकेगा। केवल सोचते बैठने से नहीं।"

जगन्नाथ कमरे में आकर, खिड़की के पास खड़ा हुआ। दूर से सुब्राय अडिग आते दिखाई पड़े। उनकी वेशभूषा देखकर पुलिस कहीं उन्हें रोक न ले, इस विचार से जगन्नाथ नीचे उतरा।

नीलकंठस्वामी ने जो किया शायद मैं भी वह कर सकता था। यों देखा जाए

तो प्रारम्भ से उसने किया भी तो क्या? उसकी क्रिया का परिणाम कितना भद्दा हो सकता है, इसकी कल्पना नहीं की थी।

मातंगों के साथ भीतर जाने पर वहाँ का दृश्य विचित्र था। गर्भ-मन्दिर के सामने प्रभु और सीतारामय्या थे। सीतारामय्या के सिर पर पट्टी बँधी थी। दोनों के चेहरे से उद्विग्नता व्यक्त हो रही थी कि, सबेरे से वे गणेश से दरवाज़े खोलने की मिन्नतें करते, डाँटते-डाँटते थक गए थे। गणेश कुछ भी स्पष्ट रूप से कहने की स्थिति में नहीं था। जब सीतारामय्या चिल्लाया– ''मातंग भीतर आए हैं, दरवाज़ा मत खोलना।'' तब मुझे गुमान हुआ था कि कुछ हुआ है। प्रभु ने नाटक खेला–''क्या करें? भगवान की प्रेरणा से इनका लड़का दरवाज़ा बन्द करके बैठा हुआ है। हमारे कहने पर भी दरवाज़ा नहीं खोल रहा है।''

जगन्नाथ सीधे गर्भ-मन्दिर के पास जाकर दरवाज़ा पीटने लगा। ''गणेश! मैं, जगन्नाथ आया हूँ। दरवाज़ा खोलो। डरो मत।'' दरवाज़ा खुला। गणेश झुकते हुए आकर उसके चरणों के पास लुढ़क पड़ा...।

सुब्राय अडिग ने भावशून्य चेहरा लिए, ''मौसी से मिलने आया'' कहा। ''भीतर हैं।'' कहकर उन्हें भीतर भेजकर जगन्नाथ ऊपर चढ़ गया। गर्म चर्चा चल रही थी। नीलकंठस्वामी ज़ोर-ज़ोर से बातें कर रहा था।

''देखिए। कैसी ख़बर दी है। हरिजनों को भीतर आते देख मंजुनाथ अन्तर्धान हो गए–इस प्रकार लोगों में ख़बर फैल गई। नीलकंठस्वामी ने माइक में घोषणा की कि शिवलिंग का उन्मूलन पुजारी के बेटे गणेश भट्ट ने किया। पर लोग इस विचार से नाच उठे कि भूतनाथ ही गणेश भट्ट के शरीर पर सवार होकर मातंगों के प्रवेश से मन्दिर को अपवित्र होने से रोकने के लिए पिछली रात ही मंजुनाथ को जल-समाधि के लिए ले गया। भारतीयों की देवभक्ति इतनी गहरी है कि...देवभक्ति मात्र कहता है, रास्कल। तब मैंने जो कहा था क्या उसकी रिपोर्ट किया है, साला? मैंने कहा था–थोथी पुराणपोथियों की बलि मत हो जाओ। जगन्नाथ राय और गणेश भट्ट–दोनों क्रान्तिकारी हैं। इस क्रान्ति को पुराण बना देनेवाले पुजारी और व्यापारी लोगों के फ़रेब का एक-न-एक दिन भंडाफोड़ होगा। भूतनाथ का, किसानों का यह शोषण रोकना ही पड़ेगा। यह क्रान्ति की केवल शुरुआत है। मेरी एक बात की भी क्या इसने रिपोर्ट की है?''

जगन्नाथ नीचे उतरकर आँगन में टहलने लगा। अब तो कुछ ही समय में मीटिंग

है। पिल्ल, उसके साथी, प्रायः बाक़ी मातंग भी आएँगे। रंगराव ने समाचारपत्र को ख़बर भेजी थी कि सभी शोषित वर्गों की मीटिंग है। मातंगों की मीटिंग में, कुर्मियों के आने में कितनी दिक्क़त होगी!

ऊपर मित्रगण ज़ोर-ज़ोर से चर्चा कर ही रहे थे। आज की मीटिंग में संगठन के बारे में क्या-क्या मसले तय किए जाएँ–इस पर विचार करता हुआ जगन्नाथ मुँह धोने के लिए हमाम में घुस गया।

फिर से मंजुनाथ की प्रतिष्ठा की तैयारी के बारे में अडिगजी मौसी को विवरण दे रहे थे!

❑❑❑